记忆坊出品

梦三生 著

YUEXIA MEIRENLAI

月下美人来

II

北京联合出版公司
Beijing United Publishing Co.,Ltd

图书在版编目（CIP）数据

月下美人来. II / 梦三生著. -- 北京 ： 北京联合
出版公司，2018.3
ISBN 978-7-5596-1508-4

Ⅰ. ①月… Ⅱ. ①梦… Ⅲ. ①长篇小说－中国－当代
Ⅳ. ①I247.5

中国版本图书馆CIP数据核字（2018）第005397号

月下美人来 II

作　　者：梦三生
责任编辑：徐　鹏
封面设计：80零·小贾

北京联合出版公司出版
（北京市西城区德外大街83号楼9层　100088）
三河市祥达印刷包装有限公司　全国新华书店经销
字数：309千字　158毫米×230毫米 1/16　印张：16.5
2018年3月第1版　2018年3月第1次印刷
ISBN 978-7-5596-1508-4
定价：38.00元

第七章

【一】迟来的话

傅无伤为什么要对她说对不起呢？

花朝坐在镜子前，想着之前傅无伤莫名其妙的行为——莫名其妙的拥抱、莫名其妙的眼泪，还有莫名其妙的……道歉。

她又想起那日她被花暮掳走之时，意识中最后出现的景象……他搏命扑上来的样子，那张脸上写满了她看不懂的疯狂和绝望。

"我有一个故人，眉心处也同你一样有颗朱砂痣，你很像她。"

"我对你抱以善意，是希望她若还活着，也能遇到对她抱以善意的好人。"

是因为那个和她一样眉心处有颗朱砂痣的故人吗？花朝看着镜子里的自己，下意识地抬手摸了摸眉心处那颗鲜艳的朱砂痣。

正想着，她眼中突然一凛，从妆盒中取了一枚尖锐的发簪握在掌心，然后悄无声息地靠近了角落里的云母屏风。

屏风后面有人！

是谁？她明明已经屏退了所有人，为什么这个屋子里除了她之外还有另一道气息在，就在这屏风后面……

距离近了，花朝忽然闻到了一股极淡极淡的药香，是阿娘特制的金疮药的味道，她微微一怔，随即放松了紧绷的神经，轻轻地叹了一口气，抬手将手中的发簪插在了发髻上。

下一秒，一柄闪着寒光的剑抵在了她的脖子上。

花朝不动声色地抬眼看向那执剑的少年。

袁秦。

"圣女，需要莺时进来伺候吗？"这时，莺时的声音冷不丁地在外头响起。

一脸戒备的袁秦看到自己利刃所指之人竟是他一直在寻找的花朝，顿时愣住了，甚至忽视了外头的声音，忘记了会随时暴露的危险。

"不必。"花朝开口。

"是。"外头，莺时应了一声，悄无声息地退下了。

袁秦回过神来，讪讪地收了剑，挤出一个笑脸，压低了声音道："吓我一跳，我以为被发现了呢，这鬼地方戒备可真够森严的。"

花朝面无表情地看着他。

袁秦有些不自在地挪开视线左右看看，又凑到门边听了听，感觉门外的人已经退下，忙一把将花朝拉到了屏风后面，低声道："我是来救你的，你快去换一身轻便些的衣服，我们趁着天还没有黑透即刻下山，这鬼地方的阵法很邪门，几乎每半个时辰便会变化一下，拖久了我都没有把握能够安全出去。"

"我不会跟你走的。"花朝轻声开口。

袁秦一怔，随即道："为什么？那个圣母威胁你了吗？你别怕，我们离开这里就立刻回青阳镇去，他们不会知道的。"

回青阳镇吗？花朝摇摇头，不，她已经回不去了。

瑶池圣母已经对她的过去了如指掌，即使逃回青阳镇又能怎么样呢？除了给疼爱她的阿爹阿娘带去灭顶之灾外，不会有更好的结果。

"我不会回去的，你自己回去吧。"

"你不回去我也不会回去的，阿娘要是知道我把你弄丢了一定会打断我的腿！"袁秦压低了声音急急地道，随即仿佛发现了自己急切的语气，他放软了声音，轻声恳求道，"这种节骨眼上你别闹脾气了好不好？之前是我不对，我不该逃婚，不该惹你生气，只要你跟我回去，我们立刻完婚好不好？我一辈子都陪你待在青阳镇，哪儿都不去。"

明知道他是在哄她，可是骤然听到这样的话，花朝还是不可避免地恍惚了一下。不是说拿她当妹妹的吗？为了哄她回去，甚至连立刻完婚这样的话都说出来了呢。

一辈子都陪她待在青阳镇吗？那曾经是她可以想象的最美好的未来了。

花朝看着袁秦一脸急切的样子，觉得有些心酸，又有些荒诞，好像在紫玉阁里她哀求他回青阳镇的那一幕在重演，只不过这一次角色互换了而已。

可惜，太迟了。

她何尝不想回去？

她只是不能回去。

和袁秦成亲，生儿育女，陪着阿爹阿娘在青阳镇过一辈子，是她一直想象并且期待的未来。

可是现在，这一切都不会有了。

袁秦紧紧地盯着她，想在她的眼中看到自己熟悉的情绪，从小到大，不管他做错了什么，她总是会轻易原谅他的。

她从来也不舍得真的生他的气的。

何况这一次，他已经这样诚恳地道歉了。

他紧紧地盯着她的眼睛，可是她的眼中一片平静，连一丝波澜都不曾有，仿佛一潭死水。

哀莫大于心死。

袁秦前所未有地心慌起来。

正在此时，门突然吱呀一声开了。

冷风一下子灌了进来。

"花朝，你有客人吗？"瑶池圣母悦耳的声音从屏风外传来。

袁秦心里一紧，糟糕，被发现了吗？！

花朝却是一点意外都没有，她抬手将袁秦拔剑的手推了回去，面色十分镇定，若是有人悄悄潜入瑶池仙庄而不曾被发觉，那才令她惊讶呢。

从袁秦出现在她房中的那一刻起，她就知道他的一举一动其实都已经在瑶池圣母的眼皮子底下了。

"待会儿你什么都不要说，也不要轻举妄动。"花朝轻轻地吩咐了他一句，低头整了整衣裙，便要走出屏风。

袁秦下意识地拉住了她。

花朝垂下眼帘，硬生生地掰开了他的手。

她的力气很大，袁秦只能眼睁睁地看着她走出屏风，咬咬牙也跟了出去。

瑶池圣母就坐在屋子里，身后一左一右跟着两名得宠的少年仙侍，如烟、如黛、清宁、莺时都一脸惶恐地跪在地上。

花朝看了一眼跪在地上的四人，便收回视线对着瑶池圣母道："姑姑这是何意？"

"听闻有宵小之徒闯入圣女的闺房，这些近侍竟然一无所知，要他们有何用？"瑶池圣母说着，扫了一眼紧紧地跟在花朝身后的袁秦，殷红的唇微启："拿下。"

此言一出，两道黑影一闪而过，袁秦便惊悚地发现自己已经受制于人动弹不得了，冷汗一下子从额际落了下来。

"放开我！"袁秦挣扎了一下，因为挣脱不开，反而抱着一种豁出去的心态怒道，"我才不是什么宵小之徒！我一开始就说过我是来寻我未过门的妻子的！"

"哦？那你可曾找到？"瑶池圣母微微一笑道。

"找到了。"袁秦恶狠狠地道。

"在何处？"

"远在天边近在眼前。"

"眼前可没有你未过门的妻子。"

"你少装傻了，花朝就是我未过门的妻子！你让那劳什子圣女不由分说地把她掳走，又在众目睽睽之下强行给她套上圣女之位到底有何企图？"袁秦咬牙切齿地道。

"真是初生牛犊不怕虎啊。"瑶池圣母漫不经心地摇摇头，一脸慈爱地看向花朝道："花朝，你来告诉他，你是谁。"

"姑姑，不知者无罪，你又何必为难他。"花朝面无表情地说，"况且我在他家里十年，袁家夫妇对我也有养育之恩，如今你若伤了他们的独子，岂非恩将仇报？"

袁秦愣了一下，侧头看向面无表情的花朝，明明她说的每一个字他都能听懂，但连在一起他却是完全不明白了。

"花朝……"他嘴唇动了动，喃喃地唤了一声。

花朝藏在袖中的手指微微动了一下，又紧紧地握住。

"袁家夫妇虽然对你有养育之恩，却妄图让这么一个不成器的小子染指我瑶池仙庄尊贵的圣女，最让我生气的是，他竟然还敢当众逃婚。"瑶池圣母似笑非笑地看了面色陡然变得苍白的袁秦一眼，挑眉道，"这口气我着实咽不下，先关他两天让我消消气吧，拖下去。"

话音刚落，那两名押着袁秦的仙侍便把他押了下去。

袁秦扭头红着眼睛死死地盯着花朝，满腹不甘地被强行押了下去。

花朝捏紧了拳头，待袁秦被押走之后，才目光灼灼地看向瑶池圣母道："姑姑，你答应过我不碰他们的，再过三天又是朔月之期了。"

"姑姑可是在帮你出气呢，放心，只是关他两天，不会伤着他的。"瑶池圣母站起身，伸手摸了摸她的脸颊，感觉到指尖美好的触感，她轻轻地叹息了一声，一脸着迷地说，"年轻的感觉真好啊。"

花朝任由她微凉的指尖犹如吐着芯子的毒蛇一般在她脸上游走，扫了一眼仍然跪趴在地上的如烟、如黛、清宁、莺时四人，淡淡地说："他们四个都是我的人，不过听命行事罢了，又何错之有，姑姑便饶恕他们吧。"

"依你便是。"瑶池圣母微微一笑，敛袖看向跪趴在地上的四人："这次便饶恕你们，可要好好伺候圣女。"

"是。"四人诚惶诚恐地应声。

目送瑶池圣母离去，花朝看了一眼已经站起身侍立在一旁的四人，目光落在莺时那张美到浓艳的脸上，想起她被袁秦的剑抵住脖颈时，门外传来他问询的声音，如今想来竟是那么巧合。

……真的只是巧合而已吗？

似乎是感觉到了花朝久久凝视的目光，一脸诚惶诚恐地站在一旁的莺时忽而抬头看了她一眼，见圣女定定地注视着自己，他想了想，然后眨了眨眼睛，对她抛了个不太熟练的媚眼。

"……"花朝抽了抽嘴角，收回了视线。

大概是她想多了吧。

【二】设身处地

天很快暗了下来，夜里的瑶池仙庄格外地冷，花朝坐在桌前，凝神望着烛台上轻轻摇曳的烛火，目光空茫而悠远，不知道在想什么。

如烟和如黛对视了一眼，俱是满面愁容，圣女桌子上的饭菜一点没动过，回头圣母问起来，受到责难的肯定还是她们。

"圣女，您不要忧心了，清宁和莺时已经按您的吩咐送了晚膳和棉被过去，还有暖手炉，那位公子不会受到什么委屈的。"如烟壮着胆子劝道。

"是啊，圣女，您吃一些东西吧，马上就是朔月之夜了，仙庄里会有盛大的祭祀活动呢，您一定要养好身子才行啊。"如黛也道。

听到"朔月之夜"这四个字，花朝仿佛回过神来，她看了如烟、如黛一眼，似乎是笑了一下，轻声道："按理说，你们是我的人，我自然会护着你们，就像先前一样……但是你们也该护着我些，否则我也管不了你们那么许多了。"

如烟咬牙，轻轻拽了如黛一下，让她不要再说多话。

见如烟识趣，花朝便也不再管她们，继续发呆。

他们都是姑姑送给她的人，是她的人，也是姑姑的耳目，虽然可怜他们位置尴尬不易，但若她自己都自身难保了，便也不要怪她顾不上那么许多。

到时候，最先舍弃的，便是他们。

毕竟他们的忠心也有限。

瑶池仙庄的人，她从来不信。

一个都不信。

此时，瑶池仙庄的私牢里，袁秦又冷又饿，又委屈又不解，他不明白花朝为什么突然就变了一副模样……仰面躺在一团干草上，他只觉得时间分外难熬。

饥寒交迫的感觉着实不好受，袁秦忽然想起，花朝在紫玉阁的地牢里被关着的时候，是否也是这样难受呢？而且那时，她的处境比他现在更糟糕吧。

她一定害怕。

她那么怕疼，连被绣花针戳了手指头都会娇气得掉眼泪……被那样粗重的铁链锁着，关在那个鼠蚁横行的地牢里，手腕脚腕上被磨得都是伤，她该有多疼多害怕？

而当时，他默许了这件事。

他眼睁睁地看着她在紫玉阁的地牢之中关了两天，视而不见。

他当时……到底着了什么魔呢？

袁秦抬头，轻轻捂住隐隐发疼的胸口……究竟，一切为什么会变成现在这样呢？

这时，外头的铁门忽然响动了一下。

袁秦警觉地睁开眼睛，便看到两个模样姣好的少年走了进来，一人手上捧着厚厚的棉被，一人手上拎着食盒和暖炉。

"清宁大人，莺时大人。"守在外头的侍卫恭敬地躬下腰。

"开门吧。"莺时吩咐道。

"这……"那侍卫稍稍犹豫了一下，赔笑道，"要不您放在外头，我等会儿送进去？"

"是圣女大人吩咐的。"莺时看了他一眼，面带倨傲地说。

那侍卫便不敢再说什么，利索地打开了牢门。

莺时走了进来，在袁秦警觉的视线中放下手中的棉被，清宁则是将暖炉和食盒放在了袁秦身旁。

做完这一切，两人便一言不发地走了。

"等一下。"袁秦喊住了他们。

莺时不太想搭理他，清宁性子好些，停下脚步转身看向他："嗯？还有什么事吗？"

"你们……是之前跟在花朝身边的那两个人？"袁秦问。

"我们是圣女大人身边的侍者。"清宁咬了咬唇，有些纠结地告诫道，"还请不要直呼圣女大人的名讳。"

袁秦蹙了眉，直接问："花朝怎么样了？"

莺时不耐烦地看了他一眼："你觉得你现在有什么能耐这么横？圣女大人心地善良不忍心看你遭罪，你就老实待着，待到圣母愿意放你出去的那一天，不要再自作主张给圣女添麻烦了。"

一想起来他差点因为这个莫名其妙的家伙触怒了圣母被惩罚，莺时的心情就阳光不起来，他可一点都不想去虫窟观光。

说完，莺时就甩袖走了，走了两步，见清宁还在原地没动，便催促他："走啊，还等什么呢。"

清宁犹豫了一下道："你在外面等我吧，我还有些话要跟他讲。"

莺时便甩袖走了。

清宁待莺时走了，才看向袁秦，有些好奇地问："你是圣女大人的前未婚夫婿？"

"前未婚夫婿"这个称呼一下子让袁秦黑了脸。

"圣女大人似乎很在意你的样子。"清宁并不在意他的脸色和沉默，又道。

这句话诡异得让袁秦觉得心情有些舒畅起来，他终于大发慈悲地接话道："你到底想说什么？"

"听闻圣女大人流落在外头时，是被你家收养了，等于是和你一起长大的，你知道圣女大人平时喜欢什么吗？她喜欢什么口味的菜肴？喜欢什么颜色和式样的衣服？喜欢什么性格的人？她有什么特别的爱好吗？"清宁一迭声地问。

袁秦愣了一下："你问这些干什么？"

清宁微微红了脸，轻咳一声，有些羞赧地道："我很喜欢圣女大人，但是不知道怎么样才能伺候好她。"说着，他又一脸期待地看着袁秦道，"你能告诉我吗？"

袁秦一脸呆滞地看着眼前那微红着脸的少年，感觉整个人都不好了，这个家伙竟然当着他的面说喜欢并且要讨好他的未婚妻！还如此嚣张地来跟他取经？！

这些已经让他十分愤怒和憋屈了，然而更令他憋屈的是，这些问题……他竟然一个都答不上来。

"啊抱歉，我冒犯你了吗？"见袁秦的脸一时红一时青的，清宁忙解释道，"因为我是圣女大人的侍者，知道这些我才能更好地侍奉大人啊……"说着，他又看了看袁秦的脸色，随即有些失望地道，"原来你也不知道啊，那打扰了。膳食快凉了，你快去用膳吧，别辜负了大人的一片心意。"说着，转身走了。

牢房的门再一次关上了。

袁秦站在原地，最初的愤怒过去之后，他才有些恍惚地想，花朝平时喜欢什么？她似乎也没有什么特别的喜好。

她喜欢什么口味的菜肴？记不清了，可是她总是记得他喜欢吃什么，他喜欢鱼头豆腐汤，豆腐还必须是豆腐西施郑娘子家的豆腐，娘和郑娘子不对付，见面就吵架，所以总是花朝去买豆腐。

她喜欢什么颜色和式样的衣服？他也不知道，他只知道家里所有人的衣服几乎都是出自花朝的手，她的手很巧，做出来的衣服都找不着线头，穿在身上特别地妥帖。他离开青阳镇之后，周文韬说他衣服款式土气又老旧，带他去成衣店买了新的衣服，可是实际上……还是花朝做的衣服穿着最舒适。

她喜欢什么性格的人？袁秦有些恍惚地想，她以前应该是有些喜欢他的吧？可是现在……她还喜欢他吗？比起总让她照顾的自己，刚刚那个一脸羞赧的少年是不是更讨人喜欢？至少他是将她放在了心尖上在讨好着她……

她有什么特别的爱好？似乎也没有，她总是在客栈里帮忙招呼客人，忙着给家里人做衣服，忙这忙那的，根本没有给自己留下什么多余的时间。

袁秦几乎有些绝望地想，他好像……并没有想象中对她那么好。

然后，他就想起了他与花朝初遇时的样子。

那时，他才七岁，为了救一个更小的孩子，落入了一对专门拐卖孩子的夫妻手里。那对恶鬼一样的夫妻当他是白捡的便宜，也想顺手一起卖了，可是他骨头硬，怎么打都不肯服软，更不肯听话。

后来，和他一起被带回来的孩子都被卖掉了……只有他还是一天照三顿地挨打。

就是在那时，他注意到了花朝。

花朝是他见过的最漂亮的孩子，她似乎在那对恶鬼一样的夫妻家里待久了，和别的被拐来的孩子不一样，她不哭不闹，乖巧得出奇，甚至还帮着做一些家务。

许是因为乖巧，又许是因为她长得太漂亮了，那对夫妻想将她卖个好价钱，她也一直没有被卖走。

袁秦想，她一定是吃了很多苦，才会这般乖巧得可怜。

后来逃跑的时候，他带着她一起跑了。

花朝似乎从来都是乖巧的、不争的。

渐渐地，他就习惯了她的乖巧、她的不争，也忘记了当初那个要对她很好很好，把她养得有脾气的念头。

"阿秦，我想阿娘了，我想回家……"

梦里，花朝哀哀地看着他。

袁秦猛地惊醒，四下环顾，随即目光黯然下来，他还在瑶池仙庄的私牢里，已经两天了。

这两天，除了情绪上有些低落之外，袁秦在这里的日子其实也不算难捱，有人按时送饭，且伙食还挺好，看守的侍卫也不敢为难他，只当他不存在。

正在他发呆的时候，咣当一声，门被打开了，他怏怏地抬头看了一眼，以为是送饭时间到了。这两天都是那两个跟在花朝身边的少年轮流给他送饭的，他知道他们一个叫清宁，一个叫莺时，今天来的是莺时，可是他手上空空的什么都没有。

"饭呢？"

"看来你在这里住得挺舒坦啊。"莺时眉头一挑，满脸讥诮地道，"还不起来？真想留在这儿吃晚饭哪？"

袁秦一愣，随即回过味来："我可以走了？"

莺时不答，只是不耐烦地敲敲门，示意他赶紧出来。

袁秦眼睛一亮，忙不迭地站起身，算算时间刚好是两天，莫非是花朝在跟他置气吗？因为之前她被关在紫玉阁地牢中刚好也是两天，但她到底不舍得当真不原谅他的，这会儿让她出了气可不就好了吗？这么一想，他心中的郁结竟是瞬间好了大半，也不去在意莺时恶劣的态度了。

此时已经将近傍晚时分，冬天的夜晚来得早，走出这间关了他两天的牢房时，天已经擦黑了。

"这是要去哪儿？"袁秦走着走着，发现这似乎是出山门的路，不由得问了一句。

"送你出去。"莺时回答，表情十分冷淡。

"出去？"袁秦一怔，"花朝呢？"

莺时斜睨了他一眼，脸上带了不耐烦的表情："圣女大人不是你想见就可以见的，能活着走出那间牢房已经是万幸了，不要想多余的事。"

"为什么？花朝为什么不肯见我？"袁秦停下脚步，"她不来见我，我是不会走的！"说着，竟一副要回牢里继续蹲着的样子。

见他一副无赖的样子，莺时忍无可忍，趁他不备一把敲晕了他，然后扛着他出了瑶池仙庄，走到山门口。

瑶池仙庄四面皆是天堑，需放下吊桥才能通行，更不要提山门外还布置着重重阵法，所以不经允许，外人根本不可能进来。

这么些年，也只有一个慕容先生自己生生地闯了进来。

此时，山门外有一辆马车正在等待着，马车外头站着两个男子，身披玄色斗篷的是江南秦府的秦千越，另一个披练色斗篷的则是傅无伤。

梅白依坐在马车里，时不时掀开车帘向外张望，眼见天色一点一点黑了下来，她的眼中不由得露出了焦急之色，看了一眼笔直地站在夜色中的傅无伤，她咬了咬唇，看向秦千越道："秦大哥，阿秦一直没有出来，会不会有什么变故？"

之前发现袁秦失踪，她去责问傅无伤，却反被傅无伤消遣了一顿，后来她仔细想了想，不得不承认，以袁秦的性子，真的有可能是去了瑶池仙庄。她想求父亲带她去瑶池仙庄要人，可是父亲却执意要等盟主来信之后再行事，无奈之下她只得去找秦家的那位玉面公子秦千越，好在秦千越只是稍一沉吟便答应带她来瑶池仙庄求见圣母。

最奇怪的便是傅无伤，先前分明态度恶劣得很，回头却主动找上门说要陪他们一同来求见瑶池圣母。

结果瑶池圣母对他们的求见一直避而不见，直至今天松口答应放袁秦出来。

"圣母既然已经答应了放人，想来不会出尔反尔。"秦千越好声安抚道。

"可若她有心放人，之前又为什么对我们避而不见，阿秦在里面被囚禁了两天，也不知受了什么折磨……"梅白依说着，声音低了下来，心里发狠，若是他们真敢对袁秦怎么样，她必要连先前的账一同跟瑶池仙庄清算！

"袁秦私闯瑶池仙庄，想来圣母是想给他一个教训吧。"秦千越说着，便见莺时扛了一个人走了出来。

"阿秦！"梅白依显然也看到了，她匆匆跳下车，见袁秦被那人扛在肩上人事不知，不由得红了眼圈："你把他怎么样了？"

莺时一把将还昏迷不醒的袁秦自肩上甩了下来，没有理会梅白依的责问，只不耐烦地对站在一旁的秦千越道："人还给你们了，你们即刻离开这里。"

说着，转身就要走。

"站住！"梅白依气急，上前拦住了他，"你伤了人还想一走了之？"

"不把他敲昏了，他死赖在仙庄不肯走啊。"莺时被她气笑了，环抱着双手挑眉一脸玩味地道。

"胡说！分明是你们不由分说地把人囚禁起来……"梅白依气急。

"梅姑娘，"身后，秦千越上前试了试袁秦的鼻息，然后制止了梅白依的发难，"他没事，只是昏睡过去了。"说着，又一脸欠意地对莺时道："劳烦这位小兄弟了。"

莺时哼了哼，抛下一句"总算还有个晓事儿的"就甩手走了。

"等一下。"傅无伤没有去看被气得面色发白的梅白依，也没有去管被甩在地上的袁秦，匆匆追了上去。

莺时一再被拦下，暴躁得很，正要发火，却在看到傅无伤的脸之后面色有些微妙起来，他记得这个男人，那个有胆藏在瑶池仙庄里当着他们的面强行抱了圣女的男人。

"嗯？你有什么事？"莺时问。

"圣女……还好吧？"傅无伤看着他问，眼中带着莺时看不懂的情绪。

莺时蹙了蹙眉，一时搞不懂他到底想说什么："圣女大人当然好得很。"

在瑶池仙庄，除了圣母，最大的就是圣女了，连多看一眼都是亵渎，谁敢对她不敬？她又怎么可能不好？

傅无伤冲他拱了拱手："在下是武林盟主傅正阳的长子傅无伤，也是圣女的旧识，不知道能否见她一面？"

莺时摇头："外人入仙庄须得圣母允许，我是做不了主的，且今日乃朔月，庄内有盛事，不接待外客。"

其实傅无伤只是不死心地问了一句，这个答案他一早就是知道的，只是听到"朔月"二字时，他仍是忍不住瞳孔微缩，死死地咬住舌尖，尝到口中的腥味，才勉强控制住情绪和杀意。

见傅无伤没有再开口的意思，莺时难得好心地说了一句："时间不早了，你们早些离开吧，下山的路难走。"

若非瑶池仙庄有意入世，撤下了山门的迷阵，他们根本找不着这里。

说完，莺时转身走了。

这一次，傅无伤没有再拦他，只是默默地站在原地看他走进了瑶池仙庄。

然后，吊桥收起，隔绝了瑶池仙庄通往外界的路。

梅白依见他满心惦念着花朝，面色越发难看起来，虽然是她不喜欢不在意的人，可是这个她名义上的未婚夫却当着她的面惦念着别的女人，这个认知让她觉得受到了羞辱。

那厢袁秦还无知无觉地在地上躺着，梅白依按下翻涌的心绪，匆匆上前想要扶起他，却力有未逮，只得求助于秦千越："秦大哥，快帮我把阿秦扶上马车吧，再这样躺着要冻坏了。"

秦千越上前帮着架起袁秦，将他拖上了马车。

从始至终，傅无伤都定定地站在那里，望着莺时消失的地方，完全没有要上前帮忙的意思。

"傅公子，快上车吧，再晚就看不见路了。"秦千越坐上马车，催促仍站在原地的傅无伤。

"你们先走吧。"傅无伤道。

"傅公子，你一个人留在这里太危险了。"秦千越蹙起眉，不赞同地道。

"多谢你好意，我的侍从会来接我的。"傅无伤头也不回地道。

"秦大哥，不用管他了，阿秦一直不醒，我们得带他回客栈找大夫看一下。"梅白依伸手摸了摸袁秦的额头，担忧地道。

秦千越摇摇头，轻叹一声，只得走了。

此时已经入夜，又逢朔月，饶是秦千越也不敢托大。

马车调转头离开，秦千越下意识地回头看了一眼那个仍然站在山门前的男子，他笔直地立在夜色中，仿佛站成了一尊雕像。

【三】朔月之夜

朔月之夜，天空中一片漆黑，无星也无月。

一袭盛装的花朝站在瑶池仙庄里地势最高的一座凉亭上，仿佛在眺望着什么，可是这漆黑的夜里，分明什么也瞧不见。

如烟、如黛和清宁安静地站在一旁，半丝响动也不敢发出来，连呼吸都放轻了，气氛有些僵持，因为除了他们，凉亭下面还站着两排白衣仙侍，足有十六人。

那些人恭敬地等了许久，见圣女始终不动，才有一人壮着胆子上前，躬身道："圣女，时辰到了。"

花朝没有回头，只淡淡地道了一句："急什么？"

那人不敢多说，只得又默默地退了回去。

又等了许久，气氛越发地焦躁起来。

终于，有脚步声响起。

"圣女，我回来了。"莺时的声音响起。

花朝没有回头，只轻轻地问了一句："送他出去了吗？"

"是，送到了山门口，外头有马车来接他了。"莺时恭敬地道，绝口不提他把那小子敲晕的事。

"是吗。"花朝喃喃，"那就好。"

"圣女……"站作两排的仙侍们催促。

花朝似乎笑了一下："走吧。"

那些仙侍们闻言如蒙圣音，立即恭敬地弯下腰将花朝从凉亭上请了下来。

长长的裙摆从台阶上拖曳而下，包裹在华丽衣裳中的女子妆容精致，在这浓浓的夜色中恍若神女。

然而仙侍们皆躬身垂头，不敢直视，仿佛连看她一眼都是亵渎。

唯有后头来回复的莺时站在众人之外，远远地看着那明明被所有人众星捧月一般簇拥着，却仿佛孤独地被所有人遗忘的女子，眼中闪过一瞬间的复杂和一些别的自己都说不清楚的情绪。

花朝走进圣殿的时候，圣母已经等候多时了。

此时的圣母全身只着一袭白袍，素面朝天，她看到花朝走进圣殿，微微笑了一下："姑姑等你许久了呢。"

这一笑，眼角有皱纹叠起，卸下了白日里精致的妆容，她的脸上便显出了年纪。

"劳烦姑姑久等。"花朝神色淡淡地道。

圣母便幽幽地叹了一口气，摇头道："你总是这样不信任姑姑，姑姑答应你的事又何曾没有办到过呢？"

花朝不辩解，只面无表情地应了一句："是。"

"罢了，既然你已经确认袁家那小子安然离开，那么是否应该开始履行你圣女的职责了？"圣母说着，眼神定定地在她身上看了一会儿，见她面上没有露出丝毫的异色，便笑了笑，挥手道："茜娘，伺候圣女沐浴。"

圣母口中的茜娘是个三十岁左右的妇人，眼角有着细细的纹路，看起来慈眉善目的样子，是圣殿的管事，瑶池圣母的心腹。

"是。"茜娘上前，十分恭敬地对花朝道："圣女大人，请随我来。"

如烟、如黛垂首退到一旁，任由茜娘上前搀扶着花朝去沐浴。

卸下头上的钗环和脸上的妆容，脱下繁杂的衣裳，焚香沐浴过后，茜娘亲自捧了白袍过来伺候花朝穿上。

一袭极简的白袍穿在她身上，越发衬得她如遗世独立的神女一般。

"圣女大人，请随我来。"茜娘一脸敬畏地轻声道。

花朝默默地跟上。

赤裸的双足走在厚厚的地毯上，如踩在云端，最后，她们在一面雕满了壁画的墙前停下了脚步。

墙壁上雕刻的，是一条巨大的、带角的蟒蛇。

正是瑶池仙庄的圣兽玄墨，只不过玄墨还没有生出角来罢了。

茜娘轻轻转动了一下那巨蟒头顶的角，墙面一下子翻转开来，她恭敬地侧身站到一旁："圣女大人，圣母已经在圣坛等着了，请你进去吧。"

除了圣母和圣女，其他人是没有资格进圣坛的，即便她是圣母的心腹也一样。

花朝眼中滑过一丝讽意，缓缓走了进去。

身后，墙又严丝合缝地翻转了过去。

热浪扑面而来，整个圣坛犹如一个巨大的烤炉，空气中泛着粉红色的雾气，带着腥甜的味道。

令人几欲作呕。

而这粉色的雾气和空气中腥甜的味道，都来自祭台下那个正在不停地翻滚的血池。

"花朝，你来了。"身后，一具温热的躯体贴近了她。

花朝掩住眼中的嫌恶，稍稍避开了一些，转过身垂下眼帘，唤了一声："姑姑。"

圣母一脸慈爱地看着眼前宛如神女一般完美的女孩，她年轻美丽的脸庞和秾纤合度的身躯，还有身上弥漫的处子馨香，无一不令她嫉妒着迷，那双被雾气蒸腾得略有些混浊的眼中满是贪婪之色。

这正是一个女人最美好的年纪啊。

是她早已经失去的东西。

不过还好，她有花朝。

"开始吧。"被那黏腻的视线看得不舒服，花朝面无表情地说。

"不用这样着急。"圣母伸手摸摸她的脸颊，十分宽容的样子。

"早，或者晚，反正都是要挨这么一遭的。"花朝淡淡地说着，转身走向一旁白玉石砌成的台阶。

台阶顶端，是一张暖玉制成的床。

她走到玉床前，仰面躺下。

年幼时，这个动作她重复了无数遍，从最开始的惊恐无助到最后的麻木，年幼时的她也曾怨恨命运的不公，也曾思索为什么偏是她遭受这样的折磨。

最可怕的，是为什么她不死。

一直不死。

即便被放干了全身的血，第二天太阳升起的时候，她依然会睁开眼睛，不断地轮回这悲惨的命运。

直至……逃离。

可是现在，兜兜转转十五年之后，她又躺在了这里。

这样场景，让她忍不住想起了在青阳镇时，每逢年底，基本上光景好些的人家都会杀年猪那种喜庆热闹的气氛，杀过年猪后，大家欢欢喜喜地吃一顿杀猪饭。

想着想着，在这当口，她竟忍不住笑了起来。

现在，她就仿佛是那头待宰的猪呢。

"花朝，你在笑什么？"圣母的声音在耳边响起。

花朝闭上眼睛，不答。

"好了，别恼，很快就好，不会很疼的。"圣母温柔地道。

她温柔地笑着，取出一柄锋利的匕首，轻轻划开了花朝的手腕。

鲜血腥甜的味道立刻溢满了鼻腔，那汩汩流出的血液带着异于常人的芬芳，在室内的高温以及暖玉床的作用下，那芬芳的味道越发地浓郁，连周遭令人不适的温热空气都显得令人迷醉起来。

这一刻，瑶池圣母温柔慈爱的形象终于维持不住，她贪婪地望着花朝的手腕，表情既欢愉又痛苦，脸色变了几变，随即皮肤开始颤抖起来，仿佛有无数的虫子密密麻麻地蛰伏在她的身体里，而现在，那些虫子闻到了异血的味道，争先恐后地要冲出这皮囊，饱食一顿。

她忍住不适，用之前划破花朝手腕的匕首，在自己的手腕上也划了一道，伤口裂开，却不见有血流出，只有无数芝麻样的白色小虫从伤口源源不断地落下，贪婪地扑向闭目躺在暖玉床上的花朝，从她手腕处的伤口钻了进去。

那场景令人头皮发麻。

这些恶心的小虫子，却有一个好听的名字，叫美人蛊。

直至最后一只虫子爬出她的体外，在人前温柔慈爱的瑶池圣母苏妙阳整个人都委顿下来，连先前中年妇人的模样都维持不住，现在若有人看她，必然会十分惊悚，此时她鸡皮鹤发，恍若垂死老妪。

先前白皙的面皮彻底松弛下来，布满了老人斑。

她佝偻着身子，蹒跚着走下玉石台阶，走进不断沸腾的血池，缓缓坐下，然后轻轻地喟叹一声，脸上的死气才稍稍褪去了一些。

暖玉床上，花朝的脸色以肉眼可见的速度苍白起来，剧烈的痛楚和折磨让她的神志有些涣散开来，她的呼吸渐渐变得虚弱……

这熟悉的、几乎要将人逼疯的痛楚和折磨漫长得仿佛没有止境……

谁来帮帮她……

果然，不会有人来帮她的吧。

除了自己，她还是什么都没有。

青阳镇那个叫花朝的小娘子终于还是……死了。

直至身体里最后一滴血液被吞噬殆尽，那些饱食的虫子才慢慢地从她手腕上那道因为失血而泛白的伤口中退出。

原先芝麻大小的白色虫子一只只都变得鼓胀起来，足有黄豆粒那么大，一颗一颗圆滚滚的，颜色变成了血一般的深红色，它们从花朝的手腕中爬出，一只只争先恐后地跳进了旁边还在沸腾的血池中。

那些血虫的身体在血池中爆裂开来，那血池便沸腾得越发厉害了，泡在血池中央的苏妙阳松弛的脸皮轻微地抖动了一下，发出了一声舒服的呻吟。

然后仿佛施了什么奇妙的时光术法一般，她那满头枯槁的白发一点一点恢复了色泽与柔顺，松弛的皮肤变得紧致细腻起来，如沟壑一般的皱纹全都消失不见，混浊的双眸逐渐变得清澈灵动，几乎是立时容光焕发起来，竟是比先前显得更年轻，也更美了。

若说早先她看起来是一个妩媚的少妇，那么现在的苏妙阳若与花朝站在一起，竟如同姐妹一般了。

而躺在那张暖玉床上的花朝，早已彻底失去了气息。

苏妙阳漫不经心地抬手将垂落到额前的发丝拨到耳后，纤细白皙的玉臂上缓缓有血珠蜿蜒滴落，衬得她俏丽的五官如同山中精魅，可瞬间夺人心魄。

而她手腕上刚刚划破的那道伤口，早已经在血池的修复之下连道疤都看不见了。

身体里涌动的新鲜血液让她感觉前所未有的好，她情不自禁地游到血池边上，伸手抚了抚花朝因为失血而惨白的脸颊，脸上温情脉脉："十多年未见，姑姑的小花朝长大了，血液中的力量更让人欲罢不能了呢。"

然而此时的花朝，是不可能回答她了，因为在这个瞬间，她已经停止了呼吸。

在结束了那地狱般的折磨之后，她终于获得了片刻宁静。

瑶池圣母显然也发现了，她的手微微一顿，探了探她的鼻息，然后叹了一口气。花朝走失的这十五年，她虽然拥有这座圣坛里积存的血液，也试着从那些血蛊的身上提炼血液，但效果并不好。

她身体里养着的美人蛊已经干涸太久，竟是一个不留神将花朝体内的血吸了个精光……嗯，不过好在，她知道她的小花朝是没有那么容易死的。

真好啊。

拥有不死的身体和不老的容颜。

不过，早晚这一切都是她的。

瑶池仙庄的山门外，隔着一道天堑，始终站立着一个笔直的身影。

不知何时，天空开始下雪，鹅毛大雪洋洋洒洒，几乎将那道身影堆作了一个雪人。

他仍是笔直而执拗地站在原地，幽黑的眼睛在这无星无月的夜晚微微闪亮着，犹如一匹孤狼，正在守望被困住的伴侣，哀恸却执着。

他知道她此时正在遭受着什么，他知道瑶池仙庄光鲜的祭祀盛典之下掩藏的真相有多难看。

但此时的他却无能为力，因为时间太仓促了。

他不能自作主张，给本就处境十分艰难的她再添麻烦。

山道上远远地有一辆马车驶来，因为山道难行，那马车的速度并不快，马车内的人似乎不满意这样的速度，抱着一团东西匆匆跳下车，一路奔跑过来。

驾车的是司文，跑过来的是司武。

他仔细找了许久，才找着了雪人一般的少爷，慌忙上前替他拍去头上身上的积雪，又拿厚厚的斗篷裹住了他，顺手将怀里的暖手炉塞到他怀里，口中怨怪着："少爷，这大雪天的，您不回客栈，杵在这里做什么？要不是秦公子带了话说您在这里，又沿途做了记号，我们都找不着呢……您自己的身体您自己不知道吗？哪能经得起这般糟蹋，明天一准又要病得起不来床了。"

傅无伤仍然没有动。

"少爷？少爷！"司武在他面前挥了挥手。

"怎么了？咋咋呼呼的干什么？想引来瑶池仙庄的人吗？"司文驾着马车在旁边停下，蹙眉道，"快扶少爷上车。"

"我倒是想啊，可是少爷冻傻了似的一动不动，喊他也没反应。"司武翻了个白眼，无奈地摊手道。

司文跳下车辕，上前挥了挥手，试探着道："少爷？"

傅无伤没有搭理他们，仍是沉默地站着。

司文司武拿他没辙，又不敢真的下黑手干脆把他敲晕了带回去，只能裹了厚厚的斗篷捧着暖手炉陪着不知道又在发什么神经的少爷在这雪夜的山上罚站。

时间分外的难熬。

似乎是过了很久，突然，瑶池仙庄里爆发出一阵热闹的声音，仿佛在进行什么庆典似的，那声音来得猛烈而突兀，在这寂静的黑夜里显得十分突兀。

"这是怎么了？"司武被这声音吓了一跳。

"每逢朔月，瑶池仙庄都会有一场盛大的祭祀。"傅无伤缓缓眨了一下眼睛，抖落了睫毛上的雪珠，终于开口了。

"您该不是在等这场祭祀吧？"

"是啊，我在等这场祭祀。"傅无伤喃喃说着，身体微微一晃，"好了，扶我上车吧，回去了。"

那场明面上十分光鲜的祭祀开始了，那么花朝也已经熬过这一回了吧。

身体仿佛也已经到了极限，他不能真的生病啊。

若是生了病，他还怎么去看她，又怎么护着她呢？

这是最后一回，最后一回他除了陪伴什么也不能为她做，他再也不要站在这里眼睁睁地看着她在那个魔窟里受难而无能为力。

再也不要这样了。

【四】被圣女宠爱的莺时

因为意外被吸血过量以至于进入了死亡的状态，花朝过了好些天才恢复呼吸，苏妙阳是直至她恢复了呼吸之后才将她送回了自己的院子，毕竟不死之身这件事太过惊人，她不可能允许有除了她自己和花朝之外的第三个人知道。

花朝睁开眼睛的时候，便发现她已经不在圣坛了，而是正躺在自己房间的床上，虽然已经醒了，但是身体的虚弱感却还没有过去，那种身体内的血液被吸取吞噬的感觉仿佛还在，痛得钻心。

"圣女，你醒了？"一直守在旁边的如烟见她醒了，忙端了水过来。

花朝无力地就着她的手喝了一盏茶水，挥挥手示意她再倒一杯。

一连喝了三杯水，她干涸的喉咙才稍稍舒服了一些。

"备水，我要沐浴。"花朝道。

"可是您的身体还很虚弱。"如烟不赞同地劝道。

花朝抬起眼皮，冷冷地看了她一眼。

如烟被那黑沉沉的眼睛看得心下一凉，不敢再多言，忙不迭地应了一声："是。"

身体里那种被虫子啃噬的恶心感和异物感还在，花朝在如烟、如黛的伺候下洗了澡，换了一身衣服，又重新躺回了床上。

此时，她连自己站起身都做不到，除了躺着，还能干什么呢？

这么想着，她脸上露出了一个自嘲的笑意，不过……最令她恐惧的事情已经发生过了，仿佛一直悬在头顶的利刀终于落了下来，至此，她反而无所畏惧了。

又一次，她死了过去，又活了下来。

老天爷果然不会让她这么轻易死去。

不死，于她而言，是一件可怕的事情。

可是这也是她的能力和依仗，既然不会死，她又怕什么呢？

已经没有什么事情可以令她感觉畏惧了吧。

莺时端了燕窝羹进来的时候，便看到躺在床上的圣女睁着双眼，不知道在看什么，一双眼黑沉沉的，明明屋子里十分敞亮，可那双漆黑的眸子中仿佛透不进半丝光，黑得人心悸。

似乎……有哪里不一样了。

莺时知道每逢朔月之夜瑶池仙庄都会有祭祀活动，而这一次许是因为是瑶池圣母最喜欢的圣女回归之后的第一个朔月之夜，那场祭祀空前盛大。而最令莺时感到吃惊的是，瑶池圣母从圣坛出来之后，竟有返老还童之感，当时他虽然站得比较远，但也看得很清楚，那位瑶池圣母整个人容光焕发，仿佛年轻了十岁有余。

虽然江湖上关于瑶池仙庄的传闻有许多，但发生在瑶池圣母身上的事情他却是看得十分真切，这种违反自然规律的事情，竟然真的在他眼皮子底下发生了。

还是说……这瑶池圣母当真有什么了不得的神通？

那这位圣女呢……她自朔月那夜进入圣坛之后便一直没有出来，甚至连之后的祭祀圣典都没有参加，对此瑶池圣母给出的解释是圣女离开仙庄太久，要留在圣坛自省其身，可是隔了足有十多日，她却是昏迷不醒地被人送回来的，还变得如此虚弱。

一个仿佛得到了生命，一个却险些失去了生命，这其中有什么必然的联系吗？在那个无比神秘的、除了圣母和圣女谁也不能踏足的圣坛里，究竟发生了什么？

莺时不知道，他这十分大胆的揣测已经很接近事情的真相了。

感觉到圣女的视线扫了过来，莺时忙压下乱糟糟的思绪，上前道："厨房送了燕窝羹来，您要用一些吗？"

"好。"

花朝此时正需要进补，便由着莺时拿了软枕垫在她身后，半坐起来，由着他一勺一勺喂完那碗燕窝羹。

拿帕子轻轻替她拭了拭嘴唇，莺时又体贴地问："您是这么坐一阵，还是躺下歇歇？"

"坐着吧。"花朝这么说的时候，视线并没有离开眼前这个相貌浓艳的少年。

明明是如袁秦一般的年纪，却将伺候人的事情做得如此得心应手，但是比起看似乖顺的清宁，似乎又有些违和。

"你来瑶池仙庄多久了？"花朝忽然问。

莺时稍稍愣了一下，这位圣女的性格不是一般的冷淡，他被分来伺候她这么久，她还是头一回主动问起他的事情，要知道平时如非必要，她是从来不会主动开口同他们说话的，但他很快便很好地收敛起了惊讶的表情，恭敬地站在一旁，回答道："三年。"

"你为什么会来瑶池仙庄？"花朝又问。

"家里穷得快要揭不开锅了，哥哥要念书，姐姐要嫁人，这些都要花银子，就想把我卖了，没想到运气好碰到有仙侍去村里收徒，说我筋骨不错，花了二十两银子买了我。"莺时絮絮叨叨地解释，说起家里人要卖他时，脸上并不见什么低落的表情，仿佛还在为他的好运气沾沾自喜。

他说这些话的时候，花朝的视线依然没有离开他的脸，她就这样定定地看了他许久，然后冷不丁地说了一句："以后不必去外院，留在我身边伺候吧。"

莺时猛地瞪大眼睛，这是……终于要留他伺候的意思了？

得知莺时得了圣女青眼，可以近身伺候时，如烟、如黛倒没有什么意外的表情，倒是清宁，一整天都红着眼圈，躲得不见了人影。

莺时倒是伺候得更殷勤了。

入了夜，花朝因为身体还很虚弱，很早就有昏昏欲睡的感觉，快要入梦的时候，忽然感觉有一具温热的身体带着沐浴后的芬芳，慢慢爬上了床，凑近了她。

花朝睁开了眼睛，看向他。

莺时冷不防她突然睁开眼睛，就这样直勾勾地看着他，动作微微顿了一下，然后甜腻腻地冲她笑了一下。

"下去。"花朝面无表情地道。

"是您留我伺候的啊。"莺时仿佛有些不解，表情显得十分委屈。

"拿一床被子，睡外头去。"

莺时看了圣女半晌，见她没有要改变主意的意思，只得讪讪地抱了一床被子，打地铺去了。

床幔放下，莺时钻进临时铺好的被窝，双手支着下巴，望着被床幔挡住的圣女，眸色微沉，嗯，这位圣女大人还真是喜怒无常呢……

不过，她到底是打算做些什么，还是想试探什么？

他真的很好奇圣坛里发生了些什么事，让这位向来冷冷清清万事不管如同活死人一般的圣女突然就变了样。

第二日一早，莺时利索地爬起身，收拾了床铺，然后叫了热水进来伺候圣女大人洗漱。

如烟、如黛进来的时候，便看到莺时正拧了帕子替圣女擦脸。

似乎一夜之间，莺时便成了圣女大人最宠爱的仙侍，贴身程度连身为女侍的如烟、如黛都要靠边站，更不用说清宁了。

很快，整个瑶池仙庄都知道那个叫莺时的仙侍得了圣女大人的宠爱，甚至连瑶池圣母都召见了他。

外头又开始下起了大雪，下了足有两日才停，花朝有了些力气，开始下床走动。

随侍的，还是莺时。

莺时一边扶着她在屋子里走来走去，一边不着痕迹地打量她，他感觉自己越来越搞不明白这位圣女大人在想什么了。

正走着，外头突然传来一阵吵吵嚷嚷的声音，花朝停下脚步，蹙眉："去看看。"

莺时应了一声，扶她在一旁的椅子上坐下，这才开门去看。

门一打开，便有风灌了进来，外头灿烂的阳光照在积了一夜的白雪上，亮得人眼睛疼。

然后雪地之中大步走来一个披着油烟墨色斗篷的男子，那身形隐隐有些眼熟。

花朝眯了眯眼睛，因为雪地的反光有些看不清楚来者是谁。

"花朝！"那人开口唤她。

这下花朝知道来的是谁了，竟然是傅无伤。

清宁试图阻拦他擅闯圣女的房间，但是没拦住，眼见着那狂徒已经闯了进来，这些日子本就因为不得宠而惴惴不安的少年早已经红了眼圈，哆嗦着嘴唇扑通一下跪在了雪地上。

花朝太惊讶了，一时竟没有反应过来，待傅无伤已经蹲下身一把攥住了她的手，她才回过神来，讶异地道："你是怎么进来的？"

因为太过惊讶，她甚至忘记了自己的手还在他掌中握着。

"我府中的管家邱唐奉我爹的命令来追查紫玉阁梅夫人被杀的事情，我随他进来的。"傅无伤口中解释着，眼睛也不闲着，忙不迭地将她好好打量了一番，自然发现了她非同寻常的苍白和虚弱，一时心里揪疼得紧。

那夜之后他到底还是感染了风寒，过了好些天才好，但病情刚有起色他便想尽办法想进来看她，却一直不得其门而入，直到邱唐接到他爹的飞鸽传书，说是关于梅夫人的事情还需要进瑶池仙庄查探一番，他才跟了进来。

只是此时她的情况看起来比他想象中还要糟糕，已经过了那么多天，她竟然还是这样的虚弱……

花朝了然，这才意识到自己的手还被紧紧地攥着，她想抽回来，他却握得死紧，花朝不由得有些无奈地道："傅公子，你先放开我。"

傅无伤仿佛才发现自己这样紧紧地拉着人家姑娘的小手，却是一点都没有脸红地松开了手，十分自然地站起身笑道："一时忘情，不好意思。"

莺时斜睨了他一眼，抱歉，完全没有看出来您有哪里不好意思！

花朝忽略了他那句一时忘情，收回好不容易得了自由的手，对莺时道："莺时，你和清宁去备些茶点来。"

准备茶点本来是如烟、如黛的事，可见圣女只是要支开他们罢了，莺时心里有数，却只是乖巧地应了一声，便拉着门口还跪着低头擦眼睛的清宁，一同去了。

花朝回转头，便见傅无伤还站在她面前直愣愣地看着他，不由得有些无奈："傅公子，请坐。"

傅无伤笑了笑，对自己的失态也不尴尬，神色如常地找了个位置坐下。

"傅公子对这件事怎么看？"花朝看他坐下，冷不丁地问。

傅无伤此时心里眼里都是她，反应便有些慢，想了想才明白她问的是紫玉阁那位梅夫人离奇被杀的事情。

"寻仇吧。"傅无伤沉吟了一下，老实地说了自己的想法，"花暮说她因为嫉妒才杀了梅夫人这个理由太可笑了，而且她还不依不饶地搅乱了梅夫人的出殡，这得有多大的仇恨才会想要让她死都死不安生。"

而且花暮嫉妒的人是花朝，跟梅白依一毛钱关系都没有。

完全说不过去。

可是要说瑶池仙庄里有谁跟那位梅夫人有过深仇大恨……似乎也说不过去，毕竟瑶池仙庄一直避世而居，根本都不认识那位梅夫人吧。

这才是令人头疼的地方，所以这桩案，便成了悬案。

花朝点点头，忽然问了一句："你听说过……"

本是想问一问他是否听过慕容月瑶这个人，但是话到嘴边，花朝却忽然想起了慕容月瑶给她的那本名叫"风怜秋水"的武学秘籍，虽然不知道他目的何在，但是她的确受益匪浅。

那位来历神秘的慕容先生于她也算有半师之谊。

"算了。"花朝迟疑半晌，到底将已到嘴边的话咽了下去。

对于梅夫人的死，她一早便从玄墨口中得知了真相，是玄墨吞了她的半边身子，一切不过是苏妙阳为了讨好慕容先生，派了那位圣女花暮带着玄墨走了一趟。

而花暮不过是个看不清自己处境的可怜又可悲的替罪羔羊罢了。

大约是慕容先生和那位梅夫人之间有着什么深恨大恨吧。

这个问题一旦问出口，便会对苏妙阳和慕容先生造成不小的麻烦，这是她所希望看到的，但是临了临了，她却迟疑了。

因那半师之谊。

傅无伤定定地看着她，虽然不知道她刚刚想问什么，但直觉她没有说出口的那个问题便是那位梅夫人死亡真相的答案。

但是她不想说，他便没有追问。

毕竟那位梅夫人死在何人手中，于他又有什么相干呢？

"傅公子，多谢你来看我，不过……以后莫要来了。"傅无伤正想着，便听花朝如此道。

傅无伤神情微微一顿，随即若无其事地笑道："这是不欢迎我的意思吗？"

"此处非善地。"花朝垂下眼帘，轻声告诫道。

这是傅无伤第二次在瑶池仙庄私下来见她了，花朝不知道苏妙阳为什么会对这件事睁一只眼闭一只眼，但她并不想让他蹚这趟浑水。

"既然如此，你为什么不离开？"傅无伤下意识地捏住了拳头，试探着放轻了声音问，"是没办法离开吗？需要我帮忙吗？"

花朝诧异地看了他一眼，她并不知道傅无伤其实是知晓瑶池仙庄的底细的，因此对他仅凭她的一句话便察觉到她的处境这样的敏锐感到吃惊。

不过她还是摇了摇头："多谢你的好意，但我并不需要。"

她根本逃不了，也不能逃。

她一逃，苏妙阳势必会将怒火发泄在远在青阳镇的阿爹阿娘头上。

因此，摆在她面前的只有两条路：一条是永远被苏妙阳这样掌控着，成为她身体里那些美人蛊的饵料；另一条便是……杀了苏妙阳，永绝后患。

正说到这里，清宁和莺时端了茶点进来。

茶是瑶池仙庄自产的明前茶，茶汤色泽碧绿，香气清纯，傅无伤作势品了一口，正欲夸赞一番，便见先前那个被唤作"莺时"的少年上前十分利落地伺候花朝净了手，又替她捧了茶盏，那动作一看便是伺候惯了，再看那少年容貌姣好，他不由得产生了巨大的危机感。

"傅公子，试试这点心。"见傅无伤望着莺时发呆，花朝觉得他有些奇怪，轻咳了一声道。

傅无伤立时笑眯眯地应了一声，伸手捏了一块点心来吃。

"我们都已经认识这么久了，还叫傅公子着实有些见外啊。"傅无伤喝了一口茶，冷不丁地道。

花朝虽然想着他们以后应该也不会有什么交集，但既然他都这么说了，她便从善如流地道："那该叫什么好呢？"

"不如叫我一声傅哥哥啊。"傅无伤一脸期待地道。

这称呼……有点腻人啊，想不到傅公子竟然是这样的傅公子啊。

花朝抽了抽嘴角："还是叫傅大哥吧。"

傅无伤听着有些失望，但总比叫傅公子要亲近许多啊，这么一想，也算满足了。

一盏茶喝完，有仙侍来禀，说邱管家准备回去了。

傅无伤便起身告辞。

花朝身子还虚着，不便起身送他，只坐在椅子上目送他离开。

傅无伤走了几步，忽然停下脚步，回头看了她一眼，笑着道了一句："不管什么时候，不管发生了什么，我总是站在你这边的。"

说完，也不待花朝反应，他转身就走了。

花朝却因为他这句愣怔了许久。

……他的话，究竟是什么意思？

【五】不了了之

东流镇的客栈后头有一个小小的院子，被紫玉阁包下了，不许外人出入。此时，梅傲寒便坐在院子里，与白湖山庄的管家邱唐叙话。

"邱管家是说，此事便这样不了了之了吗？"梅傲寒的笑容有些冷。

邱唐叹了一口气，有些无奈地道："那条正冬眠的巨蟒你也看到了，即便我们猜测那位瑶池圣母的手脚并不如她所表现出来的那么干净，但她的态度在那里，且……正如她所说，她并不认识尊夫人，根本没有对她下手的理由。"

瑶池圣母履行了她之前的承诺，让邱唐和梅傲寒进瑶池仙庄查看，还大度地让他们二人进入圣殿看了瑶池仙庄的圣兽，那条名叫玄墨的巨蟒。

除此之外，他们没有查探出任何的蛛丝马迹。

梅傲寒紧紧地蹙着眉头，这也是他最不解的地方：动机。

找不到动机，便只能按那瑶池圣母原先的说辞，认了那个暂代圣女之位的花暮是凶手。

"对于那个关于瑶池仙庄的传说，邱管家认为有几分是真？"梅傲寒忽然道。

邱唐下意识地转动了一下手中的茶盏，又想起了白日里见到瑶池圣母时，自己有多震惊，那位瑶池圣母竟然比上一回见到时更年轻美貌了！

可惜……瑶池仙庄防守太过森严，他根本找不着机会去见那个浑小子，不然也许可以得知一些消息。

那浑小子是他的几个养子中天赋最好、武功最高的一个，也是最不服管教的一个，三年前说是受人之托要去查一个关于幼儿失踪的案子，案子进展如何他不知道，因为他自己也失踪了，这一失踪就是三年。

结果……邱唐竟然在瑶池仙庄看到了他，而且他还成了圣女身边的仙侍。

最令邱唐哭笑不得的是，今日在瑶池仙庄他还听了一耳朵八卦，那臭小子仿佛成了那位圣女的入幕之宾，还颇为受宠……

但是想起那日在瑶池仙庄见到那臭小子时，那臭小子假装不认识他的样子，他便知道这其中必然没有那么简单，虽然不知道他查幼儿失踪案怎么查到了瑶池仙庄头上，但邱唐自然不会拆他的台，置他于险境。

"邱先生？"见邱唐迟迟不开口，兀自发呆，梅傲寒微微提高了声音。

"啊，抱歉，想起了一些别的事情。"邱唐回过神道，"那位瑶池圣母就是个活招牌，你也许没有见过她，但江湖上一些老家伙肯定记得她，如今见过她的人基本一个个都成了糟老头糟老太，可是……时光在她身上，仿佛停滞了一般。"

听了这话，梅傲寒的心情越发地沉重起来，毕竟瑶池仙庄越强大，他要面对的压力便越大。

"不过……虽然如此，我却总觉得那瑶池仙庄并非表面上看到的那般光鲜，总有些违和之处。"邱唐话音一转，又道，"很抱歉关于尊夫人的事情没有帮上忙，但是对瑶池仙庄的调查不会就此停止的。"

梅傲寒点点头，没有言语。

邱唐叹了一口气，起身拍了拍他的肩："我这话你许是要恼，但是你和她纠缠了半生，也被折磨了半生，还断了一臂，如今……你也要替自己想想，替梅姑娘想想。"

梅傲寒垂头，用仅剩的一只手捂住脸，有些压抑地道："我答应了师父要照顾好她的，可结果……她却痴傻半生，最后连死……都死得那样凄惨。"

邱唐见状，叹息一声，摇摇头走了。

月色寒凉，梅傲寒的眸光比月色更凉。

许久，他轻轻地呼出一口气，对着一个黑暗的角落缓声道："依依，别站在那里了，回房去睡吧。"

梅白依知道自己被发现了也不意外，她垂着头走了出来。

"爹，难道这件事，就这么算了吗？"梅白依捏紧了拳头，红着眼睛，不甘心地说，"明眼人都知道那个假圣女不过是被推出来的替死鬼罢了！"

"这件事爹会去查的，你不要管，也不要再去招惹那位刚回归瑶池仙庄的圣女了。"梅傲寒有些疲惫地说。

"为什么？难道我堂堂紫玉阁竟怕了瑶池仙庄不成？"

"虽然那位瑶池圣母看起来似乎是个好性儿的，但你忘记那个代圣女的嚣张狠辣了吗？他们行事诡谲，明枪易躲暗箭难防，你娘已经没了，爹不希望你再出什么事。"梅傲寒一脸认真地告诫道，见梅白依还是一脸不服气的样子，他揉了揉额头，又道，"那个叫花朝的圣女我查过了，在回归瑶池仙庄之前她一直被袁秦的父母收养在青阳镇，不可能和你娘的死有关，先前在紫玉阁你一再对她出手，我怜你丧母，没有多说什么，但是现在，瑶池圣母有多宠着她，那日你也亲眼看到了，我不希望你再迁怒她，做出什么不可挽回的事情来。"

"说到底！不过是你怕了！堂堂紫玉阁主竟然怕了瑶池仙庄！你怕了他们，我可不怕！我一定会查出真相，不会让我娘就这么不明不白地死了！"梅白依咬牙切齿地吼道。

梅傲寒看着自己一贯娇宠的女儿面目狰狞的样子，仿佛看到了曲清商发疯前癫狂的样子，一时控制不住，抬手便是一耳光。

啪的一声脆响，梅白依怔怔地捂住脸，呆住。

梅傲寒见状也有些后悔，正要说什么，梅白依却捂着脸扭头跑了。

而此时，袁秦正躺在客栈的床上，呆呆地发怔，他已经这样躺了一整天了。自那日被那个叫莺时的家伙敲晕了送出瑶池仙庄之后，他便再没有寻到机会进去。

虽然整个瑶池仙庄看来花团锦簇，虽然那位瑶池圣母尊花朝为高高在上的圣女，可是袁秦总觉得这中间透着违和与蹊跷。

听闻今日梅阁主和白湖山庄的邱管家去瑶池仙庄了，傅无伤也觍着脸跟了过去，而他……即便是想觍着脸，也没能跟进去，那个来接他们的仙侍义正词严地说，因为他偷偷潜入瑶池仙庄的行为惹怒了圣母，现在瑶池仙庄不欢迎他进去。

真是可恶啊！

似乎是半睡半醒间，袁秦做了个梦，又梦到了小时候遇到花朝的事。

梦境很清晰，他趁着那对拐子夫妻去大门外迎接那些"要来挑选徒弟的大人"时，带着花朝从后门逃跑了，但是因为他和花朝年纪小脚程慢，竟然在逃跑的途中又偶遇了从拐子夫妻那里折返的"来挑选徒弟的大人"。

那"来挑选徒弟的大人"一共有两人，带着三个被选中的孩子。

"这密林里晚上十分吓人，稍有不慎你们就要成为野兽的口粮了，不如便跟着我们一道走吧？"那两位大人劝说道，他们容貌姣好，看起来很有几分悲天悯人的气质。

袁秦有着野兽一样的直觉，这两个人虽然看起来一副道貌岸然的样子，但和那两个拐子有交易的，又怎么可能是好人？于是他断然拒绝了。

"你们可有地方去？"被拒绝了那位大人也不恼，又微笑着说，"我们出自江湖第一大庄，此次出来是为了挑选门派弟子，我看你们根骨也不错，若是没有地方落脚，不如……"

他再次拒绝了。

可是那两位大人并没有要放弃的意思，甚至那三个被挑中的孩子也十分不满地看着他们，觉得他和花朝不识好歹。

就在这时，那位青衣大侠出现了。

他似笑非笑地道："江湖第一大庄？我怎么不知道白湖山庄有你们这两号人物？我和白湖山庄倒是有些交情，不如报上名号来给我听听？"

这就尴尬了。

"不肯报上名号吗？那不如说说你们之前买走的那些幼童都去了何处？"青衣大侠提起剑，指向那两名所谓的大人，"村庄里那对恶贯满盈的夫妇已经成了我的剑下亡魂，他们供出你们每年都会派人以收徒的名义买走大量的幼童，对此，你们不想说些什么吗？"

此言一出，那两位看起来颇为悲天悯人的"大人"露出了狰狞的面目。

他们武功不弱，可惜踢上了铁板，不过几个照面，便被青衣大侠擒下了，眼见逃脱不得，两人竟是齐齐咬碎了口中的毒囊，不过片刻便七窍流血而亡了。

袁秦猛地惊醒，突然一个激灵，猛地翻身坐了起来。

梦里那两位"大人"的装扮和瑶池仙庄里的那些仙侍一模一样！他们口中的"江湖第一大庄"并非指青衣大侠说的白湖山庄，而是瑶池仙庄啊！

袁秦又想起了青衣大侠揭下他们伪善脸皮的话。

"不肯报上名号吗？那不如说说你们之前买走的那些幼童都去了何处？"

"村庄里那对恶贯满盈的夫妇已经成了我的剑下亡魂，他们供出你们每年都会派人以收徒的名义买走大量的幼童，对此，你们不想说些什么吗？"

以收徒的名义买走大量的幼童……袁秦心中发冷。

那个地方，果然不是善地。

花朝果然不是自愿留在瑶池仙庄的，要不然她堂堂瑶池仙庄的圣女，那个瑶池圣母看起来又那么宠爱她，她为什么会孤身一人落在人贩子手里？而且……那个时候她的的确确是想避着那些仙侍的，她害怕他们的出现，并且丝毫不想被他们认出来。

待最初触摸到真相的兴奋感过去之后，袁秦冷不丁地又想起了那日在紫玉阁，花朝见过阁主夫人的尸体之后，回来惊慌失措地求着他立刻跟她回青阳镇的样子。

那时，她的脸上满是慌张和焦虑，她说她害怕，她要回家，她低声下气地求他跟她一起回去。

当时他吃惊于从未在她脸上看到过那样慌张焦虑的样子，可是此时再想……她分明是察觉到瑶池仙庄的人来了吧。

阁主夫人是死于瑶池仙庄的人之手。

瑶池仙庄对她而言有多可怕，以至于时隔十年，她再一次看到有关瑶池仙庄的线索竟然害怕成那样……

"她说了多少次让你跟她走？你为什么不听，你知不知道她为你付出了什么，又放弃了什么？你知不知道她将要面对的是什么？"不期然地，傅无伤的声音又在他耳边响起。

袁秦颓然地垂下头，双手紧紧地捂着脑袋，曾经意气风发的脸上，第一次布满了痛苦和后悔的表情。

这时，有人来敲门。

袁秦抹了一把脸，起身去开门。

还未等看清来者是谁，便有一阵香风迎面扑来，那人直接扑入了他怀里。

袁秦一愣，这才发现是梅白依，想将她推开一些，她却死死地抱着他的腰，不肯松手。

"阿秦，我不信，我不信我娘的死只是那花暮一人所为。"梅白依将头埋在他怀里，闷声道。

"我也不信，梅夫人的死，一定跟瑶池仙庄有关。"袁秦斩钉截铁地说。

梅白依闻言似乎是怔了一下，她抬起头，愣愣地看着他，这些天他的萎靡不振她看在眼里，虽然不甘心，可是她也知道花朝对他的影响有多大，但是她没有想到，到最后，他还是愿意站在她身边的。

眼泪一下子落了下来，她垂下头抵着他的胸膛，死死地揪着他的衣服，哭得双肩颤动不已，仿佛要将一切委屈都发泄出来。

袁秦抬起手，看着在他怀里哭得不能自已的梅白依，有些无措。

不推开她吧，男女授受不亲……推开她吧，又显得太过不近人情。

许久，他长长地叹了一口气，轻轻地拍了拍她的肩，安抚道："别哭了，我一定会揭开瑶池仙庄的真面目，不过你以后不要再说凶手是花朝这样的话了，她在我家待了十年，是什么样的人我非常清楚，任凭凶手是谁，都不可能是她。"

正垂首在他胸前的梅白依顿了一下，感动还未过去，便被后半句话浇了个透心凉。

"嗯。"半晌，她低低地应了一声。

袁秦便放下了心。

然而他却没有看到，正埋首在他怀中的梅白依，那一瞬间的表情变得有多可怕。

第八章

【一】慕容夭夭的赌局

不管梅白依有多么不甘，反正表面上这桩公案已经尘埃落定了。

梅傲寒也没有继续留在东流镇的意思，那位瑶池圣母做事滴水不漏，他留在这里也查不出什么，倒不如先行离开再作打算。

梅白依对她爹竟然打算就这么离开表示了极大的愤慨，然而梅傲寒并没有理会她的愤怒，反而在看到她这样歇斯底里的态度之后，更加坚定了要带她一起离开的想法。

于是，不甘心的梅白依被她爹强行带走了。

一起被带回紫玉阁的，还有之前一直被捆在客栈后院杂物间的花暮，虽然知道她只是无用的弃子，但不管幕后主使者是谁，阁主夫人的确是死在她手上这件事却是毋庸置疑的，因此势必要将她带回紫玉阁处置。

作为瑶池仙庄弃子的花暮价值不大，又疯疯癫癫的问不出什么来，因此梅傲寒将她从瑶池仙庄带回来之后便让人将她关在了后院的杂物间，一直没有见过她。此时让人将她带出来，在见到她的模样之后，梅傲寒的眼皮便是一跳，脸色不大好地让人赶紧将她押送上了马车。

虽然时间很短，但是悦来客栈里在场的人该看清的都看清了，那位曾经嚣张得不可一世且相貌美艳的代圣女花暮已被折磨得奄奄一息，几乎不成人形，最令人心惊的是，她那张堪称美艳的脸被划花了，满脸血痂惨不忍睹。

邱唐的面色有些复杂，看那代圣女这样重的伤势，也不知道能不能撑过一个月。

来送行的慕容夭夭也被那代圣女的惨状吓了一跳，脸上的笑容都勉强了起来。

"夭夭，有空来紫玉阁找依依玩。"临行前，梅傲寒倒是一脸慈爱地对慕容夭夭道。

"好的，梅叔叔。"慕容夭夭面上乖巧地应了一声，然而心里却是拒绝的，谁要跟梅白依那个疯子玩啦！有时间她宁可去找花朝，可惜如今她在瑶池仙庄很难见到，这么想着，她竟有些伤感了起来。

悦来客栈的掌柜财如命站在门口热情地目送紫玉阁的车队离开，笑眯眯地道："梅家那个小姑娘颇有其母之风啊。"

邱唐沉沉地叹了一口气。

紫玉阁众人离开之后，邱唐也要回白湖山庄复命，然而傅无伤却不愿意随他一同离开。傅无伤不是梅白依，邱唐也不是他爹，傅无伤不愿意走，邱唐也不好强逼着他走，只好殷殷嘱咐了一番，先走了。

临行前，傅无伤郑重其事地塞了一封信给邱唐，一脸认真地让他务必把信交给他爹。

正主都走了，各路来看热闹的江湖人士也都纷纷离开，喧嚣了好一阵子的东流镇渐渐恢复了往日里的节奏。

悦来客栈里也不复先前人头攒动的热闹景象，先前忙得脚不沾地的伙计一个个也都清闲了下来。

这日，慕容夭夭睡到日上三竿才起来，她揉着眼睛下楼用早膳，财如命热情地招呼道："慕容姑娘，早膳要用点什么啊？"

"一碗素馄饨，再来一笼汤包吧。"慕容夭夭打了个哈欠，晃晃悠悠地走到靠窗的位置坐下。

"来福。"财如命喊。

"好嘞！稍等！"跑堂的伙计来福闻言，立刻麻溜地跑进后厨。

不多时，他便端了素馄饨和汤包来："慕容姑娘，您趁热吃。"

"多谢。"慕容夭夭喝了一口汤，又吃了一个小馄饨，见客栈里小猫两三只，伙计们清闲地擦桌子抹地，正用饭的客人竟然只有她一个。

虽然这个时间不是饭点，但这人也太少了吧。

慕容夭夭便看着财如命笑道："财掌柜，您这间悦来客栈可开得不值啊，匆匆建成开业，到如今还回不了本吧，如今凑热闹的都走了，您这客栈可怎么办啊？"

见她一脸狡黠的样子，财如命便觉得这姑娘真是哪哪都可爱，他便起了逗弄的心思，神秘兮兮地摇着手指道："非也，小姑娘你太天真，只要瑶池仙庄还在这，这热闹啊……就不会停。"

　　慕容夭夭鼓起腮帮子表示不服。

　　正巧此时孟九从客栈外头进来了，慕容夭夭眼睛一转，起身上前拉住孟九的衣袖，撒娇道："小胡子爷爷，我刚跟掌柜的打了个赌。"

　　"哦?"孟九看了财如命一眼，又看向自家小小姐。

　　"我说如今凑热闹的人都走了，这客栈难回本，财掌柜却说只要瑶池仙庄还在这，这里的热闹就不会停。"慕容夭夭拉着孟九的衣袖晃了晃道，"不如我们留在这里多住一阵，看看谁说得对。"

　　慕容夭夭的小算盘打得啪啪响，打赌不过是个幌子，她还不想这么快回家才是真相，慕容府里没什么好玩的，宝云山倒是好玩，奈何外公最大的爱好就是让她进行比武招亲，她自然是避之不及了，还不如留在这东流镇多玩一些时日，看看有没有机会去见见花朝。

　　孟九失笑，慕容夭夭那点小九九他一眼就看出来了，不过他向来不忍心拒绝这个小丫头，而且他的确还有一些事要在这里进行查探，便扬了扬眉道："赌注呢?"

　　声音粗嘎犹如沙砾。

　　慕容夭夭傻了一瞬，她还没有想到这一茬儿呢，但她脑子转得快，立刻笑眯眯地一指财如命腰间的金算盘："如果我赢了，这个归我!"

　　孟九倒是稍稍一惊，随即笑道："你可真会挑，这金算盘可是财掌柜的命根子。"说着，又对财如命拱了拱手道："小孩子家家不懂事，财掌柜不要跟她一般见识。"

　　财如命见慕容夭夭鼓起了腮帮子，心里觉得好笑，他也不生气，只摆摆手道："要赌嘛，就赌大点，若慕容小姑娘赢了，这金算盘就归你了。"说着，还十分豪爽地拍了拍腰间的金算盘，将那金算盘拍得哗哗响，他忽然又道，"若是慕容小姑娘你输了呢?"

　　慕容夭夭倒也大方，双手一摊道："你想要什么，尽管说就是。"

　　财如命忍不住哈哈大笑，促狭地道："若你输了，就留在我这客栈里跑堂吧。"

　　孟九嘴角抽搐了一下，刚想阻止，那厢慕容夭夭已经小手一挥，豪气地道："不就是跑堂嘛，没问题，但是我肯定不会输的!"

　　孟九轻咳一声，对财如命道："那便定个时间吧，你们这个赌若没有时间限制可不好论输赢，而且我们也不可能一直留在东流镇。"

"很是很是，你说定多久合适呢？"财如命从善如流地道。

"一个月吧，就以一个月为期。"孟九为了不让自己家小小姐去给人家当跑堂的，豁出去一张老脸不要，恬不知耻地道。

事实上如果要押注……他绝对会押财如命赢，奈何他得帮着自家小小姐啊，瑶池仙庄摆出了要出世的姿态，肯定不会就这么消停的，但若要在一个月之内再闹出点什么，可能性也不大。

原以为财如命肯定会同他扯皮，没想到他竟然眯着眼睛笑了笑，一口应下："没问题！"

这下换成孟九不安了……

为什么这家伙这么笃定？

而此时，瑶池仙庄里，苏妙阳收到了一份飞鸽传书。

"犬子心悦圣女，欲结两姓之好？"苏妙阳打开了香炉，将手中的信函丢了进去，看着那信函慢慢变红，然后火光一闪，烧成一堆灰烬，她美眸中染了一丝怒意，"那个该死的老匹夫，竟然打上了这样的主意，他还真敢想！"

"不要什么东西都往香炉里丢，白白糟蹋了这一炉好香。"慕容先生转了转手中温热的茶杯，不赞同地摇摇头，温声道。

"好好好，知道了，下次不会糟蹋你的好香了。"苏妙阳嗔了他一眼。

"便是成全了他又如何，武林盟主家的长子……嗯，这名头也不算埋没了你的小圣女。"慕容先生笑了笑道，"且你们既然选择了合作，不付出一些双方都能接受的诚意，又怎么能轻易相信对方呢。"

"花朝可是我的心头宝，他们家那个'犬子'可是江湖上出了名的文不成武不就，一个纨绔罢了，怎么能配得上我的花朝？"苏妙阳眉头一竖，不满地道，她特意加重了"犬子"二字，语气更是说不出的讽刺。

慕容先生眉头一挑，侧目看了她一眼，他花了十多年的时间终于博得了这位瑶池圣母的信任，如今这位在世人眼中无比神秘的瑶池圣母在他眼中是没有什么秘密的，但是，她对花朝非同寻常的占有欲……却是奇怪得很呢。

这个世界上没有无缘无故的爱，也没有无缘无故的恨。

果然，她还是有事情在瞒着他吧。

"文不成武不就才好啊。"慕容先生勾唇一笑，一脸玩味地道，"这样，她才逃不出你的掌心哪……我看这事儿八成是这位纨绔公子自己求来的，毕竟他心悦圣女的事情瞎子都看得出来，傅正阳不过是顺水推舟灵光一现，既全了他儿子的念想，又能娶得圣女和你瑶池仙庄加深羁绊，一箭双雕，不过……看这纨绔公子对圣女死心塌地的程度，你还怕掌控不了他吗？”

苏妙阳思忖一番，那日她看到傅无伤胆大妄为地抱了花朝之后，原以为他们是两情相悦，后来才发现不过是傅无伤一厢情愿罢了，且他对花朝迷恋甚深。那老匹夫主意打得挺好，但若真结了所谓的两姓之好，以傅无伤对花朝的迷恋程度，只怕那老匹夫是再也左右不了他儿子的心思了。

到时候，谁是谁的软肋，谁成了谁手中的人质……可就不好说了。

且，她到底还是不想立刻与傅正阳那老匹夫翻脸的，特别是在这个当口，和那位武林盟主维系好关系很有必要，毕竟瑶池仙庄想要名正言顺地立足于江湖，也需要他在背后推一把。

“不过……若是我瑶池仙庄的圣女和武林盟主的儿子突然成了亲，岂不是变相告诉天下人，我们之间早有联系？”苏妙阳心思一转，蹙了蹙眉道。

“宝剑赠英雄，早年你不是收了数柄名剑吗，不如取一柄来，广邀天下少年英豪来比武观剑，最后的获胜者可以成为这名剑的主人，也算美事一桩。”慕容先生举杯啜饮了一口茶汤，漫不经心地道。

“少年英豪？”苏妙阳拊掌笑道，“倒是不错。”

即便称了那老匹夫的心，也能好好硌硬他一番了。

这便是拍板同意了。

此时的花朝还不知道，她的终身大事便被她认为有半师之谊而留了一线情面的慕容先生轻飘飘地定下了。

“紫玉阁那位梅阁主已经离开东流镇了。”话音一转，苏妙阳上前，轻轻倚在慕容先生肩上，吐气如兰。

“梅傲寒优柔寡断，当年位列一庄二府三阁的紫玉阁已经没落了。”慕容先生神色淡淡地道。

“你倒是得了便宜还卖乖，借我瑶池仙庄之手杀了人家夫人，人家没有不管不顾地杀上门来，你还说人家优柔寡断。”苏妙阳点了点他的胸口，嗔道。

“呵，若他当真不管不顾地杀上门来，我还佩服他几分。”慕容先生笑得一脸讥诮。

苏妙阳笑盈盈地看着他，这个总是喜怒不形于色的男人也只有提及当年那些事时，才透出几分真性情来。

“那位代圣女，你当真就让她这样被紫玉阁带走了？她在瑶池仙庄这么些年，知道的事情可不算少。”见她笑盈盈的样子，慕容先生眉头一挑道。

"紫玉阁那位千金小姐也是个心狠手辣的，短短几日竟把那可怜的花暮折磨得不成人形了，罢了，回头我让人神不知鬼不觉地送她一程，也算全了这些年的情分。"苏妙阳幽幽地叹息了一声，轻声道。

慕容先生似笑非笑地捏了捏她的下巴："我便是喜欢你这蛇蝎美人的样子。"

苏妙阳勾着他的脖子笑盈盈地道："彼此彼此。"

慕容夭夭在悦来客栈好吃好喝，顺便将不算大的东流镇逛了个遍，然后试着向花朝递了名帖。她原是不抱什么希望的，结果第二日上午，竟有瑶池仙庄的车驾来接了。

"小胡子爷爷，花朝来接了我啊！"慕容夭夭一脸兴奋地道。

看着眼睛发亮的小姑娘，孟九一张老脸上满是宠溺，纵然心里对那来历神秘的瑶池仙庄依然存疑，却仍是笑着道："那便让我陪小小姐走一趟吧。"

"咦？小胡子爷爷要陪我一起去吗？可是花朝只请了我一个人啊。"慕容夭夭一愣。

"你是慕容家的小姐，身边必然跟着家仆，这是常识。"孟九挥挥手道。

慕容夭夭蹙眉："小胡子爷爷又不是家仆。"

"这种小事不必在意，小小姐可别忘记你出门前寨主说过什么，不管去哪里都必须有我陪在左右，否则下一次就不让你出门了。"

见小胡子爷爷连外公都搬了出来，慕容夭夭便知道他是铁了心要跟自己走这一趟了，只得嘟了嘴："好嘛好嘛，我知道了。"

直到登上了瑶池仙庄的车驾，慕容夭夭才发现来接人的仙侍果然没有表现出什么异色。

孟九倒是暗自打量了一番，那仙侍气息绵长，竟也是高手，不由得暗自警惕。

进了瑶池仙庄，便有两名貌美的女侍迎上前来，替慕容夭夭和孟九引路。

比起接他们来仙庄的那个一脸冷漠轻易不开口的仙侍，这两个女侍的态度就温和多了，一路上还简单地介绍了瑶池仙庄的奇景。

是的，奇景。

这是慕容夭夭第二次来瑶池仙庄，她依然对这数九寒冬里百花齐放的景色着迷不已，只是可惜上次没有单独见到花朝，这会儿终于要见到她了，她心里不由得有些激动，只觉得有好多话想同她说，有好多问题想要问她。

孟九只是沉默地跟在慕容夭夭后面，冷眼看着。

那两名女侍将他们引入了一道垂花门，很快便有一个相貌清秀的少年迎了上来，一脸疑惑地道："两位姐姐这是……"

"清宁公子，这位是圣女在外面结识的朋友，慕容夭夭姑娘。"其中一名女侍开口道，说着，又向慕容夭夭道："慕容姑娘，这位是在圣女身边侍候的清宁公子，你随他进去就是。"

清宁虽然心中疑惑，但到底还是点了点头，这两位女侍他在圣母身边见过，既然是她们带来的，想必是没有问题的。

慕容夭夭一脸兴奋地跟着那相貌清秀的少年走进了院子。

院子里也是草木芬芳，这冬日里完全不该存在的景色在此处满目可见，饶是大家族出身的慕容夭夭也禁不住有些目眩神迷。

进了内院，便另有一个美貌的少年迎了上来，蹙眉道："清宁？你怎么进来了，圣女不是说了让你无事不要进内院的吗？这两个人又是谁？"

清宁的面色有些难看起来，他咬了咬唇道："你还是慎言吧，这位是圣女在外面结识的朋友，若是得罪了，看圣女怎么责罚你。"

莺时狐疑地看了慕容夭夭和孟九一眼，到底还是抱了抱拳道："二位得罪了，不过我得先去禀报一声。"

慕容夭夭有些奇怪，明明她已经递了名帖给花朝啊，但她到底还是没有说什么，站在原地等那少年去禀报，顺便八卦地看了看那少年的背影，又看了看那个站在原地一脸郁闷的清秀少年，这是争风吃醋了啊……

不过她支持去禀报花朝的那个少年，因为他美貌啊！

而且目前看起来也的确是他比较受宠呢，果然花朝的审美和她是一样一样的啊，慕容夭夭突然有了一种莫名其妙的幸福感。

这时候，门突然开了，花朝走了出来，一脸来不及掩饰的惊讶："夭夭？你怎么来了？"

看到她一脸惊讶的样子，慕容夭夭也是一脸迷茫："啊？我给你递过名帖啊？你没收到吗？啊不对……你没收到的话我为什么会在这里？"

站在慕容夭夭身后没什么存在感的孟九听到这话眉头便是一蹙，暗忖这位圣女大人的处境似乎不太妙啊……

花朝立刻回过味来了，瑶池仙庄里能够堂而皇之地避开她收了递给她的名帖，还能安排人进瑶池仙庄的，除了苏妙阳再没有旁人了。

可是，苏妙阳为什么要安排慕容夭夭来见她？

慕容夭夭身上有什么值得她图谋的？

花朝的眉心忍不住打了个结："夭夭，小胡子爷爷，你们先进来坐吧。"

本来正冷眼旁观的孟九倒是因为她这自然的称呼稍稍一怔，随即失笑，这个称呼是当初慕容夭夭教她的，想不到她一板一眼地当了真，但是被她这么一叫，他竟不大好意思对她的处境就这么冷眼旁观了。

将慕容夭夭和孟九迎了进去，花朝看向莺时："去备些茶点来，不要让旁人来打扰我们。"

莺时乖巧地应了一声，出去了。

虽然又被十分直白地支开了，但莺时还是十分诡异地有了些成就感，毕竟上回他是和清宁一起去备茶点的，而这回圣女只让他去，且还明确表明不要让旁人来打扰。

这么想着，莺时嘴角便不自觉地带上了一丝自己都不知道的笑意，结果走到院外的时候，突然被清宁拦住了去路。

"拦在这里干什么？"莺时眉头一皱。

虽然他和清宁都是被瑶池圣母安排来伺候圣女的，先前倒还能维持表面的和平，但自从圣女更倚重莺时开始，似乎连那层表面上的平和都被打破了，两人如今虽然比邻而居，但除了必须的交流，基本上是可以一整天都不说一句话的。

清宁性格别扭，莺时不屑跟他一般见识。

"圣女醒过来的那一天，你对圣女做了什么？为什么圣女突然那么宠爱你了？"清宁咬了咬唇，终于开口问出了心底一直以来的疑惑，那语气中隐隐带着些质问的意思。

明明之前圣女对他们还是一视同仁的，但是自从祭祀活动结束，圣女醒来之后，一切突然就变了。

莺时却是忍不住失笑，看来大家都盯着他觉得他受宠呢，然而他每天晚上在圣女屋子里打地铺，这满肚子苦水又要和谁去说？

虽然这么想，但他面上却是嚣张地扬了扬眉，抛下一句："各凭本事罢了。"说完，丢下气得涨红了脸的清宁，扬长而去。

走了两步，他突然又停了下来，扭头道："哦对了，圣女让你无事不要进去打扰她。"

说完，真的走了。

清宁站在原地，咬了咬唇，望着院门，委屈得差点哭出来。

此时，院子里头。

花朝刚刚关上门，一回头，便见慕容夭夭眼睛亮亮地看着她，那亮晶晶的眼神盯得她直发毛。

"花朝，那天我离开紫玉阁之后发生了什么事情，你为什么突然变成圣女了？瑶池仙庄真的有什么功法还是仙丹可以让人长生不老吗？上次我来只是远远地看了你一眼，都没有找到机会上前来跟你说话，我好想你啊！"慕容夭夭一连声地说着，然后不待花朝回答，便猛地扑了上来，将花朝抱了个满怀。

花朝僵硬了一瞬，随即面色缓和了一下，也抬手抱住了她，在她耳边道："我也很想你，夭夭。"

慕容夭夭更激动了，没有什么比美人在怀，而且这个美人说也想她更幸福的事情了。

正激动着，慕容夭夭便听到花朝在她耳边低低地道："下次不要再递名帖进来，也不要再来看我了。"

"啊？"慕容夭夭一愣。

这转折太快，她一时反应不过来了。

"记住我说的话，不要声张，回头告诉小胡子爷爷就行了。"花朝说着，推开她，微笑着看向站在一旁的孟九道："小胡子爷爷，您坐吧。"

孟九意味深长地看了她一眼，寻了个位置坐下。

慕容夭夭琢磨了一下，记下了。她心大，很快又高兴起来，叽叽喳喳地拉着花朝诉着别后离情，又八卦道："原来那个代圣女就是杀害梅夫人的凶手啊，梅叔叔和梅白依已经回紫玉阁了，离开的时候带上那个代圣女一起走了，你不知道那个代圣女被梅白依折磨得有多惨……简直都不成人形了。"提起那代圣女的惨样，她还是一副心有余悸的样子。

"她也是罪有应得。"花朝神色淡淡地道，虽然她背后的主使之人才是罪大恶极，但她为虎作伥双手染满了鲜血也是不争的事实，紫玉阁会拿她来泄愤也在情理之中，谁也挑不出什么错来。

"是啊，她是罪有应得，我倒不是同情她。"慕容夭夭有些不好意思地摸了摸鼻子，讪笑道，"虽然在背后说梅白依不好，但是我现在真的有些怵她了，我们也算是自小相识，虽然知道她心眼不大，之前只是一些小恶作剧罢了……没想到她下手会这么疯狂，当时客栈里好多人都看到了，梅叔叔的脸色也不大好。"

花朝倒没觉得奇怪，大概是因为从她们第一次见面起，梅白依便对她抱有莫大的恶意吧。

"说起来，我还跟悦来客栈的掌柜打了个赌，他凑热闹在东流镇开了悦来客栈的分店，结果瑶池仙庄这边的热闹一结束，客栈的生意就冷清了下来，我说他开不长吧，他非说只要有瑶池仙庄在这里，他的客栈就不可能歇业。"慕容夭夭换了个话题，又叽叽喳喳起来。

花朝沉吟了一下，却不得不佩服那位悦来客栈的掌柜眼光独到，苏妙阳既然打定了主意要让瑶池仙庄入世且正名，这热闹自然是少不了的。

不过……

"你可和那位掌柜定了赌约的期限？"

"定了，一个月为期。"慕容夭夭龇牙一笑，"今天就是赌约的最后一天了。"

花朝忍不住笑了起来："那就好。"

即便苏妙阳真的再安排出什么热闹，只要过了今天，慕容夭夭这个赌约也就赢了。

慕容夭夭赢了赌约，花朝也觉得挺高兴。

此时，莺时已经端了茶点走到了门外，他在外头站了一阵，觉得圣女若有什么重要的事情要说，此时也应该交代完了，便敲了敲门："圣女，茶点准备好了。"

听到敲门声，花朝应了一声："进来吧。"心中却是满意的，除了一门心思要爬上她的床这点比较讨厌外，莺时是越来越知道分寸了。

莺时便端了茶点进来。

慕容夭夭喝了茶，又吃了点心，兴致颇高地继续拉着花朝聊天，仿佛要将她们分别的这些时日没说的话通通说了。

花朝极有耐心地听着，一时听她抱怨她的外公一门心思地给她比武招亲，一时又说起她爹娘整天黏黏糊糊的她简直没眼看，一时又说她以后也要找个像她爹那样的男人。

哪怕是一些极细小的琐事和八卦，花朝也觉得有趣极了。

慕容夭夭这样的小姑娘，一看就是被众人捧在掌心里长大的，是真正的天之骄女，但她并没有被宠得不知天高地厚，聪慧又善良，和她相处，让花朝觉得分外轻松和愉悦。

说来也奇怪，其实她和慕容夭夭真正相处的时间也就是在紫玉阁的那几天，但她却始终记得这个小姑娘雪中送炭的举动，和她劝自己同她一起离开未果之后怒气腾腾的样子。

对着这样的小姑娘，任谁也硬不下心肠吧。

花朝觉得，慕容夭夭真是天底下最可爱的小姑娘了，合该得到所有人的宠爱。

坐在一旁的孟九见花朝眼中的温柔和暖意毫不作假，眉眼也温和了下来。

在一旁伺候的莺时表面一如往昔般的恭顺，可是内心有多惊讶大概只有他自己知道了，他从来没有在圣女的脸上看到过这样温暖纵容的微笑，他甚至觉得自己是在做梦还暗暗掐了自己一下，疼得他恭顺的脸差点破功。

那厢，花朝又被慕容夭夭的话逗笑了。

莺时暗自纳闷，圣女这一小会儿笑的次数已经超过了他见到她之后的所有笑的次数……

不，应该说，自他被派遣来伺候这位尊贵的圣女大人开始，他就从来没有在她脸上看到过真心的笑容。

往日里她即便是笑，那笑容也从不达眼底，毫无温度。

正说笑着，清宁来报，说瑶池圣母知道圣女有客到访，特意准备了丰盛的午膳，因怕娇客不自在，已经命人将席面送过来了，如今人就在院门外候着。

花朝脸上的笑容浅淡了一些："让他们进来吧。"

慕容夭夭看了看花朝，轻咳一声，拂了拂裙摆正襟危坐，拿起茶杯装模作样地啜饮了一口，眼神却是好奇地往外瞄。

不一会儿，便有两名女侍领着一群人鱼贯而入。

领头的女侍捧着精致的琉璃壶，另一人拿着工序繁杂的精致糕点，屈膝见过圣女之后，便开始安排人将膳食摆上桌。

"呀，是她们？"慕容夭夭有些惊讶。

花朝看向她："夭夭你见过她们？"

"嗯，刚刚便是她们引我和小胡子爷爷来的。"慕容夭夭点头。

花朝心中便有了数，果然是苏妙阳让慕容夭夭来见她的，这两名女侍都是跟在苏妙阳身边伺候的，也算是她半个心腹了吧。

膳食的确十分丰富，满满地摆了一桌子，皆是外头不常见的菜肴。

慕容夭夭一脸垂涎三尺的表情："上次在瑶池仙庄吃过席之后，我就一直想着什么时候能再来吃一顿呢。"

孟九扶额，自家小小姐这副模样，好像飞天寨和慕容府苛待了她似的。

花朝莞尔，招呼慕容夭夭和孟九入席。

瑶池圣母重口腹之欲，庄上养着的几个厨子手艺的确不错，据说是早年宫里出来的，因此这顿膳食也算是宾主尽欢。

用过膳，清宁和莺时重新上了茶水，结果便是在这个时候出了岔子，清宁上茶的时候手微微一抖，一整杯茶水都洒在了慕容夭夭的裙摆上。

慕容夭夭一下子站了起来，虽然茶水并不烫，但沾了茶水的裙摆湿答答的重得很，很不舒服。

清宁似乎被吓了一跳，慌忙跪了下来，诚惶诚恐地连连磕头道："圣女恕罪！

圣女恕罪！"

花朝冷冷地看着清宁趴在地上拼命磕头的样子，白皙的额头磕得红肿了一片，她还是不言不语，神色喜怒不辨，这清宁若当真如此笨手笨脚连杯茶都倒不好，如今坟头的草都不知道有多高了，哪里还轮到跪在她面前求她来恕罪？她倒是想看看，苏妙阳想要干什么。

清宁心思重，行事一贯谨慎，做事也很有章法，此番若说不是苏妙阳的吩咐她死活不信。

"花朝，算了吧，他也不是故意的。"慕容夭夭见清宁可怜兮兮的样子，忍不住替他求情。

听了慕容夭夭的话，花朝神色放缓，对清宁道："好了，起来吧。"

清宁这才停下磕头，却仍是跪着不敢起来，此时额头上已经青紫了一片，还渗着血，看起来分外瘆人。

"还跪在这里干什么？莺时，带他去上药。"花朝怕吓着慕容夭夭，蹙眉道。

遣走了不知道目的何在的清宁，花朝看了看慕容夭夭湿答答的裙摆皱了皱眉，一时吃不准苏妙阳到底想干吗，但让慕容夭夭就这么穿着湿衣服也不行，万一感染了风寒就麻烦了。

"夭夭，你穿着湿衣服容易着凉，先随我去换身衣服吧。"她提议道。

慕容夭夭当然不会拒绝，非但没有拒绝，还相当兴奋："太好了，我早就想看看你的闺房了，我们都这么要好了，我都不知道你闺房是什么样子的呢，等下次你来慕容府或者飞天寨找我，我也让你看我的闺房。"

与慕容夭夭的天真且毫无危机感相比，孟九的神色却有些复杂，在不知道这瑶池仙庄深浅的前提下，依他的性子是不愿让慕容夭夭离开他的视线的，但她湿了衣裳，这样冷的天气若是就这样回客栈一定会着凉……

花朝似乎是察觉了孟九的纠结，对他道："小胡子爷爷，我先带夭夭去换衣服，您放心，我会陪着她的。"

孟九只得点点头同意了，想来慕容夭夭只是一个小姑娘，应该不会有人这般处心积虑地算计她，尤其是冒着同时得罪飞天寨和慕容府的危险。

【二】奇怪的慕容先生

慕容夭夭身材高挑，花朝的曳地长裙她穿着刚好及地，非但看不出不妥，反而意外地合适。慕容夭夭对着镜子臭美了一下，笑嘻嘻地抱着花朝的胳膊，凑近她八卦兮兮地道："那位跟在你身边的小公子叫什么名字啊？"

"嗯？你说莺时？"

"他叫莺时啊。"慕容夭夭眼睛一亮，点点头煞有介事地道，"比起那位清宁公子，的确是莺时公子的相貌更出色一些。"

花朝失笑，这小姑娘真的是非常喜欢美人啊。

"我们早些回去吧，不然你小胡子爷爷该着急了。"

"知道啦，在你这儿能出什么问题，小胡子爷爷总是这么爱操心。"慕容夭夭可爱地皱皱鼻子道。

两人离开更衣间，往前院去的时候，要经过一条走廊，刚踏上走廊，花朝的脚步便微微一顿，下意识地握住了慕容夭夭的手，将她拉到了自己的身后。

慕容夭夭好奇地探出头，便看到一个身着青灰色大氅的男子正站在走廊上，一双手拢在宽大的袖子里，虽然从这个角度只看到一个侧面，却让人忍不住心生惊艳之感，这惊艳与先前莺时给她的惊艳不同，别有一种岁月的沉淀醇厚之感，偏又看不出岁月留下的痕迹。

"慕容先生，你为什么会在我院子里？"花朝看着那个站在走廊上的男子，冷声道。

慕容先生侧过身，拢着袖子微微一笑道："不要紧张，我只是来看看你，上次给你的秘籍，你练习得如何了？"

"还在参悟，尚未有什么进展。"花朝回答，心里的警惕却并没有因为他看似寻常的询问而有所松懈。

慕容先生点点头似乎并不意外："高深的武学秘籍总是难以参透，你不要懈怠，总会有所得的，如果有哪里不明白，也可以来问我。"

花朝不动声色地道："多谢慕容先生教导，我这些时日总觉得经脉中有阻塞之感，不知是何故？"

"大约是你太过急于求成之故，凡事不可操之过急，稍稍缓一缓便好。"慕容先生偏头思索了一番，回答道。

"是。"花朝点头应下，"今日我有客人来访，这便先告辞了，慕容先生请自便。"

慕容先生却并没有要让开的意思，一双含笑的眸子看向被花朝护在身后仍好奇地探出头来的小姑娘："这位是？"

"是我的客人，烦请慕容先生让一让，她家长辈还在外头等着呢。"花朝看着慕容先生，意有所指地道。

慕容先生却浑不在意，一径笑眯眯地看向花朝身后的慕容夭夭，温声道："小丫头，你叫什么名字啊？"

似慈爱长者一般的发问，让人无法心生恶感。

慕容夭夭虽然心大，但也不蠢，纵然她喜爱美人，也不是毫无节操的，何况这男子出现得诡异，虽然他始终面色温和，但慕容夭夭潜意识中就感觉这男子并不如看起来这般好性子，因此龇牙一笑道："这位公子好生无理，我小胡子爷爷说了，似你这般见面就问人家小姑娘名字的登徒子，合该打出去才是。"

慕容先生似乎是被她逗笑了，翘起唇角道："那你小胡子爷爷有没有跟你说过，江湖儿女不拘小节呢？"

"说了，但我小胡子爷爷还说了，这般说的都是别有用心的登徒子！"慕容夭夭反唇相讥。

慕容先生非但没有生气，反而笑得更欢了。

"好了好了，是我的不是，快去吧，别让你家长辈等急了。"慕容先生看了一眼始终护着慕容夭夭的花朝，又弯起唇对慕容夭夭道："还请小姑娘原谅在下的孟浪，可不要向你家长辈告状啊。"

说着，他便拱拱手，转身离开了。

花朝生怕这奇怪的慕容先生再做出些不合常理之事，见他离开，赶紧带着慕容夭夭去前院找孟九。

路上，慕容夭夭好奇地道："刚刚那人是谁啊？"

花朝一顿，似无意一般道："那位先生是瑶池圣母的座上宾，来历颇为神秘，说起来他还与你同姓呢，也是复姓慕容，瑶池仙庄里上上下下都尊称他一声慕容先生。"

慕容夭夭脸上的神色越发奇怪了："居然和我同姓？唔……说起来他似乎有点面善啊，我仿佛在哪里见过他。"

花朝闻言，眼中闪过一丝惊色，莫非这慕容先生当真和慕容府有关？

慕容夭夭想了想，没有想出来在哪儿见过他，便心大地丢到一旁，又问花朝："我刚刚听你们说，似乎是他传给了你一本颇为高深的武学秘籍？"

花朝点点头。

慕容夭夭欲言又止地看她一眼，半晌才叹口气道："背后这样说似乎不好，但你还是小心些，那位慕容先生看起来不简单，而且越是高深的武学秘籍，越需要人指点，他这样丢给你一本秘籍让你自行参悟……怎么看都觉得不怀好意。"

花朝经过刚刚的试探，也是心中有数，因此笑着点点头，看着她真诚地道："你的心意我都知道。"

慕容夭夭愣愣地看着她，脸颊一片绯红，她轻咳一声撇开头抱怨道："哎呀，花朝你太会撩了啦！"

撩？

花朝一脸问号。

慕容夭夭受不了地捂脸："长成这样真是太犯规了！"

花朝愣了半晌，才明白她的意思，忍不住失笑。

其实慕容夭夭长得也很漂亮，只是她不自知罢了，美而不自知，才更令人心痒痒啊。

两人走回前院，将慕容夭夭送回正坐立不安的孟九手里，慕容夭夭又拉着她聊了一会儿，眼看着天色不早了，这才依依不舍地起身告辞。

送走了慕容夭夭，花朝的脸色沉了下来。

莺时送了清宁回房之后，便回院子伺候了，此番见到花朝面色沉沉的样子，心里不由得打鼓，这是怎么了？明明之前气氛还很好的样子呢……该说不愧是女人心海底针吗？

此时，花朝正坐在梳妆镜前，抽屉开着，里头放着一团黑漆漆的物什，远看并不起眼，但近看却十分精致漂亮，梭形的锤体乌沉沉的不见半丝反光，似铁非铁，重得惊人，这是当初慕容夭夭求着孟九带花朝在杜胖子那里花了三十两买下的。

现在想来，那时正是她最彷徨无助的时候，瑶池仙庄的消息像一柄悬在她头顶的利剑，她不知道该和谁说，也不知道该找谁求助。

是一派天真纯善的慕容夭夭向她伸出了手。

花朝伸手摸了摸那流星锤，忽然开口问："清宁怎么样了？"

莺时忙收回心神，利索地回答道："没什么，额头上有些皮外伤，上了药就没事，基本不会留疤。"

花朝哪里管他会不会留疤，今日这一桩桩一件件的，分明就是冲着慕容夭夭来的，若是冲着她来的，她还不会这样生气，可是如今连累了慕容夭夭，她便觉得有些忍无可忍了。

苏妙阳应该不知道慕容夭夭，倒是那个和夭夭同一个姓氏的慕容先生十分可疑，慕容夭夭说他面善……现在想来，指使清宁打湿了慕容夭夭的衣服，大概是为了避开孟九单独见慕容夭夭一面，只为了见夭夭一面就如此大费周章吗？那位慕容先生到底在打什么主意？

不过从他想尽办法避开孟九这个行为来看，他对孟九应该还是颇为忌惮的。

花朝想了想，从记忆深处翻出了那位慕容先生的名字，玄墨告诉过她的，他是叫……慕容月瑶？

对，是慕容月瑶。

花朝面无表情地想，不管他打的是什么主意，最好都就此打住，若再向慕容夭夭伸出爪子，她宁可现在就和苏妙阳翻脸，也会先把他的爪子剁了。

也该让苏妙阳知道，她虽然被抓回了瑶池仙庄，但十五年时间过去了，她也不是当初那个毫无反抗能力的幼童了，毕竟……兔子急了还会咬人呢。

慕容夭夭一点都不知道花朝的担忧，回客栈的路上也是兴致颇高，能够再见到花朝，知道她过得还不错，之前一直替她担心的沉重心情便轻松了许多。

人与人之间的缘分和气场便是这么奇怪，她认识梅白依那么久也没办法跟她成为好朋友，但是和花朝，却是一见如故。

只是……花朝为什么让她不要再去看她呢？她们难道不是好朋友吗？

孟九将慕容夭夭若有所思又不便开口的样子看在眼里，便让驾车送他们回来的仙侍将他们送到东流镇一个与悦来客栈不算远的街口，就下了马车。

慕容夭夭眼睛亮亮地看着孟九，心道小胡子爷爷不愧是外公最倚重的军师，宝云山飞天寨最聪明睿智的人，竟然一眼就看出她有心事。

"走吧。"孟九无奈地道，"有什么事，边走边说。"

"嗯！"慕容夭夭走了几步，便侧过头迫不及待地道，"小胡子爷爷，花朝一开始跟我说了很奇怪的话。"

孟九对她藏不住话的性子有些无奈，却还是做侧耳倾听状："什么话？"

"她让我下次不要再递名帖去瑶池仙庄，也不要再去看她。"慕容夭夭有些纠结地道，"好奇怪啊，明明她也很喜欢我的啊。"

孟九一怔，忽然想起一开始慕容夭夭上前抱着花朝的时候，花朝似乎是凑到她耳边说了什么，是在嘱咐她这个吗？

"当时她说完之后，还让我不要声张，回头告诉小胡子爷爷你呢。"慕容夭夭又补充道。

孟九寻思了一下，面色便有些复杂了起来，果然那位圣女在瑶池仙庄的处境不如她表现出来的那般光鲜啊，不过她既然处境艰难，也知道小小姐背靠飞天寨和慕容府两座大山，非但没有想要利用小小姐的意思，反而还劝她远离瑶池仙庄，也着实令人刮目相看。

"花朝那小姑娘不错，若她有难，帮上一帮也无妨。"半晌，孟九感叹。

慕容夭夭听着，慢慢地也琢磨过味儿来了："小胡子爷爷是说……花朝如今的处境不大好？"

孟九怕她多想，便笑道："也是我瞎操心，不过瑶池仙庄的事情我会查查看的，若是花朝真的有什么麻烦，我们能帮，就帮一把吧。"

慕容夭夭点点头，这才放心下来。

放下了一桩心事，慕容夭夭便想起了另一桩事："今天就是约定的最后一天了，财掌柜输定了，那把金算盘归我了！"她笑嘻嘻地说着，脸上满是雀跃。

孟九摇摇头，表情似是颇为不赞同，眼底却带着纵容的笑意："小小姐，有句话叫君子不夺人所爱，那金算盘可是财掌柜的珍爱之物呢。"

"哼，还有句话叫愿赌服输呢。"

孟九失笑，做无奈状。

正说着，远远地突然听到有人在大喊"慕容姑娘"，慕容夭夭回头一看，不由得扬了扬眉有些纳罕，竟然是袁秦。

因为花朝的关系，慕容夭夭对这个最近在江湖上风头颇劲的少年，是没什么好感的，但也不好视而不见，只得停了下来。

袁秦跑了过来，问道："慕容姑娘，你这是刚从瑶池仙庄回来吗？"

"是又如何？"慕容夭夭挑眉。

"你见到花朝了吗？"

见他一脸急切地问起花朝，慕容夭夭倒是笑了起来："就是她下帖子请我去的啊，当然见到了。"

"她怎么样，还好吗？"袁秦忙问。

慕容夭夭哼了哼，想起花朝曾经在他手上吃过的亏就气不打一处来，因此颇有些盛气凌人地道："她如今是瑶池仙庄的圣女，整个瑶池仙庄待她如珠如宝，怎会不好？"

怎么会好……她明明那样恐惧着那个地方。

袁秦心中焦急，又想起之前在客栈听到的那个关于"流霞宴"的消息，心中越发急躁，他知道慕容夭夭看他不顺眼，也知道她是故意这样刺激他，但也只得厚着脸皮道："你约了下次什么时候再去吗？到时候带上我一起去好不好？"

慕容夭夭断然拒绝道："花朝想见你自然会见你，你跟着我去算怎么回事？当初你不是逃婚出来的吗？如今花朝再不缠着你，岂不是正好如了你的愿，你又摆出一副痴缠的样子给谁看呢？"

袁秦被她怼得面色发白，一时竟无法言语。

正这时，身后突然响起一阵拍手的声音，便见不知道什么时候出现的傅无伤笑盈盈地拍手道："慕容姑娘真是越来越犀利了。"

见是傅无伤，慕容夭夭忍不住失笑："这东流镇还真是小啊。"

傅无伤看了袁秦一眼，但笑不语。

袁秦捏了捏拳头，到底没好意思当着傅无伤的面再继续厚着脸皮纠缠下去，道了声告辞，甩袖便走，走了几步，突然注意到街对面正牵着小孙子买糖葫芦的老头……阿宝和他爷爷？

袁秦一愣，正欲上前，一辆马车刚好驶过，待那马车过去，袁秦再看，那个卖糖葫芦的摊子前面哪里还有阿宝和他爷爷，只有一个流着鼻涕的小孩正打滚撒泼要买糖葫芦，看着那膀大腰圆的妇人怒气冲冲地拎起哭闹不休的小孩走远，袁秦抬手敲了一下脑袋，阿宝他爷爷在青阳镇开杂货铺，这爷孙俩怎么可能千里迢迢地跑来东流镇，他真是魔怔了。

大概……是想青阳镇了吧。

可是找不回花朝，他没脸回去。

也不能回去。

傅无伤笑眯眯地看着袁秦走远，侧头看向慕容夭夭，忽然问："花朝有没有跟你说什么？"

慕容夭夭一愣，这话问得有些莫名其妙，她们说了很多，他这问的是哪一句？

"比如说……让你不要再去找她了？"傅无伤压低了声音，看着她试探着问。

慕容夭夭脸上出现了惊讶的表情，几乎是下意识地脱口而出："你怎么知道？"

傅无伤在心底叹了一口气，因为你对她来说，是非常重要的朋友，所以她才不想拖你进那个大泥潭啊……

傅无伤没有回答，只道了一句："你且听她的吧。"

孟九听他这样讲，倒是探究地看了他一眼，这个看似弱不禁风的纨绔公子是否知道些什么？

慕容夭夭见他一副语焉不详的样子，只觉得十分莫名其妙，心里又惦记着财如命那把金光灿灿的金算盘，便直截了当地道："你还有什么事吗？没什么事我就先走了，我急着回客栈呢。"

傅无伤见她如此急切的样子，不由得有些奇怪："何事如此着急？"

慕容夭夭正是得意的时候，刚好想找个人倾诉，便将和财如命的赌约告诉了傅无伤，其实她也并非是在意那把金算盘，只是觉得自己赢了赌局十分开心，尤其赢的还是那个他们口中十分厉害的财如命。

这种成就感简直不言而喻啊。

谁知听她讲完，傅无伤脸上的表情一下子就变得十分奇怪。

"怎么了？"见他一副欲言又止的样子，慕容夭夭奇怪地问。

傅无伤几乎不忍心开口了，他怜悯地看着她，叹了一口气，摆摆手道："你回客栈就知道了。"

饶是慕容夭夭再迟钝，此时心里也忍不住咯噔了一下，突然有了些不太妙的预感，但还是抱着一丝侥幸的心理赶回了客栈。

然后，站在悦来客栈门口的慕容夭夭傻眼了。

悦来客栈里人头攒动，几个伙计忙得脚不沾地，连财掌柜都亲自上阵了……

她终于明白了傅无伤之前那怜悯的眼睛里是什么意思，可是这……这是怎么回事？她才出去了一天，怎么回来客栈就变成这样了？

"小胡子爷爷……我们是不是走错地方了？"慕容夭夭一脸呆滞地说着，还下意识地心存侥幸地抬头看了看头顶的招牌，"悦来客栈"的金字招牌亮闪闪的，晃得人眼晕，依然一副店大钱多速来抢的派头，"没错啊。"

孟九苦笑。

他聪明一世，也没有想到财如命竟然在赌约的最后一天翻盘了。

不过……眼前这状况，到底是发生了什么事？

那厢，正忙得脚不沾地的财如命突然似有所感一般回过头来，在看到慕容夭夭之后，他眨了眨眼睛，笑眯眯地道："哎呀，慕容姑娘回来啦，你看我这都忙不过来了，正缺一个跑堂的呢。"

"……"慕容夭夭默然。

于是，宝云山飞天寨寨主盛飞天的宝贝外孙女、慕容府的宝贝千金慕容夭夭大小姐，成了悦来客栈的跑堂小伙计。

看着慕容夭夭跑前跑后，被财如命指使得团团转的样子，孟九总觉得自己会被愤怒的寨主大卸八块，他艰难地起身，打算去换下慕容夭夭，代她跑堂。

慕容夭夭表示一人做事一人当，十分坚定地拒绝了。

东流镇一家不起眼的小客栈里，一个老头牵着小孙子来投宿。

这小客栈摆设陈旧，环境也一般，但此时也是人山人海，掌柜的笑呵呵地道："可巧了，还剩最后一间，再晚就没有了。"

老头问了价格，居然要五百文一晚，吃食还要另付，他颤巍巍地掏出钱袋，一脸肉痛地付了半个月的订金。

"爷爷，刚刚不是袁秦那小子吗？"胖嘟嘟的小孙子舔着糖葫芦跟着老头往里走，一边走一边道，"那小子好高骛远眼高手低，一心要闯荡江湖，十有八九也是冲着瑶池仙庄的流霞宴来的。"

"嗯，你避着些就行了。"老头道。

小孙子嘻嘻一笑："看他如今在江湖上混得风生水起的样子，也不枉我当日推他一把啊。"

老头瞥了他一眼，眉间皱起一道深深的沟壑："他逃婚果然是你搞的鬼。"

"怎么能说是我搞的鬼呢，那是他自己的选择啊……"小孙子嘟嘴，"我只不过给了他一个选择的机会罢了。"

老头没再说什么，只道了一句："大事当前，不可再淘气。"

"知道了。"小孙子乖乖地道。

经过后院的时候，老头看了一眼院子里停着的两辆马车，遮得严严实实的，还有好几人守着，不知押送的是什么。

阿宝好奇地看了看，然后冲着那守着马车的男人甜甜一笑。

那老头仿佛怕惹事似的，赶紧拉着小孙子走了。

身后，守着马车的男人盯着那小孙子看了很久，直至那爷孙两个找到自己的房间，走了进去才挪开视线。

走进房间，老头解下包袱，掏出酒葫芦喝了一口，面色是少有的凝重："他们这一车要送十个孩子进去，我们半道救了一个出来，他们便少了一个，如今你都送到了他们眼皮子底下，肯定会被填补进去的……进了瑶池仙庄，就要靠你自己随机应变了。"

舔了一路，糖葫芦上亮晶晶甜滋滋的糖衣终于被舔光了，阿宝咔嚓咔嚓几口将没了糖衣的山楂嚼完，扔了棍子才道："在青阳镇窝久了，我也想出来开开眼界。"

"如果那个瑶池仙庄的圣母真的是妙言，你可要小心了。"老头总是和蔼的脸上闪过一丝狠戾，"当日小姐遭了小人算计，我为了引开那些杀手，只得将小姐交给了妙言，可结果小姐的令牌碎了，妙言也失踪了，我找了这些年也没有找出个头绪，原以为她是跟着殉主了……"

结果竟然突然冒出一个号称是得了西王母传承的瑶池仙庄！

小姐当年是何等惊才绝艳的人物，江湖上赫赫有名的西王母，唯一当上武林盟主的女人，他倒要看看谁敢自称是西王母的后人。

"放心吧，若真是妙言那个背主的贱婢，我把她绑了回来给爷爷解气。"阿宝舔了舔唇，笑嘻嘻地说着与那张粉雕玉琢的小脸完全不相称的话。

吃过晚饭，阿宝迈着小短腿出了门。

守着马车的男人对周围人使了个眼色，就有人悄悄跟了出去。

这一晚，阿宝没有回来。

第二日一早，老头起身的时候，便见院子里的那两辆马车不见了。

【三】瑶池仙庄的流霞宴

"夭夭，十号桌的客人等急了，去后厨催一下！"

"夭夭，八号桌的客人用完了，把桌子收拾一下！"

"夭夭，十二号桌的菜上错了，快去换一下！"

"夭夭，笑容，要保持笑容，来，露出八粒牙，笑一下，哎呀，你这笑容比哭还难看，不标准啊，我们悦来客栈的标准笑容是这样的，来，跟我练习一下！"

看着慕容夭夭已经快要累成狗，虽然感觉小小姐这是不作不死，但孟九还是抽了抽嘴角，终是看不过自家小小姐这般被使唤，赶紧上前拉过财如命："差不多就行了啊，小心我家寨主来跟你拼命。"

"啧啧，原来慕容小姑娘是个输不起的人哪……"财如命摇摇头，叹息。

慕容夭夭立刻将小脸一板，义正词严地道："小胡子爷爷你不要捣乱！愿赌服输！我慕容夭夭绝对不是输不起的人！如果你实在看不过去就回房歇着吧，眼不见为净！"说着，又对财如命努力挤出一个露了八粒牙的扭曲笑容："来，我们来练习一下，八粒牙是吧？"

孟九额头的青筋猛地跳了一下，这熊孩子让谁不要捣乱呢？眼不见为净是吧？孟九点点头，从善如流地回房了，就让小小姐不作不死，累得自己来求饶吧！

孟九走得快，没有看到自家小小姐脸上的笑容，但留在原地直面着慕容夭夭的财如命被她那狰狞的笑容吓了一跳，随即抽了抽嘴角，抬头捂脸，肩膀微微颤抖了好半晌，才敢正视眼前这个笑得龇牙咧嘴的小姑娘，一脸严肃地道："错了，你已经露出了……一二三四五六七八九十十一十二，嗯，十二颗牙了，客人会被吓跑的。"

慕容夭夭赶紧调整了一下脸部的表情。

"嗯，这样好多了，去吧！"财发命拍了拍她的肩，一指客栈里依然人头攒动的热闹景象，"那里有好多客人等着你招呼呢！"

慕容夭夭挺起胸膛，雄赳赳气昂昂地走了。

身后，坏心眼的财如命差点笑岔了气，慕容小姑娘可比她娘盛宝华当年好玩多了啊。

慕容夭夭头一回知道原来客栈里的跑堂是如此辛苦，不过跑堂的好处是，她听了一耳朵八卦，也总算弄明白了自己为什么会沦落到现在这般处境。

果然还是和瑶池仙庄有关。

话说瑶池仙庄里有一柄颇有来历的名剑，名为流霞剑。此剑与袁秦身上配的那把青罗剑一样，也是出自已故铸剑名师谷梁巧之手，但是与青罗剑不同的是，青罗剑是谷梁巧的收山之作，且传言谷梁巧便是死于此剑，论起来青罗剑乃是一柄凶剑。而这柄流霞剑则不然，它是谷梁巧的成名之作，亦是他最巅峰时期的作品，彼时，他一生最爱的女人还没有背叛他。

谷梁巧在二人最是浓情蜜意之时铸成此剑，剑身锋芒逼人不说，最难得的是剑中留有一丝火息，使得剑身隐有嫣红之色，宛若天边流霞，故名流霞剑。

江湖十大兵器里，青罗剑排名第三，流霞剑虽屈居第四位，但也是一柄不可多得的宝剑，而且比起有着"凶剑""妖剑"之名、传言会噬主的青罗剑，流霞剑虽然落后一位，但意头却好了许多。

引得这偏僻的东流镇再次人满为患的原因便是这柄流霞剑了，瑶池仙庄的瑶池圣母放出话来，说自古红粉赠佳人，宝剑赠英雄，瑶池仙庄现广邀天下少年英雄来比武品剑，比武最后的获胜者便可以成为这柄名动天下的流霞剑的主人。

此言一出，人人趋之若鹜，于是刚刚安静下来的东流镇，再次热闹了起来，各路江湖少侠纷纷出动，管他成名的还是未成名的，有能耐的还是没能耐的，通通向着东流镇而来。

就算成不了流霞剑的主人，凑凑热闹也算是参加过瑶池仙庄流霞宴的人不是？说出去名头也能响亮几分啊。

因为是以流霞剑为名举行的宴会，故而江湖之人都称之为流霞宴。

"人家瑶池圣母都说了，此次流霞宴要宴请的是少年英雄，邱管家你一把年纪了来凑什么热闹？"刚刚仿佛还忙得脚不沾地的财如命如今一副清闲的模样，拢着袖子笑眯眯地看着一脸郁闷的邱唐，调侃道。

邱唐当然郁闷，他一路餐风饮露地返回白湖山庄去向盟主汇报紫玉阁梅夫人被杀事件的情况和结果，然后又将临行前大少爷傅无伤郑重地让他转交的信件交给了盟主，结果盟主看了信之后先是勃然大怒，随即一脸黑青，到最后沉吟半天，然后竟然摇头叹气，直叹息："儿大不由爹，这是前世欠下的债啊……"

邱唐后来看到了那封信，信里，这位纨绔之名在外的大公子先是声泪俱下地表明紫玉阁的梅姑娘当众悔婚，他为此身心受到巨创，再无颜面对世人，然后又说了瑶池仙庄的那位圣女花朝有多么温柔可爱，在他最痛苦的时候给了他最大的慰藉，让他忍不住怦然心动，最后说道既然梅姑娘心中所属之人乃是袁家的小公子袁秦，还特别表明了这位袁小公子的母亲乃是江南秦府的大小姐秦罗衣，称强扭的瓜不甜，不如就此解除婚约，成全了一对有情人，而他则希望与瑶池仙庄的小圣女共结连理！

这都什么跟什么啊！关键是盟主居然信了他的邪，真的写信给瑶池圣母了……

虽然知道这位行事还算公正的武林盟主因为愧疚之心，对这个幼时曾经被拐走的长子向来是言听计从，但邱唐不知道他竟然对傅无伤言听计从到这一步啊……

邱唐此行，便是为了他家那作孽的大少爷来的，瑶池圣母接了盟主的信函之后并没有回信，盟主不放心身体孱弱的大少爷一个人在外头漂泊，便催他来看看，顺便问问和瑶池仙庄结亲的事有没有眉目……

若不是他的确还心有牵挂，想再来瑶池仙庄看看，他才不会领这趟莫名其妙的差事！

"说起来，外面都流传着这流霞宴其实是瑶池圣母为了她最宠爱的圣女举行的相亲宴呢。"财如命摸摸下巴，八卦道。

其实财如命的想法并不新鲜，而且并不只是财如命这样想，基本上来东流镇的江湖少侠们都是这么想的，要不然为什么会特别声明只请少年英雄呢？再加上流霞剑的绯色传说，此宴是瑶池圣女的相亲宴这个传言基本上已经是大家公认的事了。

美人和名剑，谁不想要？

且这美人还不是普通的美人，是有身份的美人，娶了她等于娶了半个瑶池仙庄啊，如何让人不心动？

邱唐却是心中一动，这流霞宴会不会和盟主送去瑶池仙庄的求亲信函有关？想着想着，他不由得一头黑线，想必是人家瑶池圣母被盟主的求亲函吓到，又不愿把疼爱的圣女许给他们家那位在江湖上出了名的纨绔公子，所以才不得已举行这相亲宴的吧……

想想也是蛮不容易呢。

"那位圣女的魅力不小啊。"财如命看着眼前闹哄哄的景象，最后感叹道。

"财势动人心罢了。"邱唐摇头，颇以为然。

在财如命和邱唐躲在一旁闲磕牙的时候，慕容夭夭正忙得脚不沾地，一张小脸红扑扑的，在这数九寒冬里居然忙出了一身汗。

忙归忙，但慕容夭夭也听了一耳朵了不得的八卦，这才明白原来先前在镇上接连遇到袁秦和傅无伤并非巧合，他们大概是因为流霞宴的消息坐不住了，知道她从瑶池仙庄回来，急着来找她打探消息呢。

想起袁秦那张颓败灰暗的脸，慕容夭夭便觉得分外解气，顿时脚也不疼了，腰也不酸了，精神头十足了。

各路江湖少侠们一个个都是血气方刚的，又为了同一个目的而来，久而久之便容易互相看不顺眼，毕竟大家都是竞争对手，时间一长便从看不顺眼直接进展到了大打出手。

"财掌柜，今天客栈里又被打坏了两张桌子五张椅子，砸坏了一百零六只碗，这些都是少侠们赔的银子。"慕容夭夭来报账，顺便奉上赔偿得来的银子。

向来嗜财如命的财如命难得看到一堆银子没有露出笑颜，反而揉了揉额头，有些头疼，若是从前有银子赔他是不在意客栈里的东西被打坏的，毕竟旧的不去新的不来嘛，可是如今不一样啊，整个东流镇的客栈都出现了这种情况，损失的桌椅碗筷已经到了就算花两倍的钱都买不来的地步了，怎么能不让他头疼呢，再这么打下去，他的客栈真要关门歇业了啊！

好在很快，瑶池仙庄就来人了。

因为聚集在东流镇的少侠们人数过于庞大，瑶池仙庄压下了各方抗议的声音，先在山脚搭台举行了一场初赛，刷下了一批人。

在这一轮被刷下的基本上是实力不济又没什么背景的人，所以他们的抗议声被瑶池仙庄毫无悬念地强势压下，一点点水花都没有溅出来，流霞宴得以如期举行。

被刷下来的少侠们没能踏进瑶池仙庄的大门，又不甘心就这么离开，就留在了东流镇观望。

而身为此次宴会中心人物的花朝，却是直到初赛结束，流霞宴将要开始，才知道了这么一件事，且这件事她还是从第二次登门拜访瑶池仙庄的慕容夭夭口中得知的。

慕容夭夭来之前，花朝正独自一人在房中打坐。

桌上的错金博山香炉中有香烟袅袅升起，花朝盘腿而坐，双目微闭，感觉一股热气在经脉中游走，那些热气蒸腾而出，逼出了许多汗来，那些汗带着说不清道不明的幽香，在屋子里一点一点蔓延开来。

许久之后，花朝才缓缓睁开眼睛，只感觉身体里似充斥着一股无处发泄的力量。

她伸出手，轻轻指向那博山香炉中正袅袅升起的香烟，那香烟骤然无声地炸开，然后随着她纤细的手指在半空中幻化出各种形状，时而是兔子，时而是云雀，各种奇珍异兽在她指尖幻化成形，最终那团白色的烟雾幻化为一条盘着身体的巨大蟒蛇，蛇头之上的一双竖瞳栩栩如生，令人望之生寒。

　　若是此时慕容先生在此，定再也维持不住温柔的表象。

　　上一回慕容夭夭来瑶池仙庄的时候，慕容先生曾问她这秘籍练得如何了，当时花朝答"还在参悟，未有进展"，可是实际上却远非如此，虽然没有同旁人过过招，但她却分明能感觉到体内这不同寻常的力量。

　　那日她还曾试探着问慕容先生经脉之中有晦涩之感不知是何故，慕容先生只说是太过急于求成，可实际上她从未有过晦涩之感，这秘籍仿佛是为她量身定做一般的合适，倒令她担忧是不是有什么不妥之处了。

　　花朝又想起了那日慕容夭夭的告诫，越是高深的武学秘籍越需要人指点，他这样丢给她一本秘籍让她自行参悟，是不怀好意吗？

　　可是纵然是不怀好意，她也别无选择。

　　正思索着，突然有人轻轻敲门。

　　"进来。"

　　如烟一踏进屋子，就感觉一股奇妙的幽香扑鼻而来，她下意识地看了一眼桌上的错金博山香炉，圣女又换了新的熏香吗？

　　"有事吗？"花朝问。

　　如烟忙收回视线垂下头禀道："圣女，慕容姑娘来了。"

　　花朝一愣，这可真是说曹操曹操就到，正想着她呢，她就来了……可是她很快便又蹙了眉头，她分明跟夭夭说过不要再来瑶池仙庄了。

　　她为什么不听劝告？

　　虽然对于慕容夭夭不听劝告又来看她这件事有些担忧，但花朝很快便被慕容夭夭带来的消息震惊了。

　　"流霞宴？相亲宴？什么意思？"

　　"咦？你居然不知道吗？"慕容夭夭见身为当事人的花朝竟然什么都不知道，不由得十分惊讶，"瑶池圣母宣告江湖说流霞剑在瑶池仙庄，欲以此剑赠英雄，邀请江湖少侠们来此比武品剑，胜出者便可成为流霞剑的主人，不过江湖上都在传瑶池圣母这是在给你挑选夫婿呢……"说着，慕容夭夭一脸感叹，"你不知道，如今东流镇简直人满为患到了可怕的地步，那些少侠血气方刚，一言不合就动手比武，悦来客栈都快被砸坏重建了，财掌柜为此急得都快掉头发了，那场面实在太惊人……如今我觉得我外公给我举行的那些比武招亲简直是小孩子过家家的游戏……"说着说着，慕容夭夭便忍不住吐槽起了自家外公。

　　"阿嚏！"宝云山飞天寨里，正享受寒潭垂钓之乐的盛天飞猛地打了个喷嚏。

"寨主，这天气太冷了，你还是回房去歇歇吧，别在这里吹风了，你看你都打喷嚏了，万一感染了风寒就麻烦了。"在一旁伺候的小子苦口婆心地道。

盛天飞揉了揉鼻子，不满地道："胡扯！老子身子健壮着呢，这分明是我那乖孙夭夭想我了，唉……我也好想我的小夭夭啊，也不知道她现在有没有吃饱穿暖，有没有被人欺负……唉，我的小夭夭什么时候才会回来看我啊……"絮絮叨叨地说着，盛飞天吸了吸鼻子，又打了个喷嚏。

"有军师跟着，谁能欺负小小姐啊。"那小子赶紧劝道，"你看看你又打喷嚏了，快回去吧，不然回头小姐和小小姐回来，我就跟小姐和小小姐告状说你在床底下挖了地窖，藏了好些酒！"

"臭小子你敢威胁我！老子喝酒怎么了？想当年老子一口气能喝三坛！"盛飞天吹胡子瞪眼道。

见自家寨主又开始想当年，伺候的小子无奈地拿了斗篷来替他披上，暗自决定下回小姐回来省亲，他一定要狠狠地告上一状，老小孩老小孩，寨主真是越老越像小孩，太不听话了！

而这厢，听到慕容夭夭吐槽自家外公，陪着慕容夭夭一起来，正坐在一旁默默品茶的孟九差点把嘴里的茶给喷出来，他抬眼默默地看了这熊孩子一眼，敢说你外公给你举办的比武招亲是小孩子过家家……回头让你好好感受一番不是小孩子过家家的比武招亲，且看你受不受得住！

慕容夭夭似有所感，下意识地瞄了孟九一眼，结果正对上孟九意味深长的视线，她不由得打了个哆嗦，底气不足地嚷嚷道："小胡子爷爷你可不能告我黑状！"

孟九呵呵冷笑。

"我都这么可怜了，你还忍心告我黑状吗？！"慕容夭夭嘟嘴道，"花朝你知道吗……因为流霞宴的事情，我跟悦来客栈的掌柜的打赌输了，现在每天都要在悦来客栈里跑堂……那个财掌柜简直就是个奸商，每天都要指使我做一堆事情，累得我快直不起腰来了。"说着，她可怜兮兮地鼓起了腮帮子。

孟九表示这是你不作不死……

花朝却有些心疼她，摸摸她粉嫩嫩的小脸怜惜地道："那掌柜的着实过分，夭夭都瘦了呢，他这样欺负你，下回见着他，我也帮你欺负他。"

"嗯！花朝你最好了！"慕容夭夭眼睛亮闪闪地道。

一旁围观的孟九表示受了内伤，之前他倒是想出手相助来着，是谁被财如命那家伙挑拨两句就让他别捣乱的？

"对了，花朝你知道你的魅力有多大吗？我在东流镇看到秦千越了呢！他居然也来参加流霞宴了！"

"秦千越？"花朝一愣。

他也来了？

"江南秦府的玉面公子秦千越啊！他名气可大了，论文，他堪有状元之才；论武，江湖上年轻一辈里几乎无人能出其右，再加上那张俊美无匹的脸蛋，人送雅号玉面公子！我觉得流霞剑的主人非他莫属了！"慕容夭夭说着说着就有些激动起来。

花朝默默地抽了抽嘴角。

"据闻那位玉面公子是能在当今圣上面前说上话的，都说江湖草莽，但这位玉面公子可是非同一般。"说着，慕容夭夭挤了挤眼道，"若是他得了流霞剑，瑶池圣母八成会把你许配给他，比起袁秦那个毛都没有长齐的小子，玉面公子可靠多了。"

喂，你对一个人的可靠程度的判断就是从容貌上来的吗？

此时，即便是花朝，都忍不住腹诽了。

孟九则是忍不住剧烈地咳嗽起来，脸都被咳黑了："小小姐回飞天寨后好好跟你宋柔奶奶学学规矩！"

一个姑娘家家，说什么毛都没有长齐真的淑女吗？！

慕容夭夭立刻露出一副如丧考妣的表情。

花朝见状，忙安抚她："你家宋柔奶奶很可怕吗？"

慕容夭夭猛点头，欲哭无泪地道："那可是连小胡子爷爷都害怕的人！"

连孟九都害怕的人？花朝惊讶地看了孟九一眼，那宋柔奶奶是什么厉害人物吗？

孟九一看花朝的表情，就知道她想歪了，不由得黑着脸道："宋柔是我夫人。"

"……"花朝垂头忍笑。

啊，惧内啊。

阿爹也惧内。

阿娘说惧内的都是好男人，因为爱你才惧你。

想起阿娘和阿爹，花朝的眼神一下子黯了下来，而后又沉思，流霞宴的事情她竟然被瞒得滴水不漏，这真的是苏妙阳给她举办的相亲宴？应该不可能吧……以苏妙阳的心思，怎么可能放心地让她出嫁。

毕竟，苏妙阳还指望着靠花朝的血肉来滋养她身体里那些饥渴的美人蛊呢。

没有花朝，她怎么保持如今这副千娇百媚的皮相？

既然不知道苏妙阳打的是什么主意，花朝便将之丢到一旁了，如今她已经是这般处境，不过是兵来将挡水来土掩罢了，还能如何呢？

这些都不是要紧的事，她最奇怪的是，明明她已经嘱咐慕容夭夭将她说的话告诉孟九了，以孟九对慕容夭夭安危的重视程度，为什么还会同意慕容夭夭来瑶池仙庄看她？

还是……慕容夭夭并没有将那些话告诉孟九？

"夭夭，我上回同你说的话，你告诉小胡子爷爷了吗？"想了想，花朝还是追问了一句。

慕容夭夭一时没有反应过来，下意识地问了一句："啊？什么话？"

孟九却是听明白了，颔首："小小姐已经和我说了。"

"既然如此，你们为何不听劝告？"花朝终于忍不住问。

"咦，不是你给我下的帖子，邀请我来的吗？"慕容夭夭奇怪地道。

花朝僵住了，她没有，她没有下过任何帖子，她甚至根本不知道这件事，那么下帖子的是谁不言而喻！

孟九已经从花朝的脸上看出了不妥，看来那帖子也有问题啊，他心里的警惕更甚，瑶池仙庄究竟在图谋什么？似乎来者不善。

这一再的邀请……是冲着慕容府来的吗？

巳时刚过，瑶池圣母又遣人送来了丰盛的席面。

用过膳食，瑶池圣母又使人来传，说要圣女带她新结识的好朋友一起去园中赏花。

花朝的眉头猛地一蹙，对那来传话的仙侍道："不必了，慕容姑娘下午还有事，这就准备回去了。"

孟九意味深长地看了花朝一眼，慕容夭夭却有些不明白花朝为什么对圣母的召见反应如此之大。

那仙侍欲言又止，但到底没敢放肆，低低地应了一声，退了下去。

一室寂静。

慕容夭夭稍稍有些尴尬，更多的是不解。

孟九却已经蹙紧了眉头，对花朝处境的猜测又加深了几分。

"夭夭，你不是和财掌柜打赌输了，还要回客栈去跑堂吗，哪里有时间赏花？"花朝口中说着，却并没有去看慕容夭夭，而是垂下眼帘，以指尖沾水，在桌面上写了一个名字。

慕容月瑶。

慕容夭夭看她的样子，想必是有什么不方便讲的话要这般掩人耳目，于是口中接了一句："哦对，愿赌服输，我可不能在财掌柜面前露了怯。"眼睛却忙着去看花朝用水写在桌子上的字，这是一个人名？还和她同姓氏的？可是这个名字有什么玄机吗？

慕容月瑶这个名字如今已经成了慕容家的禁忌，慕容夭夭自然不会明白这四个字的玄机，可是一旁的孟九的瞳孔却是猛地一缩，心头巨震，他猛地抬头看向花朝，似是不明白她为什么要写出这个名字。

花朝注意到了孟九脸上的震惊，心中已然明白了几分，更确定了先前的猜测，苏妙阳和慕容先生果然是冲着慕容夭夭来的。

因为他们的态度实在太过不同寻常了。

花朝又沾了些水，在慕容月瑶旁边写上了"梅夫人"三个字。

她猜测慕容月瑶借瑶池仙庄的手杀梅夫人是因为旧怨，那么如今他对慕容夭夭起了兴趣，是否也是因为旧怨呢？写完"梅夫人"三个字，她又沾了些水，在另一边写下了"夭夭"两个字。

孟九猛地站了起来，一把年纪早已经开始修身养性的孟九已经许久不曾如此失态了。

真的是他回来了？！

虽然对于梅夫人的死他早就有些模糊的猜测，但最多猜测到曲清商是死于慕容月瑶遗留下来的那些残留势力，可是现在花朝竟然说慕容月瑶还活着？

慕容月瑶竟然还活着，非但还活着，且和瑶池仙庄这个江湖新晋大势力搅和在一起了，不……以慕容月瑶的能力和诡诈，说不定他还是瑶池仙庄的幕后主事者之一。

曲清商的死果然是慕容月瑶的手笔，对于这一点他毫不意外，作为当年旧事的参与者之一，孟九当然知道慕容月瑶为什么这样恨曲清商。

这要从慕容月瑶的身世说起，论起血缘关系，小小姐是要称呼慕容月瑶一声伯伯的，因为他是慕容家现任家主慕容云天同父异母的兄长，这两兄弟当年为了家主之位有过一番生死之争。

慕容月瑶当年是慕容家的大公子，因为先天不足而身体孱弱，他娘唯恐他长不大，这才取了一个女孩子的名字说是好养活，然而这样一个人却在武学造诣上有着惊人的天赋。

因为身体孱弱的关系，他极少踏足江湖，当年他身边有两名心腹美人，一个名叫曲清商，一个名叫曲清歌。当时有着江湖第一美人之称的曲清商为了得到慕容云天的青睐，背叛了他，故意引他离开慕容府，最后使他落入陷阱，几乎去了半条命，以至于最后慕容云天成了家主。

想到这里，孟九几乎是一阵毛骨悚然。

其实后来真相大白之后大家才知道慕容月瑶心机之深沉已经超出所有人的预料，那番落难虽然因为曲清商的算计而有些麻烦，但其实仍在他的计划之中，他不过是将计就计，而目的便是一本几乎已经绝迹于江湖的武林绝学——风怜秋水。

即便是这样，他都恨曲清商恨得让她死无全尸了，那以他的偏执程度……自家小姐间接杀了当时对他死心塌地的心腹美人曲清歌，还嫁给了他的仇敌慕容云天，更是害得他武功全失。

他会怎么报复？

想到这里，孟九不禁毛骨悚然，几乎想立刻离开瑶池仙庄，将慕容夭夭打包送回飞天寨去，可是想想又觉得不妥，若是路上遇到埋伏，以他一人之力恐怕护不住小小姐，孟九的眉头一下子皱紧了，看来此事还得求助于财如命。

花朝见孟九如此这般，便知道她的猜测是正确的。

以慕容夭夭的年纪不可能和慕容先生有什么旧怨，那么和慕容先生有旧怨的，想必便是慕容夭夭的亲人了。

她挥手擦去了桌上的水迹，然后喊了一声："莺时。"

莺时闻言，推门进来。

"备车，送慕容姑娘和孟先生去东流镇悦来客栈。"花朝吩咐道。

这一次，孟九深深地看了她一眼，没有拒绝。

慕容夭夭看看花朝，又看看神情严肃的小胡子爷爷，明白是发生了什么她不知道的事情，看刚刚花朝在桌上写的名字，她知道这件事还和她有关，且这件事情连小胡子爷爷都觉得棘手了。

可是谁能跟她说说到底怎么了吗？！

虽然心底疑惑，慕容夭夭到底还是知道事态严重，咬咬唇没有问出口，只临行前依依不舍地拉着花朝的手，她隐约感觉会很久都没办法再看到花朝了。

花朝伸手抱了抱她，眸中黯然。

一旁的莺时看得眼皮子直抽，这生离死别的场面到底是在闹哪样？

"花朝。"这时，一旁的孟九忽然开口道。

花朝看向孟九。

"你是小小姐的朋友，便也是我飞天寨和慕容府的朋友，若有什么难处，作为朋友，我们不会坐视不理。"孟九轻声道。

声音一如既往的粗嘎难听，但花朝却是猛地一怔，仿佛听到了花开的声音，眼前有一瞬间的模糊，但她很快神志清明起来，她摇摇头，一语双关地道："事情并非你们想象的那样。"

孟九眸色一沉。

不是他们想象的那样？那是什么样？是她的处境并没有他们想象中那么糟糕，糟糕到需要他们出手相助，还是……她的处境太过糟糕，糟糕到不想连累他们？

是她看轻了飞天寨和慕容府，还是他小看了瑶池仙庄？

如果当真连飞天寨和慕容府对上这瑶池仙庄都会元气大伤，那这瑶池仙庄到底是何等的庞然大物？

而且，这庞然大物还和慕容月瑶有关。

其实有慕容月瑶在，就算不是为了花朝，他们最终也是会和瑶池仙庄对上的。事到如今，虽然为小小姐的安危捏了一把汗，但孟九还是庆幸走了这一趟的，至少知道了慕容月瑶这个疯子的存在，所以他们在对上他以及瑶池仙庄的时候，不会毫无准备。

【四】维护

送走了慕容夭夭，花朝起身去见苏妙阳。

见到苏妙阳的时候，她正坐在亭子里抚琴，慕容先生在一旁以笛声相和，乍一看倒有几分神仙眷侣之感。

一曲方歇，苏妙阳才笑吟吟地招了招手："傻孩子，外头天寒地冻的，傻站着干什么，快进来坐啊。"

花朝笑了笑："怕打扰了姑姑和慕容先生的意境。"

说着，她让莺时替她解下斗篷，走进了亭子。

"那位慕容姑娘回去了？"苏妙阳状似随意地问道。

"嗯，她和悦来客栈的掌柜打了个赌，结果赌输了，被罚在客栈里当伙计跑堂呢，下午还得去做事。"花朝仿佛没有察觉出她话中的试探之意，微微一笑道。

"哦？什么赌？"苏妙阳有些好奇地问。

"说那悦来客栈的掌柜也是个投机取巧的，先前为了紫玉阁梅夫人的事，瑶池仙庄邀请天下英雄于瑶池仙庄一聚，导致东流镇人满为患，那掌柜便在东流镇开了一家客栈，结果事情尘埃落定，东流镇又冷清了下来，慕容姑娘说他这客栈开不长，那掌柜却说……"说到这里，花朝顿了一下。

苏妙阳笑着轻轻拍了她一下，嗔道："你这孩子，还卖什么关子，那掌柜说什么了？"那一双妙眸当真是宜嗔宜喜，美不胜收。

花朝笑了一下道："那掌柜说只要有瑶池仙庄在，这东流镇就不会少了热闹。"

闻言，苏妙阳也是一阵错愕，随即绷不住笑了起来，拊掌对一旁的慕容先生道："这掌柜的倒也是个妙人。"

慕容先生眸光一闪，含笑点头。

财如命啊……那可不是一个善茬儿呢，说起来他与那人也是有仇的，若非是财如命出手，他当年也不会那样一败涂地，可是谁让他技不如人呢。

技不如人，他没什么可怨的。

"然后他们便以一个月为期，赌这客栈会不会再次热闹起来。"花朝说到这里又顿了顿，看了苏妙阳一眼，才道，"结果因为流霞宴的事情，东流镇再次人满为患。"

苏妙阳笑着对坐在一旁但笑不语的慕容先生道："花朝这是怪我瞒着你了。"

"花朝不敢。"花朝垂下眼帘。

"这流霞宴其实便是为你开的，圣母原也打算跟你说了，却不想你先从旁人那里得知了。"慕容先生笑着替苏妙阳解释道。

花朝听了这话，脸上露出了一丝恰到好处的疑惑。

"寻常人家的姑娘在你这个年纪说不定都为人母了。"苏妙阳抬手抚了抚她的脸颊，替她将一丝乱发别到耳后，一脸疼惜地道，"这些年你一个人流落在外吃了多少苦头啊，以前你不在姑姑身边，姑姑纵然想疼你都没有办法，如今你回来了，姑姑可不得操心你的终身大事吗？你年纪也不小了，早晚得有个归宿，所以啊，此次我以流霞宴为名，宴请了许多的少年英雄，到时候姑姑帮你挑一个称心如意的郎君。"

花朝听到这里倒是愣住了，这是真的打算给她相亲了？苏妙阳究竟在打什么主意？这语气如此真挚，若非花朝知道她的真面目，都几乎要信以为真了。

"怎么了？莫非你不愿意吗？"苏妙阳见她木着脸问。

不愿意？虽然不知道苏妙阳在打什么主意，但既然事已至此，便已经没有她说不愿意的余地了吧？

"你该不会还在想着和袁家那个小子的婚约吧？"见她不答，苏妙阳冷不丁地道，声音微微冷了冷，"你和袁家那个小子的婚约是不作数的，何况他还逃婚伤了你的脸面！伤了你的脸面，便是伤了我的脸面，伤了瑶池仙庄的脸面，这些账我可都没有同他算呢。"

见她又搬出袁秦来威胁她，花朝淡淡地道了一句："但凭姑姑安排。"

"这就对了。"苏妙阳笑了起来，"放心吧，我是你姑姑，我不为你打算谁为你打算呢？"

花朝轻轻一哂，没有言语。

苏妙阳也不介意她的冷淡，一径微笑着。

略坐了一阵，花朝看了慕容先生一眼，起身告辞了。

她没有走远，只在附近的园子里候着，果然，不多时，慕容先生便施施然过来了。

"圣女这是在等我？"慕容先生似笑非笑地道。

花朝抬头看他一眼，淡淡地道："不管慕容先生在打什么主意，我都不希望你伤害慕容夭夭，也不希望你再借着我的名义下帖子哄她来。"

慕容先生稍稍一怔，随即弯起唇角："我当然不会伤害慕容姑娘了。"

花朝其实并不信他，但话已至此，多说无益。

她点点头走了。

目送这位圣女大人离去，慕容先生嘴角的笑意越发地玩味，真不愧是盛宝华的女儿啊，到哪儿都有人宠着呢，这不，连这位泥菩萨过河自身都难保的圣女大人都急着要替她保驾护航呢。

他可爱的弟弟，和他曾经爱过的女人生下的孩子，都已经亭亭玉立了呢，看到她，他就仿佛看到了当年的盛宝华。

那些爱与恨交织的记忆啊，他无数次孤单地在这记忆里煎熬……这些对他而言那么重要的人，他怎么舍得如同对待曲清商那个贱人那般简单粗暴地对待他们呢。

一直到走了很远，花朝都能感觉到身后慕容先生的视线如芒刺在背。

花朝没有回房，而是去了圣殿。

玄墨还在冬眠，体内的暗伤基本已经痊愈，花朝陪它静静地坐了一阵，正准备离开的时候，突然听到了一阵细微的响动，她眉目一凛："谁？"

圣殿是瑶池仙庄的禁地，即便是作为贵客在瑶池仙庄有诸多特权的慕容先生也不得踏入，是谁竟然躲在这里？

声音是从一座石雕像的后面传来的，花朝慢慢地走了过去，然后愣住了。

躲在石雕后面的是个男童，他似乎是怕极了，死死蜷缩着的身子微微地打着战，小脸埋在膝盖里，只露出一个揪着小辫的后脑勺。

他身上穿着崭新的白袍，全身上下没有一丝花纹，那样式十分眼熟，正是苏妙阳养在地窖里的那些血蛊的打扮。

血蛊……

花朝胸口一闷，猛地捏紧了拳头，这些所谓的血蛊都是被高价买来的孩子，能被挑中的一般都有着绝佳的根骨，可是苏妙阳却把他们当成牲畜一样秘密养在圣殿底下的地下密室里，成为她长生不老的祭品。

看这个孩子的年岁，应该是刚被带进来的。

可是地下密室守卫森严不说，还有三道重逾千斤的石门，他是怎么跑出来的？

正思量着，那孩童似乎是久久不见动静，壮着胆子悄悄抬起了头。

看到那张熟悉的小脸，花朝一下子瞪大了眼睛："阿宝？"

阿宝也是一呆，随即飞快地起身想扑入花朝怀里，奈何身高不够，只能死死地抱住了花朝的大腿："花朝！"

他的声音颤抖着，仿佛受到了莫大的惊吓和委屈。

花朝忙弯腰将他抱了起来，仔细端详了一番，见他还是胖嘟嘟的样子，应该还没有受到什么伤害，这才放下心来。心里快速思量了一番，花朝将阿宝抱在怀里压低了声音道："告诉姐姐，你是怎么出来的？"

阿宝抿唇，眼睫扑闪了两下，他抬眼看了看花朝，没有错过她眼里的紧张和关切，这才怯怯地道："爷爷教过我一些轻身屏息的功夫，我个子小不惹人注意，悄悄跟着一个守卫溜出来的……花朝你怎么会在这里，是知道阿宝被人拐走了，来救我的吗？"

原来如此……若非刚才他发出了声响，她都没有发现雕像后面还藏着人。

看着阿宝天真的样子，花朝贴了贴他的小脸，轻声道："乖阿宝，这里很危险，不能让人知道你逃出来了，待会儿姐姐会在前面带路，你悄悄跟着姐姐，像出来的时候那样再悄悄地溜回去，能做到吗？"

除了她之外，这些血蛊便是苏妙阳最不能见人的秘密了，若她知道竟然有血蛊从她的布置中逃了出来，一定会将这个不安定因素直接抹杀。

阿宝一脸委屈："为什么？阿宝好不容易才溜出来的啊。"

"听姐姐的话……"正说着，门外突然有声音传了出来，花朝赶紧放下阿宝，将他推入雕像后面，急急地嘱咐道，"听话，记得跟着姐姐。"

圣殿的管事茜娘走了进来，她不着痕迹地左右看看，才恭敬地道："圣女大人，外头如烟、如黛来禀，说圣母遣人送了一些首饰和衣物给您，请您去看看。"

"让她们在外面候着吧，我要去看看那些血蛊。"花朝神色淡淡地道。

茜娘有些惊讶，下意识地道："可是这必须得有圣母的允许才行……"

"你在姑姑身边伺候多久了？"花朝看了她一眼，冷不丁地问。

茜娘一凛，忙弯腰道："奴婢从十岁起跟在圣母身边，如今已经有二十三年了。"

"难怪能成为姑姑的心腹，连我也不放在眼里了。"花朝淡淡地道。

茜娘一下子跪在了地上，颤抖着道："奴婢不敢。"

"我要去看血蛊。"花朝面无表情地道。

茜娘面色煞白，犹豫了一下，终是抵不住压力，低低地应了一声："是。"然后起身躬身在前面引路。

花朝不着痕迹地瞥了那个躲躲藏藏的小身影一眼，见他跟了上来，这才目不斜视地跟着茜娘往前走。

只见茜娘将手中的令牌放入墙角的凹槽处，重逾千斤的石门轰然吊起，她侧了侧身，恭敬地道："圣女大人，请。"

"你在前面领路就是。"花朝面无表情地道。

"是。"茜娘应了一声，率先走了进去。

一路开了三道石门，长长的裙摆扫过青色的石阶，一阶一阶往下走，一直走到尽头，出现在眼前的是一处巨大的血池，血池里暗红的血液翻滚不息，十分可怖。

茜娘脚下微微一顿。

"怎么了？"花朝问。

茜娘忙转身道："圣女恕罪，这里本该安排着守卫的，可是他们竟敢偷奸耍滑，不知道跑到哪里去了，回头奴婢必定回禀了圣母，好好惩罚他们。"

一直悄无声息地跟着她们的阿宝看了一眼那翻涌不息的血池，伸出小小的舌头舔了舔殷红漂亮的嘴唇，心道只怕他们是享受不到这惩罚了呢。

这血池子可真是毁尸灭迹的好地方啊，要不是怕爷爷发怒，他回头得闲了也想搞一个呢，阿宝眨巴了一双天真无邪的大眼睛，美滋滋地异想天开。

花朝不甚感兴趣地点点头，示意茜娘打开最后一道暗门。

暗门内另有一个巨大的空间，里头层层叠叠地摆着几十个铁笼子，铁笼子里如牲畜一般被锁着的，全是人。

他们之中有男有女，一个个都穿着崭新的白色袍子，神色萎靡，面色苍白似鬼。在最角落的那个铁笼子里锁着好几个和阿宝差不多大小的孩子，应该是这一回和阿宝一起被带进来的。

看着那些因为她们的到来而战战兢兢面露惊恐之色的孩童，花朝忍不住捏紧了拳头，再一次坚定了要杀了苏妙阳和毁掉瑶池仙庄的决心。

笼子很大，阿宝小小的身子正好钻进去，看到阿宝不着痕迹地挤进了那群孩子中间，花朝这才慢慢地走到了那个大铁笼子前面站定。

一旁的茜娘搞不清楚圣女大人为什么要来看这些血蛊，但也不敢多嘴，只得默默地站在一旁，好在花朝只是默默地看了看，并没有做什么多余的事情，便转身走了。

暗门轰然关闭，阿宝盘腿坐下，想着花朝刚刚临走前的那个眼神应该是让他乖乖待着不要动，等她来找他的意思？正琢磨着，突然有人扯了他一下，他侧过头，便看到一张苍白似鬼的脸。

那是一个瘦得几乎是皮包骨的年轻男子，他目光灼灼地看着他，压低了声音道："小孩，我看到你刚刚溜出去了，为什么又回来？"

阿宝眨巴了一下眼睛，也学着他压低了声音可怜兮兮地道："外面全是人，根本逃不出去。"

那人的目光便黯淡了下来。

阿宝见状，便不再理会他，摸着下巴将这件事前前后后地想了一遍。

他是故意被花朝发现的，从这个地下监牢溜出去见到花朝的时候他是真的十分惊讶，他是直至花朝离开了青阳镇之后才知道袁秦逃婚后花朝竟然出去找他了，为此还愤愤不平了许久，可是为什么花朝竟然出现在了瑶池仙庄，而且……还成了瑶池仙庄的圣女？

他应该相信她吗？

花朝前脚刚走，后头茜娘便匆匆去见苏妙阳，将事情快速禀报了一番，然后跪下请罪。

苏妙阳摆了摆手，笑着让她起来："我知道你是个谨慎的，这事儿你办得不错，一般的事儿就不要忤逆圣女了，顺着她的心意吧。"

茜娘垂下头，心里暗忖，一般的事儿顺圣女的意，那不一般的事儿呢？

【五】他们不懂事

花朝不动声色地离开了圣殿，心里却乱成一团，回到院子的时候，便见源源不断的华衣美服和成箱成箱的珠宝首饰正往院子里送，看得人眼花缭乱。

如烟小心地觑了她一眼道："这是圣母遣人送来的，说是让您为流霞宴好好做准备。"

"知道了，你们留在外面清点吧，没事不要来打扰我。"说着，花朝抛下如烟、如黛，自己回房去了。

房间里燃着香，白色的烟气自错金博山香炉里袅袅升起，*丝丝缕缕缠缠绵绵*。

外头的热闹一直没消停过，花朝渐渐有些心浮气躁起来，她盘算着该怎么救出阿宝。她可以狠下心不去管那些血蛊，可是她不能不管阿宝，费大爷只有阿宝这么一根独苗苗，祖孙两个相依为命，丢了阿宝，费大爷就没有活路了。

可是阿宝已经见过了那些血蛊，苏妙阳断然是不会让他活着离开瑶池仙庄的，关心则乱，花朝干脆闭了眼睛，盘腿而坐，运起了风怜秋水的心法。

摈弃杂念，引导着体内那股热气在经脉中缓缓游走，花朝的额头渐渐布满了汗珠，许久之后，她缓缓睁开眼睛，呼出一口气。

头脑清明之后，她想起了一件挺久远的事……

苏妙阳曾经试图在那些血蛊之中培养出一个蛊王，用大量稀有名贵的药材，日日哺以花朝的血液，于厮杀中淘汰了一大批血蛊，最后选中了一个，并且差点就炼制成功了。

然而最终还是功败垂成。

因为她放走了他。

她答应了要送他回家，作为交换，他则答应带她离开瑶池仙庄这个魔窟。

可惜最后他坚持一起救出来的几个血蛊反水叛变，不仅将她推落了悬崖，还差点杀了他。

她死后复生，发现自己被埋进了坟墓，应该是他做的。

因为这件事，花朝忽然就想到了一个可以光明正大地将阿宝带出来的办法。虽然暂时没办法把他送出瑶池仙庄，但她可以先将阿宝养在自己身边，以后再徐徐图之。

心里已经做了决定，花朝起身走了出去，打算去见一见苏妙阳。

见到花朝，苏妙阳似乎一点都不意外，只笑着让她坐下说话。

"听茜娘说，你去看那些血蛊了？你不是向来心软，不喜欢看到那些东西吗？"苏妙阳接过茜娘递来的花茶啜饮了一口，笑着对花朝道。

花朝看了一眼正端了茶水来的茜娘，不意外她将这件事禀报给了苏妙阳知道，她伸手接过茶水，垂眸道："上一回朔月之夜，我花了很久才缓过来。"

苏妙阳微微一顿，笑容越发慈爱起来："是姑姑有些过了，你十多年未归，我一时竟有些收不住，下回定不会这样了。"

"我也不是怨怪姑姑，但是如今我身体总觉得疲乏，若一直这样，恐怕……"

花朝话未说完，但苏妙阳已经蹙起了眉头，她知道花朝的话中之意，上一次她的美人蛊险些将花朝吸成了人干，她自然是知道的，可是若真的因此在她身上留下了什么难以弥补的暗伤，对她也是大不利的。

毕竟在苏妙阳眼中，花朝的身体是她的所有物，若是出了什么差错，自然是不快的。

"这跟你去看那些血蛊有什么关系？"苏妙阳若有所思地问。

"我想挑选一个有潜质的血蛊来炼制蛊王进补。"花朝看向苏妙阳道，"与当年你给我挑选的那个蛊王一样，不过若那样一层层厮杀下来时间太久我等不起，所以我打算直接挑选一个孩子养着，以备不时之需。"

苏妙阳的表情有些复杂和微妙起来，她的人形蛊王啊，可是最终那人形蛊王还未炼制成功，就怂恿着花朝一起逃出了瑶池仙庄。

"你有挑中的吗？"苏妙阳问。

"嗯。"花朝点头。

"茜娘，你陪圣女去把那个挑中的孩子带出来，另外养着。"苏妙阳沉吟了一下，开口吩咐道。

"是。"茜娘忙道。

"我想自己养着。"花朝打断她的话，顿了一下，解释道，"这样比较方便。"

要炼制人形蛊王，最不可缺少的便是花朝的血，需要花朝日日用血饲养，的确是养在身边比较方便。

苏妙阳勾了勾唇角："好，如你所愿。"

她倒要看看，这个曾经一度逃出她掌心的小姑娘还能翻出什么花样，那些血蛊里倒是有几个会些功夫的，莫非她想故技重施不成。

"谢谢姑姑。"花朝得了话，心里惦记着阿宝，担心他害怕，便起身看向茜娘道："劳烦你陪我走一趟了。"

茜娘忙道："奴婢不敢。"

"养蛊王固然重要，但也别忘记了流霞宴的事情。"苏妙阳笑着嘱咐道，"毕竟这可是你的终身大事呢。姑姑让人给你送的衣服首饰看到了吗，明日酉时我设了一个晚宴给来参加流霞宴的少侠们接风洗尘，你可要好好打扮一番，准时出席。"

"知道了，姑姑。"

茜娘一天之内两次踏足这个地下密室，引起了铁笼子里所有人的恐慌，他们是在当年花朝逃离瑶池仙庄之后才被抓进来的，因此并不知道那个被茜娘小心伺候着的姑娘是谁，但这并不妨碍他们对花朝的怨恨。

对茜娘的恐惧已经深深地植入了这里的每一个人心里，作为圣殿的管事，相貌善良的茜娘的行事手段与长相完全相悖，连魔鬼一般的茜娘都要小心恭维侍奉的人，又会是什么好人呢？

那些怨恨、厌憎与恐惧交杂的目光层层叠叠地黏在花朝身上，花朝倏地捏紧了手心，每一次踏进这个如人间炼狱般的地方，她都有一种快要窒息的感觉。

"圣女，不知您挑中的是哪一个？"茜娘见花朝迟迟不语，恭敬地询问。

一边询问，她一边将所有血蛊挨个打量了一番，暗自在心里猜测着圣女选中的目标是谁。

对上茜娘那如同挑选待宰羔羊的眼神，笼子里的人都开始瑟缩起来，未知的才是最可怕的，他们不知道此时等待着他们的将是什么，故而更为恐惧。

花朝没有回答，径直走到那个关着许多孩童的铁笼子前道："打开。"

茜娘忙上前，从腰间掏出钥匙打开了铁笼子，笼子里的孩子们抱成一团瑟瑟发抖，涕泪齐流，可是即便是哭，他们也不敢发出一点声响来。

有孩子被吓得尿了裤子，闻到有淡淡的尿骚味逸出来，茜娘的脸一下子阴沉了下来。

花朝注意到她的脸色，蹙眉道："这样吓唬他们做什么？"

茜娘赶紧收敛了神色，低眉顺眼地应了一声："是。"

花朝看着她，突然轻笑一声道："你是不是在心里嘲笑我心慈手软不堪大用？"

茜娘吓了一跳，慌忙跪在了地上道："奴婢不敢，请圣女恕罪。"

"我不管你心里是如何想的，但是这里是姑姑养血蛊的地方，不是你逞威风的地方，血蛊的饲养并不是那么简单容易的，过多的恐惧和怨憎会影响血蛊的质量，你应该知道什么是姑姑最不能容忍的。"花朝淡淡地道，"若你不能好好饲养这些血蛊，我会禀报姑姑，我想姑姑应该不会介意换一个人来掌管圣殿。"

若说茜娘先前的畏惧之态大都是做戏，可此时她却是真的开始畏惧了，作为圣母的心腹，茜娘在圣殿之中大权独掌，掌握着这些血蛊的生死，她对于这个失踪了十几年再归来的圣女大人，其实是并没有多少敬畏之心的。

可是……作为圣母的心腹，没有人比茜娘更了解圣母在意什么，这些血蛊若是出了什么差错，她十条命都不够赔的。

花朝没有再去看那个趴在地上一动不敢动的茜娘，她说完这些话，便感觉周围那些怨憎的目光越发重了。

是啊，都是活生生的人，谁愿意被当成牲畜一样被饲养？

就连面前这个铁笼子里那些抱在一起瑟瑟发抖的孩子们都向她投来了恐惧和怨恨的目光，花朝没有去看他们，只盯着那些孩子堆里唯一一个用热切的目光盯着她的孩子。

"你，出来。"看着阿宝熟悉的小脸，花朝面无表情地道。

阿宝推开一个紧紧搂着他发抖的孩子，迈着小短腿，欢快地走了出来。

看着他毫不收敛的欢快表情，花朝抽了抽嘴角，暗自头痛。

"蠢货，小心被拖去扒皮抽筋。"看着被选中的阿宝一副不知世事险恶的欢快样子，一旁铁笼子里一个面色苍白的少年恶声恶气地道。

"放肆！"茜娘一鞭子抽了过去。

"他们是姑姑娇养的血蛊，不是可以随意抽打的犯人。"花朝看了那少年一眼，面无表情地对茜娘道。

茜娘赶紧低头称是。

阿宝回头冲着那挨了一鞭子的少年吐着舌头做了个鬼脸，气得他本就苍白的面色越发地白了，阿宝才不管，直接扑在了花朝的腿上。

花朝干脆将他抱了起来，转身对茜娘道："我这便带他回去了，你自去向姑姑禀报即可，不必跟着我了。"说着，便在茜娘满是错愕的视线中抱着阿宝离开了这个快要让她窒息的地方。

直至走出那道暗门，花朝仍旧甩不脱那些怨恨的目光，那些怨恨到如有实质的目光仿佛已经幻化成了一只只怨灵，紧紧地附在她的身上，死死地缠着她，想将她拖入深渊。

花朝仿佛看到了那一日山林之中，她亲手放出来的那些少年将幼小的她狠狠地推入悬崖，他们满是怨憎地叫嚣着："你这个恶心的小怪物，去死吧！"

他们是那样地憎恨着她。

恨不得食肉寝皮。

"别搭理他们，一群不懂事的家伙，明明是花朝好心想让他们过得好一点，他们一点都不知道感恩不说，还分不清好赖。"阿宝趴在花朝的肩膀上，抱着她的脖子，压低了声音嘟囔。

花朝愣了一下，看向怀里的孩子，随即摇头失笑，这倒是个心宽的，八成还不知道自己掉进了一个怎样的虎穴狼窝呢。

"是啊，阿宝最懂事了。"抱紧了这个天真懵懂不知愁的孩子，花朝哄道。

"那是。"阿宝得意地翘了翘小尾巴。

"姐姐还没有问你，你爷爷呢？青阳镇那么远，你还记得你是怎么来的吗？"

"爷爷带我出来寻亲，路上有个叔叔带我去买糖葫芦，后来我就睡着了，醒过来就看到姐姐了。"阿宝眨巴眨巴眼睛，颠三倒四地说着。

虽然说得颠三倒四，但基本意思都表达清楚了，花朝叹了一口气："你个贪吃鬼，费大爷该急坏了。"

阿宝嘟嘴。

"乖阿宝，姐姐暂时没有办法送你出去，你先跟着姐姐住一段时间，等有机会了姐姐就送你去找爷爷，好不好？"花朝摸了摸他的脑袋道。

阿宝点头如捣蒜："好啊好啊，我最喜欢和花朝在一起了！"

看着小家伙一副不知愁的样子，花朝拧了拧他的小脸蛋："为什么你从来不肯叫姐姐？"

"因为我喜欢花朝啊。"阿宝眨巴着一双大眼睛，一脸情真意切地道。

花朝失笑，忍不住又拧了拧他的小脸蛋："人小鬼大。"

茜娘远远地看着圣女抱着那个被选中的孩子走远，两人似乎在说着什么，可惜距离太远，她听不清。

待她将情况禀报给苏妙阳的时候，苏妙阳倒是十分惊讶："选了一个最近才进来的孩子？"

"是，圣女亲自抱着走的，好像很喜欢那个孩子的样子。"茜娘半点不敢隐瞒，将所有的事从头到尾讲了一遍，包括圣女批评她饲养血蛊的方法太过粗暴这件事。

"哦？"苏妙阳饶有兴趣的样子，"你不服气？"

"奴婢不敢。"茜娘赶紧跪下。

"好了，不要动不动就跪，起来吧，我又没怪你。"苏妙阳抬起手欣赏了一下刚染了蔻丹的指甲，十指纤纤美得令人心旷神怡，她笑了笑，心情甚好地微笑着道，"那孩子向来心软，不过……心软也不是什么坏事。"

心软，才好控制啊。

只不过她原以为花朝会选那个挨了茜娘一鞭子的少年呢，那少年很有些功夫底子，是个逃跑的好帮手啊。

可是花朝竟然没有选他，那么她可爱的小花朝到底在打着什么主意呢？

人形蛊王……

苏妙阳想了想，起身走到一旁的书案前，提笔写了一张单子，然后吹了吹交给了茜娘："去库房盘点一下，按单子上写的药材准备一份送去给圣女，记住，都要最好的。"

"是。"茜娘忙恭敬地接过，转身去准备了。

苏妙阳眯起眼睛笑了笑，虽然不是经过层层杀戮选出来的蛊王底子上不如之前那个未完成体，但是也许可以等她炼制出雏形来再好好打磨。

若真的能够炼制成功，那她可不仅仅打算让那个珍贵的人形蛊王成为花朝的进补之物，那简直是在暴殄天物。

不知道你能做到哪一步呢，真期待。

可不要让我失望啊，我的小花朝。

第九章

【一】接风洗尘

当花朝抱着一个粉雕玉琢的小男孩回来的时候，院子里所有的人都惊呆了，最后还是胆子最大的莺时开口问道："圣女，这孩子是从哪里来的？"

"不用问那么多，他叫阿宝，暂时跟我住。"花朝并没有要解释的意思，抱着阿宝进了房间，然后吩咐道，"准备热水和适合他穿的衣服，我要给阿宝洗个澡。"

阿宝举小手抗议："男女授受不亲，我自己洗。"

花朝刮他的小鼻子："你才多大点？"

阿宝皱起小鼻子表示不满："男子汉大丈夫不管多大点都是男子汉大丈夫。"

最终还是花朝妥协了，让清宁和莺时陪着阿宝去洗澡。

阿宝自己脱了衣服爬进澡盆，小小的身子沉进冒着热气的水中，舒服得直叹气，自从出来之后他有好久没有洗过澡了啊……

看他一副小大人的样子叹着气，莺时忍不住觉得好笑，他拿了一块布巾替阿宝擦背："舒不舒服？"

"嗯……"阿宝舒服地哼哼。

"你叫阿宝啊？"莺时一边替他擦着背，一边问。

"嗯。"

莺时一边卖力地替他擦背，一边又试探着问："阿宝，你是打哪儿来的啊？"

"我……"阿宝慢悠悠地说了一个字，然后在莺时的一脸期待里，他羞涩地笑了笑道，"花朝不让说。"

莺时差点一头栽进澡盆里。

这小屁孩子，嘴巴还挺紧。

清宁难得看到莺时吃瘪，扑哧一下乐了，一下子觉得这孩子哪哪都招人喜欢，连他直呼圣女的名讳都没有注意到。

"你们是谁啊？"阿宝看了看清宁问。

"我们是专门伺候圣女的侍者，我叫清宁，他叫莺时。"清宁十分善解人意地讲得十分详细，"内院还有两个婢女，一个叫如烟一个叫如黛，就是先前你在外面看到的那对长得一模一样的双胞胎姐妹。"

见阿宝眨巴眨巴眼睛，也不知道听懂了没，清宁笑了笑，好脾气地道："没关系，以后久了就会熟了。"

洗过澡的阿宝换了一身干净的衣衫，小脸上还带着被水汽熏出来的红晕，粉嫩嫩的十分可爱，一下子就萌化了如烟、如黛的心，赶紧捧来了切好的水果和热腾腾的糕点哄他吃。

阿宝正乖乖地吃着水果和点心的时候，茜娘来了，带了大批的药材，还有一些稀有罕见的药材，因保存不易，是另用玉盒装着的。

这样的大手笔……看呆了没见过世面的莺时。

"这些都是圣母让奴婢准备的，希望圣女能派上用场。"茜娘示意随行的侍从将玉盒放下道。

虽然时隔十多年，但花朝一眼便认出这些都是炼制人形蛊王需要用的药材，尤其是那几株特意用玉盒装着的"玄雪草"。想起自己留下阿宝的借口，花朝点点头表示知道了。

茜娘也没有多留，很快带着人退下了。

花朝让清宁和莺时将这些药材暂且收到小库房，然后将隔壁的小房间腾了出来，安置了一张小床给阿宝住。

阿宝的到来是个意外，看着阿宝坐在高高的凳子上晃着小脚丫，吃着香喷喷的糕点一点也不知道忧愁的样子，花朝在心里叹了一口气，不管怎么样，她得护好这个孩子。

阿宝头一回离开家和爷爷，又遭遇了那么可怕的事情，花朝担心他白日里有的玩忘性大，晚上换了新地方睡不着要闹，半夜去看了他几次，结果阿宝都睡得好好的，倒是花朝没怎么睡好。

坐在床沿看着阿宝睡得小脸红扑扑的样子，花朝伸手替他掖了掖被子，失笑，轻声呢喃了一句："你倒真是个心宽的。"

感觉到脚步声离开，门被轻轻关上，床上的阿宝缓缓睁开眼睛，乌溜溜的大眼睛里闪烁着玩味的光芒，事情似乎向着奇怪的方向发展了呢……

第二日一大早，花朝就被吵醒了，睁开眼睛便看到如烟正站在门口，一脸踌躇不安的样子。

"什么事？"花朝揉了揉额头问。

"圣母说今天晚上有宴会，担心这里人手不够使，派了人来帮忙。"如烟忙上前禀道。

花朝点点头，也不说要见见人，坐起身又问："阿宝醒了吗？"

"阿宝醒得很早，清宁和莺时在院子里陪他玩呢。"如烟道。

花朝点点头，脸上有了些笑意："小孩子精力足，他用过早膳了吗？"

"已经备下了，阿宝说要等圣女起来一起用。"如烟说着，小心翼翼地看了花朝一眼，对于这个突然出现的孩子，如烟心里有些没底，不知道他到底是个什么身份，该用什么态度来对他。

花朝知道如烟心里的困惑，但她并不打算跟她解释，只道："嗯，摆上吧。"

如烟只能按捺下了心底的困惑，点头应是。

花朝洗漱了之后，推开门便看到外头白茫茫一片，昨天夜里下了不小的雪，积了厚厚的一层，院子里堆了一个大大的雪人，比阿宝还要高，阿宝玩得鼻头红彤彤的，正指使清宁给雪人找个帽子。

"阿宝，来用早膳了。"花朝唤他。

阿宝便笑着跑了过来，扑进她怀里，乳燕投林一般。

早膳有鸡丝粥、枣泥糕、糯米糍和松子百合酥，多出的几样点心都是如烟特地做了来哄阿宝的，见阿宝吃得香甜，花朝拿帕子替他擦了擦嘴，眼神温和了起来。

见状，如烟暗自松了一口气，知道自己做对了，心里也明白日后该用什么态度来对待阿宝了。

和阿宝一起用过早膳，花朝才让如烟去把圣母送来的人带进来，来的是两个侍女。

"奴婢云落、紫妍见过圣女。"两人一脸恭敬地跪下。

花朝垂眸看着她们一脸恭顺的样子，眸色沉沉，这两个人她认识，都是苏妙阳身边得宠的贴身侍女，平时伺候苏妙阳梳妆的。

这是苏妙阳不放心阿宝的存在，特意派来监视阿宝的吧。

花朝让她们起来道："知道你们手巧，平时也是伺候姑姑梳妆的，但我用惯了如烟、如黛，一时可能也使不上你们，留在我这里怕是要埋没你们的手艺了。"

两人忙道不敢，一副铁了心要留下的样子。

花朝便也不再多说什么，反正她这个院子跟个筛子似的到处都是苏妙阳的眼线，再多两个也不怕什么。

阿宝乖乖地坐在花朝身边，也没有出去玩，一双大眼睛骨碌骨碌地转来转去，看着她们说话，十分安分乖巧的样子。

花朝问完话，便让她们出去了，暂时在外面伺候，不用近身。待安排好了她们，转身便看到阿宝乖乖地在一旁坐着的样子，她心里一软，将他抱了过来："阿宝昨天晚上睡得好吗？"

"嗯。"阿宝乖乖点头，"床很软，也很暖，阿宝睡得很好。"

花朝摸摸他的小脑袋。

"花朝，这是哪里啊？我们为什么要住在这里？阿宝什么时候可以见到爷爷？"阿宝仰头看着她，忽然试探着问。

花朝放在他小脑袋上的手微微一顿："之前不是说好了吗？姐姐暂时没有办法送你出去，你先跟着姐姐住一段时间，等有机会姐姐就送你去找爷爷，好不好？"

阿宝嘟起小嘴："好。"

花朝抱着他，犹豫了一下，忽然轻声道："阿宝记住，在这里，除了姐姐，谁的话你都不要相信，记住了吗？"

阿宝眨巴了一下大大的眼睛，乖乖点头："记住了。"

看他一副懵懂的样子，花朝有些心疼，又担心小孩子生性好动，把他拘在屋子里会无聊，便唤了莺时和清宁来带他在院子里玩。

下午的时候，花朝正在房中打坐，如黛忽然来敲门说外头来参加流霞宴的少侠差不多都到了，圣母差人来提醒花朝不要忘记更衣梳妆。

花朝缓缓吐出一口气："进来吧。"

花朝并没有用苏妙阳新送来的云落和紫妍，仍是让如烟、如黛伺候梳妆。

衣服和首饰是两人一早就选好的，这会儿有条不紊地给花朝穿戴起来。

阿宝在外头院子里玩累了，跑来找花朝的时候，便看到了已经梳妆好的花朝。

从发饰到眉眼，无一不精致，一袭胭脂色的广袖深衣即妖艳又庄重，连一丝皱褶都没有，整个人都透着一种盛气凌人的美，阿宝看得有点呆住了。

"阿宝，发什么呆呢？"花朝看他傻乎乎的样子，笑着冲他招了招手。

阿宝三两步跑过去趴在她膝上，仰着脑袋，眼睛亮晶晶地看着她道："花朝你真漂亮。"

花朝笑弯了眼睛，低头亲了亲他肉肉的小脸蛋："阿宝也漂亮。"

阿宝嘟嘴，有点郁闷地道："阿宝是男孩子。"

花朝亲昵地逗着阿宝，一旁的如烟和如黛却暗自心惊，那总如木偶一般的圣女……仿佛有什么地方不一样了。

酉时将至，外头有人来催，说诸位公子都到齐了，就等圣女开席。

花朝拍了拍阿宝的小屁股，把他放了下来："姐姐要出去一趟，你自己用晚膳好不好？"

阿宝乖乖点头。

留下如烟、如黛照顾阿宝，花朝将云落和紫妍带上，前呼后拥地走了。

阿宝支着下巴看着花朝走远，眼里的兴味越发地重了，青阳镇温柔可人的小娘子花朝和瑶池仙庄威风八面看起来尊贵非常的圣女，本该是八竿子打不着的两个人，竟然是同一个人？

而且，她还说这里除了她谁的话都不能信。

作为瑶池仙庄里地位尊崇的圣女说出这样的话真的很奇怪啊，到底是为什么呢，阿宝很好奇。

"阿宝，看什么呢？圣女待会儿就会回来了，你是要先玩一会儿，还是先用晚膳呢？"如黛蹲下身，揉揉他的脑袋，笑眯眯地哄道。

阿宝眨了眨大眼睛，扑闪的眼睫掩住了眸中的异色，他仰起小脸道："我要吃松子百合酥。"

宴客的大厅里，硕大的夜明珠将整个大厅映照得如同白日，上首的架子上放着名动江湖的流霞剑。

花朝被簇拥着踏进宴客厅的时候，便感觉厅里有一瞬间的安静，她不知道最后得了瑶池仙庄的正式邀请函并且得以踏入这宴会厅的究竟有多少人，但此时看到这济济一堂的少侠们，她的脸色有一瞬间的僵硬。

有一堆陌生的面孔中，那几张熟悉的脸庞尤其的刺眼，让她想忽视都不能。

最令她头痛的是，袁秦也来了。

袁秦坐在席中，心情格外复杂，待看到花朝出现在门口，他下意识地眼睛一亮，可随即他便感觉到身边那些如狼似虎的视线都冲着花朝去了，他捏了捏拳头，心中烦躁得恨不能一把掀了这席面闹个天翻地覆。

可是他不能，他知道只要他一闹腾，便会立刻被赶出去，到时候连见花朝一面都成了奢望，这个认知让他忍不住心生颓败，又觉得荒谬，明明是和他一起长大，曾经日日与他相对的花朝；如今，他却要和这一群莫名其妙的少侠一起，为了见花朝一面而斗个你死我活，想到这里，仿佛连曾经无比憧憬的"少侠"二字都变得荒诞了起来。

正想着，花朝的视线似乎看了过来，袁秦下意识地精神一振，坐直了身子等她开口说些什么，可是她只是看了他那么一眼，那视线便轻轻扫开，仿佛他也只是如在座的其他人一样，只是一个与她没什么相干的陌生人……

明明已经知道她是有苦衷的，可是袁秦仍是喉间一紧，一瞬间的委屈之后便是莫大的恐慌，仿佛曾经对他那么好，曾经对他百依百顺和他一起青梅竹马长大的花朝……不见了。

"花朝，愣着干什么？快来见过诸位少侠啊。"坐在上首的苏妙阳冲她招了招手，笑道。

花朝走了过去，在苏妙阳身边坐下，视线轻轻扫过几张熟悉的面孔。

如慕容夭夭所说，秦千越果然也在，周文韬也来了，这个曾经和袁秦焦不离孟的家伙如今坐在距离袁秦很远的地方，两人这是闹崩了？正想着，花朝突然对上了一双幽黑的眼眸，傅无伤！他正定定地看着她，眸中是她看不懂的复杂情绪，花朝暗自蹙了一下眉，撇开视线，然后又看到了一张白面馒头似的脸，以及那存在感强到令人无法忽视的身形……景王爷？他不是梅白依的裙下之臣吗？为什么会出现在这里？

花朝思忖着，一时有些出神，以至于没有听清拉着她手的苏妙阳究竟说了些什么。

那厢苏妙阳话音方落，在座少侠们的视线便立刻聚集在了花朝的身上，虽说先前也有人仿佛不经意般偷偷将视线扫过来，但此时却越发地火热和明目张胆起来，花朝忍不住微微蹙了蹙眉。

"圣母说，接下来几日的流霞宴将交由圣女主持。"开席之后，莺时趁着上前伺候的间隙，贴心地弯下腰在她耳边道，见花朝点头，知她听到了，他便识趣地退下了。

一旁伺候的清宁见状，提着酒壶的手紧了紧，暗自气恨莺时又得了邀宠的机会，又气恨自己不敢上前，他也不知道为什么总觉得圣女的威压与日俱增，若说原先他还敢试着邀宠，现如今却是甚至都不敢往前凑了。

直至宴席结束，花朝都没有开口说一句话。

来时前呼后拥，去时众星拱月，纵然没有开口说一句话，甚至连一个笑容都没有，但那张美得盛气凌人的脸依然让席间的气氛变得越发地火热以及微妙起来。

傅无伤冷眼看着那些可恶的家伙一个个跟开了屏的孔雀似的，只觉得酸气冲天，只恨不得赶紧将花朝藏起来，直至花朝离席他才松了口气，正目送花朝离席，却见袁秦终是按捺不住地起身追了上去，他不由得蹙了眉头，眼中滑过一丝冷嘲，这个家伙还真是一如既往地不知天高地厚呢。

果然，袁秦被跟在花朝身后的莺时挡了下来，莺时笑眯眯地看着他道："这位公子，稍后会有侍女来领你们去客房，还请不要坏了规矩哦。"

一副不认识他的样子。

袁秦看着他笑眯眯拦自己路的样子，额头青筋直跳，他探头看向花朝，却见花朝脚下未停，甚至连回头看一眼都不曾，就这么走了。

"那个不知天高地厚的小子是谁？"席间，有人低声问。

"据闻是江南秦家的小公子，他母亲是秦家大小姐秦罗衣……"

"他倒是有底气闹腾，不过难道人家圣女还要因为他出身江南秦家便要对他另眼相看不成，真是可笑！"有人嗤之以鼻。

"是啊，大家都为这流霞宴而来，非要自以为与众不同，可不就是被打脸了吗？"

"你们可小声些吧，没看见秦家那位玉面公子坐在那儿吗？"一位身着松花色长衫的公子压低了声音，暗暗指了指坐在角落里的一个自斟自饮看起来分外逍遥的公子。

江南秦府的大公子，有玉面公子之称的秦千越！

这位可不是个善茬儿，说起来还是那位小公子的表兄呢，先前道人长短的几位纷纷闭了嘴，倒有一人面带感激地对那出言提醒的公子抱了抱拳道："多谢提醒，不知这位公子怎么称呼？"

"好说，青越派周文韬。"周文韬笑吟吟地拱手。

【二】暗夜刺客

花朝回到院子的时候，便感觉气氛有些不对劲，外头守门的人看到她仿佛见了鬼似的趴在地上一个劲地发抖，花朝蹙了蹙眉，踏进院子便见如黛一个人在院子里绕圈圈，如烟和阿宝都不在，其他伺候的人也都不在。

见到花朝，如黛的脸唰一下白了。

"发生什么事了？"花朝沉下脸问。

"您走了之后阿宝说要吃松子百合酥，如烟就去小厨房给他做，我陪着阿宝在院子里玩，然后阿宝说要玩躲猫猫，让我闭上眼睛数到十，等他藏好再去找他，可是我数到十之后却发现他不见了，院子里里外外都找过了，如烟已经带着人去外面找了……"如黛跪在地上将前因后果讲了一遍，想起圣女对阿宝的重视程度，她吓得直打战。

花朝听说是阿宝自己躲起来的，揪紧的心微微放松了一些，只要不是出了什么事就好。那小家伙之前可是仗着轻身屏息的功夫，悄无声息地在戒备森严的圣殿地下密室中进出了一个来回，除了她谁也没惊动，这会儿八成是躲在哪里偷偷取笑大家呢。

"继续找，找到了来告诉我。"花朝淡淡地说了一句，甩袖进了屋子。

云落和紫妍对视了一眼，互相在对方的眸子里看到了疑惑，这是发怒了，还是没发怒？那个仗着有圣女几分宠爱就胆大包天不知天高地厚的血蛊到底跑到哪里去了？

花朝进了屋子坐下，刚喝完一盏茶，如烟和如黛便带着蔫头耷脑的阿宝来了。

"在哪里找到的？"花朝看了一眼头发上还沾着枯草叶子的阿宝问。

"外院的亭子旁边有棵大树，不知道被什么东西掏空了一截，他就躲在里面呢。"虚惊一场显然被吓得不轻的如烟哭笑不得地看了一眼阿宝，揉了揉被冻得有些发木的脸颊，到底没忍住嗔了一句，"那树外头压着厚厚的积雪，里头竟是一点不冷，我们找到阿宝的时候，他正在里面睡大觉呢。"

阿宝大约也有些不好意思，讪讪地蹭到花朝身边，讨好地冲她笑了笑。

花朝伸手取下他脑袋上沾着的枯草叶子，捏了捏他的小鼻子："调皮，怎么在树洞里睡着了？要是着凉了怎么办？"

"我等了好久都没有人来找，不知不觉就睡着了嘛。"见花朝没有生气的样子，阿宝得寸进尺地爬进了她怀里，挨着她撒娇道。

花朝拍拍他的小屁股算是惩罚，抬头对站了一圈的人道："躲猫猫而已，这么兴师动众的干什么？都散了吧。"

众人面面相觑，这会儿嫌兴师动众了？刚刚您说"继续找，找到了来告诉我"的时候可不是这态度啊！但到底不敢反驳，都赶紧散了。

尤其是如黛，和阿宝玩个躲猫猫都差点玩出大祸来，讪讪地垂了头退下，出了门见如烟脸色不好，有些无奈地压低了声音道："我哪里知道那孩子那么能躲啊……"

躲到树洞里，他到底是怎么想的啊？

"好了，阿宝到这会儿还没有吃上东西呢，我去把先前做的松子百合酥拿一些来，你让厨房那边准备热水，让他洗个澡去去寒，免得他感冒了回头圣女再迁怒于你。"

如黛缩了缩脖子，忽然压低了声音道："如烟，你说那孩子到底是什么来路？云落和紫妍是不是来……"

"慎言。"如烟瞪了她一眼，四下看了看才道，"管他什么来路，你只要知道圣女看重他就是了。"

如黛向来都听如烟的，见状，便也不再说什么，乖乖去准备热水了。

房间里，花朝看着依偎在自己怀里的阿宝，总觉得似乎有哪里不太对，一切都太过巧合了，之前和清宁莺时一起玩的时候从来也没有见阿宝要玩过躲猫猫，而且怎么就刚好是性格谨慎的如烟被支开了，留下了性格马虎一些的如黛？

感觉到花朝若有所思的视线，阿宝感觉自己的皮一下子绷紧了。

刚好这时如烟来敲门："圣女，阿宝到现在还没有吃过东西，我将之前做的松子百合酥拿了一些来，给他吃一些垫垫吧。"

阿宝眼睛一亮，赶紧趁机从花朝的怀里跳了下来，伸手从碟子里拿松子百合酥。

看着阿宝狼吞虎咽的样子，花朝的眉头一下子舒展开了，摇摇头暗笑自己整日里疑神疑鬼多了，竟连阿宝都疑上了。阿宝还是个孩子，最多是比别的孩子更聪明伶俐一些罢了，又有什么可疑之处呢？

感觉到花朝不再用那种令人发毛的眼神盯着自己，阿宝悄悄吁了一口气，然后加快了进食的速度。吃过之后泡了个舒服的热水澡，洗得粉嘟嘟的阿宝打了个哈欠，憨态可掬地揉了揉眼睛，表示自己困了。

花朝看着他自己爬上小床躺下，闭上眼睛，不一会儿就发出小猫一样的呼噜声，花朝替他掖了掖被子，起身走了。

待她走后，阿宝才睁开眼睛。

刚刚他趁着花朝不在将整个瑶池仙庄打探了一番，可惜没有见到那位传说中的瑶池圣母，应该是和花朝一起去那个宴客的大厅了。毕竟自己此行最重要的目的就是确认那位瑶池圣母是不是当年西王母的侍婢苏妙阳，因此他还得找个机会见一见那瑶池圣母才行。

阿宝躺在床上琢磨着怎么才能见到瑶池圣母，却不知道这个机会马上就来了，而且都不用他费尽心机，而是那瑶池圣母主动召见的他。

花朝不知道她打定主意不管怎么样都要护着的孩子，正打着要见一见苏妙阳的主意，她把阿宝的事放下，心里想着在晚宴上见到袁秦的事情，越想越头疼，对他不听劝告一定要来蹚浑水的行为实在是无力。

睡到半夜的时候，花朝突然睁开眼睛，身子微微一侧，便见一柄闪着寒光的长剑将她的枕头划作了两半，若非她闪躲及时，此时只怕早已是身首分离。

来者一身夜行衣，戴着面罩，只露出眼睛，他见一击未成似乎有些错愕，想来没有料到本该睡着的人竟然躲开了他这一剑，然而只是一瞬间，他便再度袭来，花朝后退几步，一把抓起抽屉中的流星锤砸了过去。

流星锤来势汹汹，那人匆忙举剑去挡，然而流星锤遇剑之后去势未停，竟是直接连着那被砸弯的剑刃一并砸入那人胸口，那人不敢置信地瞪大眼睛，猛地喷出一口血来，拔腿要逃，却惊恐地感觉自己背后仿佛被蛛丝黏住似的，竟是举步维艰，他回过头，便见那少女正抬着手，面无表情地看着自己。

没有金刚钻又岂敢揽那瓷器活儿，他既然胆敢接了这个任务潜入如今声名正盛的瑶池仙庄来刺杀这位圣女，自然也并非泛泛之辈，可谓是大风大浪里都闯过，但他没有料到自己竟然在这个看起来弱质纤纤的女子手下毫无反抗之力。

他挣扎了几下都没有办法挪动一步，惊恐之下，他终于开口道："这是什么功夫？"

什么功夫？花朝想了想，想起了慕容先生给自己的那本手抄本上的四个字道："风怜秋水。"

听到这四个字，那人似乎一怔，眼中飞快地闪过贪婪之色。

"你听过这门功夫？"花朝察觉到他眼中的异样，眯了眯眼睛问。

那人一惊，忙飞快地摇头。

"你在骗我。"花朝淡淡地道，十分笃定的语气。

那人吞咽了一口口水，知道逃不过，只得道："风怜秋水是江湖人人向往的武林绝学，我当然听过，当年月洗楼的守月便是凭着这本秘籍横行江湖，成为江湖第一高手的。守月失踪之后这秘籍几度失传，而这秘籍每一回出现必搅得江湖上一片血雨腥风，而它最近一次出现也已经是十多年前的事情了……"说着，大约是风怜秋水的诱惑实在太大，明知死到临头，他还是试探着问了一句，"不知怎么会在你手中？"

花朝并不理会他的试探，压下心头的惊讶，继续问："你是谁？为什么要杀我？"

这一次，那人闭口不言。

花朝一挥袖，那人只觉脸上一凉，面罩已经被掀开，露出一张堪称年轻英俊的脸来，花朝在今天的晚宴上见过他，当时他坐在来参加流霞宴的少侠中间，并没有什么特别之处。

她想了想，上前点了他的穴，动作有些生疏，点穴的时候甚至有一瞬间的怔忡，这点穴之术还是当年她在青阳镇的时候跟阿娘学的，只是学过，却从来没有施展过，今日凭着记忆倒也没有出错。

见他已经动弹不得，花朝伸手自他被流星锤砸得微微凹陷的怀中摸出了一张染了血的请帖，苏妙阳一向谨慎，此次流霞宴发出的请帖均核对过被邀请人的姓名以及身家出处，她打开一看，请帖上写着"莫家庄 莫秋"。

"你是莫秋？"花朝抬头看向他，想了想又道，"还是说……你不是莫秋，真正的莫秋已经命丧于你手了？"

那人的眼神有一瞬间的慌乱。

花朝不确定他是真的莫秋，还是被冒名顶替了，又问："是谁让你来杀我的？"

那人还是不答。

花朝蹙了蹙眉，正想着该怎么令他开口的时候，却见那人突然七窍流血，砰的一声倒地不起了。

那人倒在地上，发出了不小的响声，似乎终于惊动了外面的人，门被大力踹开，莺时一脸惊慌地闯了进来："圣女，你没事吧？"话音未落，便见花朝站在房间里，面无表情地看着他，而她的脚下，躺着一个胸口凹陷七窍流血，看起来惨不忍睹的男人，不由得呆愣住。

"其他人呢？"花朝问。

莺时一怔，才下意识地解释道："似乎都被迷晕了，我有些功夫底子，醒得比较早……"

花朝点点头，也没有要追根究底的意思，只道："你过来看看他怎么了。"

莺时上前，伸手探了探他的鼻息，又上下检查了一遍，看到那仿佛被什么砸到凹陷的胸口时，他不由得一愣，这一击力道惊人，扪心自问他都未必能做到，他的眼神闪烁了一下，才道："应该是个杀手或者死士，服毒自尽的，已经死透了，没什么明显的标识能证明身份。"

"为什么说是杀手或者死士？"

"这些杀手和死士一般会在牙中埋毒丸，一旦刺杀失败又担心熬不过重刑，便会咬碎毒丸自尽。"莺时解释完，又下意识地觉得自己说得太多了，不由得看了花朝一眼，暗自懊恼。

花朝仿佛没有察觉什么，只点点头，吩咐道："处理干净点，我不希望有除了你之外的人知道这里有人来过。"

"是。"莺时没有问为什么。

花朝弯了弯唇，竟是仿佛赞许般对他笑了一下。

莺时心中一跳，有些受宠若惊起来，赶紧低头手脚利落地替她清理了现场，低头的一瞬间，视线刚好对上尸体胸口处的凹陷……这位圣女大人果然有很多秘密的样子啊。

莺时打扫屋子的时候，花朝去了隔壁阿宝睡的那间屋子，阿宝好端端地睡在床上，小小的胸脯随着呼吸一起一伏，虽然看起来并没有什么异样，但花朝还是有些担心他受了迷药的影响，微微蹙了眉。

"那杀手的目标是你，这迷药只是让他睡得沉了一些，没什么大碍的。"莺时打扫完屋子，见花朝坐在阿宝床边蹙着眉头的样子，上前轻声道。

花朝对这些不了解，见莺时一副懂得很多的样子，姑且信了，起身替阿宝掖了掖被子，然后走出了阿宝的房间。

听到房门被关上的声音，阿宝睁开眼睛，本该一片清澈的眼眸中漆黑一片。

花朝修习的竟然是风怜秋水？

似乎很有意思的样子呢。

花朝回到床上躺下，到底是刚刚经历了一番堪称惊心动魄的刺杀，花朝久久没有睡着。

会是谁要杀她？

思来想去，与她结下深仇，并且有能力请来杀手的……似乎只有紫玉阁。而紫玉阁中最恨不得她死的，大概便是梅白依了吧。

花朝回忆起之前与那杀手对战的情形，这是她修习了风怜秋水之后头一次同人交手，这种感觉有些新奇。

月光透过窗棂洒进屋子，扰人清梦，花朝抬手一挥，层层叠叠的帐幔落下，挡住了朦胧的月光，花朝闭上眼，想起慕容先生将这秘籍交给她的时候曾经说过这本秘籍乃是江湖上人人竞相争夺的东西，切记万万不可现于人前。

她原是当笑话听的，只是……看那杀手听到"风怜秋水"后那贪婪的模样，这些话竟然是真的不成？

一夜平静，仿佛什么都没有发生过一般。

第二日早晨起来，如烟的模样似有些忐忑，昨晚轮到她守夜，可是后半夜她竟无知无觉地睡了过去，心中忐忑之余又有些犹疑，毕竟她从来没有出现过在守夜之时睡死的情况，但犹疑归犹疑，她终究是不敢说出来的。

花朝还是有些担心阿宝，见到阿宝依然蹦蹦跳跳活力十足，早膳还多吃了半个包子，顿时放心不少。

看来的确如莺时所说，那迷药对人并没有什么害处。

早膳过后，正梳妆，苏妙阳便差人送来了流霞剑。花朝这才想起昨天晚宴上苏妙阳说过要让她来主持接下来的流霞宴，私下里苏妙阳也同她推心置腹了一番，说是让她借此机会与那些少侠接触一番，好挑一个称心如意的郎君。

对于这个说法花朝其实是嗤之以鼻的，但苏妙阳既然这样说了，休管她打着什么主意，这个过场她还是要走的，何况今天是流霞宴的头一日，这个面子她怎么样都要给她的。

见阿宝一脸好奇地盯着那流霞剑看，花朝心里一软，这样年纪的孩子正是好动的年纪，整日将他关在院子里着实可怜，当初在青阳镇的时候他可是整日里走东家串西家，跟个皮猴似的没一刻消停的。

可若是将他一起带去演武场那边看比武吧，又担心被袁秦看到，再生出许多麻烦和事端来。若是被苏妙阳知道阿宝是她在青阳镇认识的孩子，阿宝的处境就危险了。

"阿宝，我等会儿要出去一趟，让莺时留下陪你玩好吗？"花朝蹲下身，与他平视，看着他道。

阿宝其实并不喜欢和莺时打交道，尤其是他心里正打着要找机会去见一见瑶池圣母的主意呢，比起看不出深浅难以应付的莺时，他倒更喜欢比较好忽悠的清宁，但是想起昨天花朝若有所思的眼神，他又觉得不能再挑三拣四引起她的怀疑了。

于是，他点点头，十分乖巧地道："好。"

"注意安全，不要再调皮躲得大家找不到了。"花朝捏捏他的小鼻子，笑着嘱咐道。

阿宝嘟起小嘴："好。"

花朝这才起身，看了莺时一眼，吩咐清宁抱上流霞剑一起去演武场。

被点到名的清宁顿时有些受宠若惊，这可是圣女头一回弃莺时不用，而用他呢，他顿时有种争宠有望的错觉啊！

临走，花朝依然留下了如烟和如黛，带上了云落和紫妍，既然知道她们是奉了苏妙阳的命令冲着阿宝来的，那她定然是不会让她们留下和阿宝独处的。

演武场在西院，占地很广，此时已经布置了大大的擂台，擂台对面搭建了一个精致的看台，远看像一座小小的绣楼。

花朝到的时候，擂台上已经有人在热身了。

那在擂台上热身的，也是个熟人，看到花朝过来，他笑盈盈地站在擂台之上，遥遥地对她作了一揖，礼数周到，温文尔雅。

周文韬。

对这位青越派少主，花朝对他的评价只有八个字：斯文败类、衣冠禽兽。当时在青阳镇的时候还蛮有几分可爱的少年意气，如今却是丁点不剩，俨然是一个老江湖，变化之快、变化之大，令人都不敢认了……又或许，这才是他的本来面目呢？

花朝轻轻瞥了他一眼，便漠然挪开了视线，在云落和紫妍的搀扶下走上看台坐下。

被彻底无视了的周文韬也不恼，只笑着摸了摸鼻子，连袁秦都没有得了她的好脸，他又算哪根葱呢，更何况他当初可是将这位圣女大人得罪得不轻，如今她没有报复回来已经是十分善良大度了。

坐在看台之上，几乎可以将整个演武场一览无余，花朝让清宁将抱在怀里的流霞剑放在一旁的架子上，示意比武开始。

有美人，有名剑，即便美人面无表情看起来高不可攀，也没有扫了大家的热情，第一场比武是青越派周文韬对战苍秀派俞参，输的人将被淘汰出瑶池仙庄。

擂台上的比斗很激烈，花朝只淡淡地扫了一眼，便将注意力放到了擂台下面，台下也围坐着许多观战的人，因为是第一场比武，几乎所有参加流霞宴的人都到齐了，那位心宽体胖的景王爷也在，但似乎并没有人发现他们中间少了一个。

花朝跳过那几张熟面孔，目光若有所思地在那些陌生的面孔上一一扫过，心里思量着不知这些人中可还有冒名顶替来的杀手？

想着，她又将视线放回了擂台上，这位苍秀派的俞参，又是否是本人呢？

不过很快，这个问题就不再困扰她了，因为周文韬已经将俞参打落到了台下。

这一局，周文韬胜，俞参则被淘汰出局，直接离开瑶池仙庄。

接下来对战的两人都是生面孔，最后是身形略矮的那位胜了这一局。

花朝的视线落在那个得胜者身上，身为男子，他的身形稍稍单薄了些，一张脸倒是清俊得很。

"他叫什么？"花朝定定地盯着他看了一阵，忽然开口问道。

闻言，清宁赶紧低头翻了翻手中的名帖："此人名叫邱柏，是个无门无派的江湖游侠。"说完，他下意识地看了花朝一眼，便见花朝正毫不避讳地在盯着那邱柏看。

……这是入了圣女的眼了？

接下来的比试花朝都看得心不在焉，连名动江湖的玉面公子秦千越出手都没有能够引起她的注意，她的注意力一直放在坐在角落里那个即使赢了一场比赛也依然毫无存在感的瘦小男子身上。

江南秦家的大公子秦千越，这在江湖上几乎就是一个活生生的传说，东流镇赌坊设下的赌局里，他是这次流霞宴最后得胜者人选中呼声最高的那一个。他一上台，几乎台下所有人的目光都集中在了他身上，包括一直盯着花朝的袁秦和傅无伤，毕竟这可是他们此次在流霞宴上的劲敌。

可是花朝还在看那个名不见经传且存在感极弱的邱柏。

坐在角落里的邱柏似乎终于注意到了花朝如影随形的视线，看了过来。

花朝见他看了过来，对上他的视线，竟是弯起唇冲他嫣然一笑，孰料邱柏非但没有被圣女加以青眼的惊喜，反倒像是受到了什么惊吓一般猛地缩回了视线。

见状，花朝不以为忤，嘴角的笑容越发地深了。

秦千越跃身跳上擂台的时候，看了一眼看台上的花朝，发现她在盯着角落里一个身形瘦小的男子看。

秦千越一脚将对手踹下了擂台，又看了一眼看台上的花朝，她在对着角落里那个瘦小的男子笑。

饶是堂堂玉面公子秦千越不禁也有些郁闷了，是他最近魅力变弱了吗，竟是全然被无视了？

圣女稀罕的笑容让本来坐在角落里不甚惹人注意的邱柏变成了众矢之的，他下意识地缩了缩身子，恨不得消失在众人的视线里，心里对那位高高坐在看台上故意给她惹事的圣女越发地恼怒了，他甚至觉得她已经认出他是谁了。

这个想法让他如坐针毡起来，又坐了一阵，他便找个机会提前退场了。

花朝看着他离开的背影，眸色深深。

正在花朝盯着那个离开的背影看的时候，清宁的声音响了起来："下一场是白湖山庄傅无伤和青阳镇袁秦。"

……这么巧？这两人竟然对上了？

花朝蹙眉看向擂台，正对上了袁秦的视线，这个曾经意气风发的少年看起来似乎成长了许多，他定定地看着她，眸子里有种莫名的坚定。

……他这是又擅自决定了什么？

另一边，傅无伤只瞥了花朝一眼，便收回视线看向站在自己对面的袁秦，眼中是少有的郑重，虽然他看不上面前这个冲动无脑的家伙，可这个家伙的身手却不容小觑。

袁秦终于收回了盯在花朝身上的视线，拔出了腰间的剑。

长剑出鞘，发出一声轻鸣，略过剑柄上镶嵌的那些略显浮夸的宝石不提，那剑身看起来无比锋利，且散发着沉沉的寒芒，剑锋处隐隐透着暗红的血色，仿佛曾经饱饮了无数的鲜血一样，令人不寒而栗。

许多人的眼光变得复杂起来。

青罗剑，比流霞剑排名更靠前的宝剑。

袁秦手执青罗剑，冷冷地看向自己的对手。

对于傅无伤此人，他向来没有什么好感，一个除了出身之外一无是处的纨绔公子，明明已经有了未婚妻，还一再来招惹花朝，之前还那样卑鄙地借机将他打得全身是伤，更何况有传言说这次流霞宴其实是比武招亲，意在给花朝选婿……所以，面对傅无伤，袁秦简直觉得是新仇旧恨交加在了一起。

【三】擂台比试

今日太阳很好，积雪已经开始融化了，院子里堆的大雪人也没了形状，慢慢坍塌了下来，原本可爱的模样起了变化，看起来竟有些狰狞可怖。

阿宝却仿佛很感兴趣似的，开始在那半融化的雪人身上抠抠戳戳，塑造出了一个形状更恶心的东西。

莺时拢着袖子站在一旁，饶有兴趣地看着阿宝在那雪人身上东戳戳西抠抠："这是什么？"

"雪人啊。"

"好丑。"莺时一脸嫌弃。

阿宝回头看他一眼，怪吞吞地道："人有漂亮的，也有丑陋的，雪人也有啊。"

莺时失笑："好像很有道理似的。"

阿宝不搭理他了，继续塑造自己的雪人。

莺时凑上前在他身边蹲下，冷不丁地问："昨天晚上你真的是躲在那个树洞里吗？"

"是啊。"阿宝随口答。

"可是我之前查看过那个树洞，那里明明空空如也什么都没有呢。"莺时轻声道，"结果刚好如烟经过那里的时候，就听到里头传来声音，然后发现你躲在里面睡觉，为什么呢？"

阿宝瞥了他一眼，忽然咧嘴一笑道："大概是你老眼昏花吧。"

莺时被噎了一下，正打算继续旁敲侧击着再问两句，却突然听到门口一阵响动，如烟和如黛一脸惶恐地迎了一个人进来，莺时回头一看，下意识地蹙了蹙眉，来的是瑶池圣母的心腹，茜娘。

这个时候圣女不在，她来干什么？

莺时直觉不会有什么好事，八成是冲着阿宝来的。

正思索着，见茜娘看了过来，莺时忙站了起来，貌似恭敬地行了一礼。

"不必多礼，好久不见，莺时在圣女这里可还习惯？"茜娘忙伸手扶起他，看着他的脸，一脸关切地询问。

"托您的福。"感觉到她的指尖轻轻地抠了一下他的掌心，莺时笑了笑，不着痕迹地收回手道，"圣女大人去演武场主持流霞宴了，您有什么事吗？"

"我不是来找圣女的，是圣母要见见这个孩子。"茜娘有些失落地收回空空如也的手，看向一旁玩雪人的孩子道。

阿宝正在给雪人捏鼻子的小手微微一顿，幸福来得太快简直猝不及防啊，他正想见见那瑶池圣母呢，机会就送上门来了。

莺时闻言却是心里一紧，面上露出了迟疑之色："可是圣女临走前嘱咐了我要好好看着阿宝的。"

听到"阿宝"这个名字，茜娘眯着眼睛看了阿宝一眼，才道："这是圣母的命令，圣女回来也不会怪罪你的。"

"可是……"莺时张了张嘴。

"莺时。"茜娘突然看向他，打断了他的话，意味深长地道，"你要明白，在这瑶池仙庄里到底该听谁的话。"

见莺时还要废话，阿宝站起身一把推倒了那个被他折腾得奇形怪状的雪人，眼睛亮晶晶地看着茜娘道："圣母要见我吗？"

茜娘看了他一眼，似笑非笑地点了点头。

"那快带我去啊。"阿宝拍拍小手，一脸迫不及待的样子。

茜娘倒是被他这迫不及待的样子逗笑了，伸手掐了掐他的小脸蛋："倒真是个会讨人喜欢的，难怪圣女那么宠着。"

一样是捏小脸，花朝的手柔柔的轻轻的，比摸一摸重不了多少，可是茜娘这一掐，阿宝粉嫩嫩的腮帮子上便留下了两个红色的指头印子，他却仿佛感觉不到痛似的，连眉头都没有皱一下，只仰着小脸一脸期待地看着她。

茜娘心里头闪过一丝怪异之感，这瑶池仙庄里的人一个个都想奉承圣母不假，可这并不包括地下密室里关着的那些血蛊，他们生不如死地活着，一个个怨气冲天，若是得了机会怕是恨不能将圣母生吞活剥了的。

可是眼前这个被圣女挑中准备炼制成蛊王的孩子却仿佛毫无怨念一般，非但如此，听到圣母召见竟然还一副欢欣雀跃的样子，似乎完全不知道这其中的险恶似的……

见眼前这半老徐娘一脸审视地看着自己，阿宝眨巴眨巴大眼睛，天真无邪地冲她笑了一下。

茜娘回过神来，看着这孩子稚嫩的面孔和天真无邪的笑容，又觉得是自己想多了，这孩子是最近才被送入圣殿的，还没有见识过那些手段，年纪又小，不懂得恐惧和怨恨也正常。

放下了心里的疑虑，茜娘倒是一脸和气地对阿宝笑了笑："走吧。"

阿宝得偿所愿，开开心心地迈着小短腿跟着茜娘走了。

莺时有些头疼地看着茜娘带着阿宝走远，又看了一眼站在门口手足无措的如烟和如黛姐妹俩，揉了揉额头道："我去一趟演武场。"

如烟一脸郑重地点头："我们在这里守着。"

莺时便一路小跑去了演武场，站在他现在的立场，若是和代表着瑶池圣母的茜娘正面怼上，只怕在这瑶池仙庄就待不下去了，所以他唯一能做的就是赶紧通知那位圣女做些补救，只是没能保护好阿宝，只怕他在圣女那里好不容易积累起来的好感这一下要全败光了。

但他有种感觉，仿佛一切就要水落石出了，而那个叫阿宝的孩子，就是那把最关键的钥匙。

一个离奇地出现在瑶池仙庄的、不知道是何种身份的孩子……和那些失踪的孩子，有没有什么联系呢?

还是说，阿宝也是失踪的孩子之一?

演武场的擂台上比斗正酣，傅无伤已经显出了颓势，身上挂了不少的彩，这大概是他从瑶池仙庄逃出来之后经历过的最惨烈的一次打斗了。

对此，他早有心理准备。

甚至为了防止晕血他还特意穿了一袭黑衣，他知道自己此时的样子不太好看，甚至有些狼狈，他不怕出丑，但他不能认输。

咳出一口血来，他面无表情伸手抹去，冰冷的眼睛却始终盯着袁秦。

"你认输吧。"袁秦盯着面色微白的傅无伤，冷声道。

所有人都看得出来袁秦稳稳地占据着上风，但没有人知道他心里其实是十分惊惧的，这个一无是处的纨绔公子，明明已经被他打得招架不住节节败退，为何还会有这般凛冽而恐怖的眼神，竟仿佛是从修罗场中修炼出的恶煞一般……

看着他眼中汹涌的战意，竟让袁秦有种快要透不过气来的感觉，这种感觉只有正面他气势压力的自己才能体会到，袁秦紧紧地握着手中的青罗剑，仿佛这剑可以给他力量一般："你不是我的对手，这样死撑着有什么意思?"

傅无伤的回答是面无表情地提起手中的剑便刺……

看台上，花朝的注意力原是放在袁秦身上的，可是渐渐地，她的目光却挪到了狼狈不堪的傅无伤身上，他在她面前从来都是衣着光鲜、一副风流倜傥的贵公子模样，从来没有这样狼狈过。

都说他是受不得一点苦的纨绔公子，可是这个有晕血症的公子此时却浑身浴血，他的眼睛紧紧地盯着对手，是因为不敢看自己身上的血吗？

……就那么想要流霞剑？

花朝一时看得有些出神。

"圣女。"一旁，清宁上前，弯腰在她耳边轻声道，"好像是莺时来了。"

明明圣女让他留在院子里的，可是他竟敢擅离职守，清宁在心底冷哼着，几乎是迫不及待地告状。

花朝抬头一看，果然远远地便见莺时急匆匆地跑了过来，她皱了眉，猛地站了起来。

云落和紫妍对视了一眼，她们可不是清宁那个蠢货，对于莺时在这个时间过来的原因心知肚明。

"圣女，比武还没有结束，您不能……"云落上前一步，轻声劝道。

花朝连看都没有看她一眼，提着裙摆大步走下了看台。

擂台上，傅无伤感觉压力倍增，眼见着袁秦又是一剑斩来，他举剑去挡，早已经被青罗剑斩出了几道口子的剑身应声而断，袁秦手持青罗剑，毫无阻挡地一剑刺入他的肩头，然后一脚将他踹下了擂台。

赢了傅无伤，袁秦神清气爽，什么气势什么压力都不过是绣花枕头，输赢还是要看真功夫啊，他得意地想着，下意识地去看花朝。

看台上空空如也，花朝早已经不在那里了。

袁秦怔了一下，脸上喜悦的表情一下子淡了。

傅无伤摔下擂台，伤得不轻，他咳出一大口血，知道自己还是输了。

这是第二次了，第二次他明明很想做到一件事，却依然无能为力。

上一回，是花朝在他面前被花暮带回瑶池仙庄……

他苦笑了一下，终于眼前一黑，失去了意识。

那厢，花朝已经无暇去看擂台那边发生了什么事，她匆匆迎上莺时："发生什么事了？"

莺时停下脚步，气喘吁吁地道："阿宝被茜娘带走了，说是圣母要见他。"

花朝一下子沉了脸，提起裙摆便走。

"圣女，圣女！擂台比武还没有结束，您不能走！"云落和紫妍匆匆追了过来，一脸急切地挡住了花朝。

"让开。"花朝冷冷地道。

"可是……"云落的话还没有说完，花朝已经一脚将她踹开了。

花朝向来力气大，即便没有使用内力，也一脚将云落踹出去好远。

紫妍面色惨白地看着被踹得生死不知的云落，眼睁睁地看着花朝走远，再没敢上前阻拦。

【四】确定苏妙阳的身份

香气氤氲的大殿中，正中的台阶上摆着一张美人榻，榻上铺着雪白的狐狸皮，那狐狸的头部保存得十分完美，栩栩如生。此时，一个宫装美人正慵懒地半倚在那美人榻上，涂着鲜红蔻丹的指尖漫不经心地抚摩着那尖尖的狐耳。

阿宝跪在地上，仰着脑袋，漆黑的大眼睛一眨不眨地盯着那个女人看，袖管中的小手倏地收紧。

不会错的，就是这张脸，和爷爷画的那张画像一模一样。

她就是妙言。

当年西王母身边的侍婢妙言。

可是……如果她是妙言的话，为什么她仍然是这副青春年少的模样？明明她应该和他的爷爷是一辈人。莫非她其实只是妙言的后人，还是说……当真像江湖传言的一样，瑶池仙庄里有着令人长生不老的秘药？

袖管中的小手神经质地动了动，长生不老的秘药？和他现在这副长不大的鬼样子仿佛有异曲同工之妙呢！此行……他似乎会有些意外的收获啊。

仿佛越来越有趣了呢。

"放肆！"见阿宝仰着脑袋，毫不避讳地呆呆地盯着瑶池圣母看，茜娘抬手便是一鞭子抽了过去。

阿宝似乎被吓着了，下意识地躲了一下，那一鞭子正好落在了他身上，好在衣服穿得厚实，那一鞭子抽得他身上的小棉袄豁了个口子，露出里头洁白的棉絮来。

茜娘见状，又是一鞭子甩了过去。

"好了好了，小心打坏了回头花朝找你算账。"苏妙阳摆摆手道。

茜娘闻言，忙应了一声是，收了鞭子退到一旁。

苏妙阳饶有兴趣地看了看阿宝，柔声问道："你叫阿宝？"

"嗯。"阿宝仿佛被吓坏了，可怜巴巴地点点头，眼泪盈在眼眶里要掉不掉的，看起来十分惹人疼。

"倒是个讨人喜欢的，难怪花朝那么宠着。"苏妙阳微笑着冲他招招手，"来，走近点我看看。"

阿宝乖乖站起身，迈着小短腿爬上了台阶。

苏妙阳笑了笑，抬手托起了他的小下巴，仔细端详了一番，她一双眼睛毒辣得很，一眼瞧出这孩子的根骨是真的相当不错，若是在外头怕也是要被一些大门大派收入门墙的。

只是如今见到这个孩子，苏妙阳便越发摸不清花朝究竟想干什么了，莫非她真的只是想给自己炼制出一只蛊王来？虽然从茜娘的口中知道花朝挑选了一个无害的孩子，虽然后来她让茜娘大手笔地送去了许多药材，可是事实上在见到这个孩子之前，苏妙阳对于花朝想要炼制蛊王的说法还是存疑的。

可如今，她忍不住想，莫非花朝当真是想炼制出一个蛊王来？

想起曾经的那个功败垂成的人形蛊王，苏妙阳难得地有了一些扼腕之感。

人形蛊王啊，当初她花费了多少心思，用了多少上好的药材，只差那么一点点就能成功了。人形蛊王可不仅仅是给花朝进补用的，那个人形蛊王可是真真切切地从无数场厮杀中存活下来的，当初若不是花朝带着那个快要炼制成功的蛊王逃离了瑶池仙庄，她现在又何须汲汲营营地与傅正阳那老头子虚与委蛇，早就一统江湖了。

武林盟主这个位置又哪里轮得到傅正阳那个老头子来当？

当年……那个女人可也是当了武林盟主的呢，苏妙阳打从心底不想承认自己不如那个女人，毕竟现在坐拥整个瑶池仙庄的说一不二的人，是她苏妙阳。

连她唯一的女儿，也只能屈居她之下，为她所用。

思绪纷飞，涂着鲜红蔻丹的指尖轻轻地托着阿宝小小的下巴，轻轻摩挲着，仿佛吐着芯子的毒蛇，苏妙阳看着眼前小小的阿宝，犹如在看自己的所有物。

这样的根骨、这样的底子，即便不如当初那个从厮杀中历练出来的蛊王，可若是真的炼制成功了，那也是很值得期待的呢……

被苏妙阳那如同打量死物的眼神打量着，阿宝丝毫没有感觉到惧怕，反而借着这个姿势顺势仰着小脸，就近认真地盯着眼前这个女人看了又看，心道果然和爷爷画的那个妙言一模一样啊。

唯一不同的是，爷爷画中的那个妙言看起来温柔恭顺，可是眼前这个号称瑶池圣母的女人慵懒的表象下，是不可一世的狂傲和野心。

大殿里熏着香，眼前这个女人身上的衣服也是熏过香的，可是离得近了，他却在她身上闻到了一种奇异的、腐朽的、令人作呕的味道。

真难闻啊。

见眼前这个孩子眼睛一眨不眨地盯着自己看，被他盯得久了，竟有一种怪异的感觉，苏妙阳扬了扬眉，忽然凑近了他，笑着问："为什么一直盯着我看？"

声音慵懒，吐气如兰。

可惜掩不住其中的腐臭味。

"你好看啊。"阿宝眨巴了一下亮晶晶的眼睛，笑得一脸天真无邪。

孩子嘴里总是没有假话的，苏妙阳被逗笑了："小嘴真甜，你还记得自己是从哪里来的吗？"

阿宝摇摇头，睁着一双水汪汪的大眼睛道："不记得了。"

苏妙阳看了看他，确认他应该没有说假话，这样小的年纪又受了一番惊吓，记不住事也正常。

花朝闯进大殿之时，便见阿宝正被苏妙阳托着下巴打量，不由得心中一紧，声音也带了一些怒气："姑姑，你在干什么？"

苏妙阳扬了扬眉，笑道："你不在演武场主持流霞宴，怎么来找姑姑了？"

"阿宝，过来。"花朝没有回答，而是看向阿宝道。

阿宝听到花朝的声音，动了动，想要挣脱苏妙阳的手，好在苏妙阳也没有想要怎么样，她松开手，身子柔若无骨地靠在美人榻上，笑眯眯地看着阿宝跑下了台阶，躲到了花朝的身边，才道："瞧你这紧张的样子，姑姑不过是好奇想见见这孩子，又能拿他怎么样呢？"

花朝低头看了看阿宝，见他身上新换的小棉袄上破了一道口子，里头的棉絮都露了出来，一看就是被鞭打的痕迹，不由得心生怒气，冷冷地看向一旁的茜娘。

茜娘被她看得瑟缩了一下，默默地跪了下来。

"若是姑姑不想让这件事情出什么差错，就希望你不要再插手这孩子的事情了。"花朝怕吓着阿宝，没有提起蛊王之类的事情，只抬头看向坐在美人榻上的苏妙阳，委婉地道。

苏妙阳见她当真一副怒气冲冲的样子，笑着道："别恼了，我不插手就是。"

花朝没再说什么，只福了福身，牵着阿宝的手走了。

出了大殿，阿宝侧过头看了一眼花朝，见她面色仍然不大好看的样子，晃了晃她的手。

花朝侧头看向他："怎么了？"

阿宝讨好地冲她笑了一下："别担心，我没事。"

花朝心里一软，又内疚没有保护好他，弯腰将他抱了起来。

阿宝往常是惯会享受的，在青阳镇的时候也从来都是明目张胆地接受花朝的亲亲抱抱，引来旁人一片嫉妒。

毕竟花朝可是青阳镇第一美人呢，除了他还有哪个男人能有此殊荣？

可是此时，他心里忽然有了一些小小的别扭。

于是回去的路上，阿宝静静地趴在她怀里，一句话也没有说。

　　回去之后，花朝在阿宝十分别扭的视线里解开了他的衣服，亲自仔细检查了一番，见那一鞭子果真只是打在了棉袄上，并未伤着他，才放下心来。

　　"都说了我没事啊。"阿宝拢起衣领，红着小脸嘟囔。

　　"不看一下怎么放心。"花朝正想捏捏他的小脸，却发现他脸上有两个不太明显的指头印子，又蹙了眉，"脸上是怎么回事？"

　　"茜娘说阿宝可爱，便捏了捏他的脸，可能下手有些重。"一旁的如烟小声地道，因为没有保护好阿宝，院子里的气氛有些僵，大家担心圣女怪罪，态度都比往日更小心了一些。

　　花朝眼中一冷。

　　好在算是有惊无险，阿宝也没受什么惊吓，精神头很好，很快就拉着清宁去院子里玩了。

　　花朝倒有些意外比起嘴甜会玩的莺时，阿宝更喜欢拉着清宁玩。

　　下午的时候，苏妙阳遣人送来了两个新的女侍，云落和紫妍再没有回来过这个院子，这两个新来的女侍花朝则是连见都没见，直接打发到外院去了。

　　晚上莺时回来说这流霞宴头一日，便淘汰了七个人出去，可谓效率惊人。

　　花朝对此反应淡淡的，第二日干脆没有去演武场，只让莺时捧着流霞剑去了。

　　莺时对此只能苦笑，这可不是好差事，可是谁让阿宝更喜欢让清宁陪着他玩呢，尤其还是他保护阿宝不力在先。

　　外头院子里，阿宝正拉着清宁一起玩泥巴，看着性格腼腆的清宁被阿宝抹了一脸泥变成了大花脸，连花朝都有些忍俊不禁，她总算弄明白了，阿宝这哪是喜欢和清宁玩，他根本就是喜欢玩清宁。

　　既然苏妙阳已经见过阿宝，且并没有发现什么不妥，花朝反而放下了一直悬着的心，于是她打算去西院客房见见昨日赢了一场的邱柏。

　　她改过了名帖，今天没有安排他的比赛。

　　嘱咐清宁好好守着阿宝之后，花朝留下如烟，只带了如黛出门。

　　此次来瑶池仙庄参加流霞宴的公子们都被安排在了西院客房里，各安排了两名侍女伺候起居，花朝很快就找到了邱柏的房间。

　　邱柏并不在房间里，只有两个侍女守在门口打瞌睡，见到圣女，两人一下子被吓醒了。

"邱公子呢？"花朝问。

两个侍女中胆子较大一些的赶紧道："回禀圣女，邱公子用过早膳便出去了。"

"去哪儿了？"

"这……奴婢不知。"

花朝见问不出什么来，便踏进房间看了看，乍一看似乎并没有什么不妥的地方，花朝也没有想着这么快就能发现什么，因此也并未失望。

不过……难道他为了避开她去了演武场吗？今日开始可是加了自由挑战呢，原以为这条规则可以让他为了避开被自由挑战而留在房间里，结果他竟然还是出去了啊。

还是……去了别的什么地方呢？

"圣女有什么话要转告邱公子的吗？"那个胆大一些的侍女以为圣女对住在这间房的邱柏另眼相待了，忙机灵地问。

花朝看了她一眼，直看得她惴惴地垂下头去，才勾起唇角道："告知邱公子我来看过他就好。"顿了顿，又看向另一名侍女道："好好看着邱公子，有什么不妥可以随时来回禀我。"

两人齐齐应了一声，屏息待花朝走了，才面面相觑，不约而同地吁了一口气。

"秋葵，你说圣女是不是看中邱公子了？"那个胆子大些的侍女嘀咕。

秋葵垂头想了想，才道："香枝，你不觉得圣女后面那句话怪怪的吗？"

好好看着邱公子，有什么不妥随时来回禀？

到底邱公子会有什么不妥之处？

"也是哦……"香枝琢磨了一下，也琢磨出不对来了，想了想，她又试探着道，"会不会是圣女想要好好考察邱公子一番？"

似乎也可以这么想，但秋葵总觉得事情没有这么简单。

花朝离开邱柏的房间之后，并没有回去，而是站在门口的走廊上，看了一眼对面的房间。

"那里住的是景王爷。"如黛上前，轻声道。

花朝点点头，走了过去。

今天的比武名帖上，也没有景王，不过和邱柏不同，这个时候他倒是哪儿都没有去，正待在房间里大快朵颐。

显然瑶池仙庄的饭食和各式水果点心都颇合他的心意。

见到花朝，景王怔了一下，似乎是有些惊讶，虽然惊讶，但良好的教养使然，他还是立刻擦了擦嘴和双手，动作有些艰难地站了起来朝花朝拱了拱手，颇为有礼的样子。

"圣女怎么有空到本王这里来了？"景王笑呵呵地问，双层的下巴笑起来十分喜气面善。

虽然他喜欢美人，喜欢追着梅白依跑，但他也并非没有自知之明，虽然他是王爷，但以他现在这副尊容，这位圣女不大可能没有看中相貌堂堂身家亦是不菲的秦千越，反倒看上他了。

"王爷是贵客嘛，自然是要来慰问一番的。"花朝微微一笑，"瑶池仙庄里风景不错，虽是冬日，可也有百花齐放之景，王爷为何不出去走动走动？"

"让圣女见笑了，本王实在是除了口腹之欲……别无其他爱好，更何况贵庄好吃的东西实在太多了。"景王笑眯眯地摆摆手，这话说得真心实意，这大冬天的即便是皇宫里也未必能有这么多鲜果，而各种稀罕的吃食也是不胜枚举，真是让他大饱口福……只可惜离了这里就吃不着了，这样想着，他忍不住叹了一口气。

"王爷为何叹气？可是有人怠慢了您？"

"非也非也，本王只是忽然想到这么多好吃的，离开瑶池仙庄之后怕是不容易吃到了……"景王说着，又沉沉地叹了一口气，见花朝微笑着看着自己，他不禁老脸一红，搓搓手道，"不瞒你说，我武功平平，怕是连傅无伤那小子都比不过，你看傅无伤都被一脚踹下擂台了，我要是上去，能有好吗？"说着，他话音一转，胖乎乎的脸上又露出了一些喜滋滋的神采来，"不过本王这人吧，运气好，你看，这连着两日了都没有排上我上台比试，说不定我还能多待两天，多吃两口好吃的。"

"王爷真是风趣。"花朝微笑道，自然不可能是运气好，名帖是她安排的，跟运气又有什么关系呢？

她只是不想让这位景王爷这么快就离开瑶池仙庄罢了，好不容易来了这么一个大人物，她还想着要借他的势呢，怎么可能就这么放他离开？

"本王没什么旁的优点，就是老实，圣上也就是喜欢本王这一点。"景王很有自知之明地道。

"恕我直言，王爷既然对自己的身手并没有什么信心，为什么还要来参加流霞宴呢？"花朝笑了笑，忽然问。

景王顿了顿，摸摸后脑勺，哈哈干笑两声："来开开眼界嘛，你看，这不就大饱口福了？"

花朝微笑不语。

"圣女心直口快，那本王也有个问题不吐不快了啊。"景王忽然道。

"王爷直言无妨。"

"圣女就是本王在紫玉阁见过的那位花朝姑娘吧？"景王看着她，胖成一条缝的眼睛里忽然闪着一道灼灼逼人的光。

"我从来没有否认过这一点啊。"花朝微笑着道。

景王看着眼前微笑的瑶池圣女，忽然摇摇头，叹了一口气："人生真是际遇无常啊。"

谁能想到当初那个寒酸的乡下姑娘竟然摇身一变成了瑶池仙庄里尊贵的圣女了呢，也难怪梅姑娘会一时没办法接受了。

更何况梅姑娘还遭逢大变，这瑶池仙庄又和她母亲的死有关，只可怜了那么一个花容月貌的姑娘，如今竟是一头钻进牛角尖里出不来了，想到这里景王便忍不住心生怜惜。

花朝只稍稍坐了一阵，便起身告辞了。

临走，花朝还笑盈盈地劝了一句："这瑶池仙庄中有趣的地方还是很多的，王爷有空不妨逛上一逛，想必会不虚此行的。"说着，福了福身，走了。

"圣女。"身后，景王忽然道。

花朝回头看向他："王爷还有什么事要吩咐吗？"

景王沉默了一下，叹了一口气，轻声道："圣女见笑，天下皆知本王心仪紫玉阁的梅姑娘，若将来有一日梅姑娘冒犯了你，还请圣女看在本王的面子上，放她一马。"

花朝闻言，只是微微一笑，也没说应不应，便转身走了。

身后，景王眸色沉沉。

花朝站在走廊上，又望了对面邱柏的房间一眼，香枝和秋葵正里里外外地忙碌着，还未见邱柏回来。

想起刚刚景王那一番话，她忍不住轻轻一哂。

这景王，并非是如他平日里所表现出来的那种脑满肥肠的蠢人啊。

若真是蠢人，死在宫廷倾轧中的王子王孙不知凡几，他又如何能当成今日这逍遥自在的富贵闲王，并且还深得两朝帝王之宠？

【五】厚脸皮的傅无伤

虽然没有见到邱柏，但见到景王倒也不算白跑一趟，花朝正准备折返的时候，忽然听到不远处的假山后面有人在讲话。

"此次流霞宴的魁首只怕是江南秦府那位玉面公子无疑了……"

"秦千越的那位小表弟也非善茬儿，青罗剑一出，谁能抵挡？要我说他也真是吃饱了撑的，明明已经有青罗剑了，为什么还要来同我们争这流霞剑啊？"有人抱怨。

"哈哈，这是醉翁之意不在酒啊，莫非楚公子你只是冲着那把剑来的，没有打着其他的主意？"有人轻笑着调侃。

这个不正经的声音听着耳熟，花朝眯了眯眼睛，正是周文韬那厮。

"周兄说的是那位圣女吧，毕竟江湖传言这流霞宴就是在为那位圣女比武招亲呢……"

"圣女是圣女，流霞剑是流霞剑，谁能保证那位圣女看上的就是最后比武得胜的魁首，你们没见到昨日里圣女看那位邱公子的眼神嘛，连后来江南秦家那位玉面公子出场都没有将她的视线从邱公子身上拉回来呢。"

"真羡慕邱公子啊，那位圣女可是个不得了的大美人，比起那位江湖第一美人都有过之而无不及啊……"有人不伦不类地发出感叹。

如黛听他们越说越不像话，额头微微渗出汗来，低声道："圣女，要不奴婢去让他们散了吧。"

花朝摆摆手，若是现在走出去训斥他们，岂不是让他们笑话她偷听？

周文韬那厮可是什么难听话都讲得出来的。

"漂亮是漂亮，可惜只可远观啊……就连那柄流霞剑恐怕都没有我们的份儿，你看昨天就淘汰了七个出庄，今天开始可以自由挑战了，还不知道会淘汰多少呢。"

"董兄你可说错了，昨天离开瑶池仙庄的可只有六个人。"有人神神道道地来了一句。

"不是说淘汰了七个吗？"

"你不知道傅无伤受了伤动弹不得，还在客房养伤呢吗？"

花朝正准备走，听到"傅无伤"这三个字，脚步微微一顿，他伤得很重？

"别逗了，俞参伤了腿都出庄了，他不过被刺伤了肩膀，还能动弹不得？不过是厚着脸皮不肯走罢了。"有人嗤笑，言语中满是不屑。

"那位纨绔公子从小娇生惯养的，难得受了这么重的伤当然就动弹不得了，而且人家爹是武林盟主，就算是看在他爹的面子上，瑶池仙庄也不会强行赶他走的，你瞧好吧……"

花朝蹙了蹙眉，没有再听下去，走了。

回去的时候，正好经过傅无伤住的那间客房，房门关得紧紧的，花朝脚下微顿。

如黛见状，轻声问道："要奴婢去敲门吗？"

花朝摇摇头道："吩咐这里的管事找个医术好些的来给他看看。"

"是。"如黛垂首应了一声，快步去了。

花朝看了一眼房门，走了。

回到院子的时候，清宁和阿宝还在玩泥巴，一大一小都跟泥猴似的。

看到圣女回来，清宁眼中忍不住流露出了求救的目光，他错了他不该得意阿宝喜欢跟他玩这件事的，这个看似乖巧可爱的孩子简直就是个混世魔王啊啊啊啊啊啊。

"花朝，你回来啦！"阿宝冲过来表示热烈欢迎。

"嗯，玩得开心吗？"花朝摸摸他的脑袋，沾了一手泥。

阿宝兴奋地直点头："我在泥里挖出了小虫子，烤一烤味道很好呢。"说着，扭过头寻找同盟的支持："清宁，是吧？"

清宁哭丧着脸点头。

花朝轻咳一声，避开了清宁求救的眼神，对阿宝道："嗯，那你继续玩吧。"

阿宝欢呼一声，跑回清宁身边："清宁加油，我觉得我们可以找到一只老鼠烤来吃。"

救命……

清宁在心底哀号，扭头去找圣女，却发现圣女已经回屋子去了。

他错了！他错得离谱，他不该争宠的，让他失宠吧！

一直到回到屋子里，花朝都能感觉到清宁如影随形的怨念，忍不住失笑，能够把性格腼腆怯懦的清宁逼到这个份儿上，阿宝也是蛮厉害的。

正想着，眼前黑影一闪，似乎有什么东西蹿出去了。

花朝一愣，刚刚是什么？老鼠？

因为她的特殊能力，瑶池仙庄里除了人和虫子，基本很少有其他的活物。

这当然是苏妙阳为了防着她要求的。

她下意识地动了动唇，一曲无声的调子从唇间逸出，半晌却没有动静。

……果然是她看错了吧。

若真的是老鼠，不可能不受她的召唤。

大概是刚刚听阿宝说要烤老鼠，她才眼花了吧。

晚上莺时回来，禀报说今日淘汰了九个人，因为加了可以自由挑战这条规则，今日比昨日还多淘汰了两人。

花朝点点头："明日还是你去吧。"

莺时赶紧点头称是，他刚刚可是看到清宁的惨状了，比起陪熊孩子玩耍，他更愿意去主持流霞宴呢！

人生果然需要对比才会幸福啊。

瑶池仙庄西院的客房里，邱柏刚回来，便见伺候的婢女一脸喜色地迎了出来。

"邱公子，白日里圣女来看您了。"香枝喜滋滋地道。

邱柏倏地握紧了拳头："她说了什么没有？"

香枝一怔，她以为得了圣女的青眼，这位邱公子该高兴才是，可是他的表情……为什么非但看不出丝毫的喜色，反而看起来竟然有些奇怪？她乖觉地低头禀道："圣女并未留下什么话，只让奴婢告知您她来看过您。"

邱柏面色微沉。

"邱公子，晚膳已经送来了，您要用一些吗？"香枝见状，小心翼翼地道。

"不用，我约了景王喝酒。"邱柏淡淡地说着，提了一壶酒出门。

此时正是晚膳时间，瑶池仙庄对膳食的供应是非常丰富的，邱柏没有留下吃饭，香枝和秋葵便简单收拾了一下，将没有动过的饭菜拿到隔壁小房间去吃。

"我觉得邱公子肯定也不是普通人，要不然他怎么能结识景王，还和他处得那么好呢？"香枝一边吃一边嘟囔，"不过这邱公子真奇怪，来参加流霞宴的公子不都是冲着圣女来的吗，怎么他听闻圣女来看他了，竟然一点儿喜色都没有呢？"

说者无意听者有心，秋葵愣了一下，忽然道："香枝，你说圣女知不知道邱公子喜欢找景王喝酒这件事？"

香枝眼睛一亮，忽然抹了一把嘴，站了起来："你先吃，我出去一趟。"

"你去哪儿？"秋葵忙拉住了她。

"我去那边悄悄看一眼，回头才有话去回禀圣女啊。"香枝嘿嘿一笑，眼睛亮闪闪地道，"回头得了圣女的青眼，我们就不用窝在这里受那个老虔婆的气了。"

香枝说的老虔婆是西院的管事玥娘，行事苛刻，在她手下讨生活非常不容易，这也就罢了，偏她还有个恶心的嗜好，喜欢折磨年轻漂亮的小姑娘，最近她就盯上了秋葵，因此原就十分胆小的秋葵被吓得胆子越发地小了，整日里一有个风吹草动就吓得跟个鹌鹑似的。

"别去，太危险了。"秋葵扯着她的衣袖赶紧摇头，把脑袋摇得跟个拨浪鼓似的。

香枝掐了掐她的脸："没事，我胆儿大。"

秋葵还是摇头，眼泪汪汪地道："香枝，我害怕。"

香枝叹了一口气，摸摸她的脑袋道："秋葵，我虚长你三岁，一直当你是妹妹的，当初你救我一回，如今我也试试看能不能救你一回，我不能眼睁睁地看着你被那个恶心的老虔婆糟蹋，我就随便在外头看看，到时候随便挑点有关邱公子的事儿跟圣女说说，看能不能求着圣女把我们一起调出去。"

香枝和秋葵是小时候一起被买进瑶池仙庄的，进了仙庄之后两人被里头花团锦簇的景象迷了眼，当真以为自己进了仙境。可是就算是仙境，她们也是被卖进来的，同她们进来的还有八个小姑娘，等着仙庄里各处管事来挑人。

那时候秋葵胆大得很，年纪小不知道怕，调皮地从马车里溜出去了，也不知道看到了什么，再回到马车里的时候她就变了个样，一下子变成了战战兢兢的小兔子。

仙庄里来挑人的管事分了好几茬儿，头一茬便是圣殿的管事，只有等圣殿的人挑剩下了才轮到其他各处的管事来挑。他们在人牙子手里也听过这些，通常头一轮被选中的话都是最有出息的，然后一轮轮选下来就只能做粗使丫头了。

大家都铆足了劲想要被那圣殿的管事挑上，偏秋葵死死地攥着香枝的手往后缩，一副胆小如鼠的样子，那圣殿的管事倒是对她说了一句"这个小姑娘根骨还可以"，结果秋葵突然就尿了一身，还死死地抱着香枝不放，那管事脸一下子就绿了，草草挑了两个就走了。

那时候香枝还恨得牙痒痒，觉得秋葵阻了她的前程，很是生了一场气。

可是后来，那两个被圣殿的管事挑中的小姑娘再没有出现过，香枝也不是蠢人，再想想秋葵那副被吓破了胆的样子，就知道当日若不是秋葵死死地抱着她不放，她估计也成了那两个消失了的孩子之一。

如今两人好容易跌跌撞撞地长大了，秋葵越来越胆小，香枝倒是越来越泼辣，可如今那老虔婆盯上了秋葵，香枝再泼辣也护不住她了。

据说老虔婆还有个妹妹，是瑶池圣母跟前的红人，还是圣殿的管事……

"听话，快放手，往日里我们想见圣女一面难如登天，如今机会就在眼前，不试试怎么甘心。"香枝说着，掰开了秋葵的手，转身跑了出去。

外头很安静，邱公子还没有回来，香枝松了一口气，跑到走廊上看了看对面的房间，果然看到窗口处印着两道人影，正相向而坐。

香枝犹豫了一下，决定稍稍走近了再看一眼。

她左右看看，蹑手蹑脚地走了过去，靠近了窗户，盯着那两个人影看了看，忽然觉得有些不太对，一个身形较胖的是景王，另一个是邱公子……可是，邱公子出去之时明明是用玉簪束发的，那玉簪看起来十分名贵，当时她还看了好几眼，记得十分清楚，可是此时那个影子却戴着平式幞头……

香枝忽然意识到自己不应该再看下去了，她下意识想走，可是一转身，却看到了邱公子面无表情的脸。

"邱……邱公子……"香枝吓了一跳，猛地瞪大眼睛。

邱公子果然不在屋子里，那屋子里和景王面对面坐着的是谁？邱公子这是去哪儿了？

"你在这里干什么？"邱柏面无表情地问。

"我……"香枝下意识地咽了一口口水，才定了定神道，"我是想问问邱公子要不要用些点心。"

"嗯，去准备一些吧。"他淡淡地道。

香枝如蒙大赦，赶紧福了福身，转身走了。

刚走出没两步，她突然瞪大眼睛，呆呆地低头看了看自己的腹部，锋利的匕首已经穿透了她的腹部。

邱柏伸手接住了她软倒下来的身子，脱下外衣裹住她的腹部不让血液滴出来，然后将她拖进了景王的屋子。

屋子里，胖乎乎的景王正坐在桌前一个人摆着棋谱，与自己博弈，他的对面放着一个衣服架子，衣架上裹着衣服，头部还顶着一个平式幞头，乍一看倒像是坐着个人。

景王一手摆弄着棋子，一手支着脑袋，他在想白日里圣女同他说的那些话，思想来去，不知道是不是错觉，总觉得那位圣女仿佛是意有所指，又仿佛在暗示他些什么。

瑶池仙庄里有趣的地方，到底是什么意思呢？

正想着，便看到邱柏吃力地拖着一具尸体进来了，景王愣了一下，随即赶紧上前帮忙。

看那尸体的衣饰打扮，竟然是西院客房里的侍女，景王皱了皱眉："为什么要杀了她？"

"她刚刚躲在窗子外面。"邱柏面无表情地道。

"就算躲在外面也未必能看到什么，你实在没必要……"

"若是她猜到屋子里的这个人可能不是我，那么我会不会去做一些不该做的事了呢？"邱柏抬手，撕下了脸上的人皮面具，露出一张冷若冰霜的俏脸来，"比如说，夜探瑶池仙庄什么的。"

相貌俊俏的少年一下子变成了美貌的少女，美貌的少女不复往日的娇俏，此时双目含煞，宛如一尊冰雕雪塑似的玉人儿。

景王看着眼前这张冷若冰霜的俏脸，心里轻轻地叹了一口气，任谁也不会想到紫玉阁的千金大小姐为了混进瑶池仙庄查探梅夫人死亡的真相，竟然会女扮男装来参加流霞宴。

没错，这个作为男子看起来稍显单薄的邱柏，其实是紫玉阁的千金梅白依假扮的，她脸上的那张人皮面具还是景王提供的。

可是景王此时却稍稍有些后悔，他开始觉得带梅白依来瑶池仙庄是个错误。

"你害怕了？"梅白依似有所觉，看了他一眼，眼中有着冷冷的讥诮。

景王被那双冰雪似的眸子看得一个激灵，叹了一口气，苦笑道："梅姑娘何必出言相激，你知道本王从来不会拒绝你的。"

他不过是个色令智昏的男人罢了，为了这个女人，他断送了自己的暗卫队长莫秋的性命。

莫秋出自莫家庄，也是景王爷的暗卫队长，可是他却因为梅白依的要求，异想天开地命令他去刺杀瑶池仙庄的圣女。

结果，他再没回来。

梅白依咬住唇，似乎想说什么，但终究还是什么都没有说。

她是在被父亲强行带回紫玉阁的路上遇到景王一行的，那时因为父亲在客栈见到瑶池仙庄那位假圣女的惨状，发了狠说她性格偏执手段毒辣，命她待在马车里面壁思过。

梅白依怎么可能愿意就这么乖乖地回紫玉阁去，她因为瑶池仙庄和那个叫花朝的女人所受到的那些奇耻大辱还没有一个一个还回去，而且袁秦还留在东流镇……她怎么甘心？

还好路上遇到了景王，即便是父亲也不可能不给景王爷面子，她寻了个机会私下里见了景王一面，说动景王带她逃了出来，甩开父亲一行之后，她立刻便回东流镇来了，刚好赶上这流霞宴，便让景王替她捏了个邱柏的身份，女扮男装混了进来。

"瑶池仙庄肯定有问题，绝对不像表面上看起来那样清白。"半晌，梅白依撇开视线，淡淡地说了一句。

"你查探到什么了？"景王问。

"这花团锦簇宛如仙境般的瑶池仙庄里有一个庄内人人谈之色变的虫窟，那位看起来尊贵和蔼的瑶池圣母应该是个使蛊的行家。"

关于这个虫窟的事，还是她从那个假圣女的嘴巴里挖出来的，那假圣女似乎早就被这虫窟吓破了胆，疯疯癫癫的，梅白依从她嘴巴里挖出了一些似是而非的事情，听起来像是一个疯子的呓语，但没想到这虫窟竟然真的存在……只可惜那假圣女死了。

早知道她就该再仔细盘问一番的。

想起那个莫名其妙地死在马车里的假圣女，梅白依心中郁郁，她甚至为此又遭到了父亲的训斥，说是因为她用刑太过，才导致了那个女人的死亡。

"即便善于使蛊，也不能就说她不是正道。"景王有心劝解她不要与瑶池仙庄与敌，想了想，又道，"宫里有一个南疆来的国师，就十分擅长驱使蛊虫，被皇兄奉为上宾。"

闻言，梅白依面露不快，因为她自己也清楚只是一个虫窟并不能说明什么，更何况那虫窟十分可怖，她并没有敢深入去查。

"罢了，你还没有吃过东西吧，本王留了一些不错的点心，你先垫垫。"见她面露不快，景王到底不忍心再说她，暗叹一声，转移了话题。

梅白依是真的有些饿了，默默地坐下吃点心。她向来养尊处优，这几日为了查探瑶池仙庄没少吃苦。吃过几块点心，又喝了一杯茶水，梅白依拿帕子拭了拭嘴道："我打算明日去探一探圣殿。"

景王闻言一惊，连连摆手："不可不可，圣殿是瑶池仙庄的禁地，若是被发现了，恐怕本王也保不住你。"

"通常有什么见不得人的龌龊事，不都藏在禁地里吗？"梅白依冷冷一笑，"我有种感觉，那座圣殿里藏了一些了不得的秘密。"

"即便要去圣殿查探也要好好做一番准备，你再稍等几日……"景王知道自己制止不了她，只得劝说道。

"不能再等了，今日没有排到我上场比武，明日呢？后日呢？万一碰上秦千越那样的对手直接被淘汰出庄，想再进来就难了。"梅白依斩钉截铁地道，显然已经下定了决心，还有一句话她没有说，她觉得花朝已经开始怀疑她了，今日她突如其来的探视，还有演武场那日那如影随形的目光……她可不觉得这诸般种种迹象是那位圣女大人看上她这位"邱公子"了。

所以，唯有速战速决。

景王看着她，胖成一条缝的眼睛里闪过复杂的情绪，也许他当真不该纵容她女扮男装潜入瑶池仙庄，这可能是在害她……

可是要怎么办，只要她那双眼睛柔柔地看他一眼，他便怎么也拒绝不了她的要求。

这大概就是他命里的魔障吧。

香枝出去后，秋葵便收拾了碗筷，战战兢兢地缩在小房间里等香枝回来。

可是她等了许久，香枝都没有回来。

直至那位邱公子回来了，香枝都没有回来。

听到邱公子推门进来的声音，秋葵的心一下子揪得紧紧的，她整理了一下脸上的情绪，匆匆走了出去："邱公子，要准备热水吗？"

"不用了。"邱柏看了她一眼，忽然道，"香枝呢？"

秋葵感觉自己的心猛地停跳了一瞬，她听到自己怯怯地道："不知道，她吃着饭突然跑出去了，还没回来。"

邱柏又盯着她看了一阵，才缓缓收回视线："嗯，没事了，你下去吧，我不用人守夜。"

秋葵如往常一样低着头出去了。

反正她总是这样胆小，看起来并没有什么异常。

秋葵回到她和香枝的床上，睁着眼睛等了她一夜。

可是直到天大亮，香枝依然没有回来。

秋葵便知道，她的香枝，回不来了。

外头天已经大亮，邱柏已经出去了，秋葵如同往日一样麻木地打扫屋子、整理寝具，只是往日里这些都是香枝陪着她一起做的，现在只剩下她一个人了。

正收拾着，秋葵突然身子一僵，仿佛被猛兽盯上的兔子一般，颤巍巍地转过身，便见门口正站着一个四十岁左右的妇人，吊梢眉三角眼，一副阴沉沉的模样。

这不是旁人，正是香枝口中的那个老虔婆，西院的管事玥娘。

秋葵捏紧了手里的抹布，上前福了福身。

玥娘借着扶她起来的动作在她手上捏了一把，秋葵的皮肤很白，嫩豆腐一样一掐一个青印子，她左右看看，阴沉着脸道："怎么就你一个人打扫？香枝那懒货呢？该不会还没起床吧？"

秋葵收回手，垂眸盯着手腕上那个青印，怯怯地咬着唇道："香枝昨晚出去后一直没有回来，不知道去哪儿了。"

玥娘脸一沉，后来仿佛想到了什么，又笑了起来，她抬手抚了抚秋葵嫩生生的小脸："我会派人去找的，你一个人暂且辛苦些，等你屋里的邱公子被淘汰出去了，你就来我屋里伺候吧。"

没了泼辣的香枝，这兔子一样的秋葵还不是随她揉捏吗？

秋葵闻言，颤抖得越发厉害，仿佛随时会晕过去的样子。

玥娘看得越发了趣味，又在屋子里磨蹭了好一会儿，怕回头被这屋里的邱公子回来撞上，这才意犹未尽地退了出去。

等玥娘离开之后，秋葵才系好被扯开的衣带，慢慢蹲下身，双臂环抱着自己，身子抖得跟筛糠一样，一双杏仁似的眼睛死不瞑目一样地瞪得大大的，细看却是半点泪水都没有，只有一片无尽的幽黑。

第十章

【一】我一定会赢的

早上，花朝起床之后，便看到清宁正在院子里忙得热火朝天。

"这是在做什么呢？"花朝问。

正蹲在一旁托着腮帮子看的阿宝跑了过来，笑嘻嘻地道："清宁说要给我做个秋千。"

花朝笑着捏了捏阿宝的小鼻子，清宁这是被逼得没办法了啊，为了逃避玩泥巴以及吃烤虫子的命运，清宁也真是绞尽脑汁了。

吃过早膳，如烟带着阿宝去院子里找清宁玩秋千，如黛便笑着同花朝凑趣道："阿宝来了之后，院子里热闹了许多呢……说起来，因为流霞宴的事情，仙庄里也是难得的热闹呢。"

"是啊，难得的热闹。"花朝微微挑了一下唇角，竟是起身道，"那就去看看热闹吧。"

如黛倒有些意外，莺时一早已经抱着流霞剑去西院演武场了，他们都以为圣女今天依然不会去呢。虽然意外，但如黛马上应了一声，动作利索地伺候圣女换了衣裳。

虽然要去演武场，但花朝并不打算去看台上扮傀儡，穿了一套相对简单的石青色裙裾，外头披了狐毛领子的披风。

一踏进演武场，便见大大的擂台上有两名少年正在比斗，其中一个正是袁秦，这次他的对手看起来颇有些棘手，两人正陷入苦战。

花朝远远地看着那个少年在擂台上拼搏，这大冬天的竟出了一身汗，她微微蹙了蹙眉，然后很快收回了视线，看向擂台下观战的人，景王爷和邱柏都在。显然景王爷的"好运气"没有持续到今天，因为花朝特意在今日擂台战的名帖上添上了景王的名字。

无他，因为这位景王实在太谨慎了，花朝毫不怀疑若是今天的擂台战上没有他的名字，他依然会躲在屋子里胡吃海喝，轻易不肯踏出房门一步。

不是花朝托大，攸关生死，她不得不多考虑一些，瑶池仙庄这个庞然大物在江湖上任何一个门派面前都是一个不容小觑的存在，所以即使是慕容夭夭的小胡子爷爷表示可以帮她，她也拒绝了，因为她不想连累唯一的好朋友，可是景王不一样，他背后站着的是皇帝。

什么东西可以打动皇帝呢？

花朝的嘴角牵起一丝笑意，长生不老……即使是坐拥天下的皇帝，也拒绝不了长生不老的诱惑吧。

虽然现在江湖上都在传言瑶池仙庄内有什么长生不老的秘法，可是并没有任何证据，可若是让景王发现了长生不生的秘法真的存在……

匹夫无罪怀璧其罪，到时候苏妙阳要怎么办呢？

"圣女？"

正想着，身后突然有人出声惊醒了她。

花朝回头，便见穿着玄青色大氅的秦千越正站在她身后不远处，似乎也是刚来演武场，正好在门口碰到她了。

想起旭日城那次的相助之恩，花朝冲他福了福身："秦公子。"

秦千越笑了笑，一张美到凌厉的脸庞因为这个笑容而变得温和起来："姑娘别来无恙？"

"还未多谢秦公子当日出手相助。"花朝微微一笑。

"举手之劳罢了，不必放在心上。"秦千越摆了摆手，微笑着道，"原也是我对不住你在先。"

对于姑母秦罗衣的这个养女，他是颇有几分好奇的，当时他查过她的来历，只查到她是和袁秦小时候一起从拐子手里逃出来的，仿佛是个孤女，再没有查到什么有用的消息。

只是如今……她竟然摇身一变，成了这来历神秘的瑶池仙庄的圣女，这就有些耐人寻味了。

花朝抽了抽嘴角，不……你并没有对不住我，谢谢。

正说着，那头忽然传来一阵欢呼，花朝回头去看，便见擂台上袁秦已经一脚将他的对手踹了下去，只是这一场他胜得很险，也很狼狈，头发乱了，衣服也破了，嘴角还有血迹。

此时，他正站在擂台上，目光灼灼地望着花朝的方向。

花朝在心底几不可闻地叹了一口气。

这又是何必？

"他今日不算走运，遇到的对手是慕容狄，他虽是慕容府的旁支，但也是慕容府年轻一辈里的佼佼者，这一战胜得殊为不易。"见花朝看着擂台的方向，秦千越善解人意地解说道。

花朝收回视线，看向秦千越："秦公子也是为流霞剑来的？"

秦千越似乎没有料到她会问得如此直白，不由得轻笑了一下道："莫非姑娘不知此次来参加流霞宴的公子们都是醉翁之意不在酒？"

"那么公子你呢？"花朝不动声色地看着他道，"秦公子你的来意是什么？"

秦千越顿了一下，才摇摇头，似是有些无奈地道："六年前我遭人暗算留下内伤，前些日子于瑶池仙庄里喝了仙酿之后竟察觉积年的内伤有所缓解，所以才厚颜上门，让姑娘见笑了。"

竟然是冲着所谓的瑶池仙酿来的，虽然带着目的而来，可他没有拐弯抹角语焉不详，也没有故作风流潇洒地说是冲着她这个圣女来的，花朝反倒对他的坦白产生了一些好感。

面对这位光风霁月的玉面公子，花朝忽然有了一个打算。

她细细琢磨了一下，打了个腹稿，正欲开口，身后突然传来一道硬邦邦的声音。

"表兄，下一场该你了。"

是袁秦。

他不知道什么时候跳下擂台跑了过来，此时正一脸不善地瞪着秦千越，"表兄"两个字咬得尤其重，仿佛在提醒他什么似的。

秦千越意味深长地看了他一眼，回头对花朝拱了拱手，笑道："那我先过去了。"

花朝只得咽下了还未来得及说出口的话，微笑着点了点头，目送秦千越跃身上了擂台。

这跃身上擂台的身姿，由他使来也比旁人好看几分，不愧江南秦家玉面公子之名。

"你什么时候和他这么熟了？"一旁，袁秦颇有些不是滋味地道。

花朝没有开口。

"虽然玉面公子的名头看着光鲜，但这种大家族出来的公子个个都以家族为重，身不由己，不适合你的。"袁秦颇有些苦口婆心地道。

花朝默默地看了他一眼，如今她是越发不明白他脑袋里在想些什么了。

"我肯定不会让他赢的。"袁秦捏紧了拳头道，"你等着，我一定会夺下这擂台的魁首！"

他们都说这流霞宴其实是在给花朝比武招亲，可花朝是他们袁家人，除了爹娘和他谁都不能给她做主，更何况瑶池仙庄那个劳什子的姑姑。

所以他一定会打赢了擂台，带她回青阳镇去的。

花朝感觉有些头疼，恨不能立刻把这个家伙打包送回青阳镇去，瑶池仙庄就是个龙潭虎穴，可他却不听劝告一门心思地往里闯。阿娘就他一个儿子，若是他折在了瑶池仙庄，她又有何面目面对阿爹阿娘十几年的养育之恩？

知道劝他他也不会听，花朝只得叹了一口气，轻声道了一句："你好自为之吧。"

说完，正转身欲走，手腕上突然一紧，却是袁秦拉住了她。

"花朝……"身后，他低低地喊了一声，声音有些哑。

花朝垂下眼帘，没有回头，也没能甩开。

"花朝……我知道我让你失望了，我也知道我错得厉害，但是请你相信我，我会救你出去的。"他低低地道，"以后你说什么，我都听你的。"

花朝心里微微一揪，回头看向他："我说什么你都听？"

"嗯。"见她终于肯搭理自己了，袁秦眼睛一亮，忙不迭地点头。

"那我希望你现在立刻离开瑶池仙庄回青阳镇去，你能听我的吗？"花朝看着他，淡淡地道。

袁秦一愣，咬牙道："我会打赢擂台，带你一起回青阳镇。"

"看吧，你永远也不会听我的。"花朝说着，抽回自己的手，头也不回地走了。

袁秦瞪着她的背影，双目隐隐发红："我一定会赢的！"

我一定会赢的，我一定会带你回青阳镇。

花朝，你为什么不相信我？

花朝，我们为什么会变成现在这样……

【二】我要你

离开演武场，花朝支开如黛，又去了一趟客房，本是想留一些线索给那位景王爷的，结果一不小心又听了回壁脚。

"那位少爷这是打定主意赖在瑶池仙庄不走了啊。"

"是啊，这都第三天了……"

花朝蹙了蹙眉，走了出去。

正闲聊的是两个扫地的低等杂役，见到圣女这种平日里根本不可能有机会见到的人物，吓得一下子趴在了地上，只剩下发抖了。

"你们在说谁？"花朝有些无奈地问。

“是……是七号房的傅无伤傅公子。”其中一人战战兢兢地答道，声音抖得不像样。

花朝再问，两人已经趴在地上抖得跟筛糠似的，竟是一点都讲不清缘由。

这会儿工夫被支开的如黛已经过来了，见状，不由得微惊：“圣女，这是怎么了？这两人可是冲撞了您？”

这话一说，正五体投地趴在地上发抖的两人抖得越发地厉害了。

花朝按了按额头，将刚刚的事说了一遍，复又对如黛道：“找个明白人问一下。”

如黛忙应了一声，自去了。

不一会儿，如黛回来了，细细禀道：“因着圣女的吩咐，头一日我已经寻了郝郎中替傅公子处理过伤口了，据郝郎中说傅公子一身伤，看起来十分吓人，其实不过是些皮肉伤，只有肩膀那处稍稍严重一些，但处理过又用了仙庄里的特效药，应该已经没什么大碍了，按理说擂台上被淘汰的傅公子应该已经可以离开瑶池仙庄了，可是……他已经在房间里三天没出来了，管事禀报过圣母，圣母说不用管他，而且因为第一天他就被淘汰了，因此拨下来伺候的侍女也已经被调走了。”说着，如黛的表情有些为难的样子。

所以才有流言说这位傅公子仗着自己是武林盟主的儿子，厚颜赖在山庄不肯走。

因为摸不清圣女对这位傅公子的态度，这句话如黛没敢说出口。

但如黛不说，花朝又岂能不知，单看这些时日她都撞着两回说闲话的了。

她想了想，转身去了傅无伤住的那间客房，房门关着，也没有人伺候，房里冷冷清清的，一点声音都没有。

花朝敲了敲门，没有人应。

推了一下，门反锁着。

花朝抿了抿唇，轻声道：“傅大哥，我是花朝，你在里面吗？”

里头似乎传来一阵响动。

过了一阵，门稍稍开了一条缝隙，里头傅无伤裹着厚重的黑色斗篷，大大的帽兜扣在头上，将他整张脸都遮在了阴影里，看不真切。

如黛在后头没有看到，花朝却是心中一跳，她看到帽兜下一小块苍白的皮肤上爬着一些有些眼熟的黑色纹路。

“如黛，你在外面等我。”花朝吩咐了一句，便推开门走进了房间。

如黛呆呆地看着圣女走进了傅无伤的房间，还将房门关上了，不由得目瞪口呆，将未说出口的"男女授受不亲"咽了下去……这孤男寡女同处一室，真的没问题吗？

还是说……圣女看中的其实是这位傅公子？

房间里并没有如黛幻想中的暧昧和缠绵。

三日没有整理打扫过的房间有些凌乱，甚至暖炉里的炭火都灭了，房间里十分阴冷。

而勉强拖着病体下床来替花朝开门的傅无伤……房门一关上就已经脱力倒在了地上，身体因为发寒而微微颤抖着。

花朝上前去扶他，入手只觉得他全身冰凉，凉得没有一丝热气，仿佛一具尸体般。花朝顿了一下，面不改色地将他半扶半抱了起来，没什么困难地将他挪回了床上。

这情形，倒让她想起了当日在渠间镇的刘家客栈里，他遇伏受伤之后，她也是这样半扶半抱着他，他当时的脸色可是精彩得很呢，只是此时他却一动不动，仿佛连挣扎的力气都没有了。

他整个人都被罩在那件带着帽兜的斗篷里，花朝扶着他躺下的时候，想顺手替他脱了斗篷，却感觉到了一丝拉扯的力量，是傅无伤死死地拉着斗篷，不肯让她脱下。

他这点力气就算是平时也未必是力大无穷的花朝的对手，更何况此时这副要死不活的样子，花朝无视了那一丝完全可以忽略的力气，将斗篷扯了下来。

看到傅无伤的样子时，饶是早有心理准备，花朝也稍稍怔了一下。

他穿着白色的单衣，隐隐可以看到里头白色的绷带已经乱成一团，似乎是经历过很痛苦的挣扎，而裸露在外的皮肤从领口开始全都布满了诡异的黑色花纹，那花纹像是某种奇怪而诡异的虫子，从他的领口处一直往上，爬满了整张脸。

他的脸苍白到近乎透明，更显得脸上那黑色的诡异花纹无比醒目。

"别……别看我……"仿佛是察觉到了花朝的目光，他蜷缩着身子，有些无力地抬起手挡住脸，低低地道。

而那手上，也一样满布着那形状诡异的花纹。

看他冷得直发抖的样子，花朝拉过一旁的被子，密密实实地替他盖上。

他缩进被子里继续发抖，抖到牙齿都上下颤抖，仿佛就要被冻死了。

花朝看着他这副模样，脑袋里瞬间转过了千百个念头，最终，她抿了抿唇，无声地走到门边，将门仔细反锁了，这才转身走回床边，抬手划破了自己的手腕，将滴着血的伤口送到了他的唇边。

察觉到鼻端异样的芬芳，傅无伤下意识地启唇吞咽，随即他微微一僵，神志稍稍清楚了一些，意识到自己喝了什么的时候，那些刻在他记忆中的往事又在眼前浮现，他胃中一阵抽搐，下意识地想吐出来，可是那带着异香的血已经一路顺着喉咙滑入肺腑，一种说不出的温暖和舒适立刻渗透了四肢百骸。

他那仿佛被冰封住的、除了寒冷之外什么也感觉不到的身体逐渐有了回暖的迹象，他虚弱地睁开眼睛，看向她。

两人四目对视，房间里一时静寂无声。

她割伤的手腕贴着他的嘴唇，见他已经停止了吞咽，那手缓缓抚上他的脸颊，然后一路下滑，扯开他的衣领，拉开已经松散的绷带。

果然，绷带下，那天擂台上留下的伤都已经愈合且不见半点瘢痕，仿佛从来没有受过伤，若非那日她亲眼所见袁秦在擂台上伤了他，她都不敢相信他是真的受过伤。

而此时，她却没有继续去关注那些消失的伤痕，而是望向了他心口的位置，他的整个身体上都爬满了诡异的黑色花纹，唯有心口那一块是正常的皮肤。

细看之下那些花纹仿佛是活的一般，正努力地蠕动着，想爬向他的心脏，可就差了那么一点点距离，于是留下了心口的一片空白。

花朝的眼神有些茫然，更多的是复杂。

她想起了那时，她问他："你为什么对我这么好？"

"我有一个故人，眉心处也同你一样有颗朱砂痣。"他抬手指了指花朝的眉心，轻声道，"你很像她。"

"我对你抱以善意，是希望她若还活着，也能遇到对她抱以善意的好人。"

他这样回答。

原来，她就是那个故人啊。

花朝缓缓替他拉好衣领，盖上被子。

半晌，她听到自己低声笑了一下："原来是你啊。"

那个被她送出瑶池仙庄的小蛊王。

……不，应该是一个未炼制完成的蛊王。

听到她这样说，傅无伤感觉自己的心猛地跳动了一下，甚至因为跳动得太快而产生了扯痛的感觉。

她认出他了！

他曾经无数次希望她能认出他，可是她却在这样的情况下认出了他……

傅无伤动了动唇，有些吃力地说了一句："我……这个样子很难看吧？"

因为气力不继，他的声音很低，而且十分嘶哑，若不仔细听都不容易分辨他在说什么。

可是花朝听懂了，对于在这样的情况下他竟然还在考虑自己好不好看这件事，她有些无语。

"你是什么时候认出我的？"花朝看着他，忽然轻声问。

傅无伤怔了一下，看着眼前这个居高临下地站在自己床前的女子，好久才意识到她在问什么，赶紧半撑起身子，吃力地解释道："对不起……对不起那么晚才认出你……你被花暮带回瑶池仙庄那一日我闻到了你血液的味道，才认出你来的，对不起……"

他声音嘶哑，急急地解释着，缺水干燥的嘴唇因为他急切的解释而裂开，渗出细小的血珠来。

原来是那个时候啊……

花朝又想起了那日她被花暮掳走之时，意识中留下的画面，是他搏命扑上来的样子，那张脸上写满了当时的她看不懂的疯狂和绝望。

她又想起了那时他莫名其妙的拥抱、莫名其妙的眼泪，和莫名其妙的道歉……

花朝忽然伸出手指，轻轻刮过他干燥的嘴唇。

唇上柔软的触感让傅无伤猛地僵住，还未来得及反应，便见她收回手指，将沾了他唇上血迹的指尖含在了口中。

轰的一声，傅无伤感觉到了冰火两重天的感觉。

明明之前还是寒毒发作冻得他浑身颤抖，可是此时他却全身滚烫，只觉得所有的血液都向着下身聚拢而去。

"花……花朝……"他下意识地喃喃了一句。

没有任何意义，只是无意识地……呢喃着她的名字……

花朝尝了尝他血液的味道，眼神意味不明地看向他，傅无伤被她看得狼狈不堪。

不知为什么，这个时候，花朝忽然想起上次他来瑶池仙庄看她的时候说的那句话。

他说："不管什么时候，不管发生了什么，我总是站在你这边的。"

花朝看着傅无伤，忽然轻轻地笑了一下，嗤道："还真是个不知道天高地厚的家伙。"

听了这句话，傅无伤只当她是嫌弃他无用，当下只觉得当头一盆凉水泼下，泼得刚刚还满心火热的他一阵透心凉，他下意识地捏紧了拳头，眼中闪过一丝受伤和难堪。

"像这样的情况多久发生一次？"她忽然问。

傅无伤摇摇头，笑得有些无力："虽然身体一直都是弱不禁风的状态，但像这样……却还是头一回。"他低头看了一眼自己手臂上诡异的纹路，蹙眉道。

花朝想了想，那便是有诱因。

而这个诱因是什么呢？

她忽然想起之前如黛说傅无伤受伤之后，郝郎中给他用了瑶池仙庄自制的特效药，对了，那特效药中应该有一味"玄雪草"，所以才诱发了他体内不知何故被压制住的蛊毒。

花朝蹲下身，与他目光平视，看着他，忽然道："你对自己的身体了解多少？就敢这样大剌剌地出现在瑶池仙庄，出现在苏妙阳的眼皮子底下？"

因为担心隔墙有耳，她的声音很低。

她与他平视，距离他这样近，近到他可以感觉到她的鼻息，以及身上诱人的芬芳，他下意识地屏住呼吸，一时竟没有听清她刚刚说了什么。

"这样傻傻地看着我干什么？"花朝扬眉，"你知道自己现在身体的情况和你自己的处境吗？"

"什么？"他不明白。

"也是，练蛊的时候你本人是没有意识的。"花朝垂眸看着眼前这个躺在床上的男人，一脸认真地轻声道，"接下来我的话，你要认真听好了。"

傅无伤不知道她要说什么，但看她如此郑重其事的态度，不由得也稍稍有些紧张起来，低低地应了一声："好。"

两人距离很近，又是这样小声地说话，竟让他有一种在说悄悄话的感觉。

这个念头让傅无伤心里有种莫名的雀跃，然而花朝接下来的话让他一下子就从这种雀跃的心情中拔了出来。

花朝直视着他，放轻了声音缓缓道："你之所以会出现这种情况，是因为之前你受伤后大夫给你用了瑶池仙庄的特效药，特效药里的一味玄雪草诱发了你体内之前不知何故被压制住的蛊毒，而你该庆幸发现你现在这副模样的人是我，而不是苏妙阳，否则……"

"否则什么……"仿佛被她蛊惑住了，他下意识地接口，甚至完全忘记问她为什么他身体里会有蛊毒这件事……

花朝勾了勾唇，露出了一个意味深长的笑容："否则你就会被苏妙阳关起来，成为她的禁脔，任她采补，还会成为她手中最锋利的剑，助她完成她一统江湖的野心。"

"采补"两个字让傅无伤有些不自在起来，可是花朝的话让他越来越疑惑："为什么？"

"你不记得了吗，你是苏妙阳选中的蛊王。"花朝看着他的眼睛，轻声道。

傅无伤的瞳孔猛地一缩，蛊王……

"两百个血蛊相互厮杀，最终活下来的那一个，日日哺以我的鲜血，并用药汤打磨筋骨改变血脉，最终才能炼制成一个人形蛊王，得之，可敌千军。"花朝面上带了一丝淡淡的讥讽之色，"当初她花费了多少心思，用了多少上好的药材，只差那么一点点就能成功了，结果我们逃跑了，她功败垂成，大概气疯了吧。"

这过程听着便惊心动魄，可不管傅无伤怎么想，都记不起那些惨烈的过往了，也不知这是幸，还是不幸。

"可是……若这人形蛊王当真有你说的这么厉害，苏妙阳又怎么敢确定不会被反噬呢？"傅无伤迟疑了一下问。

"以阴阳之道认主，便会永不背叛，永不反噬。"

"阴阳……之道？"傅无伤一脸问号。

"周公之礼。"花朝面无表情地道。

傅无伤愣了一下，随即一下子涨红了脸，顿时有种差点贞操不保的后怕，这感觉十分荒谬，一时竟是难以言说。

尴尬了一瞬，他才轻咳一声，指了指身上那些诡异的黑色花纹道："既然功败垂成，那我现在这样……究竟是个什么情况？"

"你没有完成向蛊王的转变，那些蛊毒积压在体内，不知道被什么人以何种手段强行压了下来，成了导致你身体羸弱的罪魁祸首。"花朝说着，伸手拉开他的衣领，纤细的指尖轻轻点上他心口那唯一一块没有被黑色花纹覆盖的皮肤，"而现在你无意中沾染了玄雪草，引动了被积压的蛊毒，只要纹路覆盖了这里，你就是一只彻彻底底的人形蛊王了。"说着，她看着他轻轻一笑，"你说，若是苏妙阳知道她一直求而不得的人形蛊王就在她眼皮子底下，她会怎么样？"

这一次，傅无伤却没有被她吓到，而是静静地看着她，忽然道："你呢？"

花朝一愣，随即蹙眉："什么？"

"你呢，你想要我吗？"傅无伤看着她，这样问。

花朝定定地看了他许久，忽而弯唇一笑："我当然也想要。"

傅无伤伸手，轻轻抚上她的唇，微笑着看着她道："那么，就让我变成你的人形蛊王吧。"

他现在仍然很虚弱，他的手只轻轻碰触了一下她的唇瓣就滑落了下来，仿佛一只蝶轻轻吻上她的唇，生命只这一瞬，便落了地。

花朝看着他，呆住了。

人生而自私，谁愿意此生都为别人而活？

"一旦认主，你此生都无法背叛我，亦无法摆脱我，我生你生，我死你死。"她看着他，缓缓开口，一字一顿地道。

"我说过，不管什么时候，不管发生了什么，我总会站在你这边的。"他虚弱地笑了笑，轻声道，"那么，该怎么做，我才能彻底变成你的人形蛊王呢？"

花朝心里有一瞬间的慌乱。

她喜欢温暖，喜欢拥抱，喜欢被需要，希望有人可以陪伴她，希望被人喜欢着，可现实是她总是被厌恶、被憎恨、被利用、被抛弃的那一个。

他们都叫她小怪物……

没有什么是永恒不变的，明明阿秦小时候那么喜欢她，可是长大之后却渐渐变得疏远，甚至因为不肯娶她而逃婚。阿宝现在也这样喜欢她依赖她，可是阿宝也会长大……

没有人会永远需要她。

而人形蛊王不会。

一旦认主，此生他都无法背叛她、摆脱她，他生他生，她死他死。

好诱人啊。

而且若是有了人形蛊王的力量，她又何惧苏妙阳，何惧瑶池仙庄……这个念头让她的心鼓噪起来。

她没办法拒绝这样的诱惑。

花朝的心渐渐坚定起来，她伸手抱住了傅无伤，眼睛亮晶晶的，仿佛抱住了什么稀世珍宝："我要你。"

明明知道她说的并不是他所希望的那个意思，可是傅无伤的心，还是漏跳了一拍。

【三】会不会后悔

花朝用自己的血暂时压制住了那些蠢蠢欲动的蛊毒。

知道他晕血，花朝十分体贴地蒙上了他的眼睛，然后才割开自己的手腕，递到他的唇边。

失去了视觉，嗅觉反而更加灵敏起来，花朝的鲜血特有的异香扑鼻而来，傅无伤因为再次不得已吞食了花朝的血胃中一阵剧烈地抽搐，记忆中小小的花朝满身浴血无声无息地倒入他怀里的景象再一次回放，他猛地一阵晕眩。

见他面色难看，花朝以为是压制蛊毒的过程太过痛苦，因此十分怜惜地摸了摸他的脸颊，柔声道："我准备最后蛊变的药浴还需要一些时间，而且蛊变三次才能成功，所以要将这些蛊毒暂时压制住，以免被苏妙阳撞见你现在的样子发生什么意外，这个过程可能会有一点疼，你稍稍忍一忍。"

因为笃定了傅无伤已经是自己的了，所以花朝十分爱惜，生怕他受到一点不该有的伤害。

感觉差不多了，花朝拉了拉袖子遮好手腕上的伤口，然后解开了傅无伤脸上蒙眼的布，一脸温柔地笑着对还有些茫然的傅无伤道："已经差不多了。"

傅无伤下意识地看了一眼自己的手，果然那些诡异的黑色花纹正在逐渐消退，可是他只看了一眼，便又将视线掉回了花朝的脸上。

他从来没有见过这么温柔的花朝。

"压制蛊毒十分消耗精气，你好好休息。"花朝见他直愣愣地看着自己，以为他还没有缓过来，摸摸他的脸颊道。

"睡不着吗？"

"嗯。"他低低地应，感觉到她柔软的手轻轻抚慰着他的脸颊，一时竟有种不知今夕是何夕的感觉，恍然如梦。

"要不要我唱歌给你听？"她温柔地问。

还有这待遇？

见他没有反对，花朝轻轻哼起了歌。

花朝的声音十分好听，她轻轻哼唱着一曲不知名的小调。

听着听着，傅无伤不自觉地缓缓闭上了眼睛，竟是真的睡着了。

见他睡着了，花朝依依不舍地看了又看，又替他披了披被子，这才依依不舍地走出了房间。

"圣女，傅公子怎么样了？"守在门外的如黛见圣女出来问候了一句。

"他伤得不轻，又没有得到很好的照顾，床上的棉被是湿冷的，暖炉里的炭火也没有，怎么可能会好？"花朝冷哼一声道。

如今傅无伤已经是她的人了，受了这样莫大的委屈她当然不悦得很。

如黛闻言也是有些生气："净是些狗眼看人低的东西。"

花朝吩咐道："等会儿从库房取两条蚕丝被来，梅花香炭也需要一些，以后傅大哥的吃用都从我院子里走吧。"

听向来清冷不理俗务的圣女这样事无巨细地吩咐下来，如黛一愣，总觉得这会儿圣女的画风不太对啊，刚刚里面发生了什么奇怪的事吗？

感觉到如黛怪异的眼神，花朝蹙眉道："来者是客，总不能太过怠慢。"

"是。"如黛忙垂首道。

花朝满意地点点头，走了。

如黛跟在后头，看着圣女格外轻快的脚步，总觉得圣女的心情突然变得很好呢……

发生什么事了吗？

花朝的心情当然好。

虽然震惊于傅无伤竟然愿意当她的蛊王，但她已经下定决心绝不给他反悔的机会，一定要速战速决，赶紧将蛊变的药准备出来。

回到院子里，花朝便开了库房开始盘点药材。

因为之前诓苏妙阳说要将阿宝炼制成蛊王，苏妙阳送来了大量上好的药材，因此药材完全是绰绰有余，简直是天时地利人和。

花朝正在炮制药材的时候，如黛来报说秋葵在外面求见。

秋葵是谁？心情正好的花朝思量了一下，才想起来秋葵是西院客房的侍女，是在邱柏房里伺候的，她之前还吩咐了她们若发现了什么就来禀报她。

这是有所发现了？

"让她进来。"花朝道。

如烟领着秋葵进来，秋葵仍是一副怯懦的样子，垂着头半天不敢吱声。

"你来找我，是有什么事要禀报吗？"花朝见她战战兢兢一副胆小如鼠的样子，让一旁伺候的人都退下了，才放柔了声音问。

秋葵扑通一声跪了下来。

"禀圣女，奴婢发现邱柏和景王爷都有问题。"她垂着头，低声道。

"哦？"花朝听她这样讲，倒有些意外。

她之前是吩咐了让她们若有发现就来禀报，但她没有想到他们竟然真的会这么轻易地让一个侍女发现端倪。

"邱柏平时很少待在房间，他一有空闲就去找景王爷喝酒，可是奴婢发现邱柏其实根本不会喝酒，景王爷配合他做出两人在一起的假象，但邱柏根本就不在景王爷的房间里，景王爷只是他避开众人耳目的一个障眼法，邱柏似乎是想在仙庄里查探什么。"

秋葵跪在地上垂着头低低地说着，她的声音虽然低，却说得十分顺畅而有条理，花朝渐渐有些惊讶起来。

"此前，还有一个名叫莫秋的公子与他们过从甚密，那位莫秋公子出自莫家庄，与那位景王爷相处的情形不像是朋友，反倒更像是上下属的关系，不过后来那位莫公子就失踪了，再没有出现过。"

花朝当然知道那位莫公子去哪儿了，尸首已经被莺时处理掉了。

原来那天夜里的杀手是景王爷派来的？她与景王爷并无怨仇，想来又是因为那位邱柏公子了。

也许该叫她，梅白依。

花朝看着秋葵的眼神几乎已经带着惊叹了，这侍女看着胆子小得像兔子，但其实十分聪明啊。

"奴婢之所以这么着急来求见圣女，还因为奴婢无意中听到了一个极其重要的消息，邱柏公子今晚想要夜探圣殿。"

秋葵低低地说完，又磕了一个头，跪在那里不吱声了。

圣殿可是仙庄的禁地，擅入者死，正是知道这一点，秋葵才这样急着来将此事禀报给圣女知道。

花朝消化了一下这侍女带来的巨大的信息量，才点头道："你很不错，有什么要求吗？"

秋葵垂着头颤抖了一下，没有吱声。

花朝却注意到她身前的地上湿了一块。

看着她无声地颤抖着肩膀，花朝渐渐蹙起了眉："发生什么事了吗？"

现在她才注意到这侍女似乎是带着一种破釜沉舟的心情来见她的，那日在客房见到她们的时候，都是另一个叫香枝的侍女在答话，这秋葵只顾着发抖了，可是今日来见她的却是秋葵。

香枝呢？

"奴婢别无所求，只希望圣女大人杀了邱柏和景王这两个胆敢擅闯仙庄禁地的恶徒。"秋葵止住嘴边的呜咽，捏紧了拳头，低声道。

花朝若有所思地看着她，心里有了些猜测。

虽然如此，但只怕暂时不能让她如愿了，毕竟她还想着要靠景王引来皇帝对瑶池仙庄的注意。

想要夜探圣殿啊……

瑶池仙庄的圣殿可不是那么好入的。

看来还得劳烦她出手帮他们一把啊。

毕竟圣殿里的那些好东西……可不少呢,没有她出手相助,只怕他们有去无回啊。

景王今日的运气依然很好,虽然排到他上擂台,但对手却难得是个比他还要不济的,因此竟是有惊无险地过了一局。

虽然因为梅白依的事情挂着心,但也不影响他的好胃口,午膳有他喜欢吃的红烧狮子头,这瑶池仙庄的红烧狮子头格外的好吃些,惹得他忍不住多吃了一碗饭。

饭后还有一屉点心,是他爱吃的水晶桂花糕。

打开食盒的时候,他稍稍愣了一下,然后快速从里头取出了一张羊皮卷,起身关上门打开一看,愣住了。

是圣殿暗道的地图!

为什么点心盒子里会有这种东西?

是谁送来的?有什么目的?

景王爷冷不丁想起了昨日圣女那些似乎意有所指的话,胖乎乎的脸色骤然凝重起来。

莫非这东西是那位圣女送来的?

她想让他看到什么东西?

正想着,门忽然被推开了,景王下意识地将羊皮卷塞入了衣袖中,抬头便看到戴着人皮面具的梅白依拎着酒坛子站在门口。

“你刚刚在看什么?”梅白依问。

“没什么没什么,你用过膳了吗?”景王摇摇头,一脸殷勤地道。

梅白依看了一眼杯盘狼藉的桌子,蹙了蹙眉。

景王注意到她的脸色,看了一眼桌子顿时有些不大好意思,他以为中午梅白依不过来了呢,这吃相就略豪迈了一些。

景王赶紧让侍女来收拾了一下,又重新上了菜,梅白依才坐下吃了几口。

看着那侍女退了下去,景王殷勤地替梅白依斟了一杯茶,犹豫了一下,才道:“梅姑娘,本王思来想去,今夜贸然去闯这瑶池仙庄的圣地恐怕不妥……”

“你不必劝了,我意已决。”梅白依神色淡淡地打断了他的话。

“为何要如此着急呢,不如等上两日再……”

“今日复明日,我哪有那么多时间可以耗,而且我总觉得花朝开始怀疑我了,所以趁还有机会,今天夜里我非去这瑶池仙庄的圣殿探一探不可。”梅白依斩钉截铁地道。

景王见她铁了心要去，想起袖中那张来历不明的羊皮卷，顿时觉得十分烫手。

将入夜，花朝陪阿宝用完晚膳，估摸着傅无伤也该睡醒了，便拎上了一早让如烟准备好的食盒去了西院，还是叫上了如黛随行。

因为比起性格滴水不漏的如烟，略有些毛躁的如黛更让花朝放心。

临行前，花朝想起之前的打算，又特意嘱咐如黛拎上了一坛子瑶池仙酿。

如黛对于花朝今日的行为也有些摸不着头脑，若说送些被褥炭火什么的还可以理解，可如今竟都亲自送饭了，她总觉得圣女对那位傅公子的态度突然变得十分离奇啊。

她性格不像如烟那般谨慎，尤其最近圣女又时常点她随行，觉得圣女比往日好相处多了，心里疑惑着，便问了出来。

"傅大哥也算是我的旧识，当日我流落在外他曾帮过我不少，如今他竟在我的地盘上受了这样莫大的委屈，我当然要补偿一二了。"花朝一脸理所当然地道。

如黛想了想，也觉得是这个理，便将这事儿抛到一边了。

花朝敲了敲门，不一会儿门便开了。

傅无伤仍然裹着那身漆黑的带帽斗篷，只是这会儿帽子没戴，露出一张苍白的脸来，在花朝血液的压制之下那些诡异的黑色花纹已经褪了下去，除了面色比常人苍白一些之外看不出有什么异常。

而且他本就身上带着伤，因此如黛也没有多想，只帮着把食盒里的碗碟一一摆了出来，正欲打开那坛子瑶池仙酿，花朝却道："这个不用开，放一边去，我另有用场。"

如黛心里不解，这仙酿可不同于一般的酒水，是有疗伤之效的，明明正适合傅公子用啊，但是既然圣女都这么吩咐了，她也就没有多嘴，依言将酒坛放在了一旁。

"傅大哥，快来吃饭。"花朝扭头甜甜地叫道。

傅无伤哪里有过这样的待遇，简直快受宠若惊了，赶紧净了手来吃饭。

花朝坐在一边看着他吃，饭菜肯定是丰盛的，看着看着花朝忽然想起他出来一般都是习惯自带餐具的，便道："傅大哥，今日先委屈你一些，我库里有一套釉下彩瓷碗，回头我煮过之后给你送来。"

那套瓷碗是苏妙阳早前送来的，她随手放库里了，如今倒正好拿来讨傅无伤喜欢。

傅无伤一愣，抬头看了一眼坐在自己对面、双手托着下巴、一双眼亮晶晶地望着自己、毫不掩饰欢喜之情、恨不能把天下的好东西都拱手送上的女子，不由得有些好笑。

好笑之余，他又有些心酸，早知道她这么喜欢蛊王，他早点知道自己就是蛊王该有多好啊。

就算她对他的喜欢不是他所期望的那种喜欢，他也依然很开心呢。

吃过饭略休息了一阵，花朝便让如黛叫人去准备沐浴用的热水来。

看着房里那个足有大半人高的大木桶里装满了热腾腾的水，如黛不由得有些奇怪："为何不让傅公子直接去温泉池洗浴？"

西院有个温泉，开辟了一个一个小间的温泉池，据说来参加流霞宴的少侠们都十分喜欢，经常去泡着。

"他身上还带着伤呢。"花朝淡淡地道。

"那奴婢找个侍女进来伺候？"

"不必了，你先退下吧。"花朝道。

"啊？"如黛一呆。

"退下。"花朝重复。

如黛一脸迷茫地退下了。

……发生什么事了？傅公子沐浴为什么圣女要留下？

看着如黛出去，花朝伸手从袖袋中取出已经炮制好的药粉撒进了木桶中，药粉遇水则化，一会儿桶里的水就变成了鲜艳的红色。

傅无伤向来是有洁癖的，这次受了伤又引起蛊毒来势汹汹，已经连着三日没有洗澡，早已经快要超出了忍耐的限度了，见花朝准备了热水，不由得心中感动至极。

听外头有关门声响起，他只当花朝已经出去了，便走到屏风后脱了衣服，然后光着身子走了出来。

然后，正面撞上了正坐在外头的花朝。

"……"傅无伤见花朝竟然不闪不避地看着自己，陡然有了一种拔腿就跑的冲动。

"怎么了？快进去泡着啊。"花朝见他不动，催促道。

傅无伤抽了抽嘴角，僵着身子几乎是同手同脚地走进了浴桶，待在浴桶中坐下之后，一股剧烈的疼痛骤然席卷而来。

他这才后知后觉地发现浴桶中水的颜色有些不太对……

竟然是红色的！

那样鲜艳的、如同血一样的颜色！

他顿时一阵晕眩，然而又是一阵疼痛袭来，硬生生地将他自晕眩中疼精神了。

这是怎么回事？

"怎么了？很痛吗？"花朝的声音在耳边传来。

傅无伤被这样近的声音吓了一跳，扭头一看，却见花朝不知道什么时候走了过来，正趴在浴桶边上看着他，不由得吓得心脏差点停摆。

见他的脸色骤然变得铁青，花朝以为他是疼得忍不住了，忙安抚地摸摸他的脸，温柔地哄道："蛊变的过程的确很疼，如果你实在忍不住可以咬我。"说着，她一脸认真地将纤细的手腕伸到他的嘴边，十分讲义气，一副不用客气随便咬的样子。

傅无伤看着那只伸到自己嘴边的小手，抽了抽嘴角，顿时有种一拳头砸到了棉花上的无力感。

"不是很痛，我还受得住。"他咬牙切齿地道。

"真的吗？可是你的脸色看起来有点难看。"花朝一脸怀疑地看着他，"如果撑不住你要直说，我不会笑话你的。"

傅无伤忍了忍，到底还是没有忍住，有些憋屈地道："你可以事先提醒我一下的。"

他刚刚乍一看，这一桶水鲜红鲜红的，还以为是血呢！

他晕血啊！

花朝抿了抿唇，垂下了眼帘，低低地道："你已经答应要做我的蛊王了，我不会让你有后悔的机会的。"

傅无伤这才知道她竟然是抱着这样的念头，有些无奈地道："你可以试着多信任我一些，我答应了你的事情肯定会做到的。"

花朝没有说话，只在心底默默地说了一句，等你真的成了我的蛊王，我才会信任你。

因为我的蛊王永远不会背叛我，也不会抛弃我。

待剧烈的疼痛感慢慢过去，傅无伤惊讶地发现木桶中的水的颜色竟然在渐渐变浅，最后成了透明色，变成了普通的水。

然后就尴尬了。

水下面他一丝不挂的身体简直一清二楚！

傅无伤感觉自己此生从来没有这么窘迫过，自己喜欢的姑娘趴在木桶边上看着光溜溜一丝不挂的他坐在浴桶里洗澡……

"差不多了呢。"花朝探头看了一眼水变成了透明，嘀咕了一句，完全没有发现傅无伤的窘迫，从一旁的架子上拿了布巾来："可以起来了，再泡皮肤都要皱了。"

看她一副要帮自己擦身的样子，傅无伤猛地将身子往水中沉了沉，试图遮掩些什么，然而即便如此，他的身子在因为失去了药效而变得清澈透明的水中也依然可以一览无余，完美地诠释了什么叫欲盖弥彰。

"你出去，我可以自己来。"傅无伤几乎是有些悲愤地道。

为什么人家就可以调戏自己心爱的姑娘，他却要面临这种窘迫到无言以对的场面……

这已经不是被调戏的问题了……这简直关系到他男性的自尊。

"怎么了？"花朝一脸问号。

"你不知道男女授受不亲吗？"傅无伤说完，便觉得这悲愤的语气简直就像是一个被恶少调戏了的大姑娘。

花朝愣了一下，男女授受不亲她当然知道，在青阳镇的时候阿娘教过她。

"可是你是我的蛊王啊。"花朝眨巴了一下眼睛，理所当然地道。

傅无伤噎了一下，瞬间生无可恋，敢情在花朝眼里他都不算是个男人？！

这实在是一件令人悲伤的事……

【四】圣殿里的秘密

第一重蛊变完成之后，花朝郑重其事地检查了一下傅无伤心口处蛊纹生长的情况。

心口处苍白的皮肤上，隐隐出现了一朵小小的黑色花苞。

这是第一重蛊变完美成功的标志，花朝吁了一口气，心中十分欢喜，看傅无伤的眼神更加温柔如水了起来。

然而此时的傅无伤已经被"他在花朝心目中连个男人都不是"这个认知打击得奄奄一息，花朝温柔的眼神也抚慰不了他一颗已经碎成八瓣的心。

于是如黛进来的时候便看到了这么一幅诡异的景象，自家圣女表情愉悦神采奕奕，而那位傅公子则生无可恋奄奄一息。

……喂！在她不知道的时候，到底发生了什么了不得的大事啊？

"对了，圣女，刚刚客房的秋葵来禀报，说景王爷出去了，那位邱公子也不在房间。"如黛上前禀道。

花朝弯了弯唇，心情颇好地点了点头："知道了。"

看来那位景王爷果然是个痴情人，到底还是放心不下梅白依啊。

傅无伤并不知道发生了什么事，看了花朝一眼。

花朝见他面露疑惑，便打发了如黛去给傅无伤收拾屋子，毕竟如今已经进行了第一重蛊变，傅无伤成为她的蛊王已经是铁板钉钉的事，她当然可以同他无事不谈。

"景王和那位邱公子是怎么回事？"见花朝支走了如黛，傅无伤忙问，"说起来，那位邱公子……你不觉得有些眼熟吗？"

"当然眼熟，那可是你的未婚妻啊。"花朝笑了一下道。

"什么？那个邱柏就是梅白依？"傅无伤一惊，随即又忙解释道，"她可不是我的未婚妻，我已经同她退婚了。"

花朝倒是有些意外，瞪大眼睛，问道："什么时候的事情？"

见她对他的事情也不是那般全然不在意，傅无伤心中又有些美滋滋了起来道："就是那日从瑶池仙庄出来之后，她在悦来客栈当着一众江湖人士的面跟我提出了退亲之事。"

花朝听着弯了弯唇，挺高兴的样子，顿了顿，又担心他因被梅白依当众退婚失了面子而心生郁结，又道："即便她没有跟你提出退婚，我也是定要你跟她退了这婚的。"

傅无伤听她这样直白地讲，倒是一愣。

"因为你只能是我一个人的。"花朝看着他，郑重其事地告诫道。

哪怕知道她或许下一刻就会补上一句"因为你是我的蛊王，所以你只能是我一个人的"，傅无伤心里也依然甜滋滋的。

但到底是担心她真的接上这么一句再来打击他那颗早被打击得不轻的心，他不待她开口便又捡起先前那个话题道："梅白依和景王来瑶池仙庄的话……想必是梅白依还是放不下她的杀母之仇，来瑶池仙庄打探消息的吧，既然已经知道了他们此行不怀好意，为什么还要留着他们？"

事实上，在花朝第一天看到傅无伤和袁秦在擂台上斗得你死我活的时候，心里就突然想起了可以在擂台对比的名帖上做手脚这件事了，所以才有了景王第二日的"好运气"。

但傅无伤不知道，他还不知道花朝是刻意留着景王的，只当他当真是运气好轮空了一回。然而即便如此，在明知道那两人有问题的情况下还没有将他们驱逐出去也是不合常理的。

"因为我想借景王背后的势力来毁了瑶池仙庄。"花朝并没有避讳这个问题，神色淡淡地道。

傅无伤愣了一下才领会出了花朝这话中的意思。

景王背后的势力是谁？当今皇帝。

而能够引得坐拥天下的皇帝出手的……大概也就只有长生不老这种玄之又玄且

123

求而不得的事了。

"梅白依和景王今天晚上应该会去圣殿一游。"花朝又道。

傅无伤猛地站了起来，没有人比他更清楚那个圣殿里有些什么东西，若是那些东西被景王发现了……傅无伤坐不住了，但随即他又想到圣殿是瑶池仙庄的禁地，也是苏妙阳的命根子，守卫森严不说，还有三道重逾千斤的石门，凭着梅白依和朱如景两个人想要偷偷潜入无异于痴人说梦。

就在傅无伤稍稍放松一些的时候，便听到花朝火上浇油地说了一句："于是我送了他们一份大礼。"

傅无伤猛地有了不太妙的感觉："什么东西？"

"一份圣殿暗道的地图。"

"糊涂！"傅无伤上前一步，抓住花朝的手道，"你这无异于与虎谋皮，就算借皇帝的手杀了苏妙阳，毁了瑶池仙庄又如何？你这是前门驱狼后门迎虎！此举大大的不妥！"

"可是我已经不能再容忍瑶池仙庄的存在，也不能再容忍苏妙阳了。"花朝看着他道。

傅无伤说的她都知道，可是流霞宴这样的机会，可一不可再，若她不把握住这个机会……下一次还不知道要等到什么时候。

她又要再过几个难熬的朔月之夜？

"你还有我啊，我是你的蛊王不是吗？我会陪着你，成为你手中最锋利的剑，替你毁了瑶池仙庄，杀了苏妙阳。"傅无伤看着她的眼睛，一脸急切地道，"相信我，好不好？"

花朝怔怔地看了他许久，终是垂下眼帘，任由他将自己抱住。

她听到自己低低地道了一句："好。"

"那我们快去阻止他们。"傅无伤拉了她的手便要走。

花朝摇摇头拉住了他："你才刚进行第一重蛊变，正是虚弱的时候，不宜冒险，而且我一个人可以光明正大地从圣殿正门进入，比暗道更快。"

傅无伤想了想也是，只得放她去了。

如黛正在隔壁房间收拾，花朝没有走正门，她冲着傅无伤微微一笑，跃窗而出。

看着她离开的背影，傅无伤的眼神微微一黯，他还是太弱了，太弱就只能成为她的拖累，所以他一定要变强才行，哪怕是成为她口中的蛊王……他也一定要变强。

因为只有那样，他才不会在她遇到危险的时候只能眼睁睁地看着她独自一个人面对，他要守在她身边，不再让她一个人去面对那些可怕的事情，他要成为她手中的利剑，护她一世安然！

花朝其实只是听苏妙阳说过人形蛊王可敌三军，但具体人形蛊王有着什么样的力量她却是不太清楚的，也许在傅无伤说愿意当她的蛊王的时候，她的第一个反应只是她的人形蛊王永远不会抛弃她、背叛她。

他是可以一直陪着她的存在而已。

因此对于眼前这个可以毁掉瑶池仙庄的机会，她会犹豫……这也是人之常情吧？花朝想。

只这一瞬间有些刻意的犹豫，那厢景王和梅白依已经通过密道直接走进了那个巨大的地下密室，看到了令他们倒抽一口冷气的东西。

翻滚的血池、肮脏的笼子……

梅白依一贯清冷的脸颊因为兴奋而布满了红晕："你看，果然如我所说的那样，这瑶池仙庄就是一个巨大的毒瘤，光鲜的表象之下填着无数的人命，如此的血腥肮脏，我一定要将这些肮脏的内幕曝光在阳光之下，让江湖上所有人都知道这瑶池仙庄的真面目！"

她喋喋不休，恨不能将所有恶毒的词语都加诸在她深深憎恨着的瑶池仙庄之上。

景王却不如她这样兴奋，他神情凝重地四下张望着，总觉得这里应该不会如此简单，瑶池仙庄为什么要在圣殿之下造了这么一个血腥的禁地？是出于什么目的呢？只是无意义的献祭吗？

他左右看看，还试着摇动了一下墙上的夜明珠。

突然咔的一声响，墙面翻转了一下，景王吓了一跳，只觉得一股热浪扑面而来，他往后退了一步，待再往里看时，不由得惊呆了。

里头是另一个巨大的空间，空气里弥漫着丝丝热气，与之前可怖的血池不同，这里乍一看简直宛若仙境。

然而也只是乍一看而已。

空气里弥漫着一股腥甜的味道，景王抬脚走了进去，脚下是厚厚的白色地毯，踩在上面如同踩在云端一般。

抬起头，他四下环顾，发现这空间的四面墙上都雕满了壁画。

墙壁上雕刻的是一条巨大的、带角的蟒蛇，并非是龙，只是一条带角的蟒蛇而已，因为十分巨大，所以显得有些狰狞可怖。

正中央有一个巨大的祭台，而空气里那些腥甜的味道皆是来自于祭台正下方那个正在不停沸腾的血池。

景王弯下腰，仔细看了看那沸腾的血池，又抬头看了看上方的祭台，祭台上方看不清是什么，他起身沿着一旁白玉石砌成的台阶走了上去，台阶的顶端是一张暖玉制成的床。

而这张暖玉床的位置，正对着底下那翻滚的血池。

"你在看什么？"梅白依的声音从身后传来。

"你闻到一股异香没有？"景王回头看了她一眼问。

梅白依仔细分辨了一下，果然觉得暖玉床上有一股奇妙的香味，那香味虽然很淡，却十分霸道，几乎压住了血池子所散发出来的腥甜味道。

不过须臾，两人竟有神清气爽之感。

"暖玉床上好像写着什么。"梅白依低头看了看，忽然道。

景王也低头去看。

细看之下便发现那暖玉床上刻着细小的字，还飘着一些极漂亮的血色花纹，像是血常年沁入其中形成的血沁，那些血沁导致一些字已经看不太清晰，只模模糊糊地看到一些。

"圣女……圣血……长生……"

梅白依和景王对视一眼，都在对方的眼睛里看到了不可思议的神色。

他们一瞬间想起了西王母的传说，想起了瑶池仙庄的传承，也想起了传说中长老不老的瑶池圣母。

景王眼中渐渐染上了激动之色，他大步走下白玉台阶，取下腰间的酒葫芦，抬手将里面的酒都倒光了，又将那酒葫芦沉入血池子，从中灌了满满一葫芦血。

那葫芦并不大，白玉质地，此时里头浸了血池中取的血水，白中透着一点淡淡的红，竟漂亮得令人移不开眼。

"快走，这里不宜久留。"景王拉着梅白依大步走了出去。

"王爷，你说这世上真的有长生不老之事吗？"身后，梅白依问。

"虽然这种事听来玄之又玄，但这世上奇人奇事那么多，或者真有其事也说不定，我回头修书一封，将此事禀报给皇兄知道，他身边能人异士较多，一定可以找出这其中的秘密。"

梅白依眸中一闪。

涉及长生，谁不垂涎？

可……若是这瑶池仙庄的秘密被皇帝知道了，哪里还有她紫玉阁什么事？只怕是立刻派了锦衣卫来将这里圈住了，到时她紫玉阁想分一杯羹都难。

"王爷，一切都只是你的猜测，贸然上奏只怕引起祸患。"梅白依边走边道，

"不如待事情明朗一些再上书陛下吧。"

景王下意识地看了她一眼："我们没有人手，这样太危险了。"

"我可以让我爹帮忙。"梅白依道。

"我不阻止紫玉阁参与此事。"景王顿了一下道。

梅白依心口一紧，瞬间有种被看穿心事的恼羞成怒和恐慌，她倏地捏紧了衣袖，眼中的寒意一闪而过，脚下却是慢了下来。

景王走了几步才发现把梅白依落在后面了，忙回过头去："梅姑娘……"

话音未落，眼前陡然寒芒一闪，有锋利之物刺入了他的心口，景王不敢置信地瞪大眼睛，心口处传来的剧痛让他清晰地明白了一件事，梅白依想杀他！

梅白依竟然想杀了他！

"你……"他抖了抖唇，竟然有些哽咽。

这个他想豁出命去爱的女人，竟然……要他死?

梅白依对上他的视线，觉得有些荒谬，她的功夫远在朱如景之上，且刺入他心口的梅花匕乃天外陨铁所制，锋利无比，原以为想要置他于死地本不是什么难事，可是谁料竟然因为他太过肥胖，那匕首刺入他胸前那层肥肉里之后竟然没有能够一击毙命。

简直太荒谬了……这是在跟她开玩笑吗？！

"为什么……"景王怔怔地看着她，委屈得几乎要哭出来。

梅白依见他如今竟然还能好端端地来问她为什么，简直快疯了，可不知为何，她竟然不敢去看他的眼睛，只死死地咬住唇，一掌拍在他的胸口，想抽回插在他胸前肥肉中的梅花匕，可谁知那梅花匕竟似卡住了，拔不出来。

景王痛得哼了一声，双眼却还是十分执拗地盯着她，眼神直勾勾的，看着有些怕人。

梅白依此时是又惊又怕，还有些恼羞成怒，但是开弓没有回头箭，既然已经动了手，便没有回头路了。

不是他死，就是她亡。

梅白依后退一步，衣袖一振，手中不知何时又握了一柄梅花匕，然后猛地欺近了他，反手割断了他的喉咙。

这一切发生得太过突然，想来景王也没有料到梅白依竟然有两柄梅花匕。

温热腥甜的血液自他脖颈处猛地喷出，溅了梅白依满脸，梅白依猛地后退一步，冷眼看着朱如景肥胖的身躯轰然倒地。

景王没有等来梅白依的答案，却等来了她致命的一击，他无力地倒在地上，条件反射一般瞪大双眼，透过眼前蒙蒙的血色，他看到心爱的姑娘冷若冰霜的脸，那张冰雕玉琢般的脸上溅满了点点红痕……如一朵朵红梅在她脸上绽放，那是他的血呢……

最后的意识里，是那一日旭日城东风楼中初见。

那日春光明媚，他在东风楼中闲坐小酌，听楼里新来的小娘子唱花鼓，那小娘子亦是风月场中的老手，很是知道欲拒还迎的那一套，他得了兴味，出言相戏，小娘子口中正经得很，一双水灵灵的桃花眼却仿佛带了小钩子似的扫得他心痒痒。

"公子，请你放尊重些，奴家卖艺不卖身的。"

"哎呀哎呀，都说了不要！你这无赖快些放开我！"

拉拉扯扯间，便是这梅姑娘突然闯了进来，她一把拉过那小娘子护在身后，冷冷地看着他，俏脸含霜："败类。"

丢下两个字，她拉了那小娘子便要走，谁知那小娘子却是一脸羞恼地甩开了她的手，跺了跺脚，气急道："哪里来的小姑娘这般不知事，竟坏了老娘的好事。"

这梅姑娘瞠目结舌的样子着实令人忍俊不禁，他捧腹大笑。

自此天下皆知，景王朱如景是江湖第一美人梅白依的头号拥趸者……

梅白依怔怔地看着朱如景瞪大双眼，在自己面前咽了气，死不瞑目。这不是她第一次杀人，可是不知道为什么，她却觉得自己的心跳有些快，甚至有些心慌气短。

不……她不能在这里待太久，她甚至不能让人发现朱如景死在了瑶池仙庄的圣殿里！梅白依捏了捏拳头，上前取下朱如景腰间那个装了血水的玉葫芦，然后又去拔那柄卡在他胸前的梅花匕。

拔梅花匕的时候有些费事，那梅花匕卡在了朱如景的骨头上，梅白依费了九牛二虎之力才将之拔出来。她脸色有些难看地收起梅花匕，有些艰难地拖起朱如景的尸身，正打算将这尸身丢进对面那个不停地翻滚着的血池中时，身后不远处突然传来脚步声，梅白依心中一慌，一时顾不得处理朱如景的尸身，赶紧拿着玉葫芦走了。

花朝从黑暗的角落中走了出来，看了看梅白依仓皇离开的背影，又看了一眼地上死不瞑目的朱如景，忽然就想起了那一日，这位景王爷轻轻感叹的那一句话。

人生，还真是际遇无常啊。

这位行事谨慎、深得两朝帝王之宠、逍遥自在的富贵闲王，又何曾想到自己没有死于宫廷倾轧，没有死于阴谋算计，而是死在了自己一直守护着的女人手上呢？

她缓缓走上前，蹲下身，伸手轻轻抚过他圆睁的眼睛，替他阖上了双眼。

她设下这一局，是想借景王之口引来皇帝，却没有想到长生的诱惑竟然会让梅白依对她这最忠实的拥趸者下了毒手，且……如果她再来晚一步，八成连这尸身……都要被梅白依抛入血池了吧。

届时，可就真是死无全尸了。

花朝忽然想起了那一日，这位景王对她说的话。

他说："圣女见笑，天下皆知本王心仪紫玉阁的梅姑娘，若将来有一日梅姑娘冒犯了你，还请圣女看在本王的面子上，放她一马。"

梅白依，但愿你不要有后悔的一日。

夜色的掩映之下，花朝毫不费力地拖起景王沉重的尸身离开了圣殿，悄悄将他送回了西院的客房。

【五】与秦千越的交易

窗户半掩着，有风透进来，吹得烛火摇曳，傅无伤望着窗户的方向，指尖无意识地轻轻叩击着桌子，这种帮不上忙、只能一再眼睁睁地看着她涉险的感觉让他十分焦躁。

花朝从窗口悄无声息地潜回房间，刚站定，抬头便对上了傅无伤的视线，不由得一愣："傅大哥，天这样冷，你怎么不关窗？"

自她走后，他便一直这样等着？

傅无伤猛地站了起来，上上下下地将她打量了一番："没事吧？可阻止景王他们入圣殿了？"

花朝脸上的神色顿时有些一言难尽。

"发生什么事了？"感觉到她的表情有些奇怪，傅无伤问。

"景王死了。"花朝其实是有些心虚的，毕竟她在答应了傅无伤之后还是故意拖延时间将他们放进了圣殿。

"他进圣殿了？"傅无伤一怔，随即便下意识地以为朱如景是中了圣殿里的机关致死的，"如此，死了也好。"

死人才能守着秘密。

然而花朝的答案却有些出乎他的意料之外。

花朝摇摇头说："是梅白依杀的。"

傅无伤一怔，梅白依杀了朱如景？稍稍一想，他面色一下子变了，他们还是进了圣殿，并且发现了圣殿里的秘密，两个人估计是因为此事起了争执，梅白依担心此事一旦上报朝廷，便没紫玉阁什么事了，这才痛下杀手的吧。

毕竟是长生不老的秘密呢，向来自以为是又生性凉薄的梅白依杀了一直护着她的朱如景也不是什么不可能的事。

圣殿里的秘密……被梅白依发现了这件事，真是令人头痛。

"她看到了圣殿里的秘密？"蹙着眉，傅无伤问。

花朝垂下眼帘："嗯。"

傅无伤在心底长长地叹了一口气："第二重蛊变，什么时候开始？"

……果然，还是只有他强大起来，才能让她真的信任他，信任他是可以保护她这件事的吧。

既然梅白依已经发现了圣殿的秘密，这个女人可是个无风也能搅起三尺浪的性子，如今她手里握着瑶池仙庄最大的秘密，只怕不会消停。

"再过两日吧，你的身体需要一点时间来适应。"

"我可以的，就明天吧。"

花朝抬头看了他一眼："不行，强行进行二重蛊变的话，你的身体会受不了。"

傅无伤看着她的眼睛："花朝，我想快点能够保护你，而不是一再看着你自己一个人涉险而无能为力。"

花朝怔怔地看着他的眼睛，他的眼睛很漂亮，这样认真而执着地望着她的时候，竟让她无端端有些心慌起来。

"我走后，如黛进来过吗？"花朝移开视线，有些突兀地问。

傅无伤沉默着摇摇头，如黛是个乖觉的，知道花朝是想支开她，便没有往前凑。

花朝点点头，抬手摸了摸他微凉的脸颊："这事急不来的，你今日蛊变耗费了不少精力，时辰也不早了，歇息吧，我明日再来看你。"

说完，也不待他回答，拎起放在桌子上的瑶池仙酿，走了出去。

傅无伤默默地看了一眼那未开封的酒坛，目送花朝离开。

如黛跟出来，便见花朝的手上还拎着来时带的那坛子瑶池仙酿，不由得有些狐疑，敢情这酒……真的不是给那位傅公子准备的啊？

仿佛是察觉到了如黛的目光，花朝回头看她："你知道秦千越住在哪一间房吗？"

如黛瞪大眼睛。

圣女大人你脚踩两只船真的好吗？

不过……那位秦千越公子她却是知道的，据闻是此次流霞宴胜出者的热门人选，武功不错，人也俊俏，端的是才貌双全。

"仙酿对疗伤有奇效，傅公子他身上还有伤呢……"到底忍不住，如黛多了一句嘴。

花朝嘴角微微一翘："他不会喝这种东西的。"

因为他知道这所谓的瑶池仙酿到底是个什么东西。

更何况他直接喝她的血，岂不比这个掺杂了不知道多少酒水的东西来得有效？

如黛虽不解她话中之意，但也没再多嘴，只默默地接过了她手中的酒坛子，自己拎着。

秦千越住在最东侧的房间，要过一道拱门，此时戌时已过，如黛一手拎着酒坛，一手提着灯笼在前头引路。

"花朝？"冷不丁地，走廊下有人唤了一声。

花朝冷眼看去，便见披着一袭竹青色斗篷的周文韬正笑盈盈地望着她，他手中拎着一个小酒坛子，一看便知是出自瑶池仙庄的仙酿，这个人还真是八面玲珑，到哪里都混得开，也不知他手中这仙酿是谁赠的。

"这么晚了，花朝是来西院找人吗？"周文韬仿佛没有瞧见她的冷眼似的，站在廊下，微仰着头笑盈盈地搭讪道。

此次来瑶池仙庄参加流霞宴的公子们都被安排在了西院客房，花朝这个时候出现在这里，当然是来找人的。

真是明知故问啊，如黛暗自嘀咕。

花朝收回视线，继续往前走，完全无视了他。

周文韬全然没有被无视的尴尬，三两步追了上来，笑得一脸诚挚："是来找阿秦的吗？要我带路吗？"

"不管你在打什么主意，都不许对袁秦动什么心思。"花朝停下脚步，淡淡地看向他，眼中有冷意一闪而过，"若他在你手上吃了亏，且看我会不会饶了你。"

周文韬一怔，随即摸了摸鼻子，笑道："真是令人伤心啊，在你眼中我竟是这样的坏人吗？"

"是。"斩钉截铁的回答。

周文韬抽了抽嘴角，苦笑道："还真是毫不留情面呢。"

"我同你有什么情面好讲吗？"

"怎么说我们也是一起从青阳镇出来的呢，他乡遇故知不是人生一大喜事吗？"周文韬无辜地眨了眨眼睛，又道，"更何况当初在紫玉阁我们也算是共患难了啊。"

"你这是在提醒我当日所受到的折辱？"花朝挑眉，脸上的笑容令人头皮发麻。

周文韬赶紧摆手，讪笑道："怎么会……"

"花朝？"正这时，袁秦的声音自一侧传来，看到花朝他眼睛一亮，"你是来找我的吗？"

看到花朝来西院，袁秦便下意识地以为花朝是来找他的，这让他想起在青阳镇的时候，他总喜欢出去听戏，每到傍晚的时候，花朝总会出来寻他，然后顺道买上郑娘子家的自磨豆腐，回家给他炖他最喜欢的鱼头豆腐汤。

那些事当时只觉得寻常，可如今只是想一想，竟生出了许多的暖意来。

花朝稍稍一顿，侧过头便看到了不远处一脸惊喜的袁秦，以及……他身旁的秦千越，她抿了抿唇："不是，我有事找秦公子聊聊。"说着，她看向秦千越："不知秦公子可有空？"

袁秦瞪大眼睛，不敢置信地看向身旁的秦千越。

秦千越对花朝微微一笑，风度翩翩地颔首道："当然。"

袁秦眼中的光亮一下子黯淡了下去，他默默地看着花朝，眼中不自觉便透出了委屈的神色。

"那烦请秦公子借一步说话。"花朝仿佛没有看到他眼中的委屈似的，只道。

秦千越笑了笑，抬步上前。

袁秦站在原地，眼睁睁地看着花朝与秦千越并肩走远，再没回头看他一眼，面上不由得露出了气恼之色。

"阿秦，今晚月色不错，要来喝一杯吗？"周文韬笑眯眯地晃了晃手里的酒坛子，"这可是不可多得的瑶池仙酿哦，我好不容易才得了这小半坛子。"

袁秦收回视线，看向周文韬，忽然道："明日，我会向你约战。"

"啊？"周文韬一愣，随即苦笑道，"阿秦，我近日可没得罪你吧？"

袁秦定定地看着周文韬，他果然还是很在意傅无伤那日的话，周文韬……到底欺瞒了他什么？

"阿秦你为何这样看我？"周文韬眨了眨眼睛，疑惑地问。

袁秦没有回答他，只丢下一句"明日擂台见"，便转身走了。

"唉，阿秦你这是迁怒啊！"周文韬嚷嚷着，见袁秦毫不回头地走远了，他不由得失笑，揉了揉鼻子自言自语道，"真是的，我这样的好人缘怎么突然就人憎狗嫌了呢？"笑过之后，他又摇头，低声咕哝，"你这个幸运的家伙，又在委屈些什么气恼些什么呢？你大概都不知道自己有多幸运，以及……我有多么羡慕你啊……"

明明曾经那样伤害了花朝，她却还是将你护得紧紧的，一副生怕你被我害了的样子呢，真是令人嫉妒啊……

拎着刚得来的仙酿，周文韬甩了甩袖，转身回房，却仍是忍不住嘀咕了一句："真是个身在福中不知福的家伙，你就作吧，早晚有一天你会把自己的福气都败光了。"

这语气，当真是酸得很。

走着走着，他抬手抹了一把脸，重重地叹了一口气。

他也真是魔怔了。

明明有更重要的事情要去做，他倒好，竟然来参加这劳什子的流霞宴，比起这充满绯色的流霞剑和声名大噪的瑶池仙庄，他更在乎的明明应该是将青越派尽快收入囊中啊……

这厢，花朝同秦千越寻了一个僻静处站定，她从如黛手中接过那坛子瑶池仙酿，对如黛道："你去那边等我。"

如黛乖巧地应了一声，转身走了。

秦千越笑了笑，看了一眼她手中的酒坛子道："不知圣女寻我，是有何事？"

花朝将手中的酒坛子递给他："这是你想要的仙酿，作为交换，我想拜托你一件事。"

秦千越伸手接过酒坛："圣女请讲。"

"在袁秦回青阳镇之前，我想请你保护好他。"花朝看着他，郑重其事地拜托道。

秦千越稍稍一怔，随即失笑："放心，即便你不这样拜托我，我也会保护好他的，说起来还是我赚了，毕竟他本来就是我表弟。"

花朝没有多言，只福了福身，道了一声："多谢。"

然后叫上等候在一旁的如黛，转身走了。

她身后，秦千越目送她离开，美到凌厉的眸子幽深似潭，直至花朝走了很远，他才收回视线，看了一眼手中的酒坛子，他随手拍开酒坛上的封纸，仙酿特有的幽香便飘散了出来，却比他之前喝到的要浓郁不少。

秦千越仰头饮了一口，态度豪迈到全然没有平日里的玉面公子风范。

"还真是好大的人情呢。"感觉到体内升腾起的一股热气，他淡淡一笑。

袁秦那小子，何德何能。

不过，她身为瑶池仙庄的圣女竟然来请求他一个外人帮忙……这看似人间仙境的瑶池仙庄，果然并不如表现出来的那般平静吧，这风雨欲来的感觉，真的让人……好生兴奋呢。

那双美到凌厉的眸子因为酒意而透出了些许危险的波光。

这一夜，表面平静的瑶池仙庄里暗流涌动。

香气氤氲的大殿中，苏妙阳正慵懒地趴在铺着白色狐狸皮的美人榻上，两名美貌的少年仙侍跪坐在地，替她捏肩捶腿。

"找到慕容先生了吗？"她半眯着眼睛，涂着鲜红蔻丹的指尖漫不经心地轻抚着狐狸皮上尖尖的狐耳。

茜娘哆嗦了一下，垂头道："慕容先生甩开了仙庄的人，独自离庄之后，我们便失去了他的踪迹，不过……慕容先生出去向来不喜欢仙庄里的人跟着，往常也不是没有这样的事情发生，圣母不必太过忧心，想必过几日他就回来了。"

苏妙阳一拂袖，掀飞了桌上装着鲜果的水晶盘："一群废物！"

茜娘慌忙跪下，以头触地。

两名正服侍的仙侍也立刻膝行着后退了几步，瑟缩着趴在了地上，一副战战兢兢的模样，大气都不敢喘一口。

苏妙阳抬手抚了抚眼睛，按下莫名腾起的怒气，其实茜娘说得也不错，按理说往日里慕容先生也是神龙见首不见尾的，一连消失一两个月都是有的，谁都不知道他干什么去了，可是这一次……却仿佛有哪里不太一样。

且近几日，她总是莫名地感觉心中不适，似乎有什么事情要发生一般，偏这时慕容先生又不在，她想找个拿主意的人都没有，因此格外的暴躁易怒。

"流霞宴办得如何了？"半晌，苏妙阳又问，声音已经平静了下来。

"到昨天为止已经淘汰了二十六人，圣女只在流霞宴第一天去了，昨天和今天都是圣女身边的仙侍莺时带着流霞剑去台上观战。"茜娘已经习惯了苏妙阳这些时日的喜怒无常，跪在地上没敢起身，只低头禀道。

"是不放心那个叫阿宝的血蛊吧。"听到这里，苏妙阳倒是笑了，"大概那日我趁着她不在把阿宝带走的事情让她着恼了。"

"这……圣女倒也不是尽在院中守着那个血蛊了。"茜娘迟疑了一下道。

"哦？她干什么去了？"苏妙阳扬眉好奇地道。

"去了西院客房，就是安置那些来参加流霞宴的公子的地方。"

苏妙阳失笑："我的小圣女这是思春了？说说看，她可有看上谁？"

"昨日去看了一个叫邱柏的公子，今日却又仿佛对武林盟主家的那位公子傅无伤上心得很，还亲自送了晚膳……"茜娘想了想道。

"对傅无伤挺上心？"

"嗯，他第一日就被淘汰了，但是因为受伤的关系一直没有离开仙庄。"茜娘说着，又小心翼翼地抬眼看了苏妙阳一眼，"这事儿我先前跟您禀过的。"

苏妙阳嗤笑，面露不屑之色："那位武林盟主还想着要同我瑶池仙庄结两姓之好呢，结果谁料那位傅公子却是个扶不起的阿斗，头一日就被淘汰了，对了，他是败在谁手里的？”

“袁秦，据说这位袁公子的母亲是江南秦府的大小姐秦罗衣，和那位玉面公子秦千越是表兄弟。”

“袁秦啊……”苏妙阳勾了勾殷红的唇，表情颇有些意味深长，“圣女去见过这位袁公子吗？”

“倒是没有。”

苏妙阳支着下巴笑，她的小圣女是当真不把那位袁公子放在心上了呢，还是为了护着他才这般谨慎呢？

“对了，还有一件奇怪的事。”茜娘忽然想起一件事，抬头道，“来参加流霞宴的公子中少了一个人。”

“哦？少了谁？”

“莫家庄的莫秋。”

“莫家庄？”苏妙阳想了想，一时竟没有想起来。

“小门小派，您想不起来也正常，莫家庄在西北归休城，依附于慕容府。”茜娘讨好地笑了笑，解释。

慕容府。

这三个字让苏妙阳又想起了找不见人的慕容先生，表情又冷淡了下来，不耐烦地挥了挥袖子：“行了，你退下吧。”

茜娘自知失言，忙垂头躬身退了下去。

第十一章

【一】瞒不住

袁秦怎么也没有想到花朝到西院竟然是来找秦千越的，上回在演武场她就和秦千越聊了许久，他们到底什么时候认识的，竟就这样熟稔了？

玉面公子秦千越啊……即便是袁秦自己，都没办法昧着良心说那个男人不好，而且那人又是他的表兄，如果是秦千越最终赢了擂台的话，只怕就连娘，都不会反对花朝嫁给他，甚至于……会乐见其成吧。

不知道为什么，这个念头一起来，袁秦便感觉浑身都不舒服，明明他只是把花朝当妹妹的……就算后来他说出要娶她这样的话，也不过是想有一个名正言顺的理由带她回青阳镇罢了。

可是为什么他会这样失落……

袁秦垂头丧气地推开门，却突然感觉到屋子里有另一个人的气息，他眼中陡然一凛："谁？！"

屋子里没有点灯，一片漆黑中，一个有些熟悉的声音低低地响起："阿秦，是我。"

梅白依？

袁秦一愣，随即下意识地往后看了看，然后闪身进了屋子，谨慎地关上了房门。

"梅姑娘？"袁秦话音未落，一个柔软的身子便扑进了他怀里。

袁秦一僵，有些别扭地想要推开她，却发现她紧紧地抱着他，身子颤抖得厉害，仿佛落水的人抓住了最后一根浮木。他犹豫了一下，到底没有忍心推开她，抬起的手轻轻落在她的背上，拍了拍："发生什么事了？你不是跟你爹回紫玉阁去了吗？为什么会在这里？"

"阿秦，我好怕……"梅白依说着，眼泪便扑簌簌地落了下来。

她是真的很怕，她不是第一次杀人，却是第一次亲手杀了一个对她好的人，朱如景死不瞑目的样子在她脑海里挥之不去，那双至死都圆睁的眸子仿佛一直在质问她为什么要杀了他……

而且她都没有来得及毁尸灭迹，后来那个脚步声到底是谁的？那个人看到她杀了朱如景了吗？这种未知让她恐慌不已。

袁秦见她哭得不能自已，自己的衣襟都湿了一片，不由得有些无奈，他安抚地拍了拍她的肩，然后轻轻推开她，将她扶到一边坐下，点燃烛火，又拿了帕子给她擦脸："你一直这样哭也于事无补啊，不如跟我说说，究竟发生什么事了？看我能不能帮得上你？"

屋子里亮了起来，失去了黑暗的掩护，梅白依仿佛才发现了自己的失态，略有些羞赧地坐着，低头拿帕子擦脸。

袁秦倒了杯热水给她："不着急，先喝杯热水暖暖身。"

"谢谢你，阿秦，还好有你在。"梅白依捧着水杯，脸上的表情终于放松了一些，她喝了一口水，轻声道，"我是趁着流霞宴女扮男装易容进来的。"

"易容？"袁秦的脸上有了惊奇之色。

"嗯，邱柏就是我。"梅白依点点头道。

"邱柏？！"袁秦瞪大眼睛，上上下下地将梅白依打量了一番，这才注意到她果然穿着男装，看这打扮倒是有几分像邱柏，不由得惊叹道，"我竟一点儿都没有发现。"

梅白依被他打量得微红了脸，轻咳一声道："我在回紫玉阁的路上遇到了景王爷，因为我娘的事……我到底咽不下这口气，就拜托他给我弄了一个身份，混进了瑶池仙庄。"

袁秦点点头，朱如景那个家伙虽然好色，但对梅白依倒是有几分真心，而且他毕竟是个王爷，给她弄个身份也不是什么难事："然后呢？是发生什么事情了吗？"

梅白依咬了咬唇，红了眼圈："景王死了。"

"什么？"袁秦一下子站了起来，"他怎么死的？"

"我们查到了一些东西，果然如我所想，这瑶池仙庄就是一个巨大的毒瘤，光鲜的表象之下填着无数的人命，仙庄里还有一个堆满了骨骸的虫窟，十分恐怖……"梅白依咬牙切齿地说着，眼中陡然落下泪来，她呜咽道，"可是今晚我们夜探仙庄的时候不慎被发现了，景王他为了保护我……"

梅白依半真半假地说着，下意识地避开了那个隐藏着巨大秘密的圣殿，说到最后几乎连她自己都要相信朱如景是为了保护她才会被瑶池仙庄的人杀了的，她垂着头，双手捂着脸哭得不能自已。

看着哭得身子都在发颤的梅白依，袁秦气得额角的青筋都暴了出来："真是胆大包天，朱如景可是王爷，他们这是连朝廷都不放在眼里了吗？"

最初的气愤过后，袁秦忽然想到了什么似的，脸上的血色一下子褪了个干净。

"阿秦，你怎么了？"梅白依敏感地察觉到他的不对劲，轻声问。

袁秦没有回答她。

他甚至根本没有听到梅白依在说什么，他的耳边嗡嗡作响，全是傅无伤的声音。

"她说了多少次让你跟她走？你为什么不听？你知不知道她为你付出了什么，又放弃了什么？你知不知道她将要面对的是什么？"

袁秦无数次怀疑瑶池仙庄有什么不对，可花朝的身份非同寻常，她是瑶池仙庄的圣女，是瑶池圣母捧在手心里疼爱的明珠，瑶池圣母甚至为她当众放话说圣女花朝是瑶池仙庄的无上瑰宝，谁敢动她，便是与瑶池仙庄为敌，不死不休。

甚至，瑶池仙庄为她举行了盛大的流霞宴，广邀天下少年英雄来瑶池仙庄比试，给她挑选夫婿……

那么，他想过，即便瑶池仙庄不如表面上看起来那样光鲜，但至少花朝也不会受到什么伤害吧？

可是梅白依的话却仿佛是一巴掌狠狠地扇到了他的脸上，打碎了他的自欺欺人，把他扇醒了。

"阿秦，你跟我一起回去好不好？"

"我害怕，我要回家……"

"阿秦，跟我回去吧，求你了。"

她说求你了。

她紧紧地攥着他的手。

她的表情是那样害怕，眼中甚至有着绝望之色，她的脸色一片煞白，神情慌张而焦虑，她明明都那么害怕了，她明明都放下自尊来哀求他了，可是他是怎么想的？

他在想，哪里就那么严重了，就算阁主夫人的死状比较惨，也不至于这般吧，太失礼了。

"我真是混账。"袁秦蹲下身，抱住头。

"阿秦，阿秦……你怎么了？"梅白依一脸紧张地上前询问。

袁秦倏地放下手，抬头看她，眼中是一片寒芒："梅姑娘你放心，我一定会查清楚这瑶池仙庄到底是什么龙潭虎穴，给你，也给花朝一个交代。"

梅白依垂下眼帘，伸手轻轻地抱住了他，一脸安心地靠在他怀中，轻声道："嗯，谢谢你，阿秦，还好有你在。"

如果没有花朝，就更好了，梅白依想。

袁秦被她抱得有些不自在，但想她一个人单枪匹马地闯进瑶池仙庄，又受了这番惊吓，到底没有推开她。

第二日一大早，西院便闹将开来，伺候景王爷的侍女捧了洗漱的用具进去，却发现躺在床上的景王爷被人抹了脖子，尸体都僵硬了。

侍女当场吓得失声尖叫，引来了住在西院客房里的其他公子。

待苏妙阳知道这件事的时候，几乎整个西院来参加流霞宴的少侠们都知道了，朱如景死在瑶池仙庄这件事，大概是想瞒也瞒不住了。

苏妙阳已经很久没有尝到这样憋屈的滋味了，朱如景的身份是个麻烦，若是来得及，管他是谁杀的，她要做的头一件事肯定便是将他的尸体直接丢进血池化成一摊血水，但如今是瞒不住了，一想到他的身份将要给瑶池仙庄带来的麻烦，她恨不能将那成事不足败事有余的侍女丢进虫窟去被万虫啃咬。

偏如今为了以示公正，她还得留着那个蠢东西，因为她是第一个发现景王尸体的人，也算是个重要人证。

因为景王被杀事件，今日的擂台比武也暂停了，因为不确定谁是凶手，暂时不能淘汰任何一人。在查出凶手之前，所有来参加流霞宴的少侠们谁都不能离开瑶池仙庄。

花朝起床的时候，便听如烟禀报了这件事。

"景王虽然是个闲王，却是当今陛下的弟弟，且深得陛下宠爱，如今竟然死在了瑶池仙庄，且还是被人抹了脖子，只怕此事难了……"如黛一边替花朝梳头，一边颇有些忧心忡忡地道。

"今日素净些，不要用那些钗啊环的了。"花朝看着镜子，淡淡地道。

如黛愣了一下，想想景王刚死，的确不宜盛装打扮，忙应了一声，放下了手里的嵌宝石金掩鬓。

花朝便接了她先前的话："不用担心，以姑姑的手段，想来这也不算什么为难的事。"

大抵只是会十分憋屈罢了，景王死不死于苏妙阳而言并不是什么重要的事，但那具尸体出现在瑶池仙庄就有点麻烦了。不管如何，总要通知官府来领尸体吧，若是随意处置了这尸体回头朝廷知道了又是一桩麻烦，但是江湖中人向来不愿和官府打交道，更何况是底子不干净的瑶池仙庄……

这么想的时候，花朝的表情十分平静。

"可那是景王啊，他的身份就是最大的麻烦……"如黛下意识地反驳，刚说了一句，她身旁的如烟便轻轻地撞了她手臂一下，如黛反应过来，忙垂头噤了声。

花朝仿佛没有看到如烟的小动作似的，只道："如烟，昨晚我让你找的那套釉下彩瓷碗找出来了吗？"

如烟忙应声道："已经找出来了，也烫洗干净了。"

"嗯，回头整理好，送到西院七号客房给傅公子。"花朝道。

如烟早已听如黛说了那位傅公子的八卦，心知那位傅公子八成是入了圣女的眼，也不觉得奇怪，只恭敬地应了一声："是。"

"阿宝呢？"花朝又问。

"和清宁在院子里玩呢，说是捉到了老鼠。"如黛忙道。

又是老鼠？

花朝笑了起来，那孩子总是能找到这些奇奇怪怪的东西，明明瑶池仙庄里甚少见到这种活物的。

梳妆过后，花朝去院子里找阿宝，便见他正蹲在院中的一棵大树下发呆，清宁则蔫蔫地靠在树上，仿佛受了什么打击似的。

"阿宝，怎么了？不是说在和老鼠玩吗？"花朝蹲下身，笑着对阿宝道。

闻言，一旁的清宁面色更青了。

"啊？我烤给清宁吃了。"阿宝眨巴了一下眼睛，侧过头对清宁道："味道好不好？"

清宁干呕了一下，慌忙捂住嘴，道了一句"圣女恕罪"，便飞快地跑了。

"咦，他怎么了？"阿宝转过脸来，看向花朝，粉雕玉琢般的小脸上满满的都是无辜。

"唔，大概他不喜欢吃老鼠吧。"花朝抽了抽嘴角，煞有介事地道。

"这样啊……那下次我试着烤点别的什么给他吧。"阿宝若有所思地喃喃。

"阿宝。"花朝忽然开口唤了他一声。

"嗯？"

"可以告诉姐姐你在想什么吗？"花朝看着他，轻声道，"向来活泼好动的阿宝，为什么在这里发呆呢？"

阿宝抿了抿唇，垂下头，将下巴搁在膝盖上道："我想爷爷了，花朝，我什么时候才能见到爷爷啊？"

花朝伸手将他抱在了怀里，摩挲着他柔软的发顶，弯了弯唇角，柔声道："应该快了。"

以景王谨小慎微的性格，不可能没有留下后手，如今他的死讯怕是已经传出去了，只等着朝廷派人来搅浑这一池水，然后她就可以浑水摸鱼了。

阿宝靠在她怀里，在花朝看不见的地方，脸上早不见了先前的郁郁寡欢，只剩下一些诡异的兴奋感，这种山雨欲来风满楼的感觉……真是令人兴奋啊。

想着想着，大概太过兴奋了，肚子也叽里咕噜地响了起来。

花朝失笑，起身道："阿宝，我们去用早膳吧。"

早膳很是丰盛，有阿宝喜欢吃的鸡丝粥和松子百合酥，也有花朝平日里惯吃的几样，花朝看阿宝吃得香甜，侧过头吩咐站在一旁伺候的如烟，让她准备一个食盒要带走。

"就用那套釉下彩的瓷碗吧。"花朝想了想，又吩咐了一句。

如烟应了一声，赶紧去准备了。

"莺时呢？怎么没有见着他？"花朝忽然问。

"说是去西院了。"如黛禀道。

"嗯？擂台比武不是暂停了吗？"花朝扬眉看了如黛一眼。

说曹操，曹操到。

如黛正要开口，莺时已经匆匆跑了回来，刚好听到花朝问起他，他忙不迭地上前行了一礼道："圣女，因为景王被杀的事情，西院已经乱成一团了，我代表圣女去安抚了一番，顺便看了看情况。"

正低头喝粥的阿宝闻言，好奇地看了莺时一眼。

花朝见状，不想让单纯的阿宝知道太多的血腥和肮脏，便按下了话头："嗯知道了，待会儿再说。"

莺时看了看阿宝，乖觉地退到了一边。

待阿宝用完早膳，花朝不顾清宁生无可恋的神色，嘱咐清宁陪着阿宝，让莺时提着食盒一同去了西院。

路上，花朝问："西院现在是个什么情况？"

莺时上前一步，保持着与花朝前后一步的距离，低低地道："圣母已吩咐人取了水晶棺来安放景王的尸体，以保证官府来人之前尸身不腐，景王原先住的那个房间已经被封了起来，外头派了两人守着，圣母下令由圣殿管事茜娘和西院管理玥娘共同处理此事，务必查出凶手，给大家一个交代。"

"诸位公子呢？可有不满？"花朝又问。

事到如今景王被杀这件事已经闹得人尽皆知，失去了毁尸灭迹的机会，苏妙阳除非将所有来参加流霞宴的公子灭口，当然这是不可能的，所以她如今唯一能做的，也就只有揪出那个杀人凶手给朝廷一个交代了。只是来参加流霞宴的诸位公子个个都是心高气傲的天之骄子，如今却因为杀人的嫌疑而被困在瑶池仙庄，只怕早晚会心生不满吧。

"圣母已经去过西院了，为了安抚诸位公子，她以压惊的名义每人赠了一坛顶级的仙酿。"莺时道。

"她倒是会慷他人之慨来收买人心。"花朝竟是低低地笑了一声。

莺时心中一跳，下意识地偷偷抬眼，觑了花朝一眼。

慷他人之慨？

究竟是个什么意思呢？

"早上见过那位邱公子吗？"仿佛没有察觉到莺时心中的疑惑，花朝弯了弯唇道。

莺时对于圣女口中这位"邱公子"倒是很有印象，因为圣女似乎一直对这个邱公子有些另眼相待，特别关注他。

"当时那个小侍女一声尖叫，几乎把整个西院的公子引来了泰半，后来圣母亲临，自然所有公子都出来了。"莺时又仔细想了想那位邱公子可有什么非同寻常的举动，想了想还是摇头，"那位邱公子也分得了一坛子仙酿，除此之外倒没有什么其他举动。"

花朝笑道："她倒是沉得住气。"

莺时闻言，忍不住又偷偷觑了花朝一眼，总觉得今天的圣女……总是话中有话，意有所指啊。

是他的错觉吗？

一路说着，很快便到了西院。

因为擂台比武暂停，诸位公子几乎都聚在西院，因此看起来倒是分外热闹，花朝远远地便看到景王住的那间房门紧紧地关着，门口守着两名仙侍，这两人花朝倒是认得，一个叫吴须，一个叫林霜，皆是苏妙阳的心腹，平日里很少见到他们。

吴须是个四十多岁的汉子，名字叫吴须，却长了一脸的络腮胡子，看起来端的是凶神恶煞，另一个林霜年岁看起来不大，模样却比吴须还寒碜，只看左半边脸倒也模样姣好，偏右半边脸血肉模糊，似乎是被火烧过，看起来惨不忍睹，连嘴唇都烧没了，隐隐可见森森的牙齿，乍一看宛如恶鬼，叫人不敢再看第二眼。

事实上花朝这一次回瑶池仙庄后并没有见过这两人，倒是十多年前她还在瑶池仙庄的时候曾见到过，当年这两人的武功便已是高深莫测，如今恐怕更不得了，苏妙阳竟然派出这二人来守着这现场，可见她有多恼了。

花朝收回视线，直接走到傅无伤住的那间七号房门口，敲了敲门。

等了许久，也不见有人来应。

这个时间他不在房中，会去哪儿？

【二】给我撕了他的脸

花朝等了一阵都不见他回来，便直接开了房门，吩咐莺时将食盒放在了桌上，正准备离开的时候，忽然见一个穿着管事服饰的中年妇人带着两个小丫头匆匆走过，见到花朝似乎吃了一惊，匆忙跪下行礼。

"见过圣女大人。"

莺时稍稍上前一步，在花朝耳边道："这是西院的管事玥娘，与那位圣殿管事是同胞姐妹。"

花朝点点头，看向玥娘，想起她方才行色匆匆的模样，问道："发生什么事了吗？"

玥娘垂着头，知道肯定避不过这一遭，而且那些公子哥儿闹事，说起来也并不是她的责任，只得道："其实具体情况奴婢也不是特别清楚，刚才有小丫头来报，说是傅公子闯进了袁公子的房间，两人大打出手闹得很是厉害。"

什么？

花朝一愣。

傅无伤去找袁秦闹什么？

他疯了吗，他那正进行蛊变的身子弱得恨不得风吹就倒，还大打出手？

玥娘还跪在地上等候圣女指示呢，却见圣女猛地沉下脸，一言不发提起裙摆就跑，不由得有些蒙，这是怎么了？圣女怎么这么大的反应，莫非是因为那位和她有些渊源的袁公子？她听妹妹说这位圣女不在瑶池仙庄的这么些年是在那位袁公子家长大的，而且两人似乎还订有婚约，只是圣母之前不是已经下令说是不准圣女再同那袁家有什么牵连的吗？

玥娘心里嘀咕着，脚下却不敢慢，也匆匆跟了上去。

花朝匆匆赶到袁秦房门外的时候，便见外头围了好些人，完全看不到里头的情况。

"诸位公子请让一让，请让一让啊，圣女来了。"莺时忙上前喊了一嗓子。

围在门口的几位公子闻言，纷纷让开来。

花朝这才看到里头的情形，不由得面色一沉。

傅无伤的模样有些狼狈，身上沾了一些灰，衣袖也短了一截，仿佛是打过一架了，且没有占到便宜。

看到花朝过来，傅无伤垂眸不语，心下却不是不慌的，他知道袁秦对于花朝来说有着非同寻常的意义，毕竟在他缺失的那些年里，一直陪伴着花朝长大的人是他。

只是……即便如此，他也必须先替她解决了梅白依那个隐患。

如今梅白依手中掌握着圣殿的秘密，依她的性格来说，定会掀起风波的，对于花朝来说这实在太危险了，他不能任由她带着这个秘密离开瑶池仙庄。

这么想着，他冷冷地看向被袁秦护在身后的梅白依。

作为曾经毫无感情可言的未婚夫妻，傅无伤自诩还是比较了解这个生性凉薄的女人的，在杀了朱如景，失去了靠山之后，她肯定会为自己寻找下一个靠山，所以他在邱柏的房间没有找着她之后，就直接来袁秦房间了。

果然不错，她大概从昨天夜里杀了朱如景之后便没有回过自己房间了，毕竟朱如景的房间距离她那样近，做了那样的亏心事之后，她到底也是有几分害怕的吧。

此时的梅白依一袭男装，脸上戴着邱柏的人皮面具，正站在袁秦身侧与傅无伤对峙，但细看便会发现两人并非并肩而立，袁秦是呈保护的姿态的，看起来是两人一同对峙，但实际上还是袁秦在护着她。

袁秦自花朝出现的那一瞬间，整个视线就胶着在她的身上，心里又痛又悔五味陈杂，他有许多话想要同她讲，可又不知该如何开口，且此时也不是讲那些话的好时机，而花朝，却自始至终，都没有把视线放在他的身上……

是错觉吗？她似乎格外关注傅无伤？

"这是怎么了？"花朝并没有注意到袁秦的视线，她神色淡淡地说着，举步上前。

"怎么了？在下与袁公子一见如故，昨夜秉烛夜谈至凌晨方歇，谁料这位傅公子一大早就莫名其妙地打上门来，非说在下是个女人，还说在下杀了那位景王殿下！"梅白依站在袁秦身侧，怒道，"简直是欺人太甚！"

花朝定定地看着她，那还真是一个不错的面具呢，表情如此生动，且距离这样近也让人看不出什么端倪来，那位死不瞑目的景王殿下也真的是为她颇费了一番心思啊。

只可惜，这位冷美人性情凉薄，心如蛇蝎，到最后景王的万般心思都不过是付诸东流罢了，还平白搭上了一条性命。

"哦？他说你是个女人？"花朝看着她，似笑非笑地道，"邱公子你又何必如此大动肝火，既然是男人你又怕什么，大可脱衣以证清白嘛。"

"你！"梅白依瞪大眼睛，一脸不敢置信的表情，"我等都是冲着瑶池仙庄和流霞宴的盛名来的，岂能如此被折辱？"说着，她又怒视站在花朝身后的傅无伤，"还有这位傅公子，分明武功不济头一日就战败被淘汰出瑶池仙庄了，如今竟然还站在这里对在下大放厥词，简直岂有此理！"

此言一出，耳边已有了嗡嗡声，在外围观的诸位公子也你一言我一语地交谈了起来，一旁拢着袖子站在门口围观的周文韬微微挑眉，她说的是"我等"，这是在意图挑起在场所有来参加流霞宴的公子的不满，真是其心可诛啊。

梅白依注意到门口的变化，心下稍安，脸上恰到好处地露出了不堪受辱的表情，她原是打算在今日的擂台比武中假意落败被淘汰出局，这样她就能顺利地离开瑶池仙庄回紫玉阁去——如今她手中掌握了瑶池仙庄最大的秘密，急于将此事禀报给父亲——可是万万没有想到朱如景的尸体竟然大刺刺地出现在了他的房间里，且朱如景的死还直接导致了擂台比武暂停。

据闻瑶池圣母已经下令在找出杀害景王的真凶之前，整个西院的公子谁也不准离开瑶池仙庄，这本就已经令她十分恼火了，可谁知她这位前未婚夫竟然突然莫名其妙地打上门来，想要戳穿她的身份不说，还指出是她杀了朱如景。

她暗忖，难道昨天夜里圣殿里的那个脚步声就是傅无伤的？但很快这个猜测便被她压了下去，不可能……以他那点三脚猫的功夫，怎么可能进得了圣殿？

可是……他到底是怎么发现自己是女扮男装的？可恶，她就知道她肯定和这个除了有个武林盟主爹之外一无是处的男人八字不合！一想起他还曾是她的未婚夫，梅白依心中便是一阵嫌恶。

听到这个女人竟然话里话外地贬低傅无伤，花朝很是不悦，傅无伤可是她的蛊王，独一无二的蛊王，这个女人竟敢这样看不起他，简直是岂有此理！

"邱公子在瑶池仙庄受了这番委屈，我自然是要给你一个公道的。"花朝怒极反笑，"既然你不肯自证清白，那也只能让我来帮你证明了。"

看着那满怀恶意的笑容，梅白依心里咯噔一下，下意识地后退了一步，一脸戒备地看着她："你想干什么？"

"莺时。"花朝淡淡地开口。

"在。"莺时上前一步。

"去我撕了他的脸！"花朝抬起手，指向站在袁秦身侧的梅白依，开口道。

"是。"莺时应了一声，便冲着梅白依走了过去。

这画风突变的花朝让袁秦猝不及防地呆了一下，随即赶紧护住了面露惊慌之色的梅白依："花朝，你这是干什么？快让他住手！"

从进门到现在一直没有注视过他的花朝终于轻飘飘地将视线落在了他的身上，但她也仅仅只是这样静静地看着他，眼底平静无波。

不知为何，袁秦竟被花朝这平静无波的眼神看得心底一凉。

袁秦只是一个出神，那厢莺时已经和梅白依交上手了，梅白依一同他交手，心中便是大惊，她竟然不是花朝身边这个男宠的对手！不过几招下去她便已然露出败象，眼见着他的手冲着自己的脸伸过来了，梅白依失声大叫："袁大哥！"

花朝眸色微深，还真是滴水不漏呢，这样紧急的关口，她喊出口的不是亲昵的"阿秦"，而是很符合如今江湖初识、一见如故场景的"袁大哥"。

袁秦被梅白依叫得立马回过神来，下意识地便护住了她，挡开了莺时的手。有了袁秦的出手相助，梅白依压力顿减，莺时与袁秦连连过招，竟一时顾不上梅白依了。

"诸位，景王殿下在瑶池仙庄被杀，现在瑶池仙庄不愿意承担这个责任，却让我们这些来参加流霞宴的无辜之人成了嫌疑犯，一日查不出凶手我们便要在这瑶池仙庄被关一日，那一个月呢？一年呢？难道一辈子查不出凶手，我们就要在这里被关上一辈子吗？"梅白依躲在袁秦身后，对门外围观的众诸位公子大声道。

这个人，还真是一得了空闲就不遗余力地施展自己的口才呢，花朝对此有些腻歪，然而此时她只带了莺时，偏他又被袁秦牵制住了，虽然她有心试试自己的功夫，但到底不愿在这众目睽睽之下露了底牌，她若在这里对梅白依动了手，只怕一转眼的工夫苏妙阳就能知道她偷偷修习了武功，到时候免不了又是一番盘问，权衡一番，花朝决定还是静观其变，先陪她扯皮，反正如今她困在瑶池仙庄，急什么呢？

花朝想到此处，笑了笑道："你又何必闪烁其词偷换概念，不要再蛊惑人心了，莫非你以为在场只有你一个聪明人，其他都是活该被你玩弄于掌心的傻子不成？既然你这样为诸位公子着想，不如先证明自己的身份，证明自己不是女扮男装、别有居心地混入瑶池仙庄的？比起你是不是凶手，显然你是不是男人这件事更容易查证吧？"

"你！你简直不知廉耻！"梅白依气得发抖，"你一个姑娘家，口口声声让我脱衣自证，岂不知非礼勿视吗？！"

"我一个姑娘家都不介意了，你若真是个男人，又在介意些什么呢？"花朝似笑非笑地道。

梅白依瞪大眼睛，她何曾被人逼入这般绝境过，当下牙根紧咬，口中都尝出了腥甜的味道。

眼见着莺时和袁秦打得难解难分，傅无伤脚下一动，便要亲自去揭了梅白依的假面，谁料他才刚踏出一步，花朝便一个眼风横了过来："你的身体无碍了？"

傅无伤头皮一麻，苦笑了一下，竟硬生生地停下了脚步。

场面一时僵持住了。

一直围观的周文韬看得有趣，忽而朗声一笑，高声道："依在下所见，圣女说得极有道理，既然是男人，何妨一看呢？阿秦你就不要多管闲事了！"

听到周文韬落井下石的声音，梅白依恨得眼中几乎滴出了血，她冷冷地瞪了周文韬一眼，青越派可是依附于紫玉阁才得以苟延残喘的，这个卑贱的外室子！吃里爬外的狗东西！此时的梅白依才不管这周文韬或许根本不知道她是谁，只顾着迁怒了。

当然，周文韬确实也不是什么好东西，以他的眼力见儿，在一旁围观了这么久，又岂能看不出其中的蹊跷来？就如花朝所言，若真是男人，让人看一看又有何妨，偏她这般遮遮掩掩的，且袁秦还这般护着，这位邱公子的身份简直呼之欲出了。

为眼神不好，错把鱼目当珍珠，却把珍珠当鱼目的袁秦哀悼了一会儿后，周文韬几乎已经确认了这位邱柏公子的真实身份，见那位邱柏公子阴森森地盯住了他，一副"我记住你了，且以后再算账"的模样，他忽而勾唇一笑，大声道："来来来，邱公子，且让在下来帮你一把，好证明你所言非虚！"

口中说着来帮她一把，周文韬的手已经向着梅白依的脸颊伸了过去。

"周文韬你敢！"梅白依不敢置信地瞪大眼睛，失声尖叫。

"周文韬！"

这是梅白依第一次知道她向来看不起的周文韬竟然有着这般神鬼莫测的身手，只是一个照面，她便感觉自己的脸上一凉，有什么东西被剥了下去。

她向来引以为傲的功夫在这一刻竟然像个笑话。

她尖叫一声，下意识地捂住了脸。

然而已经于事无补。

"在下为何不敢？"周文韬笑盈盈地看了看手中的人皮面具，再抬头的时候脸上已经带了惊讶的表情，"哎呀，梅小姐？怎么是你？你不是随阁主回紫玉阁去了吗？怎么……会在这里？"

那表情，要有多无辜便有多无辜。

偏这话一出，便是当着众人的面坐实了梅白依的身份。

这位邱柏公子竟然真的戴着人皮面具，且还是女扮男装，她是紫玉阁的千金，江湖第一美人梅白依！在场除了几个已经对梅白依的身份心知肚明的人之外，其他人都面露震惊之色。

门外一直围观的玥娘也是惊得差点掉了下巴，竟然有人混进了瑶池仙庄，还是女扮男装！这还了得？她匆匆拉过一个小丫头，同她耳语了几句，让她速速去禀报瑶池圣母，自己则留下来瞪大双眼继续观看后续发展。

这厢，见梅白依已经露了馅，莺时立时收了手，站到了花朝身后。

花朝冷冷地看了他一眼，莺时被看得头皮发麻，下意识地冲她讨好地笑了一下，意识到自己做了什么之后，他轻咳一声，干巴巴地垂下头，眼观鼻鼻观心，摆出了一副随时听候吩咐的奴才样。

心里却是暗自懊恼，刚刚那是什么鬼表情，那副样子岂不是承认了自己的心虚？

他在心虚什么啊？心虚自己刚刚没有使出全力吗？他能当着所有人的面使出真功夫？那他的身份还能藏得住？他还能活着离开瑶池仙庄去见义父？！

所以他到底在心虚什么？！

花朝收回压在莺时身上的视线，看向梅白依："现在，梅姑娘可否解释一下，你为何要女扮男装，另立身份混进瑶池仙庄？"

袁秦从未见过花朝如此咄咄逼人的样子，他下意识地上前一步，将孤立无援的梅白依护在了身后："花朝，你不要太过分……"

听到这句话，花朝几乎想笑出声来。

她也真的笑了。

袁秦被她笑得有些心慌，他又说错了什么吗？可是他又怎么能眼睁睁地看着梅白依也陷在瑶池仙庄……

看到花朝这样的笑容，傅无伤心里揪成一团，他从来没有见过她这样的笑容，更不想这样的笑容出现在花朝的脸上，傅无伤怒道："若花朝当真过分，就不该是揭了她那层脸皮，而是当众扒了她的衣裳！比起掀开那层人皮假面，扯开她的衣襟岂不是更容易一些？"

"傅无伤，我同你无冤无仇，你为何如此待我？"梅白依抬起脸来，幽幽地道，"是因为我当众退了你的婚，你才这般挟怨报复吗？"

真是好大一则八卦，大家的视线一下子移到了傅无伤身上。

花朝收敛了唇边的笑意，冷冷地扫了梅白依一眼："你少往自己脸上贴金了，似你这般有婚约在身却不知检点，和旁的男人秉烛夜谈至凌晨方歇的女人，连报复你都是侮辱了傅公子。"

她的眼中满是冷冷的讽意，说到那句"秉烛夜谈至凌晨方歇"时加重了音调，这正是方才梅白依自己讲的话，只是那时大家不知她是个女人，如今再回味那句话……

除了花朝和梅白依，在场的都是男人，当下大家便一阵热血翻涌，有意味不明的目光扫向了梅白依，甚至有放肆者隐讳地打量着梅白依身着男装的模样，心道这位江湖第一美人作男装打扮也真是别有一番风味呢……

那些黏稠的目光如有实体般扫过梅白依的身体，不再如同往日里那些公子对待江湖第一美人的礼貌欣赏，而是透着丝丝淫邪的意味，这一瞬间梅白依感觉自己仿佛被扒光了衣裳放在众人面前，如同青楼女子一般，她哪里见过这般阵仗，当下便煞白了一张小脸，连身体都在瑟瑟发抖。

袁秦忙将她护在身后，抬眼看向花朝，面上不自觉地带了恳求之色，那句"旁的男人"其实听得他也分外不适，仿佛对于花朝而言，他真的只是个不相干的人罢了。

"花朝……"

"怎么，又想让我不要太过分？"花朝冷冷地打断了他的话，"下次说这样的话之前，你先推己及人一番，这位梅姑娘的行为不过分吗？她当初擅自退婚，如今又擅自觉得傅公子会因为她的退婚而报复她，她哪里来的这般优越感，也许退婚之事是傅公子求之不得的呢？毕竟似梅姑娘这样声名在外的女人，一般人也消受不起。"

这话毒舌且犀利，围观的众人一下子八卦了起来。

"唔，江湖第一美人呢，据说那位不明不白地死在瑶池仙庄的景王殿下就是她的忠实拥趸者。"

"眼前这位袁公子，看着也颇为护着她啊……"

"该护着的吧，毕竟他们都秉烛夜谈至凌晨方歇了……虽然说江湖儿女不拘小节，但似这般不知检点的女人，一般人的确也消受不起啊……"

耳畔是众人七嘴八舌的八卦声，袁秦却是一脸呆滞，他从来没有见过花朝如此刻薄毒舌的样子，感觉今日简直刷新了他对花朝的看法。

傅无伤却是看着花朝，两眼发亮，花朝这是在……护着他？

这护犊子一样的行为，真是让他感觉……好爽啊！

梅白依眼中已经露出遮掩不住的怨毒之色："你倒是挺护着我这位前任未婚夫，不肯让他受半点委屈啊，当着阿秦的面，这样真的好吗？毕竟……若非阿秦当初逃婚，你们可是已经成亲了呢。"

袁秦面色一变，神色顿时紧张了起来，他下意识地看了花朝一眼，斥道："梅姑娘你不要胡说！"

"我怎么胡说了？若非阿秦你当初不愿娶她逃了婚，此时她早该是你的娘子了，如今她却看不清自己的身份，这样护着旁的男人，又置阿秦你于何地？"梅白依瞪着花朝，冷笑着道。

"是啊，你的阿秦在成亲当日逃婚了，所以你假设的一切都毫无意义，因为那个婚礼取消了。"花朝淡淡地看着她，"我不是抛弃别人的那个人，我问心无愧，如今我愿意护着谁，谁也管不着！"

"花朝，不是这样的……"袁秦下意识地想开口解释，却发现根本无从解释，眼前这样的花朝让他觉得有些害怕，他逃婚这件事，他们谁都没有真的将之放在台面上当众敞开地讲过。

他甚至还没有来得及跟她解释清楚这其间的原委……

这个时候，他甚至有些怨恨梅白依为什么要当众提起这件事。

"不过，梅姑娘为了岔开话题也真是煞费苦心，我同袁秦取消了婚礼，你和傅公子也解除了婚约，这两桩事早已经清清楚楚明明白白，不必再多费唇舌了，早就没什么干系了，又何必来攀扯？"花朝没有理会袁秦中气不足的半句话，也知道他一时半会儿根本掰扯不出什么东西来，不过是想再一次和稀泥罢了，于是直接打断他道。

一直围观得津津有味甚至还不知死活地参与了一把的周文韬听到这里，愣了一下，下意识地摸了摸下巴，唔，这话听着怎么那么不是滋味呢？花朝这副唯恐梅白依再和傅无伤有什么牵扯的样子，莫不是她……当真看上傅无伤那个绣花枕头了？！

这什么眼神？和袁秦那小子简直有得一拼啊！

为什么就看不见他呢，他周文韬再不济，也比傅无伤那个只能拼爹的纨绔公子好啊，周文韬酸溜溜地腹诽着，下意识地看了傅无伤一眼，便见他眼睛亮晶晶地看

149

着花朝，那亮度简直闪瞎人眼，真是令人不爽……

花朝才不管别人在想什么，她径直看向梅白依："现在我们应该来谈谈正经事了，回到之前的那个问题，你为什么会女扮男装易容混进瑶池仙庄？"

"我为什么会女扮男装易容混进瑶池仙庄？"梅白依看着花朝，冷笑连连，"这个问题的答案你真的不清楚吗？"

"不如你说说看？"花朝扬眉。

"好，是你让我说的。"梅白依定定地看着她，"在我及笄之日，我的母亲死于非命，凶手便是你瑶池仙庄，你们甚至嚣张得打断了我母亲的出殡之路，我紫玉阁想要同你们讨个说法，结果呢？你们居然只推出一个毫无实权且疯疯癫癫的代圣女，说她便是凶手！"梅白依激动得红了眼眶，"这就是你瑶池仙庄给我紫玉阁的交代？谁信！反正我是不会相信的，我不想让我的母亲死得这样冤枉，我只是想要查出真相罢了。"

刚刚还在窃窃私语的声音不见了，那些放肆地打量着梅白依的视线也不见了，现场一下子安静了下来。

杀母之仇，谁又能说她做得不对呢？

梅白依真是好手段，都已经身处这般逆境之下了，却还能找到可供她苟延残喘的空间，真是令人不可小觑呢。

"你不甘心，然而紫玉阁已经接受了这样的交代，你被你父亲强行带了回去，却在返回紫玉阁的途中碰到了景王，并且从景王口中得知了瑶池仙庄流霞宴的消息，然后你便请求景王带你易容参加流霞宴，是吗？"花朝完全没有被她牵着鼻子走，而是看着她，淡淡地接口。

梅白依捏了捏拳头，有些不甘心地道了一声："是。"

"在流霞宴期间，你每晚都要去寻景王饮酒，两人关系十分亲密……"

"你休要血口喷人！"梅白依咬牙打断了她的话，"我只是借此掩人耳目，好私下里调查一些东西罢了！"

"哦，你每天都用寻景王饮酒这件事来掩人耳目，私下里却是在调查瑶池仙庄。"花朝从善如流地点头，"想必昨天夜里，你依然用这个做借口，去夜探仙庄了吧？"

梅白依捏紧了拳头，却无法否认，她找景王喝酒这件事，肯定瞒不过庄里的侍女。

"那么，"花朝看着她问，"景王殿下为什么死了呢？"

梅白依对上她的视线，脑中轰然作响。

"花朝，"偏这时，袁秦上前打断了她们的谈话，他看着花朝，郑重其事地道，"花朝，景王是为了护着梅姑娘而被瑶池仙庄的侍卫杀死的，瑶池仙庄究竟是个什么地方，你也十分清楚不是吗？我知道你是被逼迫的，你看现在这里有这么多人，你有什么苦衷都告诉我好不好？你不要怕，大家都会保护你的，我会带你离开这里，回青阳镇去，爹娘都在等你回去……"

"住口！"眼见他越说越不像话，花朝强忍住心头的怒火，斥道。

这个人为什么总也长不大？这个人为什么总是这样天真？这个人为什么总是这样自以为是？

瑶池仙庄是个什么地方？苏妙阳又是什么人？若她今日胆敢将瑶池仙庄的秘密在这里当众吐露，这里谁也别想着出去！

是，没错，在场的都是江湖上赫赫有名的少侠，可是不够，还是不够，远远不够！就这么几个人，若苏妙阳当真不管不顾地起了杀心，谁能逃得过？！

"花朝……"袁秦被她的眼神吓了一跳，下意识地噤了声，随即有些委屈地低低唤了她一声。

明明他是想救她的啊……为什么她也不能理解他，为什么她总要跟他这样赌气呢……

对上他万般委屈的眼神，花朝只感觉一阵无力，然后陡然间背心一寒，她下意识地抬头，便看到门外不远处，苏妙阳正站在那里对她微笑，也不知她是何时来的，又听了有多久。

她没有出声，只站在那里。

因为大家的注意力都在屋子里，除了那位西院的管事，竟没有一人发现瑶池圣母就站在门外。

而袁秦那个蠢货，竟然还想试图开口来说服她当众揭开瑶池仙庄的真面目，简直……不知死活。

"梅姑娘是这么告诉你的？"花朝打断了他自寻死路的话，冷冷地看着他，"她告诉你景王殿下是为了保护她才被瑶池仙庄的侍卫杀了？"

袁秦被她的眼神吓住了，一时竟说不出话来，只能怔怔地点头。

"呵。"花朝冷笑着看向梅白依，"梅姑娘，你是这么告诉他的？"

梅白依咬了咬唇："这就是事实。"

"可是有人昨天夜里亲眼看到，是你杀了景王殿下。"花朝定定地看着梅白依，红唇微动，声音微沉，透着令人不易察觉的蛊惑意味，"你亲手将匕首插入了景王殿下的心口，可是因为景王殿下身上穿的衣服太厚，身体又比较壮硕，竟然没

151

有能够一击毙命……"

梅白依怔怔地看着花朝，不自觉地被她的声音引领着蛊惑着，仿佛回到了昨夜，在圣殿里……为什么他不听她的话非要将那么重要的秘密上报给朝廷呢？上报了朝廷之后她紫玉阁岂不是连一杯羹都分不到？长生不老啊，长老不老啊！这是多少人梦寐以求的事……还说什么不阻止紫玉阁参与此事，仿佛已经看透了她内心里最贪婪最肮脏的那一面似的。

杀了他。

杀了他就好了。

长生不老的秘密便不会泄露出去了……

她紧紧地握住梅花匕，狠狠地刺向他心口！

可是，他竟然没有死，他太胖了，那天外陨铁所制的梅花匕竟然卡在了他胸前那层肥肉里，没有能够一击毙命。

简直太荒谬了……这是在跟她开玩笑吗？！

"为什么……"他看着她，他在问她。

他问她为什么要杀了他？

她快疯了，她不敢去看他的眼睛，她从来不知道这个丑陋肥胖的男人竟然有一双这样清澈的眼睛，那双眼睛里满是对她的情意……却丝毫没有恨。

梅白依的眼中满是疯狂，她感觉自己快魔怔了。

花朝的声音幽幽地在她耳边响起："于是你就补了一刀，反手割断了他的喉咙，然后，眼睁睁地看着他咽了气……"

他看着她，在问她为什么，他的眼睛里没有恨意，只有情意。

可是那又怎么样？

开弓没有回头箭，既然已经动了手，她便没有回头路了。

不是他死，就是她亡。

她死死地咬住唇，避开他的眼睛，一掌拍在他的胸口，想抽回卡在他胸前肥肉中的梅花匕，可竟然拔不出来。

还好这梅花匕是双匕，这是她及笄那日，袁秦自紫玉阁的擂台上赢的彩头，后来赠予了她。

她一振衣袖，握住另一把梅花匕，趁他还在怔愣时，猛地欺近他，反手割断了他的喉咙。

他……终于死了。

"你终于杀了他……不是吗？"花朝的声音陡然一沉。

梅白依猛地瞪大眼睛，仿佛被人从噩梦中拽醒一般，额头冷汗涔涔，背心里满是黏腻的汗意。

刚刚……这是怎么了？她魔怔了不成？是了，一定是她太过害怕才会魔怔了。

可是……

她忽然一脸惊恐地瞪着花朝，面无人色，仿佛见了鬼一样。

她……她怎么知道，还说得如此详细？就仿佛她亲眼所见一般！难道昨天夜里那个脚步声是她的？！是了，她身为瑶池仙庄的圣女，肯定能随意出入瑶池仙庄……

怎么办，竟被她亲眼看到了……

"你……你胡说。"梅白依咬了咬唇，反驳道，"你有什么证据？"

问出这句话的时候，梅白依紧紧地盯着花朝，心里却在反复思索昨天有没有在现场留下什么证据，应该没有吧，应该没有吧……

花朝定定地看着她，看着她眼中的恐惧越来越深，越来越深，仿佛要没顶一般，半晌，她才笑了起来："很遗憾，我只有证人，没有证据。"

梅白依在心里狠狠地松了一口气，整个人仿佛要虚脱了一般，好容易才维持住了面上的镇定，她咬牙道："所谓的证人该不会恰好是你瑶池仙庄的人吧？"

"嗯，的确是呢。"

"呵。"梅白依终于吐出了一口气，冷笑，"瑶池仙庄的人来作证，你觉得这可行吗？还不是你这个圣女说什么便是什么？"

"既然你非要如此抵赖，我也没办法，瑶池圣母已命圣殿管事和西院管事协同调查此案，既然事件发生过，总会有线索留下来的。"花朝看着梅白依，微笑道。

证据当然有，但是她还想借着此事引来朝廷的注意呢，若是就此结案，她岂不是白忙活一场？

梅白依被她看得心中发冷，一时竟忘记了回话。

"莺时，将她拿下。"花朝忽然话音一转，冷声道。

莺时正因为先前之事心虚着，此时花朝一开口，他立马冲上前欲表现一番，然而那个碍事的袁秦却又拦了上来，莺时暗自叹气，若他此时神勇无比地打败了袁秦拿下那梅白依固然可以在花朝面前表现一番，却没办法解释自己先前留有余力的行为了。

更何况，瑶池圣母就在外面站着呢，他马脚也不能露太多啊，否则此时要被拿下大狱的那个人就是他自己了。

"花朝，事情还没有盖棺定论，你怎么能先抓人呢？"袁秦一边护着梅白依一边急急地看向花朝。

"事情还没有盖棺定论，我怎么能先抓人？"花朝失笑，终于忍不住反问道，"当日在紫玉阁，这位梅姑娘随意捏造了几个罪证便说我是杀了阁主夫人的真凶，将我抓进地牢的时候，怎么不见你替我这样辩上一辩呢？"

这么讲的时候，花朝心里已经没有了气愤，只剩一片平静如水了。

为什么这么问呢？

也许她只是单纯地想问一问吧，她想问一问当初明知道她被人污蔑却不曾为她辩解一句的他，究竟是什么心态。

袁秦一怔，一个失神间，已经挨了莺时一掌。

"阿秦！"梅白依失声尖叫，随即瞪着花朝，高声道："花朝，你这是要当着诸位少侠的面公报私仇吗？"

袁秦一下子清醒了过来："花朝，我后悔了，当日是我错了，是我错了，我后来无数次后悔过那日没有保护好你……可是紫玉阁和瑶池仙庄不同……"

在紫玉阁的时候，梅白依是答应了他不会要了花朝的性命的，可是瑶池仙庄不一样，若是真的拿下了梅白依，还不知道她会遭遇什么。

花朝一看他的神情就知道他接下来要说什么了，可是难道真的让他当众说出这样的话来？说瑶池仙庄是多么凶险的地方？

不能再让他说下去了。

"吴须，林霜，将他们拿下。"站在外头的瑶池圣母倏地皱起眉头，扬声道。

众人这才发现原来瑶池圣母一直就站在门外，她的身后还站着圣殿管事茜娘和西院管事玥娘。

她来了多久？听了多少？

傅无伤心中一凛，突然就明白先前袁秦那个不知天高地厚的小子要花朝当众披露瑶池仙庄的真面目时，花朝为什么会大发雷霆了。

她是在保护袁秦。

可惜她的这番用心良苦，袁秦那个蠢货却未必能够领悟。

瑶池圣母一声令下，本来守在景王屋前的吴须和林霜立即奉命前来，两三下便将现场收拾了个干净，吴须将袁秦压制得动弹不得，林霜冷着脸押住了梅白依。

"你们这样欺辱于我，紫玉阁定不会善罢甘休！"梅白依挣扎了一下，可是那个恐怖的男人抓着她的手如同鹰爪似的纹丝不动，她咬牙切齿地瞪着花朝道。

"紫玉阁的大小姐易容换装混入我瑶池仙庄，杀了人还企图栽赃，即便紫玉阁愿意善罢甘休，我瑶池仙庄也是不愿的。"瑶池圣母看着梅白依气得发白的脸颊，神色淡淡地道。

"你们根本没有证据。"梅白依冷声道，"景王是为了保护我，死于你瑶池仙庄的侍卫之手！"

"好个牙尖嘴利、不见棺材不掉泪的丫头。"瑶池圣母似笑非笑地道，"既然如此，那就好好查查这真凶到底是谁，在此之前，作为杀害景王的嫌疑人，就委屈梅姑娘在瑶池仙庄的地牢中小住一段时日了。"

"你们这是合伙欺负人！"梅白依发现自己竟落入了这般孤立无援的境地，有些崩溃地红了眼圈："阿秦，他们欺负我……"

"圣母，我愿意看着她，在事情查清楚之前不会让她离开瑶池仙庄半步。"袁秦忙上前道，"能否不要将她关入地牢？"

瑶池圣母扫了花朝一眼，那眼神似乎在说，看，这就是你一直心心念念要维护的人。

花朝垂眸。

瑶池圣母不以为忤，笑道："袁公子倒是怜香惜玉得很。"

袁秦面色先是一红，而后注意到花朝，面色又是一白。

"只是不知袁公子是以什么样的身份和我谈这样的条件呢？"瑶池圣母微笑着看着这个不知天高地厚的小子，缓缓开口，一副万事好商量的样子。

袁秦愣住了："什么意思？"

"如果你是以江南秦家小公子的名义，以你母亲秦罗衣的名义，以你手中青罗剑的名义，我倒可以考虑一下你的想法。"瑶池圣母笑着道。

"好。"袁秦解下自己身上佩着的青罗剑，"便以青罗剑的名义。"

梅白依怔怔地看着他垂眸解下身上的佩剑，眼中陡然落下泪来，她是喜欢袁秦不错，也知道他性格直率，年少冲动且耳根子软，但是……她没有想到这个少年竟然会愿意为她解下自己的佩剑。

她知道他有多重视那柄剑的。

"吴须，收下。"瑶池圣母道。

"是。"吴须松开袁秦，收下了他手中的青罗剑。

"好了，林霜，既然有袁公子作保，这便放开梅姑娘吧。"瑶池圣母笑着吩咐道。

林霜应了一声，松开了梅白依，站到了瑶池圣母的身后。

梅白依动了动被押得有些酸疼的肩膀，用袖子拭去了脸上的泪痕，默默地走到袁秦身旁。

花朝站在一旁，看着这一幕，面色木然。

傅无伤有些担忧地走上前，轻轻握住了她的手，她的手很凉，凉得如同冰块一般。

他有些担忧地轻声道："花朝……"

袁秦那个蠢货，当真不值得你如此用心良苦。

花朝笑了一下，也同样轻声道："放心，我早就不难过了。"

对于同一件事，难过久了，就不会再难过了。

对于同一个人，失望多了，也就不会再失望了。

因此，她已经不再对他有所期待。

【三】苏妙阳心底的刺

"诸位，诚如你们所见，紫玉阁的梅姑娘女扮男装混入瑶池仙庄，有人亲眼看到她杀了景王殿下，但是除了人证之外，暂时却没有寻到物证，所以为了以示公正，此案不能就此了结，故而委屈诸位在瑶池仙庄小住几日，待查清此事，便送诸位离开。"瑶池圣母转身站定，对众人道。

她态度诚恳，一时也无人说话。

周文韬笑了笑，朗声道："圣母客气了，瑶池仙庄好酒好菜地招待着，还有外头喝不着的仙酿，哪里就委屈了？"

此言一出，诸位公子仿佛这才想起先前还收了瑶池仙庄赔礼的仙酿，本有些凝滞的气氛顿时一松。

瑶池圣母笑了笑："多谢周公子体谅。"

"哪里哪里。"周文韬口中谦虚着，眼睛却扫向了花朝的方向，笑眯眯地冲她挤了挤眼。

花朝似笑非笑地扫了周文韬一眼，对他福了福身。

周文韬笑眯了眼睛，顿时美得不知今夕是何夕。

傅无伤见状心生警惕，仿佛打翻了醋坛子似的，只觉得心中一阵酸意弥漫，当下冷冷地睐了正美滋滋的周文韬一眼，心道这真是个碍眼的家伙。

"至于此案的嫌疑人梅姑娘，我便交于袁公子看管。"瑶池圣母转身看向袁秦："若是此事出了什么纰漏，我必会找江南秦家，找秦罗衣讨个说法。"

袁秦面色一变。

瑶池圣母却已经不再看他，只微笑着道："诸位在瑶池仙庄之内若有什么需要或者不便，都可以跟西院的管事说，我这便告辞了，诸位自便。"说着，又对花朝道："花朝，你同我来。"

花朝应了一声，跟了上去。

"花朝！"袁秦忙喊住她。

瑶池圣母看了袁秦一眼，似笑非笑地道："看来袁公子有话同你讲，姑姑在外面等你。"

说着，她率先走了出去。

花朝转身看向袁秦。

袁秦对上她的视线，愣怔了一下，一时心中惴惴，竟是忘记要说什么了。

"你有什么话要同我讲吗？"花朝问。

"我……"袁秦张了张口，可是心里千头万绪，一时竟无从说起。

他想带花朝离开瑶池仙庄，所以必须查清楚瑶池仙庄究竟藏了什么秘密，他对梅姑娘的维护也不过是出于江湖道义……可是为什么看起来竟仿佛是站在了花朝的对立面？到底是哪里出了差错？

"若是你没有话同我讲，那我便跟你讲几句吧。"花朝看着他，淡淡地开口，"阿秦，我对你很失望，待此案了结，请你立刻离开瑶池仙庄，是回青阳镇还是继续闯荡你的江湖，我再不管着你了，皆由你去吧。"她顿了一下，又道了一句，"此生，我都不想再见到你了。"

袁秦看着她，呆若木鸡。

"你不管我了？"下意识地，他呆呆地问了一句。

花朝失笑："我何曾管得住你？"

说完，花朝转身离开，再不曾回头看他一眼。

她身后，莺时乖觉地跟了上去。

袁秦呆呆地望着她离开的背影，有些恍惚地想，她真的……不管他了？他下意识地抚了抚心口，为什么这样难受呢？

还有，她刚刚说什么来着？

她对他很失望？

她……此生都不想再见他了？

为什么？

他又做错了什么？

他不过是想帮梅白依一把罢了，当日在紫玉阁她待他以上宾，如今她为了替母亲讨回一个公道不慎身陷瑶池仙庄，不管是出于情理还是道义，他伸手帮一把都无可厚非。而且，他想查出瑶池仙庄的真面目救出花朝，也需要梅白依和紫玉阁的帮助，花朝为什么不明白呢……

从什么时候开始，他们之间的分歧竟然如此严重了？从什么时候开始，他便只能这样频频望着她离开的背影了呢？他下意识地想跟上去，身后的梅白依却一脸怯怯地拉住了他的衣袖。

袁秦回头看了梅白依一眼，她正仰头望着他，眼中盈满了泪，却瞪大了眼睛倔强地不肯让眼泪掉下来，袁秦在心里轻轻叹息了一声，到底还是不忍，收回了迈出去的脚步。

傅无伤看到这一幕，眼中露出了淡淡的讥嘲之色，这个人啊……直到现在都没有理解花朝对他的一片心意，她说什么待此案了结，就让他立刻离开瑶池仙庄，说到底还是在以她自己的方式护着他罢了。

心里有些不是滋味地扯了扯短了一截的袖子，他拂袖随花朝走了出去，但是说到底，比起被花朝这样护着，他更喜欢像现在这样被花朝需要着，并且一直陪伴在她身边……嗯，反正他才是永远陪在她身边的那个人。

外头围观的诸位公子也都三三两两地散了，院子里安静了下来。

"阿秦，对不起……谢谢你。"梅白依紧紧地揪着袁秦的衣袖，红着眼睛道。

"梅姑娘。"袁秦看着她，忽然开口。

"嗯？"梅白依仰头看他，一双漂亮的眼睛因为泪意而显得有几分柔弱可怜。

"景王真的是为了保护你，被瑶池仙庄的侍卫所杀吗？"袁秦问。

梅白依下意识地捏紧了掌心，缓缓地眨了一下眼睛，点头道："是真的。"

"梅姑娘，我这样信任你，你千万不要骗我。"袁秦看着她的眼睛，轻声道。

梅白依心里猛地一揪，她有些僵硬地弯了弯唇，放柔了声音道："当然，我永远也不会骗你的，阿秦。"

袁秦定定地看了她一阵，梅白依心中打鼓，但也只能安静地任由他看，脸上半点犹豫心虚的神色都没有。

也不知袁秦究竟从她的脸上确认了什么，许久他才点点头，应了一声："嗯。"

这厢，傅无伤走到门外，便见花朝走到苏妙阳身前停下，福了福身，道了一声："姑姑。"

"话都说完了？"苏妙阳问。

"是的，姑姑。"

"那我们找个安静的地方聊一聊吧。"瑶池圣母说着，径直走了。

花朝浅浅笑了一下，知道她这是有些话要单独同她讲的意思，便遣了莺时先回去，自己垂眸跟了上去。

眼见着花朝同瑶池圣母一起走了，傅无伤捏了捏拳头按捺下心头的无力感和焦躁，转身回客居的七号房。

推开房门，便见桌子上摆着一个熟悉的食盒，他打开一看，立刻怔住了。

食盒里整整齐齐地摆着几样早点，而盛着这些早点的，是一套釉下彩的瓷碗。

耳畔，仿佛想起了花朝的声音。

"傅大哥，今日先委屈你一些，我库里有一套釉下彩瓷碗，回头我煮过之后给你送来。"

傅无伤捧起一个瓷碗放在掌中摩挲着，低低地笑了起来，眼中一点一点漾满了温柔的笑意。

如果花朝是想取悦她，那她当真成功了。

今日天气不错，点点阳光洒在粼粼的水面上，反射出灿烂的光芒，给人一种温暖的错觉。

河岸边不知名的花朵不合时宜地盛放着，大朵大朵的，看着热烈而绚烂。

苏妙阳屏退了左右，只留下茜娘在不远处候着，她在水岸边站了一阵，眯眼眺望着那金光闪闪的湖面："也只有在瑶池仙庄，才能看到这般冬日奇景吧？"

花朝笑了笑："是啊，只有瑶池仙庄有这般奇景。"

只是，这奇景之下的东西太过不堪了而已。

"那位袁公子似乎对瑶池仙庄抱有很大的误会和怨气呢。"仿佛不经意一般，苏妙阳忽然幽幽地道了一句。

花朝心里一个激灵，知道先前袁秦不知天高地厚地当着众人的面要她揭露瑶池仙庄真面目这件事还是让苏妙阳心中留下了芥蒂。

所以才有后面那番话吧。

"袁公子是以什么样的身份和我谈这样的条件呢？"

"如果你是以江南秦家小公子的名义，以你母亲秦罗衣的名义，以你手中青罗剑的名义，我倒可以考虑一下你的想法。"

花朝心里涌起了深深的无力感，她总是怕瑶池仙庄的事情会连累到青阳镇，连累到阿娘他们，可是方才袁秦为了梅白依，竟然当着众人的面，生生地将把柄送到了苏妙阳的手中。

若是苏妙阳有心找碴儿，她有无数的理由可以去找秦家、找秦罗衣的麻烦。

"他不过是年轻气盛被那位看着楚楚可怜的梅姑娘牵着鼻子走罢了。"花朝垂眸，轻声道，"姑姑，你不要忘记答应我的事。"

"姑姑答应你的事，又岂会食言？"苏妙阳转身看着她，笑着道，"放心，只要他不再做什么太过出格的事，我不会对他、对你的养父母出手的。"

这言下之意……若是袁秦再这么不知好歹，便休要怪她了吗？

花朝捏了捏拳头，指尖猛地刺入掌心，疼痛感让她稍稍平静了一些："是因为梅白依告诉袁秦说，景王是为了保护她才被瑶池仙庄的侍卫杀死的，他大概是对此事深信不疑，才会说出那番不合时宜的话来。"

"紫玉阁那位大小姐还真是什么鬼话都敢说呢。"苏妙阳勾了勾唇，忽然问，"你方才说那个撞见梅白依杀了景王的人是谁？"

花朝当然不会说那个人就是她自己，只淡淡地道："我诈她的。"

听到这句有些出乎意料的话，苏妙阳似乎是怔了一怔，随即失笑，掩唇道："唔，做得不错，那对于杀死景王的凶手，你有什么看法吗？"

"八成便是梅白依了吧。"

"哦？为何这样讲？"苏妙阳饶有兴致地问。

"方才我诈她的时候，她的表情姑姑也看到了。"花朝不急不缓地分析道，"且她都说了景王是为了护着她才被瑶池仙庄的人杀死的，那瑶池仙庄有没有杀人姑姑不知道？"

"景王那样的身份，若我要杀他，又岂会留下尸体授人以柄？"苏妙阳冷笑。

"那便是了，若非心虚和急于撇清自己，她又为何要撒下这样的弥天大谎？"

"紫玉阁这位大小姐，真是胆大包天啊。"苏妙阳似笑非笑地感叹了一句，然后一脸欣慰地对花朝道，"你做得不错，这件事便交给你负责吧。"说着，又侧头嘱咐了一句："茜娘，有什么事直接向圣女汇报就可以了。"

"是。"站在不远处的茜娘恭顺地应了一声。

苏妙阳憋屈了一早上的心情这才稍稍畅快了些，景王在瑶池仙庄被杀这件事对她来说也算是个不大不小的麻烦，若是处理得不好，很可能会惹来朝廷的不满。如今花朝竟然主动出手，并且这样快便理清了头绪，还当众诈得梅白依失了分寸露出马脚，苏妙阳松了一口气之余，又不免对花朝产生了一些忌惮的心理。

毕竟……她可是那一位的亲生女儿。

不过这微妙的心理被苏妙阳很好地遮掩了起来，她满意地转头看向花朝，今日她打扮得十分素净，身上披了一件花青色的大氅，头上并没有什么繁杂的头饰，只简单地挽了一个髻，这样素净的打扮，却出奇的好看。

而且，十分像一个人。

那个人仿佛是一根永远扎在苏妙阳心头的刺，即便那人死了，苏妙阳都没能把那根刺拔出来，所以苏妙阳向来不喜花朝做这般素净的打扮，那会让她想起自己最卑微的时候。

于是，她微蹙了眉道："今日你打扮得太过素净了些。"

"景王刚死，我若盛装去西院恐有不妥。"

"你是我瑶池仙庄的圣女，不必介意这些。"苏妙阳沉下脸，挥袖道。

"是。"花朝垂眸，没有再反驳，只乖巧地应了一声。

她这副模样，反而让苏妙阳很快就意识到自己似乎反应有些过度了，她掩了唇，一脸可惜地道："只可惜好好的流霞宴被搅了。"说着，又调侃似的觑了花朝一眼，"听闻你最近和那位傅公子走得很近？我看你刚才也颇为护着他嘛……"

花朝心中一凛，几乎以为苏妙阳是发现了什么在试探她。

"其实我与傅公子并不是初识，当初我还在外面的时候曾受过他的恩惠。"花朝面色平静地解释了一句，"所以如今在瑶池仙庄，我就多照应了他一些。"

"不要紧张，姑姑也不是什么思想不开明的老顽固，这流霞宴我虽是抱着替你比武招亲的心思举办的，但到底也没说白了，最后的得胜者是可以得到流霞剑不错，但我们的圣女挑中谁做夫婿，当然是你说了算。"苏妙阳眨了眨眼睛，笑盈盈地道。

花朝有些惊讶，看她这副模样，竟是赞同她选择傅无伤作为夫婿的？

为什么？

花朝有些费解，她和傅无伤成亲，苏妙阳能得到什么好处？否则以她这无利不起早的性子，为什么竟是一副急于促成此事的样子？

怕苏妙阳自她的神色中看出什么不妥，花朝微微垂下头，做出一副害羞的模样。

"男欢女爱本是寻常，不用害羞，姑姑也是过来人。"见花朝垂头一副害羞的模样，苏妙阳笑了笑，到底又点了一句，"你若中意他，姑姑自然不会拦你，只是切不可忘了自己的身份。"

看花朝的模样，苏妙阳也稍稍有点警惕，她原以为傅无伤只是一厢情愿，花朝最多也只是对他有些好感罢了，如今看来竟也不止。苏妙阳可以容忍花朝成亲，却无法容忍她真的爱上一个男人，她太清楚女人若是真的爱上了一个男人，可以为那个男人做到哪一步。

"是，姑姑，我明白。"花朝敏感地察觉到了她的心思，十分乖觉地应了一声。

"我知道你是个好孩子。"苏妙阳满意地点点头，"好了，我也不在这里碍你的事了，景王的事情就交给你了，茜娘和玥娘随你使唤，但要尽快定了那位梅姑娘的罪。"说着，她的声音微微一沉，"她的胆子实在太大，在我瑶池仙庄杀了人，还要栽赃在我瑶池仙庄的头上，务必要让她付出代价。"

"是，姑姑。"花朝应下，然后目送苏妙阳离开。

直至苏妙阳走远，一旁的茜娘才上前行了一礼道："不知圣女有何吩咐？"

"现在查到哪一步了？"花朝看向她问。

"已经检查了景王的尸体，他胸前有伤口但不是致命伤，脖子上那处才是，应当是被人割喉而死，看伤口的形状，凶器应该是一柄匕首，而且他房间里十分干净，并没有血液喷溅的痕迹，所以他的房间应该不是第一案发现场。"茜娘说着，偷偷觑了花朝一眼。

先前她在西院诈那梅白依的时候，将凶手行凶的过程描述得十分详细，差点连她都相信这位圣女是看到了整个案发经过的……如今看来只是圣女提前了解过这些事情，然后凭着这些推测出了整个行凶的过程而已。

花朝点点头道："让人将整个瑶池仙庄翻一遍，务必找到第一案发现场，还有凶器。"

凶器被梅白依带走了，第一案发现场在圣殿，但是圣殿是禁地，人总有先入为主的观念，所以一时半会儿应该查不到那里去。

花朝的目的，也不过是想将时间拖延到朝廷来人罢了。

茜娘不知花朝的想法，应了一声，垂首退了下去。

花朝又在岸边站了一阵，才不疾不徐地往西院而去。

刚到西院外头，便撞见了正探头探脑的周文韬，见到花朝，他眼睛一亮，冲她咧嘴一笑："花朝姑娘！"

"周公子鬼鬼祟祟地站在这里，是想干什么？"花朝见避不过，干脆停了下来，看着他，冷冷地道。

"怎么说得这般难听？"周文韬似是有些委屈，"我先前不是还帮着你说话了嘛，我还当我们之间已经有了默契呢，你这是过河拆桥啊。"

闻言，花朝扬了扬眉，不由得好奇道："默契？什么默契？"

"我们已经是朋友的默契啊。"周文韬煞有介事地道。

这是小朋友之间的游戏吗？我帮你说了话，我们就是好朋友了？

花朝呵呵两声，抬脚便走。

"哎，不要走。"周文韬见状，慌忙上前拦住了她，"我可是特意在这里等你呢。"

"哦？等我干什么？"花朝扬眉。

周文韬收敛了脸上的怪模怪样，正色道："我有话跟你讲。"

花朝点点头："你讲吧。"

她这般直接，周文韬一时倒是噎住了。

"不是有话跟我讲？讲啊。"花朝挑眉。

周文韬吭吭哧哧了半天，左右看了看，才小小声地憋出一句："小心秦千越。"

"什么？"花朝一愣，他说得太小声，花朝怀疑自己听错了。

周文韬又小心翼翼地四下环顾了一番，这才做贼一般凑近了花朝，小声道："我说，要小心秦千越，他绝非表面上看起来那么简单。"

其实周文韬容貌不错，往日里也是一副翩翩浊世佳公子的模样，偏此时这做贼一般的模样说不出的猥琐，花朝有些嫌弃地离他远了一些，淡淡地道："论文，他堪有状元之才；论武，江湖上年轻一辈里几乎无人能出其右，再加上那张俊美无匹的脸蛋，他表面上看起来也不简单。"

周文韬听得瞠目结舌，这是什么意思？

"你你你，你该不是挑中他当你未来的夫婿了吧？"周文韬急得都结巴了，一下子忘记掩饰音量的大小，急急地告诫道，"他真的不是什么好人，他来瑶池仙庄绝对有其他目的，你相信我，我看人从来不会错的，我已经不止一次看到他……"

"看到我什么？"一道声音冷不丁地响起。

周文韬猛地一僵，一回头，顿时一副见了鬼的表情，那位玉面公子秦千越正在他身后站着！周文韬哀怨地看了花朝一眼，用眼神控诉着花朝的无情，这家伙是什么时候来的？她为什么都不提醒他一下啊？

"秦公子。"花朝抽了抽嘴角，同秦千越打了声招呼。

秦千越笑着点了点头，然后看向周文韬道："周公子看起来对在下意见不小呢，不知是否有什么误会？"

"哪里哪里。"周文韬干笑两声，向来八面玲珑的圆滑性子头一回吃了瘪。

花朝看向秦千越，想起之前还曾拜托他在袁秦回青阳镇之前保护他的安全，结果袁秦竟大刺刺地当着众人的面，说出要代表江南秦家保下梅白依这样大言不惭的话……

"秦公子，对不起。"花朝垂下头，道歉。

"嗯？"秦千越一愣，随即似乎才反应过来，笑着摆了摆手，很有风度地道，"不必担忧，那蠢货的话作不得数，对秦家不会有什么影响的。"

虽然看起来很有风度的样子，但是秦公子，"蠢货"二字暴露了你内心的想法啊！

"还有，你不必替他道歉，他也不是懵懂无知的幼童，该学会自己做下的事情自己承担后果了，这是一个男人该有的担当。"秦千越微微一笑，看着花朝道，"你赠的仙酿我已经喝完了，答应你的事情自然还作数，我会看着他，让他不至于丢了性命的。"

见秦千越那伪君子一副风度翩翩的样子，周文韬实在看着不顺眼，酸溜溜地凑上来道："赠的什么仙酿？什么时候的事情？为什么我没有？这是区别对待啊！"

"多谢秦公子。"花朝点点头，然后轻飘飘地看了周文韬一眼，"二位慢慢聊，我有事先走一步了。"

说完，自顾自走了。

"喂……"周文韬无力地喊了一声，对上了秦千越似笑非笑的视线，他顿时一个激灵，心里泪流满面，我没有话要跟他聊啊！

花朝没有去管周文韬的死活，径直进了西院，去找傅无伤。

她到傅无伤住的客房时，傅无伤正在用膳，用的还是她早上带过来的那些鸡丝粥以及点心。

"花朝。"看到花朝，傅无伤眼睛一亮，站了起来。

花朝看了一眼桌上打开的食盒，皱了皱眉："这些都凉了，不要吃了，回头倒了吧。"

傅无伤下意识地道："多可惜……"

花朝一脸不可思议的表情，她可是记得当初在去紫玉阁的路上遇到他时，这个人对吃食简直是挑剔到了令人发指的地步，如今竟然对这些已经冷掉的点心说可惜？

这个人还是傅无伤吗？

傅无伤注意到她的表情，顿时有些赧然，他没好意思讲他是舍不得花朝的心意，更何况他再挑剔，也不可能挑剔花朝送给他的东西啊，就这么丢了多可惜。

"正好有些饿了……这套釉下彩的瓷碗我很喜欢，谢谢。"抿了抿唇，他道。

"你喜欢就好。"花朝点点头，然后想起之前的事，又肃然道，"今日你太冲动了，万一梅白依对你起了杀心呢？"

"众目睽睽之下，又是当着袁秦的面，她还要维持她紫玉阁千金大小姐冰清玉洁的形象，即便起了杀心，也不会当众下手的。"傅无伤解释着，又道，"她进了圣殿，还杀了朱如景，必是知道了长生不老的秘密，而且我们也不知道她究竟知道了多少，若她知道长生的根源在你身上……"想到这里，傅无伤简直不寒而栗，神色郁郁地道，"这个隐患一定要早日除了才好。"

"什么叫即便起了杀心也不会当众下手？万一呢？"花朝蹙眉，"这事我自有主张，你不要再插手，在进行蛊变的重要关头，我不希望你的身体受到伤害。"

"花朝，我感觉身体已经适应得差不多了，明日便进行第二重蛊变吧。"傅无伤没有回答花朝的话，而是看着花朝道。

"你确定你的身体已经适应了？"

"放心，我不会拿自己的身体开玩笑，我还要成为你的蛊王呢。"傅无伤微微笑了笑，保证道。

不知为何，花朝看着他，心跳忽然漏跳了一拍。

"你……"

"嗯？"

"没什么。"花朝撇开视线，咽下了未出口的话。

就在刚刚，她突然产生了一种冲动，想问他对于决定成为她的蛊王这件事后不后悔，可是话到嘴边，她却咽了下去。

已经决定的事情，管他后不后悔，她都不能再容他变卦了。

"就明日吧。"花朝道，"明日进行第二重蛊变。"

傅无伤眸色深深，他没有去追究她刚刚未说出口的话是什么，只点头道："好。"

明明已经做了决定的事，可是花朝突然竟有些不敢面对他，匆匆丢下一句"我去准备一下，你好好歇息养足精神"，便落荒而逃了。

她身后，傅无伤看着她有些仓皇的背影，轻轻一笑，道一句："傻瓜。"

她眼里的愧疚、担忧、害怕和决然他都看得清清楚楚，也十分明白，可是她不明白他，他早已经下定决心要成为她的蛊王，不可能变卦，也不会后悔。

他想拥有能够保护她的力量，让她从此不必再一个人孤军奋战。

他要为她扫除前路上的一切障碍，成为护她的盾，成为她手中的剑。

花朝刚走出门没几步，忽然想起来忘记跟傅无伤说之前苏妙阳的异常之处了，赶紧又折返了回去，结果刚踏进屋子，便对上了傅无伤的视线，他似乎正目送她离开。

他的眼神里，有她不能理解的激烈情感。

他这个眼神……是什么意思？

这抑制不住的心跳，又是怎么回事？

"怎么了？还有什么事吗？"傅无伤也没有料到她会突然折返回来，眸光稍稍一凝，随即摸了摸鼻子，有些不自在地问。

刚刚他的表情一定很奇怪吧……

"哦。"花朝定了定神,才想起来自己折返回来的目的道,"方才苏妙阳同我说了很奇怪的话。"

"什么话?"

"她……大概察觉我们最近走得比较近,以为你是我选中的夫婿人选。"这么说的时候,花朝竟感觉脸庞有些发热,她轻咳一声,又道,"而且看她的意思,竟对此是乐见其成的。"

听花朝这样讲,傅无伤一下子联想到了自己让邱唐转交给自家老头的那封信,他在那封信里提到了和梅白依解除婚约的事,也提到了心悦瑶池仙庄的小圣女。

他才跟老头提了心悦瑶池仙庄的小圣女,就传来了瑶池仙庄要举行流霞宴为圣女选婿的事,有可能仅仅是巧合,可若是……苏妙阳心目中为花朝选定的夫婿人选就是他傅无伤呢?

"站在苏妙阳的立场,她应该并不希望我成亲才对,此次流霞宴已经令我感觉十分蹊跷了,我原以为她这是想趁着这次流霞宴做些什么,可结果竟然也不是,她竟然一副要认真地给我挑选夫婿的样子,并且还不反对我挑中的人选是你,你不觉得这很奇怪吗?"花朝面露疑惑,想了想,又道,"还是说……我们若是在一起,她能得到什么好处?"

是啊,以苏妙阳的性格,若非能借此得了什么好处,难道她还能真心为花朝着想不成?

傅无伤几乎肯定了心里的猜测,但这个猜测令他心头发沉。

若是这个猜测真的成立的话,那么他一直以来有所怀疑却不敢承认的那些事情,便也都有了一个确定的答案。

当日,历经九死一生逃离瑶池仙庄回到家之后的他,将被困在瑶池仙庄的事情尽数告诉了父亲,包括瑶池仙庄里的一些他所知道的情况,但后来不管他们怎么查,都没有查到半点有关瑶池仙庄的消息。

追查瑶池仙庄的事情是父亲亲自出手的,作为武林盟主,他的耳目几乎遍及整个武林,可即便这样也依然没有查出任何的蛛丝马迹,瑶池仙庄,仿佛真的如那虚无缥缈的名字一样,是不属于人间的。

继母说那是他的臆想,是根本不存在的地方。

毕竟,若瑶池仙庄真的存在,怎么可能避开武林盟主的耳目呢?所有存在于世的东西都必然留下痕迹,一个连半点蛛丝马迹都查不到的地方,又怎么可能真的存在呢?

他当然不会因为继母的话就放弃,没有人比他清楚瑶池仙庄到底存不存在,于是他开始自己着手调查。

而直至紫玉阁事件之前，他查了那么多年，也依然没有丝毫头绪。

可是，如果暗中阻挠他、暗中护着瑶池仙庄，为瑶池仙庄大开方便之门的人，就是武林盟主呢？

是不是一切就都有了解释？

"傅大哥？傅大哥？"花朝见他呆怔在原地，喊他也不应，上前在他眼前挥了挥手。

傅无伤这才回过神来，只觉得额头上冷汗涔涔。

"傅大哥，你怎么了？"花朝见他面色不好，有些紧张，"有没有哪里不舒服？"

"没有。"傅无伤摇头，"只是忽然想起一些事情，没什么大碍。"

"真的？"花朝不放心地看着他。

"真的。"傅无伤保证，然后又安抚道，"苏妙阳究竟是什么心思，我们先不去管了，反正她暂时没有怀疑我们目前正在进行的事情，而且还算是给了我们便利，管她是什么心思呢？"

花朝想了想，点头道："嗯，那你好好休息吧，二重蛊变只会更难熬，你定要有心理准备。"

"放心吧。"傅无伤看着她，知晓她心下的不安与矛盾，微笑着保证道，"已经答应你的事情，我一定会做到的。"

花朝低低地嗯了一声，转身走了。

【四】秋葵的心事

一直到走出傅无伤的房间，花朝还是感觉心跳有些过快，这种陌生的感觉让她觉得有些无所适从，她这是什么了？难不成傅无伤的蛊变也会影响到她？因为用了她的血？

平稳了一下心跳，花朝正准备离开西院，但经过梅白依之前化名邱柏所住的房间时，却听到里头似乎有人说话。

谁在里面？

难道梅白依竟然还敢一个人住在这个房间里？

花朝缓缓走了过去，在门口站定，房门关着，里头有低低的说话声，那刻意压低的声音并不是梅白依的。

"你知道这房间原先住的那位邱公子是女扮男装的吧？现如今已经闹开了，据闻景王便是她杀的，只是苦于暂时没有物证，但人证却是有的，所以这事儿是八九不离十了，你伺候了她那么久，竟没有发现什么端倪？"

这声音……似乎是西院的管事玥娘。

"奴婢愚钝，没有发现……"秋葵的声音低低地响起，带着些鼻音，似是在隐忍着什么。

"也是，你向来愚钝。"玥娘说着，顿了顿，声音显得有些意味深长了起来，"但有些时候啊，聪明的人反而活不长，你屋里那个香枝八成便是因为这个送了命的。"

"香枝死了？是找到香枝的尸体了吗？"秋葵的声音微微打着战，却是急急地问了一句。

"晦气东西，你以为她是景王？死一个小丫头谁耐烦去找。"玥娘有些不耐烦地斥了一句，又道，"按理说你伺候的人出了这么大的纰漏，女扮男装混入瑶池仙庄不说，还敢在瑶池仙庄杀人，且最后还将屎盆子往瑶池仙庄头上扣，这前前后后发生了这么些事，你却连个味儿都没有闻出来，合该是要被杖毙的。"玥娘的声音阴沉沉的，说到这里，她顿了顿，声音又忽然变得有些奇怪了起来，只听她道，"但谁让我向来心疼你呢，早前我就说了待你伺候的这位邱公子被淘汰出局后我就把你调到我身边伺候，如今也是差不多了，反正这屋子肯定是空出来了，香枝又不在了，你一个人难免孤单可怜，回头便收拾了东西跟我走吧。"

这话听着倒是十分暖心，似乎是好意，但听着却十分违和，仿佛透着些别的意味和暗示，听得人浑身不适。

"不……不了，这屋子虽是空着，但也还是需要人打扫的。"秋葵低低地辩解了一句，然后突然轻哼一声，随即低低地啜泣了起来。

"你这是在拒绝我？"玥娘的声音阴森森地响起。

花朝听着越发不对，蹙了蹙眉，抬手推开了门，在看到屋子里的情形之后，她的脸色略有些难看了起来。

秋葵衣裳半褪着被按倒在地上，面色煞白地闭着眼睛，满脸是泪，玥娘一双枯瘦如骨的手正在那白皙细腻的肌肤上游走。

房门被推开的声音惊动了两人，逆着光玥娘没有看清来者是谁，面上的表情带了些怒气："是哪个不长眼的奴才来扰我好事？"

"管事好大的威风。"花朝有些嫌恶地道。

听到这声音，玥娘一个激灵，慌忙从秋葵的身上下来，整了整衣裳跪了下去："是奴才老眼昏花了，还请圣女恕罪。"

花朝没有理会她，看向正默默合拢了衣裳、在玥娘身后无声跪下的秋葵。

她的表情一片木然。

"圣女，奴才是真心喜爱她的。"注意到花朝的眼睛，玥娘心里一个咯噔，却到底还是放不下秋葵的滋味，辩解了一句。

玥娘这点子癖好并不是什么秘密，连瑶池圣母都是知道的，甚至还拿这件事打趣过她，如今她院子里几个伺候的丫头都是在圣母面前过了明路的，因此被花朝发现了这档子事，玥娘也并不惧怕。

她如今这句，也只是想要花朝不要插手这件事罢了，毕竟秋葵的滋味她惦记了许久，先前有香枝那贱婢护着她找不到下嘴的机会，如今好容易香枝没了，她才尝了一口，这到嘴的肥肉她又怎么舍得就这么放手？

这份"真心"当真是恶心到花朝了，花朝蹙了蹙眉，却也知道玥娘是苏妙阳的人，即便这些人都尊她一声圣女，她此时也不能因为这件事便处理了这玥娘，毕竟在苏妙阳眼里，这只是个人癖好而已，算不得什么大事。

于是她无视了玥娘，直接对秋葵道："七号房的傅公子身边缺人，你愿意去伺候吗？"

秋葵不敢置信地抬头看了花朝一眼，随即反应了过来，忙不迭地磕了一个头，几乎要喜极而泣："愿意，我愿意。"

景王死了，那位女扮男装的"邱公子"却还活得好好的，若非香枝的仇还没有报，她大概早就同玥娘这色中恶鬼同归于尽了。

她原以为就要这样被拖入黑暗的深渊了，没想到眼前却突然出现了曙光。

花朝点点头："跟我来吧。"

秋葵再没有去看玥娘一眼，匆匆地爬起来，跟着花朝走了出去。

屋外阳光耀眼，秋葵看着前头那一袭花青色大氅的女子，忽然觉得她的背影仿佛光芒万丈。

待她们离开之后，一直跪着的玥娘才缓缓起身，脸色阴沉得仿佛能滴出墨来。她虽然是个奴才，但在这西院，从来没有人敢如此忤逆过她，时间久了，她早就忘记了卑微的滋味，今日这事儿，仿佛狠狠的一巴掌扇到了她的脸上。

"秋葵，你以为圣女能护着你一辈子不成？"

半晌，她恶狠狠地嘀咕了一句，甩袖走出了房间，向着瑶池圣母住的主殿而去。

这厢，秋葵小心翼翼地跟着花朝往前走，不知道在犹豫什么，面上带了些踌躇之色，渐渐地，那踌躇之色渐定，似乎已经做下了什么重要的决定，正在她鼓起勇气要开口的时候，花朝的声音自前头传了过来。

"傅公子有洁癖，平日里的碗盘使用前后都需要用开水煮过。

"他喜欢精致些的食器，屋里有一套釉下彩碗碟，暂时便用那套，回头我会再寻一些送来。

"一日三餐从我院子的小厨房走，你记得每日来取。

"他身上有伤，身体比较虚弱，我会让小厨房炖汤给他食补，每日上午和下午两次，记得来取。

"看天气给他适量增减衣物，注意不能让他着凉感染风寒。

"若有什么人为难他，你且记下名字来告诉我就行了，切忌不许他与人硬碰硬。

"哦对了，他晕血，你伺候的时候注意一些。"

秋葵微微瞪大眼睛，听圣女事无巨细地吩咐下来，根本寻不到机会开口讲话，只能小鸡啄米一样点头应是。

这位傅公子看起来有点难伺候啊……竟比女人还娇气的样子。

圣女到底是看中他哪一点了？

"还有，"花朝忽然停下脚步，看向她，"不该看的不看，不该说的不说，即便不小心看到什么，也一个字都不许往外传，能做到吗？"

秋葵看着圣女，眼神坚定，斩钉截铁地点头："能！"

"很好，去敲门吧。"花朝抬了抬下巴。

秋葵一愣，这才发现她们已经站在了七号房门口，敢情这一路她光顾着听吩咐了，不知不觉竟然已经到了……而她藏了满肚子的话始终没有找到机会开口同圣女说。

虽然如此，秋葵还是赶紧听话地去敲门了。

花朝再次去而复返，且还带了一个有些眼生的侍女过来送给他，傅无伤有些哭笑不得。

"这是秋葵，原先在十一号房邱柏身边伺候的，现如今邱柏成了梅白依，也没有回十一号房住，想来也用不着她了，我看你身边缺人，便调了来伺候你。"花朝解释完，看了一眼秋葵。

秋葵忙乖觉地行礼："见过傅公子。"

傅无伤随意扫了一眼这面容姣好的侍女，心情顿时有些五味陈杂，明明之前还一副我是你的蛊王你很开心的样子，现如今说好的占有欲呢？这么一个活色生香的小美人放在他身边花朝就一点都不担心吗？他这心里怎么就那么不是滋味呢？

"傅大哥，怎么了？有什么不妥吗？"见傅无伤一脸复杂地看着自己，花朝不解地问。

傅无伤能说什么？我对你的大方表示不开心？我觉得你对我的占有欲不够强烈？

他这番欲言又止的表情落在秋葵眼中便是挑剔，心道这位傅公子果然恃宠而骄得很，十分难伺候的样子。

"我不需要人伺候，且……也不太方便。"傅无伤在心里叹了一口气，如此道，说着，还用带着暗示的眼神看了花朝一眼，他是未完全体蛊王这件事只能天知地知你知我知，不能让其他任何人知道，这平白多了一个伺候的人，多不安全，而且明日就要进行二重蛊变了，他的屋子里实在也不宜有外人。

"无妨，我心中有数，这些时日司武不在你身边，原先伺候你的侍女也调到了别处，委屈你了，我本来就想再调一个人来伺候你，刚好秋葵那边出了一些状况，暂时也需要一个落脚之处，你就让她先伺候着试试，即便不如司武称你心意，也算是有个端茶递水的人。"

想他一个曾经食不厌精脍不厌细、衣食住行样样讲究到令人发指的纨绔公子，这几日当真是受了好大的委屈，花朝想想都心疼，怎么能让自己人受这样大的委屈？

见她一副我很心疼的样子，傅无伤嘴角一阵抽搐，总觉得有哪里不太对，哪里弄反了吧？却又着实暗爽于心。

"秋葵，你就暂且留下伺候傅公子吧。"花朝看向秋葵，"记住我先前说的话，知道吗？"

"是，圣女。"秋葵忙点头应是。

傅无伤见这阵仗便知道花朝已经替他做了决定，这个侍女他是推脱不了了，心塞之余，他终于正眼打量了这叫秋葵的侍女一眼，心里起了些戒备，看花朝的态度似乎也颇为维护这个侍女，她们是有什么渊源吗？

说实话，自他那位好继母安排给他的侍婢半夜赤身裸体地爬上他的床，结果被他一脚踹断了肋骨开始，傅无伤便对侍婢这种东西没了好感。

那件事情的结局是老头将司文司武兄弟俩送到了他身边，并敲打了他那位颇为用心良苦的继母，从此之后他身边再没有出现过侍婢这种东西。

眼前这个秋葵，看起来倒是颇为老实，只是知人知面不知心，希望她不要辜负了花朝对她的信任。

秋葵自然察觉到傅无伤打量的眼神，沉默乖巧地垂着头任他打量。

安排好秋葵，花朝便打算回去了。

见圣女要走，秋葵有些沉不住气了，也顾不得傅无伤正上上下下地打量着她，她忙上前一步，急急地道："圣女，我……我有些话想单独同您讲。"

花朝回头看了她一眼，见她满脸急切，点点头道："那你随我一同走吧，正好去我院中取午膳。"

"是，圣女。"秋葵眼睛亮亮地道。

看她望着花朝的眼神几乎要闪闪发光，傅无伤抽了抽嘴角，他……嗯，大概是自作多情了。

回到院中没有看到阿宝，据说是跟着清宁出去玩了，花朝想，他们倒是越来越要好了，殊不知此时的清宁已经被阿宝整得欲哭无泪了。

花朝让如烟、如黛去准备食盒，自己带了秋葵进内室，莺时在外头守着。

"说吧，有什么事要同我讲？"花朝坐下，看着忽然开始惴惴不安的秋葵，问道。

秋葵二话不说，扑通一声跪下了，那声音让花朝听着都替她的膝盖疼。

秋葵跪在地上，垂头摸了摸袖子，随即闭上眼，豁出去了一般咬牙从袖中掏出一样东西，看形状似乎是一柄匕首，用帕子包着，她解开那帕子，双手捧着献了上去。

果然是一柄匕首，还是一柄血迹斑斑的匕首，血痕已经凝固的刀刃上，形成一道道深红色的痕迹，大概是因为用帕子包着的关系，那些干涸的血痕保存得十分完好。

看到那把还带着血的匕首，花朝眼中终于露出了一丝诧异之色，这……这是梅白依杀死景王时所用的那把凶器。

因为当时梅白依一击未中，这匕首卡在景王胸前，故而她看得还算清楚。

这匕首的形状十分别致，刀柄是圆形的，整个匕首的形状乍一看如同梅花一般，因此不容易认错。

花朝伸手，小心地隔着那帕子，将那染血的梅花匕连同帕子一起接过仔细端详了一番，匕首十分精致且锋芒毕露，刃很薄，入手却很沉，看材质倒是和她的流星锤有些相似。

……只是不知为什么，花朝竟觉得这梅花匕十分眼熟，似乎在哪里看过似的。倒不是昨日在景王胸口上看到的那一回，而是之前她似乎也曾在哪里见过这梅花匕。

只是一时竟想不起来了。

"你在哪里发现这梅花匕的？"花朝一边打量着这匕首，一边问。

"圣殿外面的一条小道上。"秋葵抿了抿唇道，"昨天夜里，那位邱公子前脚离开房间，我后脚便跟了出去，守在了圣殿外头的那条小道上。"

说到"邱公子"这三个字的时候，她的脸上露出了一丝讥讽之色。

"果然……大约一个时辰之后，我看到她神色仓皇地从圣殿里走了出来，她仿佛很害怕，一副失魂落魄的样子，脚步匆匆，连袖中的匕首丢了都不曾发觉，于是待她走后，我便悄悄地捡了起来。"

"她从圣殿出来，要掩人耳目，应该走的不是正门。"花朝看着她，忽然道。

秋葵捏了捏拳头，脸色已经变成了死一样的白，她低低地道了一句："我知道圣殿有条不为人知的暗道。"

当年她懵懂无知，被卖进瑶池仙庄之后被里头花团锦簇的景象迷花了眼，以为自己进了仙境，那时她胆大又贪玩，趁着没人注意的时候从马车里跑了出去，一路走一路看，结果……见到了她此生想都想不到的噩梦。

那恐怖如地狱的场景彻底吓破了她的胆，再回到马车里的时候她就变了个样，从此变成了一个见到什么都害怕的胆小鬼。

后来，她知道了那个地方叫圣殿，是瑶池仙庄的禁地，擅入者死。

她战战兢兢地将这件事藏在了心底，谁都没有说，连香枝都不知道。

她一直觉得除非她死，否则这件事将永远是个秘密，因为说出这个秘密的那一日，必是她的死期。

可是现在她不得不将这件事说出来，因为她要替香枝报仇，凭她自己肯定是做不到的，她只能将这证物交给圣女。

"香枝对你这样重要？"花朝看着她，忽然问。

重要到她明知道说出这件事可能会死，可是为了替香枝报仇，她还是说了出来。

花朝想起那日她悄悄来告密，其实她之前吩咐她们若发现了什么就来禀报也不过是随口一说罢了，可是这个叫秋葵的侍女却给了她惊喜。

她带来了很重要的消息，她发现了邱柏和景王之间的异常，还无意中提到莫家庄的莫秋与景王看起来像是上下属的关系，这解决了她对那个杀手的困惑，她甚至打探到梅白依要夜探圣殿的消息。

当时她十分满意，问她可有什么要求。

她怎么回答的？她说奴婢别无所求，只希望圣女大人杀了邱柏和景王这两个胆敢擅闯仙庄禁地的恶徒。

明明当时她的处境并不好，正处于玥娘的威胁之下，她却没有要求保证自己的安全，反而说了这样一个对她而言并没有什么实际益处的要求。

……大概便是为了帮香枝报仇吧。

香枝应该也是发现了什么，才死在了梅白依的手上。

"嗯，很重要。"秋葵带着鼻音道。

香枝是为了她才死的，若不是香枝想替她在圣女面前博一个机会，以避免她被玥娘那个老虔婆糟蹋，香枝就不会铤而走险，结果……却连尸体都没有找回来。

"我知道了，如烟、如黛应该已经将食盒装好了，你快些拿了食盒回西院去吧。"花朝点点头道。

秋葵呆呆地走出房门，接过如烟递上来的食盒，直至回到西院，整个人还是有些迟钝，她……没事了？

不是说擅入圣殿者死吗？

圣女已经知道了她曾经闯入圣殿的事，她为什么没事？

她是抱着必死的决心讲出这件事的啊。

好半晌，她才反应过来，擦了擦眼睛，走进了房间。

傅无伤正坐在窗前看闲书。

"傅公子，奴婢领了午膳回来。"秋葵放下食盒，笑容可掬地道。

傅无伤扬了扬眉，明明先前在花朝面前还不是这样的表情，这会儿怎么就突然殷勤了起来？

果然是个表里不一的女人。

对于这个能让花朝无视他的意愿，强行塞到他身边的侍女，傅无伤抱了先入为主的观念，总觉得她心机重、城府深，此时有心要为难她，于是只面色淡淡地翻过一页书，坐着没动，也没搭理她。

秋葵却是毫不意外，毕竟她一早就知道这个男人有多娇气多难伺候了，可谁让他是圣女在意的人呢，为了报答圣女的恩情，她自然要铆足了劲儿替圣女照顾好他。

秋葵去橱柜中取了那套釉下彩的瓷器，仔细用开水烫过，这才将食盒里的食物一一摆了出来，恭敬地道："傅公子，碗碟都烫洗过，可以用膳了。"

傅无伤有些惊讶地看了她一眼，她竟然知道他的洁癖？

先前那两个侍女根本不知道这一点，她头一回来竟就知道了？

果然心机深沉。

傅无伤哼了一声，到底起身去吃了，毕竟这可是花朝替他准备的，凉了多可惜。

对于傅无伤的喜怒无常，秋葵只是报以十分淡定的微笑。

而这个时候，玥娘正在对自己的妹妹茜娘抱怨圣女不给她面子，明明她都已经说过那个秋葵是她看中的人，结果圣女竟还当着她的面带走了她盯了好久好不容易就要上手的女人。

"我看你是老糊涂了，被人恭维久了就不知道自己是个什么东西了？"茜娘正忙着查景王被杀的事情，哪里耐烦听玥娘唠叨这些鸡毛蒜皮的小事，拉着脸道："那是谁？那是圣女，她凭什么要给你面子？你又有哪一点值得她给你面子？"

那位圣女可是连她茜娘的面子都不给呢，更何况玥娘不过是个西院的管事。

玥娘面色有些讪讪的，她向来就有些怕这个妹妹，此时被怼了也没有生气，只涎着脸笑道："我小小一个西院管事自然是没什么，我妹妹可是瑶池圣母面前的红人，她不给我面子，就是不给你面子，这口气我怎么咽得下？"

"收起你的花花肠子，你那点伎俩我能不知道？别在我面前摆弄。"茜娘似笑非笑地道，"行了，这件事我会看着办的，不过是个小小的侍女，瑶池仙庄的侍女那么多，你就非得盯上那一个不成？"

"秋葵跟那些庸脂俗粉不一样。"玥娘没脸没皮地嘿嘿一笑。

茜娘斜了她一眼："敢情圣女在你眼里也是庸脂俗粉？"

玥娘面露惊恐，有些夸张地瞪大眼睛："我岂敢意淫圣女？"

"行了，到现在为止第一案发现场和凶器一个都没有找着，还不知道要怎么向圣母交代呢，此次圣母亲口吩咐下来要你我一起查，你有空在这里寻思这些腌臜东西，不如快点查出凶器在哪儿，保不齐圣母一高兴，就把秋葵赏给你了。"说完，也不理她，走了。

【五】妖孽阿宝

秋葵走后，花朝坐在房间里，对着那染了血色的梅花匕看了许久，还是没有想起这梅花匕她究竟是在何处见过的。

隔着帕子将那梅花匕放在一旁，花朝盘腿坐下，将风怜秋水的心法运行了一遍，感觉到身上微微汗湿，又要了水洗澡。

晚膳后，花朝开始着手准备明日傅无伤二重蛊变要用的一些药物。

蛊变层层递进，危险越来越大，傅无伤要承受的痛苦也会越来越大。

如果他熬不住了呢？

可是让她就此收手，却也是万万不能的，花朝第一次发现自己竟然如此自私。

对着一包配好的药物，花朝失眠了。

因为失眠的关系，早上她便起得迟了些，睡得迷迷糊糊时似乎听到如烟在耳边说了一句什么，但花朝也没有去细听。

睁开眼睛的时候，已经是日上三竿了。

"圣女，袁公子在外头，要求见您。"见她醒了，如烟上前道。

本来流霞宴的时候，这些外面来的公子都只能在西院走动，不能擅自离开西院，更不用说靠近圣女的住处了。但是如今出了景王被杀的事情，在案情明朗化之前，这些公子暂时都不能离开瑶池仙庄，大概是怕管制太严引起他们的反感，圣母下令说除了圣殿这样的禁地不允许进入之外，其余地方皆可自便。

这样一来，大家的怨言果然小了许多。

因为瑶池仙庄很大很漂亮，值得赏玩的景色也有许多，而且昨天夜里忽然开始下雪，雪下了整整一夜，整个瑶池仙庄成了一个银装素裹的世界，最奇的是园中的鲜花却还在盛放，一朵朵一簇簇争奇斗艳的，一时竟让这些公子在这冬日的瑶池仙庄里生出了踏春的心情来。

唯有那位袁公子，今日一大早便来了，说要求见圣女，偏圣女破天荒地起晚了，连早膳都没有吃。那位袁公子也是个倔的，就一直在外面等到现在，这外头冰天雪地的，尤其又是最寒冷的早上，眼看着他都冻僵了……

正想着，便听圣女淡淡地说了一句："不见。"

如烟和如黛不同，她本就是个谨慎的性格，知道自己位置尴尬，圣母将她赐给圣女，圣女也未必信任她，所以她轻易不会忤逆圣女的意思，可是想起外头那个立在雪中的倔强少年，她到底忍不住破天荒地又道了一句："那位袁公子一大早就来了，因为圣女睡着，他在外面等到现在。"

"傅公子的早膳准备了吗？"花朝没理会她的话。

"一个时辰前秋葵已经来取回去了。"如烟忙道。

"阿宝呢，早膳吃过了吗？"花朝又问。

"阿宝今日很乖，说圣女昨夜没有休息好，便自己吃了早膳，如今正和清宁莺时在院子里玩呢。"

往日里阿宝都是要等花朝起床一起用早膳的，今天看花朝起晚了，却是破天荒自己用了，倒也是个懂事的孩子，难怪圣女平日里那么疼他。

只是……圣女问起了傅公子，问起了阿宝，独独不曾理会门外头那个站在冰天雪地里的少年。

不是说那个少年曾是她的未婚夫吗……

但是这已经是如烟的极限了，她再可怜那位袁公子，也断不可能明知道他惹了圣女不喜，还一再地为他求情说话。

"嗯，如今西院解了门禁，庄里人多眼杂的，看好阿宝不要让他离开院子。"花朝仿佛不经意一般，随口嘱咐道。

袁秦就在外头，不能让他看到阿宝。

"是。"如烟忙应下了。

花朝看看时辰，就着茶水吃了几块点心，对如烟道："这个时辰小厨房的补汤

176

应该熬好了，你装上吧，等会儿我要去西院，可以顺便带过去，省得秋葵再跑一趟了。"

这每日两回的补汤是花朝特地调配了用来巩固和加强傅无伤体质的，以便他能更好地适应蛊变的过程，是每日都不能断的。

"是。"如烟应了一声，转头去了。

出门的时候，花朝还是叫上了如黛。

刚走到门口，花朝就看到了立在冰天雪地中的袁秦，雪积了很厚，他也不知是何时来的，肩上也积了一些雪，眉梢上都结了霜色，整个人似乎都冻木了，在看到花朝的时候，只有眼睛微微亮了一下。

花朝没有看他，目不斜视地走了过去。

"花……"他忙喊了一声，"花朝……"

可是不知道他站了有多久，估计是脚麻了，一时竟动弹不动，只得眼睁睁地看着花朝从他面前走过。

她身后跟着的那个侍女冲他吐了吐舌头，道了一句："该！"

袁秦有些迷茫，先前见到这个侍女的时候，她分明还是十分和善地要给他进去通报一声的，怎么这会儿就成这样了……随即他想起来花朝身边似乎是有一对双胞胎侍女。

这个应该是另一个人吧……袁秦几乎是有些迷茫地想。

对于如黛的表现花朝也是有些惊讶，毕竟先前如烟那欲言又止的表情她其实是看在眼里的，她以为如黛也会帮着说两句，谁知道她行事竟是十分出人意料。

注意到花朝略带惊讶的眼睛，如黛满不在乎地道："我可不是如烟那个好脾气的，昨晚莺时都跟我说了，那位袁公子就是一个有眼不识金镶玉的糊涂蛋，且看好吧，有他后悔的那一日，圣女可不要对他心软。"

纵然这话有拍马屁的嫌疑，但如黛倒是个爱憎分明的性子。

花朝没有说什么，继续往西院走。

袁秦木木地立在原地，眼睁睁地看着她走远，脸上木木的，仿佛心都木作了一团。

那个温柔含笑的少女仿佛还在眼前，可是眼前这个花朝再也不会那样笑盈盈地看着他了。

她已经越走越远，留给他的，只剩一个背影。

直至最后，连那个背影都消失不见了。

袁秦动了动脚，有些沮丧地僵着身子准备离开的时候，忽然看到院子里闪过一个小小的身影，那身影有些眼熟，仿佛是……阿宝？！

他愣了一下，随即摇摇头，是冻得眼睛都木了吧，怎么可能是阿宝？阿宝远在青阳镇，怎么可能出现在瑶池仙庄……正想着，仿佛是为了加深他的疑惑似的，院子里忽然响起了一阵孩童银铃般的笑声。

随后，又响起了一个紧张的女声："阿宝，阿宝你不要跑！圣女吩咐了你不可以离开院子！"

而这个时候，阿宝已经冲到了院子门口，和袁秦打了个照面。

袁秦猛地瞪大了眼睛，阿宝？！

阿宝趴在门口，一双黑漆漆的大眼睛望了过来。

袁秦一个激灵，仿佛被兜头浇了一盆冷水，那个孩子分明看到了他，也认出了他，可是那双眼睛里没有丝毫的意外，他就那样直直地看着他，一双黑漆漆的眸子里竟透出了几分诡谲。

如烟跑了过来，一脸紧张地将阿宝搂进怀里："阿宝，你再不听话，回头我可禀报圣女了。"

阿宝却一点不怕，笑嘻嘻地在她柔软的怀里蹭了蹭，占尽了便宜。

如烟拿他没办法，这孩子分明是个调皮的，却总有办法撒娇卖乖，让人不忍心真的责怪他。摇摇头，她抱起阿宝，回了院子里。

阿宝趴在如烟肩头，扭头看向仍然木着脸站在雪地里的袁秦，这灰头土脸的样子看着可真解气啊，阿宝想着，咧开小嘴，冲他笑了一下。

袁秦怔怔地看着阿宝被那侍女抱着离开，待阿宝回过头，冲他咧嘴一笑的时候，袁秦竟是遍体生寒。

他是故意的……

他是故意让自己发现他的。

这个妖孽一般的孩子，绝对不像他表现出来的那般可爱无害。

可是，他为什么会出现在瑶池仙庄？为什么会出现在花朝的院子里？

袁秦带着满腹疑惑，深一脚浅一脚地回了西院。

看到阿宝，他又想起了那个夜晚，他与花朝成亲前一天的那个夜晚……

他的确是一早就没有打算同花朝真的成亲的，之前答应也无非是为了安抚爹娘，不让他们起了戒备之心，更方便他逃离青阳镇罢了。

可是，他一早是打算带着花朝一起离开的。

那天夜里，他辗转反侧了许久，把第二天会发生的事情事无巨细地想了一遍，唯一没办法预料的，大概就是花朝的心情了。

他事前没有告诉花朝，一是怕她瞒不住娘的眼睛，二是怕她跟娘告密，所以他是打算成亲前直接将她带走的，这样生米煮成熟饭，以花朝的性格大抵也是拿他没办法，最后还是会妥协的。

他想了想，到底还是不放心，披衣下床，扛着木梯去了花朝的窗外。

他爬上木梯，敲开了花朝的窗。

"阿娘说成亲前一晚不能见面的。"她打开窗，一脸认真地告诫道。

她并不知道明天会发生的事，她在认真地期待着明天的婚礼，这个认知让他莫名地有些心虚。

"这不是担心你紧张嘛，你别怕啊，一切有哥哥我呢。"他咧了咧嘴，意有所指地叮嘱。

如此含糊其词，她自然不可能猜到他话中的真意。

她笑着应："嗯。"

"记得明天要听话啊。"他一手扶着梯子，另一只手揉揉她的脑袋，再次叮嘱。

"好。"她乖乖地点头。

"乖。"他笑眯眯地看了她一眼，下了梯子。

然后冲她挥挥手，走了。

安抚好花朝之后，他并没有回房间，而是去了马厩，他一早就盯上了那个异乡人的马。

那异乡人失踪之后，他的马一直留在客栈的马厩里。

离开青阳镇和闯荡江湖都离不开一匹好马，且那个异乡人竟然还敢掳走花朝，用一用他的马袁秦毫无心理压力，他只恨那个异乡人遁得太快，竟是半点消息都没了，要是他敢再出现，他一定揍得他怀疑人生。

正想着，他突然看到马厩旁有一个鬼鬼祟祟的人影："谁？"

那人影微微一僵，随即拔腿便要跑，袁秦见他一副见不得人的样子，上前一把擒住了他："鬼鬼祟祟的，让我看看你是谁……"待看清的脸之后，袁秦便是一愣。

竟然是那个掳走花朝之后就销声匿迹的异乡人！

只是此时他面色仓皇，模样十分憔悴，仿佛受了什么巨大的折磨似的，和先前在客栈里那副光鲜的模样判若两人。

"原来是你！"袁秦很快回过神来，一把扼住他的喉咙，怒气冲冲地道，"说，为什么要掳走我妹妹？"

那人动了动干燥脱皮的唇，喉咙如破旧的风箱般发出呼哧呼哧的声响，仿佛要说什么，可随即猛地瞪大眼睛看向他的身后，脸上露出了极惊极惧的神情，仿佛看到了什么极为可怕的东西一样。

袁秦下意识地扭头看向身后，身后却什么都没有，他有些恼怒地回过头正要斥责这人故弄玄虚，便觉手上一沉，那个异乡人的脑袋已经无力地耷拉了下去，他愣了一下，下意识地去探他的鼻息。

……死了？

袁秦扼着他喉咙的手猛地松开，后退一步，看着那人如一件死物一样沉沉地落地，再没了声息。

真的死了……

袁秦有些慌张起来，他杀人了？

可是他明明没有很用力啊，怎么就扼死他了？

正在袁秦六神无主地盯着眼前的尸体不知道该怎么办的时候，身后突然传来了脚步声，他猛地回头，便看到了一个小小的胖嘟嘟的身影。

是隔壁杂货铺费大爷家的小孙子阿宝。

"阿秦，你在干什么啊？"他笑嘻嘻地道。

"我比你大，你要叫我哥哥。"袁秦习惯性地纠正他的称呼，随即感觉话题要歪，正色道，"你来这里干什么？"

阿宝却是不答，只好奇地探头看了一眼地上躺着的那具尸体，眨巴了一下眼睛，疑惑地道："哎呀，这个人怎么睡在地上？"

袁秦吓得一颗心差点停摆，板起脸道："阿宝，我问你话呢，这个时候你不睡觉，跑来我家客栈干什么？"

"听说花朝明天便要成亲了，我很是不舍，来看看她。"阿宝老气横秋地道。

若是往常，袁秦大概会被他逗笑，只是此时他着实笑不出来："花朝睡下了，我会告诉她你来看过她，如今镇子里来了外乡人不比往常太平，你一个小孩子晚上就不要独自出来了，省得你阿爷担心，快些回去吧。"

阿宝却是看了一眼地上那已经僵硬的尸体，撇嘴道："那个外乡人不就在地上躺着吗？"

袁秦悚然，看阿宝的眼神犹如看一个怪物。

阿宝一个小孩子，他原是不放在心上的，可是他竟然一眼认出了那个外乡人……

"你干什么这样看着我？"阿宝又眨巴了一下眼睛道，"不过他为什么睡地上啊？听说是锦衣卫的副千户，那大小也是个官儿吧，没银子住客栈吗？"

袁秦听他童言童语，心下先是一松，然后又倏地抽紧了，锦衣卫的副千户！这个异乡人是锦衣卫的副千户？！

那厢，阿宝已经打了个哈欠，揉揉眼睛："果然太晚了，好困，我回去睡觉了，你记得告诉花朝我来看过她了啊。"

"好。"袁秦木木地应了一声，看着阿宝转身迈着小短腿走了，这才回头看向地上那具尸体。

锦衣卫？！

他呆立半晌，随即猛地回过神来，赶紧蹲下身去搜他的尸身，果然在他怀中摸出了一块令牌，上面赫然写着"锦衣卫"的字样。

真的是锦衣卫……袁秦感觉身上一下子起了一层白毛汗。

纵然他自小在青阳镇长大，却也听过锦衣卫的赫赫有名，当然也不是什么好名声，那是皇帝的鹰犬，干的都是侦缉廷杖、抄家灭族的勾当……如今他竟然杀了一个锦衣卫的副千户！

这是闯下了多大的祸啊！

袁秦到现在都记得当时的自己有多么恐惧和慌张，他惹上了生平从未见识过的大人物，而且有可能祸及家人，在最初的恐惧和慌张过后，他做出了一个决定，连夜带着那具尸体离开青阳镇。

不管怎么样，都不能连累了爹娘和花朝。

他将尸体绑在身后，策马离开了青阳镇，一路避开官道，只敢走山林小道，足足走了两日，觉得距离青阳镇足够远了，才寻了一个山崖将那尸体抛了。当时正值盛夏，两日的时间那尸体就已经开始腐烂，到现在他都记得那种腐臭的味道，想起来就令人作呕。

如此他又战战兢兢地过了两日，一路尤其注意官府张贴的文书，见那个副千户的死仿佛并没有人注意，也没有任何和这事儿有关的通缉文书，这才慢慢将这事儿丢开了。

只是此时再想……那天夜里，阿宝的出现着实奇怪。

而且……他为什么会出现在瑶池仙庄？

袁秦想着，脚下忽然一顿，又折返了回去。

他得问个清楚才行。

去而复返，袁秦站在院子门口，正琢磨着该怎么潜进去，却见一个小小的身影溜了出来，不是阿宝又是谁！

袁秦上前一把拉住了他。

阿宝看了一眼自己被紧紧攥住的小胖胳膊，丝毫不见紧张，只仰头看了袁秦一眼，蹙眉道："松手，你抓疼我了。"

依然是老气横秋的样子，可是袁秦却再不觉得好笑，只觉得心底有丝丝寒气升起，刚刚他对那个侍女撒娇卖乖的样子，和眼前这副老气横秋的样子判若两人，却又毫不违和。

但这份不违和，却是最大的违和……

见他不松手，阿宝有些不耐烦地道："你还怕我跑了不成？若不是我寻了个机会溜出来，你能见得着我？"

袁秦下意识地松了松手："我有些话要问你。"

"你确定要站在这里问？"阿宝看了他一眼，"如烟若发现我不见了，定要出来寻我的。"

袁秦四下环顾了一番，将阿宝拉到了一个隐蔽些的地方。

"你为什么会在瑶池仙庄？"他问。

"蹲下，我不喜欢仰着脖子和人说话。"阿宝嘟了嘟嘴，不满地道，"真没礼貌。"

袁秦如今有求于他，只得忍了气蹲下，与他平视，又问了一句："阿宝，你为什么会在瑶池仙庄，你阿爷呢？"

阿宝笑了起来："我也有话问你，后来你有没有跟花朝说过我在她成亲前一晚去看过她的事儿啊？"

袁秦面色微沉，他敢肯定阿宝是故意的，他逃婚的事情在青阳镇大概早已经人尽皆知了吧，他怎么可能有机会跟花朝说上话？

"你先告诉我，你为什么会在瑶池仙庄。"袁秦沉着脸道。

阿宝却并不怕他，只笑眯眯地道："我以为你会先问那个锦衣卫副千户的事儿呢。"

袁秦心里咯噔一响："那天晚上你果然是故意的！"

故意出现提醒他那个异乡人的身份，逼得他不得不带着尸体连夜离开了青阳镇。

阿宝嘻嘻一笑："你猜？"

袁秦一下子铁青了脸："你为什么要这么做？"

"我不想让你娶花朝啊。"阿宝一脸理所当然地道。

袁秦一愣，怎么也想不到竟是这个答案，忍不住怒道："就算我不娶，也轮不到你娶。"

这个小豆丁到底在想什么？就因为这么莫名其妙的理由……

阿宝立刻露出了不高兴的表情，定定地看了他一眼，忽然大哭起来。

袁秦被他不按常理出牌的样子吓了一跳，哄也不是，不哄也不是，明明刚刚还仿佛一个成年人似的跟他对话，怎么一转眼就开始号啕大哭了呢？

阿宝的哭声很快引来了如烟。

她一脸焦急地跑了过来，将阿宝抱进怀里："不哭了不哭了，不是让你待在院子里不要出来的吗，怎么跑外面来了？"

"他……他说要给我吃松子糖……"阿宝哭得打了一个嗝，指着袁秦的鼻子道，"可是，可是他骗人……呜呜呜……"

如烟闻言，有些生气地看向袁秦道："袁公子就算想见圣女，也不该拿出这么下作的手段来骗一个孩子，我已经替你传过话了，圣女说她不想见你，你不用白费心机了。"

"不是……"袁秦被这番变故弄得瞠目结舌。

"这件事，我会同圣女禀报的。"如烟说完，抱着阿宝走了。

一边走一边还一边哄着阿宝："不哭了啊，想吃松子糖吗？待会儿我就去小厨房给你做，不哭了啊乖……"

"嗯。"阿宝恹恹地趴在如烟肩上，带着鼻音乖乖地应了一声。

袁秦简直快被气死了，他死死地盯着趴在如烟肩上的阿宝，他这是被这小浑蛋栽赃陷害了？

趴在如烟肩膀上的阿宝仿佛感受到了他的视线，忽地抬起头，笑眯眯地冲他做了一个满是恶意的鬼脸。

袁秦顿时被气得一佛出世二佛升天。

这还是个孩子吗？！这简直是个妖孽！

【六】傅哥哥

此时花朝还不知道袁秦和阿宝已经见过面了，她只让如烟仔细着不让阿宝出院子，却没有想到阿宝是铁了心要出来，如烟根本就看不住他。

西院里的公子今日大多出去赏雪了，倒是十分清静。

花朝进了西院，一路上也没遇见几个人，经过景王房门前的时候，仍守在那儿的吴须和林霜对她行了一个礼。

花朝对这二人是十分忌惮的，点点头："两位辛苦了。"

她也暗自揣测过自己修习了风怜秋水之后究竟是不是这两人的对手，但也只是揣测罢了，在和苏妙阳彻底翻脸之前，她根本没有机会去试探这两人的身手如何。

花朝走到傅无伤房间门口的时候，刚巧遇到秋葵出来，这个时间她大概是打算去她院子里取补汤的。

看到花朝，秋葵眼睛一亮，赶紧行了一礼。

"补汤我已经带来了，省得你跑这一趟。"花朝示意如黛将食盒递给秋葵。

"多谢圣女体恤。"秋葵面带笑容地道，声音又脆又甜。

花朝往日见到她，她都一副受了惊的小白兔样，如今这番模样倒是令她有些意外。

屋子里，正百无聊赖地坐着翻闲书的傅无伤听到花朝的声音不由得一阵雀跃，等了一阵，却迟迟不见花朝进来，而是被秋葵那个讨厌的家伙堵在门口聊天，他不由得内心里酸意弥漫，对那个表里不一又没什么眼力见儿的侍女越发看不上眼了。

正按捺不住地放下书本，准备出门去看的时候，花朝走了进来。

"傅大哥，今日身体如何？"

傅无伤点点头，眉眼都带着笑意："没问题，我已经准备好了。"

正说着，秋葵已经将食盒拎了进来。

"放下吧，你去准备些热水，今日天寒，我要给傅公子泡个药浴预防风寒。"花朝吩咐着，又对如黛道："如黛你也去帮忙。"

这一次，如黛聪明地没有去追问为什么不让傅公子直接去温泉池，她应了一声，便同秋葵一同退了下去。

花朝上前，打开食盒，取出保温的汤盅："傅大哥，先把补汤喝了吧。"

这补汤傅无伤已经喝了有两日了，虽然里头加了不少珍贵药材，但喝着并没有什么药味，反而有股清新的香甜之味，比起他以前喝的那些苦药不知要顺口多少，更何况是花朝捧给他的，便是毒药他都甘之如饴，何况是她花了心思熬制的补汤？

傅无伤当下伸手接过，三两口下去，很快一盅汤便见了底。

"不急，慢些喝。"

傅无伤放下汤盅，笑着道："味道不错。"

花朝弯了弯眉眼："我担心难喝，特意试了味道的。"

傅无伤暗自咂咂嘴，觉得这汤更甜了。

"秋葵怎么样？用得可还顺手？"正想着，便听花朝这样问。

傅无伤轻咳一声，勉强道："中规中矩吧。"

即便他对那侍女颇为不喜，但也不能昧着良心说她伺候得不好……相反，她太聪明了，很会察言观色，他需要什么她几乎都能提前替他想到，一些杂事根本不用他费心。

除了不会武功之外，比起司文司武也不遑多让了，而且到底是个女人，比起他那两个侍从，在一些日常小事上要细心得多。

留在东流镇正痴痴等自家公子回去的司文和司武双双打了个喷嚏，面面相觑："该不是公子遇到什么麻烦了吧？"两人俱是忧心忡忡的样子，尚不知有人想要取代他们的地位，他们就快要失宠了。

"那便好。"花朝点点头，微微一笑，忍不住夸赞了一句，"秋葵很聪明。"

能让挑剔的傅无伤说一句中规中矩，已是十分不容易了，那代表着他挑不出什么毛病，秋葵这个小姑娘总是能令她惊讶。

"太聪明了。"傅无伤颇为不爽地接了一句。

也是因为这个，他才不喜欢她。

太聪明了，就容易生出花花肠子来。

"只要心正，聪明也没什么不好的。"花朝小小地替秋葵辩解了一番。

"花朝。"傅无伤忽然一脸正色地看着她道。

"嗯？"

"你似乎特别喜欢那个小丫头？"他盯着她问。

花朝想了想，竟然点点头："秋葵的确是个讨人喜欢的姑娘。"

她聪明、谨慎、重感情、知道感恩，的确是个讨人喜欢的姑娘。

傅无伤的脸一下子黑了，现在是怎么样？他已经堕落到要和一个小丫头去争宠了吗？简直岂有此理……

此时，隔着一道屏风，正擦洗浴桶的秋葵无意中听到了这一句，怔了怔。

正提了热水进来的如黛见到秋葵发呆的样子，笑了笑，上前压低声音道："圣女似乎真的很喜欢你呢。"

秋葵长长的眼睫扑闪了一下，害羞似的笑了笑，微红了脸颊。

"浴桶已经洗好了，我跟你一起去提热水吧。"她跟如黛一起将热水倒入桶中，笑着道，眼睛亮闪闪的。

如黛看着眼前这个兔子一样的小姑娘，心道果然是个讨人喜欢的，只是心里到底也有些酸溜溜，说起来她才是圣女的贴身侍女，也没听圣女夸过她一句。

那个足有大半人高的大木桶要装不少热水，但这次有秋葵帮忙，不多时，两人便将要沐浴的热水准备好了。

"圣女，热水已经准备好了。"秋葵和如黛一同进来禀道。

"嗯，辛苦了。"花朝点点头，"你们先退下吧。"

秋葵下意识地便问："需要奴婢留下伺候吗？"

"不必了，你退下吧。"

"啊？"秋葵一呆。

傅公子要沐浴，圣女为什么要单独留下？

"退下。"花朝蹙了蹙眉，重复道。

见秋葵似乎还要说什么，如黛赶紧极有经验地拖着她一同退了下去。

一直退到门外，秋葵呆呆地看着如黛贴心地替他们关好房门，不由得一脸好奇："傅公子沐浴，圣女为何要留下？"

这孤男寡女的……合适吗？

"圣女才夸你聪明呢，这些事是我们该管的吗？"如黛斜了她一眼。

秋葵怔了怔，眼神微黯，默默垂下了头："姐姐说得是，谢谢姐姐教导。"

房间里，花朝看她们退了出去，还乖觉地关上了房门，这才起身，从袖袋中取出已经炮制好的药粉撒进了木桶之中。

傅无伤走到她身旁，看着那些药粉融化在水中，已经做足了心理准备，但这一次水并没有变成他害怕的红色，反而是水面起了奇妙的变化，渐渐升腾起一股白色的雾气，那些浓郁的白色雾气自木桶中蔓延出来，几乎将整个木桶都覆盖住了，远远看着竟像一个茧。

"可以了。"花朝点点头，对傅无伤道。

傅无伤轻咳一声道："你在屏风外头等我，行吗？"

经过第一重蛊变，傅无伤多少已经有了些经验，想起第一重蛊变时花朝招呼都不打一声，他毫无准备地脱了衣裳，结果后面发生的那些尴尬事他几乎都不敢再回想。

花朝断然摇头，因顾忌隔墙有耳，她上前一步，在他耳边轻声道："不行，二重蛊变没有那么简单，我得随时看着你的情况。"

看着她十分认真的脸，感觉到耳边她吐出的气息带着微甜的芬芳，扫得他的耳朵痒痒的，一直痒到心底，傅无伤的脸腾地一下子红了。

好吧，是他思想龌龊，可是他是一个男人啊！让他在自己喜欢的女人面前沐浴，他真的办不到啊！

花朝眼睛一眨不眨地看着他，催促道："快些脱衣服啊。"

傅无伤此时当真感觉到了骑虎难下的滋味，一时五味陈杂。

"啊……莫不是你在害羞？"看着他红得快要冒烟的脸，花朝忽然仿佛开了窍似的问。

傅无伤的眼神游移了一下。

见他一副心虚默认的表情，花朝再次一本正经地凑近了他，在他耳畔轻声道："不用害羞，反正上回都见过了。"

轰的一声，傅无伤的脸当真冒烟了。

但是当这种心情过了一个临界点，傅无伤便有些自暴自弃了。

他默默地转过身，快速脱了衣服，一头扎进了热水中，这次他使上了最得意的轻功，快得几乎出现了残影，花朝只觉得眼前人影一晃，他便已经脱光衣服坐在水里了。

一入水，傅无伤的脸便白了。

一股尖锐的疼痛覆顶而来，傅无伤这才理解先前花朝为什么一直犹豫了，这二重蛊变的滋味，当真不是一重蛊变可以相提并论的，入水的那一瞬间仿佛有无数的牛毛针刺入了他的皮肤，扎得他体无完肤，又仿佛是尖刀在凌迟着他的身体，一刀又一刀，他感觉痛不欲生，宛如身临地狱。

他感觉自己随时会疼死过去，但偏偏他的意识却十分清醒，连晕倒都做不到。

花朝站在一旁，十分紧张地盯着他："很痛吗？"

傅无伤看到花朝眼中的紧张，有心想给她一个笑容告诉她自己没事，但那好不容易挤出来的笑容却显得有些狰狞。

这是花朝此生看过的最难看的笑容，但也是她见过的最温柔的笑容。

这个笑容就此印入她的心底，再也没有忘记过。

而此时，傅无伤感觉自己已经快撑不住了，他的身体忽冷忽热，仿佛有极寒和极烫的两股气息在他的体内四处冲撞，这已经不是意志可以控制的事情了，他死死地咬住牙，尝到了口中的血腥味。

在意识快要消失的时候，他忽然感觉身体一暖，有一具柔软且带着馨香的身体轻轻地贴了过来……

然后唇上一软，这是……

吻？

她的唇轻轻地贴在他的唇上，她的舌尖轻轻地探入他口中，柔软地卷去了他口中腥甜的味道。

迷迷糊糊间，傅无伤睁开眼睛，看到了眼前花朝放大的脸，细腻白皙的肌肤，这是……梦？

"花朝……"他轻声喃喃。

"嗯？"她忙着吻他，只轻应了一声。

啊，果然是梦，傅无伤伸手抱住眼前梦寐以求的女人，狠狠地把她嵌入了怀里，一手环着她的腰，一手扣着她的后脑勺，恶狠狠地吻了下去。

如同一个见到了肉的饿死鬼。

好容易解了馋，他一下一下轻啄着她微微有些红肿的唇，一双大手则是忙忙碌碌地在她细腻的肌肤上流连忘返。

她肌肤细腻，曲线玲珑。

怀中抱着自己深爱着的女人，傅无伤既满足又空虚，低头又吻住了她。

喘息中，傅无伤轻声道："好花朝，快叫我的名字……"

虽然不明白为什么非要她在这个时候叫他的名字，但花朝见他一副十分痛苦的样子，还是从善如流叫了一声："傅大哥。"

傅无伤犹不满足，心道反正是梦，也不怕丢什么脸，故而蹭着她，哀求道："叫我傅哥哥……"

花朝垂眸看着傅无伤微闭着双眼，原本苍白的面色此时略略带了些潮红，十分难耐的样子，忽然想起了那日他来瑶池仙庄看她。

他说："我们都已经认识这么久了，还叫傅公子着实有些见外啊。"

她便问："那该叫什么好呢？"

"不如叫我一声傅哥哥啊。"他一脸期待地道。

她当时觉得这称呼很是腻人，便推脱说："还是叫傅大哥吧。"

如今再想，当时他的表情似乎是有些遗憾和失望呢。

"傅哥哥……"这么想着，她在他耳边轻轻唤了一声。

他紧紧地抱住花朝，不动了。

花朝感觉他的体温也正常了起来，不再忽冷忽热的，心想这一关，应当算是过了？

"傅哥哥，你觉得如何，好些了吗？"花朝见他紧紧地搂着她，垂着头将脸窝在她的颈窝处，久久不动，便问道。

傅无伤抬起头，隔着蒙蒙的水汽看了怀中抱着的花朝一眼："啊，又做梦了……"

"又？"花朝眨巴了一下眼睛。

傅无伤愣了一下，心道这次的梦做得有些非同寻常啊，竟这般有始有终……且花朝的脸也比往日里要清晰许多了，简直就跟真的一样。

真的一样？

傅无伤忽然僵住了，刚刚他不是在进行第二重蛊变吗？怎么突然又开始做春梦了？这不合理吧？！

　　"傅哥哥，可还有哪里觉得难受？"花朝见他呆呆的，又问。

　　傅无伤一脸木然。

　　"圣女。"这时，外头如黛突然敲了敲门。

　　花朝蹙眉："何事？"

　　一般情况，如黛应该不会来打扰她。

　　"圣女，圣母使人来传，说朝廷的锦衣卫指挥使来了，因为景王的事情是圣女您负责的，所以需要您去回话。"

　　朝廷来人了？竟然这么快？

　　"知道了。"

　　花朝说着，哗的一声从水中站了起来，走出浴桶，运起内力蒸发了身上的水珠，快速套上了衣服，然后扭头对还呆坐在浴桶中的傅无伤道："傅哥哥，你也快些起来吧，水快凉了。"

　　这一声"傅哥哥"仿佛一道雷劈在了傅无伤的脑门上，让他瞠目结舌。

　　刚刚那一幕不是梦！

　　他刚刚到底做了什么……

　　傅无伤面红耳赤，羞愤欲死，几乎想找个地缝钻进去。

　　"怎么了？脸这样红，可是有哪里不舒服？"花朝见状，有些担忧地拿了布巾上前，问道。

　　看她一副要来帮自己擦身的样子，傅无伤赶紧抢过她手里的布巾自己来，可是脚下一软，他竟是无力地坐回了水中。

　　温热的水溅了他一脸。

　　这是……怎么了？

　　傅无伤赶紧试着运行了一下内力，却发现自己体内空空如也，他已经习惯了因为身体的关系不管如何努力都存不住内力，可是此时他却是连一丝内力都没有了……宛如废人一般。

　　"怎么了？"花朝见他面色有异，忙问。

　　傅无伤看向花朝道："我一点内力都没有了。"

　　花朝沉默了一下，垂眸道："这是第二重蛊变的正常反应。"

　　她不敢看他的眼睛，只伸手将傅无伤从水中扶了起来，沉默着用布巾替他擦拭身体，擦到他胸前的时候，花朝着重看了一下他心口处蛊纹生长的情况。

他心口处苍白的皮肤上，那朵小小的黑色花苞已经缓缓绽开了一半，生长得很好。

花朝挪开视线去擦别的地方。

傅无伤被她的举动弄得又红了脸，眼见着她蹲下身准备去擦那不可言说的地方，他倒吸一口凉气，匆匆抢过她手里的布巾，捞起衣服冲进了屏风后头。

他只是没了内力，又不是真的成了废人！

花朝站在原地，定定地看着屏风的方向，一动不动。

傅无伤穿了衣服出来，便对上了花朝幽黑的眼睛，他有些不自在地轻咳一声，然后撇开视线……

刚刚对她做了那样的事，他一时竟不知该如何面对她。

简直太龌龊了！

他在心里深深地唾弃自己。

"你在恨我吗？"花朝看着他撇开视线，忽然开口，"你后悔了，对不对？"

傅无伤一愣，抬眼看她。

"即便你恨我，即便你后悔，我也是不会放手的。"花朝面无表情地看着他，斩钉截铁地道。

傅无伤面无表情地缓缓地走到她面前，一脸郑重其事地道："记住你的话。"

"什么？"这下，轮到花朝愣住了。

"永远不要放开我的手。"他看着她，轻声说着，伸手轻轻地将她拥入了怀中，"傻瓜，不是说了要相信我吗？我永远不会恨你，也永远不会后悔。"

花朝顿了一下："真的不恨我吗？你的内力没有了，在完成第三重蛊变，彻底成为蛊王之前，你会一直这样。"

傅无伤耸肩，无所谓地道："反正我那点内力原本就可以忽略不计，没什么好可惜的。"

花朝抿了抿唇，反手抱住了他，轻声道："我会学着相信你的，傅哥哥。"

前一句傅无伤很满足，只那一声"傅哥哥"叫得他一个激灵，他轻咳一声："不要叫傅哥哥了……"

"你不喜欢吗？"花朝抬眼看他。

傅无伤语塞："倒是喜欢……"

"那就叫傅哥哥吧。"花朝弯起眉眼道。

此时她急于讨好他补偿他，只想对他好，一句傅哥哥就能让他高兴，她又为何要改口呢？

傅无伤此时真是痛并快乐着，她甜甜的一声傅哥哥便让他忍不住回忆起了一些……

"傅哥哥。"花朝看着他道。

花朝这样看着他乖巧地唤他傅哥哥，满足了傅无伤内心里长久以来的臆想，他忍不住一阵心旌荡漾，轻应道："嗯？"

"你经常做春梦吗？"花朝问。

傅无伤石化了。

"傅哥哥，书上说经常做春梦对身体不好。"花朝一本正经地告诫。

傅无伤的表情裂了。

这时，敲门声救了他。

"圣女。"大约是花朝磨蹭太久，门外，如黛又敲了敲门，轻声提醒了一句。

傅无伤闻言松了一口气，赶紧道："你快去吧。"

花朝奇怪地看了他一眼，到底点点头，走出门去。

她身后，傅无伤长长地吁了一口气。

花朝哪里知道傅无伤的纠结，她走出门便见如黛和秋葵正在房门外不远处候着，见她出来才走近。

注意到花朝鬓发有些散，衣服也有些凌乱，秋葵轻声道："圣女，不如我替您重新梳妆吧？"

花朝也知道自己现在这副模样不宜见客，便点点头，对秋葵道："那借你房间一用。"此时回自己院子再梳妆恐怕来不及，而且这里是傅无伤的住处，并没有梳妆的用品。

"圣女不嫌弃就好。"

第十二章

【一】人生何处不相逢

花朝今日出门未曾化妆，但素颜见客肯定会引起瑶池圣母的不喜，可偏偏如黛是擅长梳头发，往日里花朝的妆容都是如烟负责的，一时竟有些为难。

"不如让我试试吧。"秋葵略有些羞涩地道。

如黛有些犹疑。

"嗯，你来吧。"花朝看了她一眼，点头。

秋葵的妆盒是瑶池仙庄统一制式的，东西还算齐全，只是不如花朝往日里用的那些考究。

"只是这些东西奴婢用过……"秋葵有些不好意思地道。

"无妨。"

秋葵眼中便带了笑，应了一声，动作利索地调了黛粉，执笔画眉。

"圣女的眉毛很漂亮呢，只要轻轻地描画一下就可以了。"秋葵轻声赞叹着，果真只轻轻地描了两笔。

"圣女的眼睛也很漂亮啊……"秋葵一边描画着，一边轻声喃喃。

如黛一边梳头一边忍不住斜了她一眼道："秋葵你这小嘴可真甜，可把我们这种笨嘴拙舌的给比下去了。"

秋葵自觉话多了，微微一笑，抿唇不再多言。

最后，她用指腹沾了口脂，轻轻点在花朝的唇上。

秋葵收回手掩在袖中，微笑着道："好了。"说着，她让开一些，好让花朝能在镜中看到自己的模样。

看到镜中的自己，花朝竟是有些惊艳。

如黛也是神色十分复杂地看了秋葵一眼，这个不起眼的小丫头竟然有这样的好手艺。

瑶池圣母向来喜欢让圣女浓妆盛装，但其实圣女并不十分适合浓妆，浓妆之后她的十分容貌也被压得只剩八分了，可是秋葵这妆容，看着鲜妍、艳丽，却毫不死板沉重，反而透着说不出的轻灵，竟让人生生地挪不开眼去。

在外头等候了许久的玥娘见到花朝出来，看得眼睛都直了。

秋葵眼中寒芒一闪，上前挡住她的视线，这该死的老虔婆，竟敢用这样的眼神亵渎圣女。

见秋葵挡住了自己的视线，玥娘也不生气，只意味深长地盯了她一眼："好久不见啊，秋葵。"

秋葵的眼神更冷了，明明才隔了一日，她这是故意在硌硬她。

玥娘却是收回视线，看向花朝道："圣女，玥娘是奉了圣母的命令来请您去大殿的，朝廷的锦衣卫指挥使来了，要调查景王之事，因为这件事一向是圣女您负责的，所以需要您去回话，奴婢已在此等候了许久，恐时间来不及，已备下软轿，请您这就出发吧。"

这话竟是明里暗里地在挤对圣女动作太慢，如此嚣张的态度，休说秋葵，连如黛都冷下脸来："谁给你的胆子这样跟圣女说话？"

玥娘是西院的管事不错，但西院也不过是个客院而已，论权势跟她妹妹茜娘根

192

本没办法相提并论，且她能当上这西院的管事本就是借了妹妹茜娘的光，因此如黛并不十分将她放在眼里。

玥娘在西院是被小丫头们捧惯了的，若是往常被这样一个小辈训斥，定是要恼的，即便不能当场教训回来，过后也必定是会找回场子的，谁让她有个颇有权势的好妹妹呢，但不知为何她似乎对如黛格外容忍，只讪讪地笑了一下，便噤了声。

花朝没有理会这一茬儿，直接坐上了软轿。

如黛跟了上去，秋葵站在原地，目送软轿走远。

轿夫一路行得飞快，很快便可见着大殿外头站着两排身着甲胄的锦衣卫，远远看着十分壮观。

她等的人，终于来了啊。

花朝唇角微微翘起，眸中一片漆黑。

软轿停下。

"圣女，请。"玥娘殷勤地说着，伸手上前便要去扶她。

花朝无视了她伸出来的手，踏下软轿，走进了大殿。

她身后，接二连三被打脸的玥娘站在原地，脸色阴晴不定。

大殿之中，苏妙阳正面带微笑地同一个身着飞鱼官服的年轻男人说着什么，听到脚步声，那个男人回过头来，然后愣住了。

看到那张熟悉的脸庞，花朝也愣了一下，赵大哥？！

他怎么在这里？

"花朝，还愣着干什么，快来见过锦衣卫指挥使赵大人。"苏妙阳笑着招了招手道。

赵穆是锦衣卫指挥使？花朝心里咯噔一下，然后瞪着赵穆，祈祷他千万不要当着苏妙阳的面与她相认。

显然，赵穆没有看懂她的眼神，或者说巨大的惊喜让他失去了警惕，他匆匆站起身，大步走到花朝面前，一脸惊喜地道："花朝？你怎么在这里？"

苏妙阳意味不明地看了看赵穆，又看了看花朝："赵大人认识我瑶池仙庄的圣女？"

赵穆闻言怔住，他看向花朝，疑惑地道："圣女？"

苏妙阳含笑点头："方才赵大人不是要问关于景王被害的具体情况吗，这件事便是圣女负责调查的，你尽可以问。"说着，又道，"不过倒是十分意外，赵大人仿佛与我们圣女是旧识？"

赵穆方才乍一见到花朝，被巨大的惊喜冲昏了头脑以至于没有发现花朝的异常，此时再看她，通身的气势打扮，跟当初已经远远不同了，一时不由得有些犹疑。

见他面露迟疑之色，苏妙阳笑着道："人生真是何处不相逢，重逢便是喜事，恰好我已命人摆下宴席给赵大人接风，不如先吃些东西再叙旧？"

"不必了。"赵穆回过神来，拱手道，"我想先去看看景王爷，不如劳烦圣女带路？"

苏妙阳知道他这是想与花朝单独说话，微笑着颔首道："如此也好。"又对花朝道："赵大人是贵客，花朝你可要好好招待。"

花朝垂首："是。"

青石板的小径上，花朝与赵穆并肩走着，如黛极有眼色地远远跟着。

当日紫玉阁一别，花朝心中对他是存有歉意的，她不是没有感觉到他的心意，但在无法回应他心意的前提之下，她亦不想欠他太多。她想过若是他日在青阳镇再相逢，她一定会亲自下厨做上一顿丰盛的饭菜，感激他一路相护之情，可是她未曾想到再次遇到他，竟是在这样的地方……又是这般的景况下。

此时花朝心中已经乱作一团，瑶池仙庄在她眼中不啻为龙潭虎穴，若说她最不希望谁陷进来，赵穆也算一个，她希望他永远只是青阳镇的赵屠夫赵大哥。

青阳镇的一切，她都无比珍惜，因为在最黑暗和无助的日子里，那已经是她心中的最后一方净土……她不希望心中仅存的这方净土被染指。

可是……为什么偏偏来的是他呢？

赵穆一直都在偷偷觑着花朝，她的模样变化很大，他向来知道花朝是漂亮的，却不知道她竟可以漂亮成这样，如果说青阳镇的花朝是一块还未经雕琢的璞玉，那么，此时的花朝却已经散发出了璀璨的光芒。

不远处有侍者在扫雪，积雪清冽的气息和着园中花朵芬芳的香味，透出一种异样的冷香来，闻着令人心旷神怡。

别后意外重逢的两人都沉默着，谁也没有先开口说话，初见花朝的惊喜过后，赵穆心里又升起了许多的疑惑和不解来。

花朝为何会出现在瑶池仙庄，还成了瑶池仙庄的圣女？

袁秦呢？

正琢磨着，花朝已经停下了脚步，转身看向他。

赵穆冷不防对上她的正脸，呼吸竟是不由得一窒。

"赵大哥？"见他直愣愣地看着自己发呆，花朝开口唤了他一声。

赵穆一下子回过神来，察觉自己竟是看呆了，他轻咳一声，面上有些赧然："我没有想到会在这里遇到你，你现在的样子变化很大。"

花朝看了一眼眼前这个身着飞鱼服、腰佩绣春刀的男人，也难以把他和当初青阳镇那个性格腼腆的赵屠夫联想到一起。

"赵大哥呢？怎么会变成朝廷的锦衣卫指挥使？"她问。

"当日我接到京中友人的飞鸽传书，催我速速入京，实际上我当初离开青阳镇便是因为收到了京中友人的来信，离开紫玉阁之后我便去了京城，后来又发生了一些事情……机缘巧合之下我就官复原职了。"赵穆白皙的脸颊微红，解释道。

他脸颊微红的样子，与当初腼腆的样子如出一辙，花朝不由得抿唇，微微笑了一下，之前在青阳镇她被那个叫林满的人掳走之时，那个人便口口声声唤他指挥使大人，那时她并没有什么真实感，毕竟青阳镇的赵屠夫与林满口中的指挥使大人着实相去甚远。

此时他这样衣冠楚楚地站在她面前，花朝心中有些感慨，先前还庆幸他离开旭日城的时机刚刚好，否则以他的性格，断不会眼睁睁地看着她被瑶池仙庄带走，说不定早就连累了他。

只是……这兜兜转转的，他怎么又跳进瑶池仙庄这个坑来了呢？

"东流镇偏远，你从京中过来怎么这样快？"带着些许的郁闷，花朝问。

"我原就在附近城镇办事，是临时收到的皇命，来瑶池仙庄调查景王被杀一案。"赵穆说着，又看了花朝一眼，终于问出了心底的疑惑，"花朝，你怎么会成了瑶池仙庄的圣女？"

花朝看了一眼不远处的扫雪人，极浅淡地笑了一下："我一直都是瑶池仙庄的圣女，只不过十五年前意外走失，这才被阿爹阿娘收养罢了。"

她虽然在笑，可是笑容却没有到达眼底，她的眸光寒凉如眼前这皑皑白雪，赵穆不知为何心中便是一揪。关于瑶池仙庄的传闻，这一路他亦了解了不少，西王母的传承，长生不老的秘技……这个来历神秘的瑶池仙庄已在江湖上引起了轩然大波。

而他此行，除了调查景王被杀一案，皇帝还下了口谕，要他查清瑶池仙庄里是否真的存在长生不老的秘密。

说话间，两人已经走到了景王曾住过的那间客房。

见圣女领了一个身着飞鱼服、腰佩绣春刀的男人过来，守在门口的吴须和林霜敛目行了一礼。

赵穆的视线落在那两个守门人身上，一个是四十多岁的汉子，留了满脸的络腮胡，几乎看不清他的脸长什么模样，只透着一股子凶神恶煞，另一个看起来年岁不大，模样却更惊悚，只看左半边脸倒是十分俊俏，但右半边脸却仿佛被火烧过，看起来惨不忍睹十分可怖，连嘴唇都烧没了，隐隐可见森森的牙齿，乍一看宛如恶鬼，叫人不敢再看第二眼。

只一眼赵穆便知这二人都不是善茬儿，手上沾的人命不知凡几。

只是自踏入瑶池仙庄以来，入目所见皆是美景美人，那瑶池圣母应当是极为重视颜色之人，为何庄里竟还有这两位人物？

"这位是锦衣卫指挥使赵大人，奉皇命来调查景王爷被杀一案。"花朝在门口站定，对吴须和林霜道。

吴须笑了一下，上前一步推开了门："请。"

花朝点点头，领着赵穆走了进去。

这间客房还保持着原样，只在正堂放着一具水晶棺，棺中放着景王爷的尸体，因为水晶棺的关系，棺中的尸体栩栩如生，若不去看他身上的血污，便如同睡着了一般。

花朝的神色有些复杂。

踏进门的一瞬间，她仿佛又看到那个心宽体胖的景王爷正坐在堂中大快朵颐，见她来了，他拿起一旁的帕子擦了擦嘴和双手，动作有些艰难地站起身拱手道："圣女怎么有空到本王这里来了？"

他一笑便是双层的下巴，看起来很是和善。

赵穆走到水晶棺旁看了一眼："尸体是在哪里发现的？"

"就在这房里，这间房在发现景王爷的尸体之后便派吴须和林霜守着，没有人动过。"

"尸体验过了吗？"

"验过了，他胸前有伤口但不是致命伤，脖子上那处才是，应当是被人割喉而死。"

赵穆点点头："被割喉至死的话应该有大量血液喷溅出来才是，但是房间里十分干净，没有血液喷溅的痕迹，这里应该不是第一案发现场。"

说着，他又低头仔细看了看他脖子上的伤口："看伤口的形状，凶器应该是一柄匕首。"

花朝看了赵穆一眼，仅凭目测和寥寥数语就猜中了一半的真相，难怪那日掳走他的异乡人对他十分忌惮的样子，看来他这个锦衣卫指挥使绝非浪得虚名啊。

"有疑凶吗？"赵穆又问。

"有。"

"是谁？"赵穆直起身，侧头看向花朝。

"紫玉阁的梅白依。"花朝看了他一眼，顿了顿，又道，"不过她另有一番说辞。"

"她怎么说？"

"她说景王爷是为了保护她被瑶池仙庄的侍卫杀死的。"花朝神色平静地道，"如今是各执一词，一时半会儿掰扯不清了。"

赵穆微微蹙眉："梅白依呢？"

"就在西院住着，如果你想见的话，我可以使人传她过来。"

"她既是疑凶，为何没有看押起来？"赵穆疑惑地道，以瑶池仙庄的霸道，根本不会给紫玉阁面子，如今站在瑶池仙庄的立场看，那就是这位梅小姐在此处杀了人，还欲嫁祸……怎么她竟还好端端地在西院住着？

"袁秦出面保下了她。"

袁秦竟然也在瑶池仙庄？

而且还出面保下了梅白依？

赵穆一怔……是啊，传闻袁家客栈那位老板娘出自江南秦府，袁秦自然有这个面子，可是袁秦此时出面保下梅白依岂不是站在了花朝的对立面？而且此时花朝提起袁秦时神色平静到蹊跷，连称呼都如此生疏……

"发生了什么事？"赵穆紧紧地盯着她问。

那时她分明托了一个姑娘送来口信，说她已经找到了袁秦，暂时住在紫玉阁，一切都好，让他不必等她，去忙自己的事。

这就是她说的一切都好？

"什么？"花朝眸光微微闪烁了一下，仿佛没有听到似的问了一句。

"你在紫玉阁发生了什么事？我离开之后发生了什么事？"赵穆看着她问，心里却已经确定了定是发生了什么足以令她和袁秦决裂的事。

以花朝对袁家、对袁秦的感情，那件事必然十分惨烈。

"并没有什么特别的事，我见到袁秦之后说清楚了之前的婚约不算数，后来瑶池仙庄的代圣女无意中发现了我，就把我带回了瑶池仙庄。"花朝轻描淡写地道。

"那袁秦和梅白依为什么会在瑶池仙庄？"赵穆又问。

"你听过流霞宴的事吗？"花朝笑了一下，反问。

"听过。"赵穆的表情有些复杂。

若说最近那些说书先生口中最流行的故事是什么，那必是关于瑶池仙庄的故事，不管是神秘的瑶池仙庄高调出世，还是天外飞仙长生不老的秘闻，都让大家八卦不已，而最近最火热的谈资便是瑶池仙庄的流霞宴了。

说是瑶池仙庄广邀天下少年英雄来比武品剑，比武最后的获胜者可以成为名动天下的流霞剑的主人，甚至有传言说这流霞宴其实是瑶池圣母为了她最宠爱的圣女举行的相亲宴。

他也听过属下私底下拿这件事打趣，觉得此举多多少少有些哗众取宠之意，却从来没有想过瑶池仙庄的圣女竟会是花朝！

"袁秦是来参加流霞宴的。"花朝半真半假地解释道，"梅白依据闻是因为怀疑她母亲被杀一事与瑶池仙庄有关，所以女扮男装也来参加了流霞宴。"

这些事情都是摆在明面上的，只要稍稍一查便可以查到，花朝自然不会同他说谎。

赵穆深深地看了她一眼，她说的话仿佛毫无漏洞，但他知道花朝对袁家、对袁秦的感情，若非发生了什么不得已的事情，他不信她会与袁秦决裂，留在瑶池仙庄。

两人走出景王的房间时，便见茜娘正在外面候着。

见他们出来，茜娘恭敬地上前道："圣女，赵大人，圣母已在碧水苑摆下席面为赵大人接风洗尘。"

花朝看了赵穆一眼，见他颔首，便点点头，带着赵穆往碧水苑去。

这样与赵穆并肩走在瑶池仙庄的小径上，花朝竟有一种恍如隔世的感觉，拢在袖中的手微微动了动，她想起了他留在她包袱里的那只玉镯，原想着若有机会再见到他，定会将玉镯还给他的，可……在他辞别之后的第二天早晨，那只玉镯便被凶神恶煞一般闯进来的紫玉阁护卫打碎了。

如今，是再也无法物归原主了。

花朝刚带着赵穆走出西院的大门，便看到了等在外头的袁秦。

袁秦已经在这里等了半天了，见到花朝出来，他眼睛一亮便要上前，可随即他看到了站在花朝身旁的赵穆，不由得一愣，又狐疑地看了一眼，才确定眼前这个一身官服的男人就是青阳镇那个赵屠夫。

"你怎么在这里？"袁秦指着他，一脸的惊讶。

"这位是奉旨来查景王一案的锦衣卫指挥使赵大人。"花朝怕他又口无遮拦，出声介绍道。

袁秦瞠目结舌，锦衣卫指挥使？！

他一下子又想起了那个被他丢下悬崖的锦衣卫副千户，忽然就想通了："青阳镇那个掳走花朝的外乡人是冲着你来的吧？花朝是被你连累的是不是？"

随即又想到那个副千户想来是和赵屠夫有仇的，如今赵屠夫当了锦衣卫指挥使，那么那个副千户的死应该也无关紧要了。

赵穆眸色微沉："你说林满？他死了吗？"

林满从未在青阳镇表露过身份，除非袁秦之后又见过他，否则不可能知道他是锦衣卫副千户，毕竟林满升了副千户的事情他也是回京之后才知道的。

袁秦一滞，随即咬牙看向花朝，干脆地承认道："是，我误杀了他，就在我们成亲的前一晚，我之前本来是想带你一起离开青阳镇的，可是我在他身上发现了锦衣卫的令牌，我担心会连累你和爹娘，就连夜带着他的尸体离开了青阳镇。"

直至今日，袁秦才说出了此中原委。

花朝看着他，心里有些说不清的滋味，但时至今日……即便知道了这此中的原委，他们也回不去了啊。

"圣母摆下宴席替赵大人接风，我们不便在此久留，告辞。"花朝垂眸说着，便绕开他走了。

赵穆意味不明地看了袁秦一眼，跟了上去。

袁秦一愣，明明他是鼓足了勇气才对花朝说出了这件事，但她的反应为什么这样冷淡？

他下意识地上前一步，拉住了花朝。

花朝侧过头，看向他："还有什么事吗？"

袁秦怔了一下，心里有些说不清的委屈之感，这件事在他心里压了那么久，他当日独自离开青阳镇撇下她一个人也不是故意的，她为什么竟是半点触动都没有呢？

他却不知，若是他在花朝被代圣女花暮发现并强行带回瑶池仙庄之前说出这件事，花朝定然再不会对他逃婚之事心存芥蒂。

可是此时，说什么都迟了。

见花朝只是这样淡淡地看着他，袁秦只得按捺下满心的委屈，想起了自己究竟为什么在这里等了她这大半天。

"小心阿宝。"袁秦动了动唇，低声道。

花朝的眼神猛地一变，他见过阿宝了？！

"这件事你不要插手。"她压低了声音警告道。

若是让苏妙阳知道阿宝是她在青阳镇认识的孩子，到时候又是一桩不小的麻烦。

"阿宝绝对不是表面上看起来那样简单，你要小心他。"袁秦有些急切地道，"我离开青阳镇的那天夜里，他在客栈出现过，我甚至怀疑他和那个锦衣卫副千户的死有关。"

在这里等花朝的时候，他反复想过，那天夜里阿宝出现的时机太巧了，而且他还仿佛不经意般点出了那个人锦衣卫副千户的身份……诸多的巧合联系在一起，便不可能是巧合了。

"你刚才说是你杀了他。"花朝蹙眉道。

"那天夜里我实在是太慌乱太害怕了，生平第一次杀人，还是一个锦衣卫副千户，那样的恐惧令我失去了思考的能力，甚至忽视了一些疑点，以我当时扼住那人脖子的力道，根本不足以致死。"袁秦解释道。

"他只是一个孩子，我不希望你因为毫无根据的揣测就做出什么多余的事。"花朝神色转冷，她猛地凑近了他，紧紧地盯着他的眼睛，压低了声音在他耳边道，"在你做出愚蠢的决定之前，想一想你之前在紫玉阁的决定……而你，肯定不知道我因为你的决定经历了什么。"

袁秦一脸急切的表情顿时冻住了，他僵着唇问："你……经历了什么？"

"你不会想知道的。"花朝甩开他的手，走了。

袁秦知道花朝这是铁了心要护着阿宝了，为了阿宝，那样温柔的花朝不惜在他心口扎了一刀。

这种不被信任的感觉，这种被排斥在外的感觉，让他心中备受煎熬。

赵穆并不知道花朝同袁秦说了些什么，但袁秦那瞬间冻住的表情令他有些畅快，心道那不知天高地厚的浑小子竟也有今日。

"赵大人，请。"花朝看向赵穆道。

赵穆点点头，冷眼觑了袁秦一眼，与花朝并肩而行，将袁秦远远地甩在了身后。此时的赵穆还不知道花朝在紫玉阁遭遇了什么，若他知道，定会上前将袁秦狠狠地揍上一顿。

袁秦看着他们离开的背影，只觉得口中万分苦涩，当日在青阳镇，赵穆连送根簪子都不曾得到他的允许，而如今他们并肩而行，他仿佛倒成了不相干的那个人。

直至走出了很远，花朝才看向赵穆，轻声问道："赵大哥，那个副千户的死，有没有什么干系？"

赵穆在心底轻叹一声，知道她到底还是不可能不管袁秦，缓声道："他贪功潜入青阳镇刺杀我，如今下落不明亦是自寻死路，锦衣卫的档案上已经将此人划去，他死或不死，死于何人之手，都无关紧要了。"

"多谢。"花朝抿了抿唇，道了一声谢。

她又欠他一回。

【二】林满之死

宴席过后，苏妙阳安排了锦衣卫一众人在西院住下。

赵穆一进房间坐定，便招来了自己的心腹冯若定："查一查紫玉阁那位夫人的死有什么蹊跷，还有瑶池仙庄那位代圣女是怎么找到现任圣女的。"

"是。"冯若定领命而去，也没有问为什么明明要查的是景王的案子，而指挥使却要他查紫玉阁的事情。

赵穆坐在房中，食指轻轻地敲击着桌面，想着那位富贵闲王的死究竟是谁的手笔，他相信花朝不会骗他，但他总感觉她在隐瞒着什么……

会是什么呢？

花朝因为心里惦记着阿宝，宴后便匆匆回了自己院子。

花朝回到院子里的时候，阿宝正美滋滋地吃着如烟做的松子糖。

看他咯吱咯吱吃得香甜，毫无心事的样子，花朝稍稍松了一口气。

"阿宝绝对不是表面上看起来那样简单，你要小心他。"

冷不丁想起袁秦的话，花朝又想起了之前周文韬让他小心秦千越的事，不由得发笑，最近总有人让她小心这个小心那个呢。

阿宝听到笑声，一抬头便看到花朝正站在房门口，忙扑腾着小短腿跑了上来，一把抱住她的大腿："花朝，你回来啦！"

"在吃什么呢，这么香？"花朝蹲下身，捏了捏他胖嘟嘟的小脸。

"松子糖，如烟做的，可好吃了。"阿宝以迅雷不及掩耳之势塞了一块在她嘴里。

花朝鼓起腮帮子嚼了嚼，笑道："果然香甜得很。"

阿宝便笑眯了眼，一脸满足的样子。

看着阿宝笑眯眯的样子，花朝冷不防又想起了袁秦的话。

"我离开青阳镇的那天夜里，他在客栈出现过，我甚至怀疑他和那个锦衣卫副千户的死有关。"

她摇摇头，看向阿宝问："阿宝，你见过袁秦了？"

阿宝点点头，又有些苦恼地道："不过他说了好奇怪的话。"

"他说了什么？"

"他先是问了我为什么会在瑶池仙庄，后来又问我什么锦衣卫是不是我杀的……"阿宝歪了歪脑袋，一脸天真地看向花朝，"锦衣卫是什么啊？我为什么要杀锦衣卫？阿爷说杀人不好。"

花朝抬手摸了摸他的脑袋："他魔怔了，你最近一段时间不要见他，离他远些。"

"为什么？阿秦惹你生气了吗？"阿宝眨巴了一下眼睛问。

"嗯，他惹我生气了，所以阿宝也不要理他，知道吗？"花朝又嘱咐道。

"知道啦，我可是站在花朝这一边的！"阿宝拍拍小胸脯，十分仗义地道。

"乖。"花朝笑了一下，"你吃糖吧，我去换身衣服。"

"嗯。"阿宝乖乖地应了一声，目送她离开。

房间里安静了下来，阿宝吃着香甜的松子糖，笑弯了眼睛，袁秦果然去找花朝说他的坏话了啊，可惜花朝再也不会信他了。

咯吱咯吱地嚼着香甜的松子糖，阿宝又想起了那个叫林满的倒霉蛋。

林满是锦衣卫的副千户，据他说如果能够拿到那位前任指挥使的项上人头，便能再往上爬一阶。他口中的那位前任指挥使就是赵屠夫，他这次来青阳镇就是冲着赵屠夫的人头来的，但他应该没有想到此行非但没有拿到赵屠夫的人头，反而丢了自己的小命。

谁让他来青阳镇杀人，还骑着高头大马招摇过市呢？

林满大概不知道，从他踏进青阳镇开始，便已经一脚踩在鬼门关了。

青阳镇的人不问从前，在这里生活的，大多是退隐的江湖人，有人是因为仇家太多混不下去了，有人是因为看破江湖金盆洗手了，有人是因为拖儿带女不想再在江湖上刀口舔血了。

这里是江湖人退隐避世之地，大家都知道从来没有人敢来青阳镇杀人，因为敢来青阳镇杀人的人无一例外地都悄无声息地不见了，生不见人，死不见尸。

但鲜有人知道，青阳镇最初其实是阿宝和他爷爷一起打造的避世之地，渐渐地，青阳镇的名气越来越大，来的人也越来越多，最初，为了营造出青阳镇神秘且无人敢惹的形象，阿宝着实是出了大力的，毕竟……血腥残暴的手段方能达到最大的震慑效果啊。

后来青阳镇的人团结一气，基本上有触犯规则的人碰到谁手里谁就顺手料理了，一个人解决不了，大不了叫上邻居一起解决。

渐渐地，就没阿宝什么事了，太平日子过久了，他正无聊着，这个愣头青就一头撞在了他手里。

他岂能不珍惜？

林满入青阳镇之后便住在了袁家客栈，然后暗自打听了赵屠夫的喜好，知道赵屠夫心仪花朝之后，他便把主意打到了花朝身上。阿宝冷眼看着，知他寻了一处废弃僻静的酒窖，那酒窖十分阴暗，便仿佛不经意一般在他面前跟客栈的伙计吹牛说他家的杂货铺子是整个青阳镇东西最齐全的。

果然，那个蠢货来买了蜡烛。

蜡烛自然是加了料的。

阿宝看着赵屠夫一剑穿心放倒了他，本还有些可惜，结果却见那本来已经应该死掉的人趁着赵屠夫和花朝不注意，竟然跑了！

跑了？

他紧紧地捂着受伤的胸口，逃得十分狼狈，一路还认真地清除了留下的血迹，不敢留下任何的蛛丝马迹，看得阿宝叹为观止，明明被赵屠夫一剑刺中了心脏啊，竟然还能活？

阿宝好奇极了，兴致勃勃地一路跟着他。

他袖中应该有响箭，但他不敢放，毕竟青阳镇这么偏僻，他放了响箭锦衣卫也来不及救援，反而更可能暴露自己的位置，引来赵屠夫的追杀，阿宝看得出来他很忌惮赵屠夫。

见他竟趁着天黑一路摸进了袁家客栈，阿宝便知道他定是回来找马的，但是牵马的动静太大，若是被那个杀人刀袁暮发现，可就没他阿宝什么事了，于是阿宝赶紧故意让他发现了自己。

发现阿宝的存在，林满受惊不小，但在看清阿宝的模样之后，他紧绷的神经一下子松懈了下来，毕竟阿宝可是一个什么都不知道的小孩子呢，而且这孩子还帮他给赵屠夫送过信呢。

他放松了警惕，没有再隐藏自己，很是刻意地露出了行踪，阿宝自然不负他所望，注意到了他的存在。

阿宝走上前，好奇地将他打量了一番，胖嘟嘟的脸上露出了一丝恰到好处的疑惑："你伤在这个位置，为什么还没死？"

这个问题，阿宝已经琢磨了一路了。

林满皱了皱眉，似乎对这个问题有些不满。

"啊……莫非你的心要比旁人长得偏一些？"阿宝忽然想到了一个可能，两只小手轻轻一拍，脸上露出了恍然大悟的表情。

这句话让林满的面色猛地一变，阿宝便知道自己应该是猜对了。

林满戒备地按住腰间的刀柄，脸上的表情没变，随即仿佛想到了什么，他用另一只手掏出几块碎银来，递到他面前，诱哄道："小孩，你再帮我一个忙，这些都是你的，你可以买好多糖葫芦。"

　　阿宝看了一眼他手中的碎银，眨了眨一双黑漆漆的大眼睛："你要我帮什么忙？"

　　"我被仇家追杀受了伤，想找个安全的地方躲一阵，你知道哪里有这样的地方吗？"林满试探着问道。

　　他需要找个地方来养伤和躲避赵屠夫的追杀，而对他来讲，天真的孩子比成年人更值得信任。当然，他并没有真的指望一个孩子能够帮上他什么忙，他打的主意也许是挟持住这个孩子，让他家里人不得不给他寻个藏身之处。

　　阿宝似乎是被好多好多糖葫芦给迷惑住了，完全没有想到自己会引狼入室，他笑眯眯地点头应了。

　　阿宝收了他的碎银子，将林满悄悄地藏在了自家杂货铺的库房里。

　　林满似乎对这库房的环境很是满意，松了一口气的同时，还不忘嘱咐阿宝："记得这是我们之间的秘密，不可以让别人知道，连你的家人都不能，你能做到吧？"

　　既然有了藏身之处，对于自己藏身此处的事情，自然是少一些人知道更好。

　　"当然。"阿宝抓过他手中的碎银，笑眯了眼，"这是我们之间的秘密，我不会让任何人知道的。"

　　阿宝并没有急着动他。

　　毕竟是好不容易得来的玩具，一下子玩死了多没趣。

　　藏身在杂货铺库房的林满一日比一日更焦躁起来，他似乎对于危险有种奇怪的直觉，明明他暂时是安全的，可整个人十分不安，夜里也十分警醒，没有充足的睡眠，身上的伤口自然也愈合得相当缓慢。

　　阿宝决定给他一点希望，仿佛不经意一般告诉他下个月初一袁家大少爷成亲，他时刻紧绷着的情绪终于松动许多，大概想着到时候人多眼杂，会是他离开青阳镇的大好时机，毕竟只要离开了青阳镇，就可以天高任鸟飞了嘛。

　　他一连几日往库房跑的行为当然瞒不过爷爷的眼睛。

　　这一日，爷爷拦住了他，盘问道："阿宝，你到底在库房里藏了什么？"

　　"没什么啊，一个挺好玩的玩具。"阿宝大大的眼睛忽闪了一下，有些心虚地回答。

　　"该不是袁家客栈那位掌柜娘子在找的人吧？以她的暴脾气，若是知道你藏了她要找的人，肯定会直接打上门来的。"爷爷说着，表情有些严厉起来，"不要惹麻烦。"

"我会处理好的，不要担心。"阿宝撒娇道，"青阳镇虽然好，但是太无聊了，难得有好玩的东西送上门，你就让我解解闷吧。"说着，他看了一眼库房的方向，粉嘟嘟的唇瓣微微翘起，不怀好意地道，"而且……那可是差点伤害了花朝的坏人呢。"

爷爷到底没再说什么，背着手转身离开了。

阿宝看着爷爷离开，笑嘻嘻地去库房找他的玩具玩了。

结果，他一踏进库房，便见林满正一手紧紧地按着刀柄，脑门上密密麻麻地出了一层冷汗，望着阿宝的眼神惊疑不定。见到阿宝进来，他竟下意识地松开了按着刀柄的手，伸手去摸袖中的响箭，一摸之下却发现……响箭不见了？！

林满脑门上的冷汗一下子就滑了下来。

"你在找什么？"阿宝扬眉道。

林满吓了一跳，猛地后退了一步，条件反射般拔出腰间的佩刀，做出戒备的姿势来。

"啊……你都听到了啊。"阿宝眨巴了一下眼睛，随即脸上露出了感兴趣的表情，"距离那么远，你居然可以听到，看来你的耳力也异于常人啊。"

说起来，林满敢孤身来捉人自然是有所依仗的，他有个绰号叫"顺风耳"，虽然夸张了些，但他的耳力确实比寻常人要好上许多，这也是他一直引以为傲的事情。

这些，都是阿宝后来一点一点从他嘴巴里掏出来的。

安静的库房里响起了皮肉被破开的声音。

剧烈的痛楚和巨大的恐惧让他猛地瞪大眼睛，眼瞳急剧收缩，他愣愣地望着眼前这个面容稚嫩可爱的孩童，仿佛不明白自己怎么会落得如今这般下场，为什么会莫名其妙地栽在这里……

"你……究竟是谁？"他颤抖着声音，咬着咯咯发响的牙齿勉强开口道。

阿宝却是没有搭理他，只低头打开他的胸膛，饶有兴致道："心脏果然比常人偏了一些啊，真有趣。"

研究妥了他心脏长偏的问题，阿宝又去摸他的耳朵，十分好奇地自言自语："我来看看耳朵里又藏了什么秘密呢。"

这样过了数日，林满以为自己会死，可是他竟然还活着，只是胸口多了一道可怕的缝合的痕迹，证明了他的心被剖出来看过。

也许直至此时，他才终于想明白了，他以为自己是猎人，其实从踏进那家客栈并且遇到这个孩子的时候，他已经成了猎物。

不……也许从他踏入青阳镇的那一刻起，就已经如踏入蛛网的猎物了。

很快，阿宝就玩腻了。

于是他换了一个新玩法，他故意卖了一个破绽，让林满逃了出去。

林满果然拼命地逃了出去，此时阿宝带给他的恐惧已经远远大过赵屠夫，他逃出杂货铺的库房之后，便一路悄悄地摸回了袁家客栈，打算找回自己的马，立刻离开青阳镇。

结果就是那么巧，他一头撞上那个正觊觎他坐骑的袁秦。

又被袁秦逮住了。

袁秦一把扼住他的喉咙，怒气冲冲地道："说，为什么要掳走我妹妹？"

林满有些绝望地动了动干燥脱皮的唇，喉咙如破旧的风箱般发出呼哧呼哧的声响，眼中竟然露出了求救的神色，正在他不管不顾地想要说出这些天的遭遇的时候，却猛地瞪大了眼睛，一脸惊恐地看向袁秦的身后……

阿宝正站在那里，笑眯眯地看着他。

"你说过，这是我们之间的秘密，不可以告诉别人哦……"阿宝动了动唇，如耳语一般，轻声呢喃。

阿宝的声音很小，袁秦甚至还没有感觉到他的存在，可是林满的耳朵异于常人啊，他听到了。

于是，他瞪大眼睛，被活生生地吓死了。

阿宝吃完了一碟子松子糖，咂巴咂巴嘴，意犹未尽地又去找如烟了。

花朝回到房间，拉开抽屉看着里头那把裹在帕子里的梅花匕首出神，这是秋葵献上来的那把凶器，是梅白依杀了景王的证据。

只要把这个交给赵穆，景王被杀一事便能结案了。

花朝原是不想这么快结案的，毕竟她是打算利用此事将瑶池仙庄拖下泥沼的，她是打算让朝廷派来的人一层一层抽丝剥茧地查下去，直至圣殿禁地的事情曝光。

她想毁了瑶池仙庄，杀了苏妙阳。

可是她万万没有想到朝廷派来的人竟然是赵穆。

这厢，锦衣卫的效率向来惊人，冯若定很快将调查的结果摆在了赵穆的案头。

紫玉阁的阁主夫人死于瑶池仙庄代圣女之手这件事如今在江湖上早已经不是什么秘密，毕竟当初瑶池仙庄曾因此事广发邀请函于江湖各大世家。

圣女隔了十五年重回瑶池仙庄也是一桩大事，此事与阁主夫人的死前后发生，锦衣卫往旭日城紫玉阁一探，很快传回了消息。

花朝在紫玉阁被泼脏水、被排挤、被诬陷，乃至最后在那位阁主夫人的出殡礼上遭到瑶池仙庄代圣女的追杀，被强行掳走……一桩桩一件件事跃然纸上。

赵穆面无表情地看完，劈手砸了案上的镇纸。

"让瑶池圣母传梅白依来，关于景王一案，我有话要问。"赵穆冷声道。

"是。"冯若定领命，匆匆去了。

梅白依此时正在袁秦房中，袁秦告诉她奉旨来查案的锦衣卫指挥使已经到瑶池仙庄了。

江湖人不喜欢沾染朝堂事，更何况锦衣卫向来恶名在外。

梅白依没有料到景王之死会这么快曝光，更没有想到会引来锦衣卫那些恶犬，不由得心中惴惴。

总觉得一切……往最坏的方向发展了。

正在此时，瑶池圣母使人来传，说锦衣卫指挥使要见梅姑娘，梅白依一惊之下打翻了手中的茶盏。

袁秦见她如此紧张，起身道："我陪你去吧。"

梅白依勉强弯了弯唇角，点点头："还好有你在，阿秦。"

袁秦陪着梅白依一同去见赵穆，却没有想到刚踏进屋子，还没有待他站定，迎面兜头便是一拳，袁秦大吃一惊，忙抬手挡住，这一挡便觉得一阵剧痛，感觉手骨都快开裂了，他不由得倒抽一口凉气，不敢置信地看向赵穆，好重的拳！

在青阳镇的时候他只知道埋头苦练，并不知道自己的身手究竟如何，但自踏入江湖以来他从未尝过败绩，这难免让他有些自我膨胀，但此时他竟然挡不住赵穆一拳？

可是谁能想到一个锦衣卫指挥使会窝在一个不知名的小镇上当屠夫呢？

赵穆并没有给他喘息的机会，又一拳砸了过来。

"赵屠夫你发什么神经？"袁秦硬生生地又挨了一拳，感觉到手骨的刺痛，甩了甩手怒道。

"放肆。"站在赵穆身后的冯若定怒斥，"竟敢对赵大人无礼！"

"赵大人，你传我问话，又为什么打人？"梅白依心中一冷，忙扬声道。

虽不知这位赵大人与袁秦有什么过节，但显然是来者不善了。

袁秦冷笑："他大概想打我很久了。"

他觊觎花朝可不是一天两天了。

赵穆唇角微勾，淡淡地道："你知道就好。"

竟是完全没有要否认的意思。

袁秦一噎。

梅白依怒道：“这是公报私仇。”

赵穆仿佛没有听到一般，转身拂袖坐下，接过一旁冯若定递上的茶盏，拿茶盖撇了撇茶叶沫子，啜饮了一口，才冷眼看向梅白依：“这位是紫玉阁的梅姑娘？”

梅白依心中有气，若是往常区区一个锦衣卫指挥使她才不会放在眼中，若是景王还在，又哪有他小小一个锦衣卫指挥使逞威风的份儿，还不是跟她养的哈巴狗一样只会摇尾巴。

可是……景王不在了啊。

被她杀了。

而眼前这个锦衣卫指挥使，便是来调查此案的。

梅白依有一瞬间的恍惚。

“大人问你话呢。”见梅白依不答，冯若定扬声呵斥道。

梅白依被吓了一跳，忍气道：“正是。”

“景王爷的死和你有关？”赵穆又问。

“还请赵大人慎言。”梅白依看向他，咬牙冷声道。

“嗯？难道景王爷不是为了保护你而死于瑶池仙庄的护卫之手的？”赵穆扬眉道。

梅白依胸口一噎，知道定是瑶池仙庄的人将她的说辞都告诉给了这位赵大人，她捏了捏拳头，垂眸道：“是。”

“那你为何竟否认景王爷的死与你有关呢？景王爷尸骨未寒，梅姑娘你这番作态着实令人心寒呢。”赵穆似笑非笑地看着她乍青乍白的脸道。

“赵大人不去盘问害死景王爷的凶手，却在这里为难我一个弱女子，便是大丈夫所为？”梅白依反诘道。

赵穆点点头：“我这不是正在盘问呢。”

梅白依气结，偏又有些心虚，莫不是这个赵大人查出什么来了？

袁秦站在一旁，蹙眉看着老神在在盘问着梅白依的赵穆，举手投足都带着盛气凌人的气势，与青阳镇那个性子腼腆动辄脸红的赵屠夫判若两人。

“你说景王是为了护着你死于瑶池仙庄的护卫手上的，那么你便是最后一个见过景王的人了？”赵穆放下手中的茶盏，问道，“说说当时是个什么样的场景，瑶池仙庄的护卫又为什么要杀你？”

“我是为了查清母亲的死因才女扮男装潜入瑶池仙庄的，这件事是景王爷帮的忙，他给我提供了身份和人皮面具，并且帮我一起查探此事，但是我们在夜探仙庄的时候不慎被发现了，景王爷……他为了保护我被那些追来的护卫杀了。"梅白依说到此处，声音微微带了些哽咽。

赵穆看着美人垂泪，却不为所动，继续发问："那为何景王的尸体却在第二日出现他住的客房中呢？"

"这个我也不知道，当时情况很乱，景王挡着那些护卫让我先走，他说他是王爷，那些人不敢对他怎么样……"梅白依咬了咬唇，"谁知道他们竟然胆大包天杀了王爷呢……"

"你们在仙庄里发现了什么，竟惹来杀身之祸？"赵穆奇道。

梅白依垂眸："我们无意中发现了一个堆满了骸骨的虫窟，层层叠叠的人骨，死去的人不知凡几。"

"瑶池仙庄的人不惜杀了一个王爷，却让也发现了这个秘密的你好端端地站在我面前说出这件事？"

"那晚我逃出来之后就来找阿秦了，后来一直跟阿秦待在一起，想来他们不敢太过明目张胆，毕竟西院里住着的都是来参加流霞宴的江湖少侠和一些世家公子。"梅白依说着，看向袁秦。

袁秦点点头："的确如此。"

赵穆冷眼扫了袁秦一眼，感觉自己的拳头又有些痒痒了。

"赵大人，我已经把我知道的事情都说出来了，希望你早日替景王爷讨回一个公道。"梅白依回过头看向赵穆道。

赵穆摆摆手，示意她退下。

梅白依狠狠地捏了捏拳头，转身欲走。

袁秦却是没有动，他神色颇有些复杂地看向赵穆："瑶池仙庄的水比你想象中要深得多浑得多，据我所知，他们从十年前，或者更早开始，每年都会派人从人贩子手中以收徒的名义买走大量的幼童，我已经查过，那些幼童后来大部分都不知所终了。"

此时，莺时刚好奉了圣女的命令来给这位锦衣卫大人送东西，刚到门口，便听到了这一句，不由得脚下一顿。

他三年前受人所托查一个幼儿失踪的案子，他一路顺藤摸瓜，查到了一个专门拐卖幼儿的团伙，他捣毁了这个团伙救出了一批孩子，可是他想要找的那个孩子却不在，严刑逼供了那个团伙的成员之后得知那孩子根骨好被来挑徒弟的大人物看中，买走了。

他一路查下去，专门盯着拐卖孩子的团伙，连挑了数个这样的窝点，才发现几乎每个窝点都有孩子被人以收徒的名义挑走。

莺时仗着自己面嫩，给自己捏造了一个悲惨的身世，落在了人贩子手里，然后果然等来了"来挑徒弟的大人物"，顺利被选进了瑶池仙庄。

"谁？"屋子里，冯若定察觉到外头有人，扬声道。

莺时忙收回思绪，垂眸走进屋中，将手中捧着的木匣子往上托了托："大人，这是圣女要交给您的东西。"

冯若定伸手接过，打开看了一眼，才递给赵穆。

打开的那一瞬间，梅白依扫到了木匣子里装的东西，瞬间蒙了。

她的梅花匕首怎么会在这里？！

赵穆拿着木匣子，并不急着打开，只是看向已经侧目看过来的袁秦和面色微变的梅白依："你们可以走了。"

袁秦并没有看清木匣子里是什么，只是对花朝给赵穆送东西这个行为有些不是滋味，此时赵穆都这样明着赶人了，他自然拂袖走了。

梅白依咬了咬唇，看了赵穆手里的木匣子一眼，跟着袁秦走了出去。

看着他们离开，赵穆才低头打开匣子，匣子里放着的，是一把染了血的梅花匕首。

【三】被喜欢的感觉

"大人，圣女这是何意？"房间里，冯若定看着木匣子里的东西，面露狐疑之色。

"你看呢？"赵穆将木匣子放在手边的茶几上，神色淡淡地道。

"莫非是凶器？"冯若定上前小心地隔着帕子取出那把染血的梅花匕首，仔细观察了一下那匕首的形状，"看着倒和景王爷脖子上那道致命伤十分吻合，而且那位圣女也不会闲得无聊送来一件无关紧要的东西吧？"

"这件案子你怎么看？"赵穆没有去看那匕首，只敲了敲桌子道。

"虽然双方各执一词，但看着是紫玉阁那位梅姑娘嫌疑大一些。"冯若定将匕首放回木匣子里，"不过……这把凶器是才发现的吗？为什么早没送来？"

赵穆忽地嗤笑一声，冷冷地道："大概是因为她先前没有想到来的人会是我吧。"

"啊？"向来自诩是锦衣卫里难得能跟得上指挥使大人思路的冯若定头一回有点晕。

这话是什么意思？

"看不明白吗？她这是想让我快点了结此案，然后快点滚蛋。"赵穆面无表情地道。

冯若定打了个哆嗦，指挥使大人可和他这个粗人不同，他虽然名叫"若定"，但实在是个粗人，可指挥使大人却是个斯文人，如今竟然爆了粗口，显然气得不轻。他自然知道锦衣卫在外面是个什么名声，一般人是不愿意同锦衣卫打交道的，只是听这话中之音……却仿佛又不是因为这个。

竟似乎是因为指挥使大人？圣女和指挥使大人是旧相识？

冯若定偷偷觑了指挥使大人一眼，聪明地没有多问。

赵穆此时心中着实不是滋味，现在他几乎可以肯定当初在旭日城，她是察觉到了危险，这才提前将他支走了。

如今，她这是想故技重施啊。

对花朝来说，他永远是她不想连累的外人。

看着指挥使大人的脸色越来越难看，冯若定简直有种拔腿就跑的冲动，正在他不知道该说些什么来缓和这越发凝滞的气氛时，门外突然响起了敲门声。

他下意识地看了赵穆一眼。

赵穆点点头。

冯若定得了令，这才上前开门。

站在门外的，竟是去而复返的梅白依，冯若定看了她一眼，不大客气地道："梅姑娘怎的又回来了？可是想起了还有什么话没交代？"

他可看出来指挥使大人不是很待见这位声名在外的江湖第一美人，自然也不会怜香惜玉了。

梅白依蹙了蹙眉，忍气吞声地道："我有事要和指挥使大人说。"

"让她进来。"屋子里，赵穆清冷冷的声音响起。

冯若定闻言侧过身，让出了道。

梅白依目不斜视地踏进了门槛。

赵穆冷冷地看了她一眼，又看了看她身后，扬起眉："梅姑娘这是一个人来的？"

梅白依有种被看穿的尴尬不适，也对他毫不留情面的行为有些羞恼。

那个坐在上首的男人眉目斯文，看起来仿佛是一个无害的书生，可那一身飞鱼服却在昭示着他的身份，那是没有人想得罪的锦衣卫，皇帝的恶犬。

她看了一眼放在他手边茶几上的木匣子，垂眸道："是。"

"哦？不知梅姑娘为何一个人去而复返呢？"

梅白依捏了捏手心，抬头看向他："我有话想单独和赵大人说。"

一旁的冯若定挑眉。

赵穆挥挥手，让他下去了，这才看向梅白依，淡淡地道："你可以说了。"

"我想和你做个交易。"梅白依道。

赵穆右手随意地搭在木匣子上，食指漫不经心地轻轻敲击着那个木匣子，淡淡地道："说说你的筹码。"

他修长的指尖落在木匣子上的声音很轻，几不可闻，可是听在梅白依的耳中却如重鼓一般，捶得她的心口怦怦作响。

梅白依咬了咬唇，十分艰难地说了一句话："我想用一个关于瑶池仙庄的秘密，和你交换一样东西。"

"哦？"赵穆漫不经心地看了她一眼，"那要看你这个秘密的价值有多大了。"

梅白依定定地看着他，缓缓地道："长生不老，这个价值够不够大？"

赵穆搁在木匣子上的手微微一顿。

梅白依看着他，眼中渐渐有了一丝得意之色，她就知道，没有人能够抗拒长生不老的诱惑。

"你要什么？"赵穆明知故问。

梅白依看向他手底下的那只木匣子，抬手指了过去："它。"

半炷香之后，梅白依如愿地抱着那只木匣子离开了赵穆的房间。

她前脚刚走，冯若定后脚便走了进去。

"大人，那凶器不是证物吗……"冯若定有些不解，怎么就给梅白依带走了？说着，他偷偷睄了指挥使大人一眼，又觉得不大对，毕竟刚刚那位圣女托人送来那证物的时候，大人可是生了好大一场气，这……他莫不是故意的吧？

赵穆仿佛察觉了他的腹诽，神色淡淡地道："她用那凶器和我交换了一个瑶池仙庄的秘密。"

冯若定咋舌，那得是多大的秘密啊？

赵穆瞥了他一眼，缓缓地道："一个关于长生不老的秘密。"

冯若定微微瞪大了眼睛，作为指挥使大人的心腹，他知道指挥使大人此行不光要查出景王被杀的真相，更重要的是陛下还下了一道口谕，要他查清瑶池仙庄是否真的存在长生不老的秘密。

其实冯若定私下里对长生不老这种玄之又玄的事是嗤之以鼻的，奈何这是陛下的口谕。虽然带着这道口谕来了，可是冯若定觉得所谓的"长生不老"不过是瑶池仙庄沽名钓誉、哗众取宠的手段，不可能真的存在，可是现在指挥使大人告诉他……瑶池仙庄里竟然真的有这种秘密？

"她说秘密就在瑶池仙庄的圣殿里。"

"圣殿……那不是瑶池仙庄的禁地吗？她一个外人是怎么进去的？"

冯若定有些怀疑梅白依在说谎，但是他清楚指挥使大人并不是一个鲁莽的人，他不禁看向老神在在坐着的指挥使大人，发现他手上正在把玩着一个小小的玉瓶。

小小的玉瓶看起来像是闺阁少女用的装饰物，十分精致，只有半指高，里面可以装少量的液体。因为玉瓶质地很薄的关系，隐隐可见里头确实装着些液体……看着似乎是暗红色的。

"这是……"

"梅白依说，那个圣殿里有一个巨大的血池，血池里是满满一池子这样的液体。"赵穆将玉瓶递给他，"你闻闻。"

冯若定接过打开瓶塞，轻轻嗅了一下，有血液特有的腥甜味道，却又带着另一种奇异馥郁的芬芳……

这味道，仿佛有点熟悉啊。

他想了想，忽地想起了之前在席上吃到的酒，据说那是瑶池仙庄特有的仙酿，珍贵异常，甚至可以调理身体、治疗一些陈年的旧疾，他一杯下肚之后的确有些奇妙的感觉，而且余韵绵长，有股奇异的馥郁芬芳的味道……那味道，与这瓶子里的液体颇有些相似之处啊，他怔了一下，诧异地看向赵穆。

"去查查那个圣殿。"赵穆吩咐道。

"是。"冯若定应了一声，却并没有立刻就走，而是迟疑了一下，又道，"那件凶器就真的让梅白依带走了？"

赵穆冷冷地笑了一下："不过自作聪明罢了。"

冯若定稍稍一想，便明白了，若非她这样急急忙忙地去而复返，还不惜抛出这么一个天大的秘密来换走那凶器，也许他都没有那么快确定她就是那个杀了景王爷的真凶……总还要费一番功夫去查一下那梅花匕首的主人吧，如今却连这一步都省了。

所谓做贼心虚不外如是。

这下好了，真凶找到了，陛下的口谕也有眉目了。

"恭喜大人，又要立下大功了。"冯若定喜笑颜开地拱了拱手。

赵穆扯了扯唇角，眼中却并没有什么喜色。

莺时回去复命的时候，花朝已经随来取晚膳的秋葵去了西院。

"我离开之后他便睡下了？"花朝看着躺在床上睡着的傅无伤，放轻了声音问。

"是，看着十分困倦，精神似乎不太好的样子。"秋葵亦放轻了声音回答。

花朝点点头："你先去用晚膳吧，我坐一会儿。"

秋葵温顺地退下了。

房间里又安静了下来，只有烛火轻轻地跳跃着。

花朝看着傅无伤的睡颜，他的面色看起来十分苍白，不知道做了什么梦，眉头微微蹙着。

她伸出手，轻轻抚平了他的眉峰。

正这时，傅无伤冷不丁地抬手握住了她的手，然后睁开了眼睛看向她，眼中一片锋芒。

"你是谁？"他问。

花朝一怔："傅哥哥？"

傅无伤顿了一下，眨巴了一下眼睛："花朝？"他神色缓和了下来，有些无力地扶着床沿坐起身，揉了揉额头。

花朝却是定定地盯着他，刚刚那一瞬间……他仿佛不认得她了？

"怎么了？怎么这样看着我？"傅无伤一抬头便对上了她的视线，微微笑了一下问。

"你刚刚……仿佛是不认得我了？"花朝看着他问。

傅无伤失笑："怎么会。"

花朝却是没有笑，她咬了咬唇，轻声道："这可能是蛊变的后遗症，也许三重蛊变之后，你便会完全失去自我，我甚至不能确定……你最终会变成什么样子。"

"不要担心。"傅无伤认真地看着她，"这是我自己做的决定，我不会反悔，亦不会后悔，所以不要担心。"

花朝垂下眸子，伸手抱住了他，宛如小女孩抱着自己最心爱的木偶娃娃："事已至此，我也不会再给你反悔的机会了。"

她靠在他身上，低低地道。

花朝想，她这辈子所有的自私大概都用在这个人身上了。

感觉到她柔软的身体抱住自己，傅无伤便有些克制不住地浮想联翩起来……尝过那种销魂蚀骨的美妙滋味之后，他便很有些食髓知味的感觉。

"朝廷派来的那个锦衣卫指挥使你要谨慎些……"傅无伤喉结微微滚动了一下，克制下了心头的邪念，"锦衣卫恶名在外，并不是好相与之辈。"

"秋葵先前寻到了凶器，是一把梅花匕。"花朝顿了一下，缓缓地道，"那梅花匕是梅白依的及笄礼上袁秦打擂台赢到的彩头，后来他赠予了梅白依，是梅白依的所有物，我已经遣莺时将凶器呈交于那位锦衣卫的指挥使了，想来案子很快就会水落石出。"

傅无伤有些惊讶，虽然他不赞成花朝与虎谋皮，可是他没有想到花朝会这么痛快地交出证物，而不是如先前所打算的那样利用景王的案子将那位锦衣卫指挥使拖住，引导他发现圣殿里的秘密。

"那位锦衣卫指挥使是我在青阳镇时的旧识，我不想将他拖进这潭浑水中。"花朝十分坦白地道。

如今的花朝在傅无伤面前是没有秘密的，她什么都愿意同他讲。

傅无伤虽然心里有些警惕那位锦衣卫指挥使怎么会是花朝的"旧识"，不过花朝这种不愿拖他下水的态度却是微妙地令傅无伤十分熨帖，到底那是个外人啊！

他看着她，眼神柔软："这样再好不过了，利用皇权来对付苏妙阳无疑是与虎谋皮……第三重蛊变什么时候开始？"

"你的身体看起来有些不堪重负，再过半个月吧。"

"不成，必须在朔月之前。"傅无伤蹙眉，"我除了有些困倦之外身体并没有什么不妥，困倦也不过是因为骤然失去内力有些不习惯罢了。"

他不想再让她经历一次朔月之夜的残酷折磨。

"距离朔月只有八日，时间太紧张了。"花朝摇头。

"那便定在六日之后。"傅无伤拍板决定，见花朝面露犹豫，他又道，"如今我内力全无，在瑶池仙庄犹如身在虎口，若是让苏妙阳发现我身上的秘密，就要出大乱子了，所以一切宜早不宜迟。"

"七日。"花朝咬了咬唇，"第三次蛊变至关重要，七日的间隔已经压在危险的边缘了，间隔的时间太短你的身体承受不住会崩坏的。"

"好。"傅无伤点头。

"傅哥哥……"花朝刚开口，便是一愣，"你流鼻血了？"

傅无伤有些狼狈地拿袖子擦了一下，看到袖子上的那一团殷红便是一阵晕眩……该死的晕血症，总在关键时候掉链子。

花朝忙拿帕子替他捂住鼻子，然后将他推回床上："躺着会好些。"

她的身体微微前倾，根本没有意识到此时已经差不多趴在他身上了。

他忙不迭地推开花朝，整个人都缩进了被子里，然后一脸严肃地看向花朝，义正词严地道："这种反应与蛊变毫无关系。"

花朝有些疑惑地看着他："不是蛊变引起的吗？那和什么有关？"

"这是一个男人面对自己的心上人时，最正常不过的反应。"傅无伤十分不要脸地道。

花朝一怔。

心上人？

放在心上的人吗？

听起来真美好啊。

"我是你的心上人？"花朝眨巴了一下眼睛问。

傅无伤老脸一红，终于有些害羞了："嗯……"

花朝似乎有些开窍了："你喜欢我？"

傅无伤羞答答地点头。

"你答应做我的蛊王，是因为你喜欢我，还是因为十五年前的事？"花朝忽然问。

傅无伤想了一下，认真地回答道："是因为喜欢，也是因为十五年前的事，这两者并不冲突。"

"那你喜欢的是现在的我，还是十五年前的我？"花朝又问。

傅无伤有点头疼，也有点哭笑不得："十五年前你才几岁？"

"那你是从什么时候开始喜欢我的？"花朝并没有打算放过他的意思，连珠炮似的又问道。

什么时候呢？是客栈里毫不自知的重逢，却以为是初见之时？还是一路同行之中，以为缘分已尽，分别之后却又意外再相见之时？

情愫便是这样一点一点地渗入心底，如一张蛛网般，待他察觉之时却已经动弹不得，只能束手就擒。

花朝不满他的走神，伸手捧住了他的脸，看着他的眼睛问："到底是什么时候呢？"

傅无伤从来没有见过这样的花朝，心里却隐隐知道这是为什么，她是如此在意并且珍视着这份喜欢，他不知道她是否也喜欢自己，但他知道不管她是否喜欢他，她都无比珍惜着他喜欢她的这份情谊。

她就是这样可爱的姑娘啊。

傅无伤看着眼前这个双手捧着自己的脸、眼睛亮闪闪地看着自己的姑娘，他们距离这样近，近到他可以清晰地看到她浓密的眼睫，卷翘着，根根分明。

情不自禁地，他身子微微前倾，吻住了她的唇。

花朝愣了一下，感觉到唇上的柔软，这是他第二次吻她。

与那日仿佛要将她吞吃入肚的凶狠不同，他的吻很轻、很软，让她的心也软成一团，然后又仿佛有一面小鼓在她心里轻轻地敲。

怦，怦，怦。

像吃了最美味的点心一样甜蜜的感觉。

这种……就是被人放在心上喜欢的感觉吗？

花朝伸手抱住了他。

好喜欢。

好喜欢这样的感觉。

"乖，闭上眼睛。"他抵着她的唇，轻声呢喃。

花朝眼睫轻轻地颤了一下，乖乖闭上。

傅无伤怕吓着她，竭力克制着汹涌的情绪，温柔地覆上了她的唇。

小厨房里，如烟正在做松子糖，将松子拌入熬好的糖浆里搅匀，倒出来稍稍晾凉一些，拉成条状，用剪子剪成三角形，便是阿宝爱吃的松子糖了。

正忙着，便见帮厨的小丫鬟探头进来："如烟姐姐，西院的管事大人来了，要见你。"

如烟擦了擦手，解下围裙，顺手拿了几块松子糖给那传话的小丫鬟："知道了，去忙吧。"

小丫鬟接过松子糖美滋滋地走了。

如烟走到厅中，便见玥娘正大剌剌地坐着喝茶，清宁莺时站在一旁，她垂眸上前行了一礼。

"不必多礼。"玥娘摆摆手，又对一旁的清宁和莺时道："你们都下去吧。"

按理说玥娘一个西院的管事跑来圣女的院子里作威作福反客为主实在是僭越了，但圣女如今不在，没有人敢去触她的霉头，清宁和莺时乖顺地退下了，只临走时，双双望了如烟一眼。

如烟看着他们离开，不自觉地蹙了眉："玥姨这是要做什么？如此大张旗鼓的，是怕旁人不知道你我私下有联系？"

平日里总是阴沉沉的玥娘竟然笑了一下，一双吊梢三角眼也带了丝纵容之色，她缓声道："我的名声你还不知道吗，外头无非会说我不自量力又看上了圣女院子里的姑娘罢了。"她指了指手边几个小心放置着的玉盒，又道，"况且我是奉了圣母之命来送东西的，名正言顺得很。"

"这……又是药材?"如烟看了一眼,而且竟还是用玉盒装着的珍贵药材,不由得疑道,"这些药材到底是派什么用场的?"

上回圣母就让人送了许多药材来,也不见圣女怎么用,却莫名地少了许多。

"这事儿我也只是意外地听了一耳朵,你休要讲出去。"玥娘左右看看,压低了声音道,"是给那个叫阿宝的孩子用的,说是要将他炼制成蛊王。"

如烟微微瞪大眼睛:"蛊王?"

"嘘,可不要声张。"玥娘摆了个噤声的动作,又从怀中掏出一封信笺给她,"这是你娘的信,你偷偷看了就烧掉,不要留着。"

正这时,门口传来脚步声,是花朝带着如黛回来了。

如烟忙收下,将信掩在袖中。

花朝一进院子,便看到了守在外头的清宁和莺时,不觉奇怪:"你们两个守在外头干什么?阿宝呢?"

"禀圣女,是西院的管事来了……"清宁忙禀道。

"那你们两个也不该守在外头啊。"如黛蹙了蹙眉,随即猛地瞪大了眼睛,柳眉一竖,问道,"如烟呢?该不是如烟也在里头吧?"

玥娘喜欢鲜嫩的小姑娘,这几乎是瑶池仙庄里人尽皆知的事了,如今西院七号房那个秋葵还是花朝从她手里搭救出来的,那老货莫不是竟盯上如烟了?!

清宁见如黛一副要喷火的样子,缩了缩脖子不敢说话了。

莺时默默地点了点头。

如黛气得一把推开他们,踹开了门,便见玥娘正伸手落在如烟的肩上,她匆匆上前,一把将如烟护在身后,瞪向玥娘:"你想干什么?"

如烟顺势敛袖后退了一步,站在了如黛身后。

"如黛姑娘好大的火气。"玥娘笑了一下,"我奉了圣母之命来给圣女送一些上好的药材,正同如烟姑娘交接罢了,不用紧张。"

如黛虽然与如烟是双生姐妹,却是个冲动鲁莽的性子,心里有什么事儿都摆在脸上,所以那些事儿如烟都不曾让她知道,包括她的身世……

"既然没什么见不得人的心思,又为什么竟要背着人呢?"如黛炮仗一样反唇相讥。

玥娘讪讪一笑。

此时,花朝踏进厅中,看了一眼玥娘,又看了一眼如烟。

玥娘忙上前行了一礼:"见过圣女。"

花朝点点头，看了一眼叠放着的玉盒："东西我收下了，你退下吧。"

玥娘应了一声，低头退下了。

"圣女，你怎么就这么让她走了，这老货肯定对如烟不安好心呢。"如黛不满地嘟哝道。

如烟拉了拉她的袖子，蹙眉道："圣女的决定哪容你置喙，再说玥管事也并没有对我怎么样。"最近一段时间圣女去哪儿都喜欢带着如黛，导致她越来越不知道天高地厚，什么话都敢讲，这性子该磨磨了，不然不知哪日就能闯出大祸来。

"无妨，如黛不过是担心你罢了。"花朝看向如烟，"以后不要单独见她了。"

"是。"如烟心中有鬼，赶紧应了一声，拉着如黛退下了。

花朝看着如烟匆匆离去的背影，不自觉地微微蹙了眉。

这时，一旁的角落里突然传来咯吱咯吱的声响，花朝一愣，看向声音的来处，便见大堂右侧的角落里藏着一个小小的影子，不觉失笑："瞧我逮到了什么？好像是一只偷食的小老鼠呢。"

阿宝探出一张小脸来，腮帮子鼓囊囊的："阿宝才不是小老鼠。"

"你躲在这里做什么？"花朝上前，将他拉了起来。

"和清宁躲猫猫，不小心睡着了。"阿宝揉了揉眼睛，"醒了发现厅里有人在讲话，我就没敢出来。"

"睡着了还吃糖，小心长虫牙。"花朝捏了捏他胖嘟嘟的腮帮子，手感真好。

阿宝捂了捂腮帮子，嘟嘴。

"你刚刚躲在这里可听到她们说了什么？"花朝眼神一闪，忽然问。

阿宝歪着脑袋想了想："嗯……好像那个管事给了如烟一封信，说是她娘给的，让如烟看完了就烧掉，不要留着。"

花朝微微扬眉，玥娘和如烟竟然是相识的？而且私下里关系竟还不错的样子？可既然如此为什么要假装不认识？如烟的娘……会是谁？

"我知道了，你偷听的事不要让如烟知道。"花朝嘱咐。

"嗯。"阿宝乖乖点头。

"真乖，去漱漱口，不要真的长了虫牙。"

阿宝仿佛被吓到了，赶紧迈着小短腿走了。

转过身的一瞬间，阿宝的表情便有些意味深长了起来，真是偷听到了相当了不得的秘密，原来花朝是用这样的理由将他带在身边的啊，炼制蛊王……这一听就不是什么好事儿，但是阿宝可以肯定这只是花朝想将他带出圣殿的借口，她并没有真的打算将他炼制成劳什子的蛊王，可是……那些消失的药材去哪儿了呢？

真好奇啊。

【四】阿宝的游戏

玥娘走出院子，在外头站了一阵，见里头似乎没有闹出什么动静，便回去复命了。

此时大殿里，苏妙阳刚刚砸了一套茶具。

茜娘并几个仙侍都趴在地上，一动不敢动。

"这都多少时日了？还没找到慕容先生？"苏妙阳望着趴在自己面前的几人，眉目含煞，"一群废物！我要你们何用？"

茜娘心里也是暗暗叫苦，她已经派出几路人马去追查了，可是竟半点踪迹都不曾发现，那么一个大活人竟仿佛人间蒸发了一样。而这些时日圣母却是越发地喜怒无常了，也不知为何竟执意要将慕容先生找出来……

感觉到圣母阴沉沉的视线落在自己身上，茜娘心里一紧，忙跪着膝行一步，上前道："虽未曾找到慕容先生，但是奴婢却对慕容先生的身份来历有了些猜测……"

"哦？"苏妙阳一顿，"说说看。"

瑶池仙庄这么多年避世而居，那个人是唯一一个破了阵法闯进来的人。

明明心思缜密精通阵法，闯入瑶池仙庄绝非偶然，他却笑盈盈如遗世独立，拱手道："在下一路寻仙而来，不知这位仙子如何称呼？"

虽是男子，却容貌极美，他的身上看不出年岁，他口称"寻仙"，但在苏妙阳眼中，他更像一位自九天而来的谪仙人。她不知道他的来历，甚至不知道他的名字，他自称慕容氏，她便唤他慕容先生。

自此，慕容先生成了瑶池仙庄的贵客。

"奴婢怀疑慕容先生是西北慕容家失踪的大公子慕容月瑶，那位大公子是慕容家现任家主慕容云天的兄长，二人同父异母，当年他争夺家主之位失败后便不知所终了。"茜娘大着胆子道。

"你有什么依据？"苏妙阳盯着她道。

"奴婢先前查了曲清商……"

"曲清商是谁？"苏妙阳打断她的话问。

茜娘一滞，敢情圣母压根不知道她之前派花暮去杀的人是谁啊？那位阁主夫人真是死得有点冤呢。

"便是紫玉阁那位被玄墨一口吞了半个身子的阁主夫人，她闺名曲清商。"茜娘解释道，"奴婢想着慕容先生既然要取她性命，他们该是有仇的，于是就从曲清商入手，查到同她有仇，又复姓慕容的人，便查到了慕容家的大公子慕容月瑶。"

慕容月瑶此人，苏妙阳却是听说过的。

当年他也是个惊才绝艳的人物，虽然因为先天不足导致身体羸弱，但一身武学造诣却是惊人，最后败于慕容云天之手，苏妙阳还曾欷歔感叹过，毕竟按血统论，大公子慕容月瑶才是嫡长，可惜了。

"他同曲清商有什么仇？"苏妙阳问。

当日慕容先生只说要她帮忙杀个人，那人同他有旧仇，她爽快地应了，也不曾追根究底，那大概是她苏妙阳此生对人最大的温柔了。

既然有仇，杀了便是，又何必问为什么呢？不过是揭了他的旧伤疤罢了，旧伤疤血淋淋地再撕开，也是会痛的。

苏妙阳却没有想到，如今却要靠这条线索来追查他的真实身份了。

"当年这位慕容大公子因为身体羸弱的关系，极少踏足江湖，他身边有两个心腹美人，一个名叫曲清商，一个名叫曲清歌。后来有着江湖第一美人之称的曲清商为了得到慕容云天的青睐，背叛了大公子，故意引他离开慕容府，最后使他落入陷阱，几乎去了半条命，慕容云天趁机夺得了家主之位。"茜娘将这几日查到的消息一一道来。

"那曲清商倒是死有余辜。"苏妙阳眯了眯眼睛，"另一个曲清歌呢？"

"据闻曲清歌倒是个忠心的，当年为了护主已经死了。"

苏妙阳收敛了脸上的戾气，斜倚在铺着白色狐狸皮的美人榻上，漫不经心地拨了拨香炉里的梅花炭："慕容先生的行踪继续查。"

"是。"茜娘知道这一关算过了，悄悄吐了一口气。

"那位锦衣卫指挥使是个什么来历查清楚了吗？"苏妙阳又问，"他和圣女是在什么地方认识的？"

"赵大人和圣女应该是在青阳镇认识的，他是皇帝的心腹，只是先前东厂那位九千岁一手遮天，连皇帝都要避其锋芒，五年前这位赵大人被牵连进一宗大案，罢官免职不说，还判了个斩立决。"

"斩立决？"苏妙阳有些惊讶。

茜娘点点头："奈何这位赵大人是个手眼通天的，愣是逃了出来，在青阳镇躲了许多年，应当便是在那时认识了圣女。皇帝亲政之后做的头一桩事便是打击阉党，治了那九千岁十大罪状，然后赵大人就平反了，返京之后就立刻官复原职，足见圣宠。"

苏妙阳眯了眯眼睛："那青阳镇可是有些古怪？"

"古怪得紧。"说到这个，茜娘的面色有些不大好看，"奴婢前后派七个人去查探青阳镇的情况，个个都是好手，但是一个都没有回来。"

"看来青阳镇该是有什么不为人知的依仗。"苏妙阳沉声道，"此事不可让圣女知晓。"

若是让她知道青阳镇足有抵抗瑶池仙庄的底气，只怕又要生出反骨了。

"是。"茜娘赶紧应道，"还有一桩事……那位赵大人说景王被杀一案已经有了些眉目，那些与此案无关的公子少侠均可自便，不必强留。"

苏妙阳沉吟了一下，似笑非笑地道："反正水已经浑了，此时让他们离开倒显得我瑶池仙庄待客不周了，明日比武照常举行吧，流霞剑既然已经摆了出来，总该给它寻个主人才是。"

第二日，赵穆正用早膳呢，便听冯若定来报，说是流霞宴的比武照常举行了，顿时一口虾饺噎得不上不下，他本还想着以权谋私干脆让那些来参加流霞宴的公子少侠们赶紧滚蛋呢，却没料到那瑶池圣母不按常理出牌啊……

"要不，大人你也上场试试？"冯若定试探着道。

赵穆有些蠢蠢欲动，但是他却不认为花朝真的会在流霞宴上择婿，想想还是作罢了，一本正经地道："有空想这些，案子查得怎么样了？"

"圣殿是瑶池仙庄的禁地，虽然我们是奉旨查案，可这些江湖人向来乖僻，未必吃这一套，所以……卑职查到了一处可通往圣殿的密道。"冯若定上前一步，贼眉鼠眼地道。

"哦？"赵穆很感兴趣的样子，"怎么查到的？"

"其实有些蹊跷，仿佛有人刻意引导着我发现似的。"冯若定沉吟了一下道。

"不管那人是什么目的，今晚先去探探再说。"赵穆眯了眯眼睛，拍板道，"此事先保密，不要告诉其他人。"

"是。"冯若定心里美滋滋的，所谓心腹，便是如此了。

入夜之后，赵穆换了一身夜行衣，只带了冯若定一人，从密道入了圣殿。

通过密道，他们竟是直接闯入了一个巨大的地下密室，出现在他们面前的景象，饶是赵穆和冯若定早有心理准备，也不由得倒抽一口凉气。

出现在他们眼前的，是一个巨大的血池子，血池里暗红色的血液翻滚不息，看着十分可怖。

"这血池子该不会就是……"冯若定惊疑不定地指着那翻滚不息的血池道。

"不是，味道不对。"赵穆摇头。

冯若定收敛心神，知道自己问了个蠢问题，眼前这个血池又腥又臭，跟那玉瓶子里馥郁芬芳的液体根本不是一回事。

"这得害了多少人命，才能造成这么大一个血池子啊。"饶是冯若定这个见惯了杀戮、自诩铁石心肠的锦衣卫都有些不忍直视。

赵穆没有回答他，只四下张望着，他没有料到所谓的密道竟然给了他这样的"惊喜"，竟是直接闯入了地下这个似乎见不得光的密室，可是……瑶池仙庄为什么要在圣殿之下造这么一个血腥的池子？这是出于什么目的呢？只是无意义的献祭吗？

还是说……和"长生"有关吗？

很快，赵穆便发现一侧的墙上有许多斑斑点点的暗红色痕迹，似乎是大量的血液喷溅上去的痕迹，这里虽然有一个血池子，可是并没有血液迸溅出来……那墙上的血迹就有点耐人寻味了。

他上前仔细看了看，然后在角落里发现了一枚玉扳指。

"大人，这是？"冯若定也发现了异常，他抽出一块帕子，小心地隔着帕子捡起了那枚玉扳指，"这似乎是宫里的式样。"

"看来这里应该是景王被杀的第一现场。"赵穆说着，视线落在墙上的夜明珠上，他上前试着轻轻转动了一下夜明珠，只听咔的一声轻响，墙面陡然翻转了过来，迎面便是一股热浪袭来。

这陡然扑面而来的热浪让他的视线模糊了一瞬，赵穆稍稍后退一步，这才看清里头的景象。

里面是另一个巨大的空间，空气里弥漫着丝丝热气，与之前那个可怖的血池子不同，这里乍一看简直宛若仙境，地下铺着厚厚的白色地毯，墙上雕着奇异玄妙的壁画，空气里弥漫着一股浓郁腥甜的味道，细细分辨……似乎与那玉瓶子里的味道有些相近了。

"大人，这……"冯若定惊呆了。

赵穆摆摆手，比了一个噤声的动作，抬脚走了进去。

踩在厚厚的白色地毯上，犹如踩在云端一般绵软，赵穆四下环顾，离得近了，才看清墙壁上雕刻的是一条巨大的、带角的蟒蛇，并非是龙，只是一条带角的蟒蛇而已，它巨大的身躯首尾相接横贯了四面墙壁，乍一看如同活物一般盘旋在屋子四周，显得有些狰狞可怖。

在这个空间的正中央有一个巨大的祭台，祭台正下方又是一个正在不停沸腾的血池，与先前那散发着腥臭之味的血池相比，这池中却隐约散发着一丝奇怪的腥甜之味。

赵穆走上前，看了一眼那沸腾的血池，取出一早准备好的空酒坛，这酒坛便是瑶池仙庄先前送来的装着"仙酿"的酒坛，他将酒坛沉下血池，灌了满满一坛子交给冯若定，然后又抬头看向上方的祭台。

"大人，你闻到一股异香了吗？"冯若定忽然轻声问。

赵穆点头，他闻到了，但似乎又并不全是血池里散发出来的味道，源头似乎是上面那个祭台。他沿着一旁白玉石砌成的台阶走了上去，越靠近那个祭台，那异香便越发地明显起来，那异香十分霸道，已经压住了血池里所散发出来的腥甜味道。

台阶的顶端是一张暖玉制成的床，而这张暖玉床的位置，正对着底下那翻滚不息的血池。

站在这里，竟有种神清气爽的感觉，不复之前的闷热不适。

赵穆注意到暖玉床上飘着一些漂亮的血色花纹，像是血液常年沁入其中形成的血沁，但那些血沁看起来十分的浅淡，他忽然注意到了血沁之下似乎刻着极细小的字，因为血沁浅淡，并不影响看清上面刻着的字。

入目的是"圣女"和"长生"诸如此类的词汇，赵穆心中一凛，蹲下身细看，眼中渐渐露出了震惊之色。

"时有异人，血带异香，得之长生……"

赵穆一目十行地看了过去，通篇似乎在讲一个奇闻逸事，说是有一种异人，天生血带异香，可驱使百兽，亦有蛊惑人心之能，若是能够得到这样一个人，饮用他的血，便可以长生不老。

赵穆的视线落在最后一行小字上。

"立为圣女，佑我长生。"

圣女……圣女？！

瑶池仙庄的圣女，不是花朝吗？这……难道说的是花朝？

赵穆心中一凛，猛地看向冯若定，见他正捧着酒坛子站在门口警戒，并没有上来，眼中的杀意稍减。

正守着门口警戒的冯若定只觉得浑身一寒，有杀气！然而只是一瞬，那杀意便不见了，正在他惊疑不定的时候，便见指挥使大人走下了祭台。

"大人，我刚刚感觉到了杀气，该不是我们被发现了吧？"冯若定有些紧张地道，"有人来了？"

在见识到了这么丧心病狂的禁地之后，他可不敢小觑瑶池仙庄了，他一脸紧张地四下环顾，全然不知刚刚那一瞬间的杀意来自他家大人，而他自己已经在鬼门关前晃荡了一圈。

赵穆抽了抽嘴角，这个人的直觉还是一贯的灵敏呢。

在发现祭台上的秘密之后，他的第一个反应便是不能让冯若定知道，当日梅白依是不是也是这么想呢？他不想让冯若定知道，是因为冯若定虽然是他的心腹，但涉及"长生"这样大的秘密和诱惑，他能愿意帮着隐瞒吗？

是的，在查清一切之前，赵穆不想让陛下知道这件事。

他不能让花朝冒险。

长生的诱惑太大，若是陛下知道花朝有可能就是那个所谓的"异人"，他不敢想象花朝会遭遇什么。

那么，反向思考。

当日景王爷和梅白依一起发现了这个秘密，依景王爷的性格一定会想着要将此事告知陛下，梅白依是江湖人，又是紫玉阁的千金大小姐，比起陛下的恩宠和封赏，对她来说紫玉阁的壮大和长生不老更具诱惑不是吗？

于是，她下手杀了景王。

一切都有了很好的解释。

正想着，赵穆突然察觉到一股陌生的气息。

冯若定这乌鸦嘴！看来真的有人来了。

他看了一眼墙上硕大的夜明珠，上前转动了一下，墙面上出现了一道暗门，他赶紧拉着冯若定钻了进去。

暗门内另一个大房间，光线有些暗，待赵穆看清里头的情形后，表情愈发地凝重起来，这个房间里头层层叠叠地摆着几十个铁笼子，铁笼子里如牲畜一般被锁着的……全是人！

他们之中有男有女，年岁都在十五六岁之间，一个个都神色萎靡麻木，面色苍白似鬼，衣着却都干净整洁。

察觉到暗门打开，铁笼子里锁着的人看了过来，因为赵穆与冯若定是背光而立的，他们并没有看清来者是谁，但是那些怨恨、厌憎与恐惧交杂的目光如有实体一般层层叠叠地黏了过来，令人几欲窒息。

赵穆稍稍一窒，忽然想到刚刚那股陌生的气息……若是仙庄里的人，怎么可能这样悄无声息地出现呢？而且似乎仅有一人。

那人应该是尾随着他们进来的。

想起祭台上的内容，赵穆咬了咬牙，又匆匆拉着冯若定原路退了回去。

"大人……"冯若定被他奇怪的行为搞得有点丈二和尚摸不着头脑。

赵穆并没有解释，他匆匆奔向祭台，可是已经晚了，他看到那个人已经从祭台上走了下来。

那是一个俊美到有些危险的男子，他一袭锦袍，施施然从祭台上走下，仿佛饮宴归来，丝毫没有被发现的慌张窘迫。

"大人，那应该是江南秦府的秦千越，人送雅号玉面公子，也是来参加流霞宴的。"冯若定在他耳边轻声道。

赵穆眉目一凛，眼中已然带了杀意。

秦千越挑眉："赵大人不急着灭口，我们可是一路人。"说着，他亮了一下手中的令牌。

赵穆一怔，那是皇帝的暗卫令。

"那么，告辞了，祝赵大人早日升官发财。"秦千越轻轻一笑，走了。

"原来那位玉面公子也是陛下的人啊。"一旁，冯若定轻声感叹。

赵穆按在腰间剑柄上的手微微握紧，眼中杀意未减，可是他权衡了一下，要在此处，在不惊动瑶池仙庄护卫的前提下，杀了秦千越和冯若定，是不可能办到的事……

秦千越此时亮出令牌，不仅仅是向他表明身份，也是为了制衡他，他分明看到了自己眼中的杀意。

若他此时执意要杀了秦千越，那么冯若定便也不能留。

最终，他敛去了眼中的杀意，带着冯若定从密道退出了圣殿。

没有人知道，在秦千越和赵穆退出圣殿之后，另有一道人影缓缓从圣殿中退了出来。

那不是旁人，正是袁秦。

月上中天，一只小老鼠无声无息地从墙角的缝隙里钻进了房中，躺在床上的阿宝睁开眼睛，下床一把逮住了那小老鼠。

小老鼠被他攥在手中也不挣扎，呆滞得仿佛不是活物一般。

阿宝摸了摸手里的小老鼠，乌溜溜的大眼睛里闪过一丝狡黠，这瑶池仙庄的水可是已经浑成一团，也不知道爷爷什么时候能来。

他推开窗，望向天上那弯月牙，又快朔月了呢。

隔间的花朝听到动静，匆匆走了过来，便见阿宝正趴在窗口望着月亮发呆："阿宝，怎么还不睡……想爷爷了吗？"

"嗯。"阿宝咧了咧嘴，可不是想爷爷了吗，爷爷怎么还不来？

……再不来的话，他怕这瑶池仙庄就快被他玩完了。

花朝走到他身边，摸了摸他的脑袋，这才看见他手里还抓着一只老鼠，不由得失笑："又要给清宁烤老鼠吃了？"

心里却是有些惊讶的，她院子里怎么会有这么多老鼠？这都是第几只了？而且她为什么丝毫没有感应到这些老鼠的存在？

就连阿宝手上这只，她也丝毫没有感应，仿佛那是一只死物般。

阿宝打了个哈欠，一松手，那老鼠便窜进墙角不见了。

"快洗洗手睡吧。"见他一副困倦的样子，花朝放下心里的疑惑，牵着阿宝去洗了手，又带他上床躺下，盖上被子。

哄阿宝睡下，花朝才离开。

阿宝是真的有点困了，迷迷糊糊地睡着了。

睡着之前，他还在想，这真是一场有趣的游戏啊。

圣殿里那个禁地，知道的人是越来越多了，苏妙阳却还被蒙在鼓里，到底……那个秘密，会怎样大白于天下呢？又将是谁将之拉到太阳底下晒一番呢？

他察觉到有三个人在查瑶池仙庄的秘密，就分明给他们指了一条明路，那么……知道了秘密的这三个人，会分别有怎么样的反应呢？

真好奇啊。

【五】聪明反被聪明误

赵穆离开圣殿之后的第一件事，便是派人拿下了梅白依，同时将那只与她做交易得来的小瓷瓶遣人送到了瑶池圣母面前。

梅白依是当着袁秦的面被锦衣卫抓走的。

当时，她正在烹茶。

烹茶是有讲究的，其沸如鱼目，微有声为一沸，缘边如涌泉连珠为二沸，腾波鼓浪为三沸。

烹茶要心静，此时梅白依的心就很静，自她与那位锦衣卫指挥使做了交易，取回了那把梅花匕首之后她的心便安定了下来，一切仍在她的掌握之中。此时，爹爹应该已经收到她身陷瑶池仙庄的消息了，只等爹爹来接她，向瑶池仙庄施压，她便可以离开这个鬼地方。

且，她与那位指挥使大人的交易，应该也会狠狠地坑瑶池仙庄一把。

她神态娴静，行云流水般的动作看着端的是赏心悦目，袁秦坐在她对面，定定地看着她，仿佛要从她的脸上看出一朵花儿来。

"阿秦，你为何这样看着我？"梅白依微微一笑，偏头道。

模样端的是娇俏可爱，可是袁秦却是看得心里直发沉。

那日见过赵穆之后，她半途折返，做下的那桩交易她以为他一无所知，其实他也没有她以为的那么愚蠢啊。

"梅姑娘。"他看着她，忽然开口。

"嗯？"梅白依微笑着看向他。

心里却在想，她管他叫阿秦，可是他却从来不曾亲昵地唤过她一声依依，"梅姑娘"总是略显生疏了些，可是他不改口，她一个姑娘家，也不好张这个嘴啊。

正想着，便听他问道："景王真的是为了保护你，被瑶池仙庄的侍卫所杀吗？"

梅白依面上的表情微微一僵，笑容有些勉强了起来："这个问题你先前不是已经问过我了吗？"

先前，他押上青罗剑护她平安之时，便曾问过。

当时，她回答说："是真的。"

袁秦看着她，没有开口。

梅白依脸上的微笑一点一点消失不见，她咬唇："你不信我？"

袁秦摇头，不，是他一直以来太过相信她。

以至于被她当作一个傻子一样玩弄于股掌之间。

正此时，门突然被大力踹开。

冯若定领着一群锦衣卫冲了进来，指向一脸错愕的梅白依："拿下。"

烹茶的器具散了一地，屋子里还弥漫着茶香，只是宁静的气氛瞬间消失不见，屋中一片肃杀。

猝不及防间，梅白依已经被押住了，她一瞬间甚至没有反应过来究竟发生了什么，只下意识地挣扎了一下，非但没有挣脱开来，反而被狠狠地按住。

她此生何曾受到过这般奇耻大辱，当下涨红了脸大怒："你们这是想干什么？快放开我！"

"干什么？不过是杀人偿命罢了。"冯若定冷笑一声，毫不怜香惜玉地一挥手，"带走。"

"说我杀人，你们有证据吗？"梅白依咬牙切齿地道。

"蠢点不要紧，最怕的是自作聪明。"冯若定嗤笑，"我们锦衣卫办事还需要证据？从你按捺不住地拿秘密来换回那柄凶器开始，你就已经是铁板钉钉的凶手了，你这般做贼心虚，倒是省了我好一番功夫。"

"我是紫玉阁的大小姐，我爹是紫玉阁阁主，你这样无凭无据地拿下我，恐怕说不过去。"梅白依冷笑，她自是有恃无恐。

她有紫玉阁为后盾，除非证据确凿，否则休想让她认罪。

"原来你这般有恃无恐，是自诩有紫玉阁为后盾啊。"冯若定摸了摸鼻子，表情有些古怪起来，"看来你还不知道呢。"

"知道什么？"梅白依心里咯噔一下，突然有了些不祥的预感。

冯若定冷冷一笑："紫玉阁，已经没了。"

"你撒谎！"梅白依猛地瞪大眼睛，红着眼睛尖声道。

"最近江湖上最轰动的消息就是紫玉阁一夕被灭，阁主梅傲寒生死不明。"冯若定摇摇头，"你在瑶池仙庄里消息闭塞，不知道也不奇怪。"

"你撒谎，紫玉阁那般庞然大物，怎么可能一夕被灭？"听到这里，梅白依的表情反而平静了下来，她冷冷地看着他，"即便你要逼我认罪，也不该用这么可笑的理由。"

"你凭什么认为你在瑶池仙庄杀了一个王爷，又栽赃陷害给瑶池仙庄之后，瑶池仙庄会忍了这口气？"冯若定不屑同她争论，嗤了一声，随即又摇摇头，叹息道，"梅傲寒也算是个人物，只可惜娶了一个不知所谓的女人，生了一个自作聪明的女儿，当年那个女人没有毁了紫玉阁，如今紫玉阁终于毁在了他自作聪明的女儿手上。"

梅白依死死地咬着唇，口中一片腥咸，眼中已经有了恐惧之色，连连摇头道："我不信，你骗人，你只是想骗我认罪罢了……"

冯若定已经不耐烦了，摆手道："拖走拖走，你们没吃饭吗？连个女人都拖不走？"

梅白依终于慌了，她下意识地回头看向从锦衣卫闯进来之后就站在一旁格外沉默的袁秦，一脸无助地道："阿秦，救我……"

她身边是一直都不缺护花使者的，不管是先前的景王，还是后来的袁秦。可是景王已经死了，被她亲手杀死的，而袁秦……一直都护着她的袁秦，这一回却只是站在那里，沉默地看着她。

他眸色深深，轻声问道："我送你的梅花双匕，还在吗？"

梅白依僵住了，猛地想起他先前的异样和那个问题，他……早就知道了？

看着他眸色深深的样子，梅白依只觉得一颗心晃晃悠悠地荡到了谷底，她陡然想起了那日，他说："梅姑娘，我这样信任你，你千万不要骗我。"

她当时其实是心虚的，但依然硬着头皮回答他："当然，我永远也不会骗你的，阿秦。"

当时她想，仅这一次，以后她定不会再骗他。

可是她却没有想过，说了一个谎言之后，便要用无数的谎言去弥补。

梅白依怔怔地被拖走了，她不明白一瞬间为什么会发生这么多事？明明先前她还在悠闲地烹茶，可是瞬间她就沦为阶下囚了？紫玉阁被灭，爹爹不知所终，她最大的倚仗没有了，袁秦也不愿意再护着她……谁来告诉她，这些都不是真的？

袁秦扯了扯唇角，看着梅白依被拖远。

傅无伤是对的，如今回首他的江湖路，果然不过是个笑话。

梅白依被擒下之后，苏妙阳便派了心腹茜娘过来，说在流霞宴结束之前，要将梅白依羁押在瑶池仙庄。

冯若定是想拒绝的，谁料他家大人却爽快地应了。

"大人，梅白依落在他们手上，只怕会被杀了泄愤。"冯若定眼见着梅白依被茜娘带走，蹙眉道。

毕竟，那苏妙阳看着和善，实际上并不是个好性儿的，竟是悄无声息地就灭了紫玉阁，手段之毒辣可见一斑。

"人在屋檐下，不低头又能如何？"赵穆淡淡地道。

心里却是巴不得苏妙阳赶紧灭了梅白依的口，在收到他遣人送去的小玉瓶之后，苏妙阳应当就明白梅白依是去过圣殿的，现如今她也该发现圣殿的禁地是第一案发现场了。

禁地里那样天大的秘密，苏妙阳不想外泄。

赵穆也不想。

所以这一点上，他们的目的竟是一致的。

那么最好的办法就是灭了梅白依的口。

赵穆并不知道梅白依那日并没有看清暖玉床上刻着的全部内容，梅白依和景王闯入圣殿的时候，花朝在朔月之夜留在暖玉床上的血迹还没有消退干净，那上头的内容看着是模糊不清的。

而赵穆进去的时候，那些血沁已经褪色，他这才看清了全文。

如今赵穆愿意留在仙庄直到流霞宴结束，是因为他还没有想到该如何解决秦千越。

他也看到了祭台上的内容。

花朝并不知道赵穆正不遗余力地护着她，此时，她正带着如烟、如黛坐在演武场的看台上，观看比武。

今日是最后一场，台上只剩下秦千越和袁秦二人，花朝却有些心不在焉。

明日便是她与傅无伤定下的第三重蛊变之日，蛊变的药物她一早就炼制好了，一切顺利得不可思议。

但是，太顺利了，反而令人不安呢。

……仿佛会发生什么一样。

擂台上，袁秦的状态也有些奇怪，已在秦千越的手下露出了败象。

他又看了一眼端坐于高台之上、盛装打扮的花朝，想起那个诡异的祭台上刻着的内容，以及……那满池子的血，不由得一阵失神。

"表弟，比武之时你这般走神，可不好。"秦千越的声音冷不丁在耳畔响起。

下一瞬，袁秦便被踢下了擂台。

秦千越负手站在擂台之上，仰头看向端坐于高台上的花朝，眸光微凝，圣女啊……

"圣女，是秦公子赢了。"如黛见圣女还在走神，上前一步，附耳道。

对于这个结果，花朝并不意外。

她接过如烟手中捧着的流霞剑，亲自抱着剑走下了高台。

"恭喜秦公子成为流霞剑主人。"花朝走到秦千越面前，将流霞剑赠予了他。

秦千越却并不接剑，只微微一笑道："在下在参加流霞宴之前，听闻流霞宴是在替圣女比武招亲，不知可有此事？"

花朝微微蹙眉，他这是什么意思？

秦千越却当她默认了，玉面含笑道："在下心仪圣女已久……"

"表兄，你在胡说什么？"一旁，袁秦怒极，上前拉开他道。

他先前明明告诉过秦千越花朝是她未过门的妻子，是被瑶池仙庄掳走的，还想请他助一臂之力，他也答应在不损害秦府利益的前提下会酌情考虑。

现在，他却当着自己的面说心仪花朝？

秦千越看了他一眼，眸色深沉："表弟，愿赌服输。"

"你！"袁秦眼中是一片熊熊的怒火，秦千越这个小人，定是看了祭台上的内容之后才欲将花朝据为己有！

可是此时，他却什么都不能说。

他已经不是之前那个不知天高地厚的袁秦了，他已经知道要将花朝从这里救出去并不是一件简单的事，他必须要从长计议。

花朝若有所思地看向秦千越，她并不认为这位玉面公子当真心仪于她……那么，他究竟想干什么呢？

只是不管他想干什么，她都不打算配合。

"秦公子误会了，流霞剑主人是流霞剑主人，与我挑选夫婿并不是一回事，且我已经有意中人了。"花朝看着他，十分坦然地道。

袁秦松了一口气，心中又有些惴惴，花朝的意中人……是谁？会是赵穆吗？可是花朝明明对他并没有什么特别的感觉。

他又忍不住想，那个意中人，会是……自己吗？

即便他做错了那么多事，可毕竟她曾经是想嫁给他的……会不会……

"哦？不知圣女的意中人是……"秦千越眯了眯眼睛问。

令江湖上众多女侠趋之若鹜的玉面公子的魅力在这位花朝姑娘面前，从来是没有作用的啊。

花朝笑了一下，说出了一个几乎在所有人意料之外的名字。

"傅无伤。"她说。

擂台下被淘汰的诸位公子面面相觑："谁？"

一个连名字都不被人熟悉的无名之辈，为何竟得了圣女的青眼？

"是武林盟主家的公子，似乎也来参加了流霞宴，只是很早之前就被淘汰了。"有知情人窃窃私语。

而此时，袁秦呆立在原地，怔怔地看着花朝，一时竟是有些魔怔了。

"他是个出了名的纨绔，性格喜怒无常得很，之前还传言说他打死过一个贴身伺候他的婢女，你离他远点。"

"傅公子不是这样的人。"

"听话。既然你来了，就安心跟着哥哥，哥哥带你闯荡江湖，可比总待在青阳镇有趣多了，到时候哥哥给你介绍几个少侠认识，傅无伤不是良配。"

那些话，言犹在耳。

可是此时，他却觉得花朝的意中人是谁……都不重要了，因为她亲口承认的那个意中人……不是他啊。

花朝的意中人不是他。

他从来没有像现在这样清晰地认识到这一点过，明明他一直都是拿她当妹妹看的啊，可是此时他为什么会如此心痛呢？

至于傅无伤是不是良配，袁秦想，花朝既然这样喜欢他，那便是良配吧，梅白依已经让他知道了江湖上的那些传言，未必是真。

……不管怎么样，那个人总比他要负责一些。

232

要说不是良配的人，莫过于他了。

他又有什么立场说傅无伤不是良配呢？

"后悔了吧？"身后，有个熟悉的声音在他耳边这样道。

袁秦回头，便看到了站在他身后的周文韬，他定定地看了周文韬半晌，忽而轻笑一声，点头道："是啊，好后悔，可惜这世上没有后悔药。"

见他这样干脆地承认，周文韬倒是一愣。

周文韬先前是败于袁秦之手，被淘汰下来的，他得承认这个小子不管如何混账，身手是真的不错。

一旁，秦千越乍一听到"傅无伤"这个名字，也有一瞬间的愣怔，随即才想起来傅无伤是谁，他并没有大失风度地追问，而是风度翩翩地接了剑。

流霞剑入手，秦千越拔剑一试，赞道："流霞剑果然名不虚传。"

谁知剑气无眼，竟是在花朝手背上划出一道细细的血痕。

袁秦见状，大惊失色，匆匆扯下一截衣袖替她盖在手背上，急问："痛不痛？"

花朝面上却无一丝痛色，反倒是微微一笑，轻声道："只是划破一层皮罢了，不必大惊小怪。"

袁秦怔怔地看着她，几乎要落下泪来。

"你最怕痛的……"他喃喃。

明明是被绣花针戳了指尖都会流眼泪的人，如今被剑气划伤也能面不改色了……

"习惯就好了。"花朝不甚在意地随口道。

习惯……

袁秦咬紧牙关，是啊，他又在矫情什么呢？

明明害她至此的人，不是旁人，是他啊。

她浑身浴血的样子他都见过了，也许还有更惨烈的他没有亲眼所见的，通过那么大一个血池子就可猜测一二。

被剑气划破了一点皮，可不就是不用大惊小怪了吗……

一旁，秦千越则在细细地打量着袁秦，在他匆匆扯断衣袖盖住她伤口的时候，他就疑心袁秦是不是也知道了什么，可是此时再看他一副痴痴的样子，疑心倒不觉去了大半。

大概袁秦愚蠢的形象已经根深蒂固了，一贯多疑的他竟然放下了疑心。

热闹了好一阵子的流霞宴终于落下了帷幕，这天夜里，苏妙阳大办宴席，说是要给诸位少侠践行。作为锦衣卫指挥使的赵穆当众宣布杀害景王的罪人已经束手就擒，流霞宴结束之后诸位少侠便可以自行离开瑶池仙庄。

"不知那罪人是谁？"周文韬拱了拱手，好奇地看着赵穆。

赵穆看了他一眼道："紫玉阁梅白依。"

虽然紫玉阁已经不复存在，但梅白依的名字总是和紫玉阁连在一起的。

宴上众人哗然，又有些歆歔。

谁能想到那位江湖第一美人竟真的杀了景王呢？毕竟江湖上几乎人尽皆知，景王乃是她的头号拥趸者。

赵穆坐下，接过一旁仙侍递上来的酒杯，下意识地看向花朝，花朝正侧头同傅无伤说着什么。傅无伤虽然早已经淘汰，但作为踩了狗屎运被圣女选中的意中人，他也参加了晚宴。

下午擂台上发生的事情赵穆已经知道了，他没有想到花朝没有选择打赢了擂台的秦千越，而是选了名不见经传的傅无伤。

他似乎……永远迟了那么一步。

一贯谨慎的赵穆难得喝多了。

而作为众矢之的的傅无伤，自然免不了被灌酒，几轮下去他已经站都站不住了。

花朝见傅无伤面色发白的样子，蹙了蹙眉，眼见着周文韬又笑嘻嘻地端了酒杯过去，她起身上前，挡下了周文韬的酒："他身上还有伤，不能再喝了。"

"你还真是护着他呢。"周文韬喝得也有些多了，大着舌头酸溜溜地道。

花朝不理他，喊了如烟和秋葵过来："如烟，你帮着秋葵送傅公子回去休息。"

如烟赶紧应了一声，和秋葵两人扶着已经醉得分不清东南西北的傅无伤走了。

如烟和秋葵将醉醺醺的傅无伤送回了西院的七号客房，傅无伤醉得不轻，头一挨着枕头就呼呼大睡。

秋葵拿湿帕子替他擦了擦手和脸，回头便见如烟正眼睛一眨不眨地盯着傅无伤，"如烟姐姐？"

如烟回过神来，掩饰般笑了一下："我第一次见人醉成这样呢。"

"诸位公子不服圣女选了傅公子，拿他灌酒泄愤呢。"秋葵笑嘻嘻地道，"你该回去和圣女复命了，这里我照顾就行了。"

"好。"如烟点点头，走了。

秋葵垂眸替傅无伤盖好被子，然后走到隔壁小间，打开妆盒，对镜梳妆起来。

秋葵其实是个美人，否则也不会招了玥娘的眼。

只是平日里她总要将自己的容貌压上几分，此时特意梳妆过了，便越发地出挑起来。

对着镜子抿了抿唇上的胭脂，又拢了拢鬓发，秋葵走出了房间。

秋葵走出七号客房，径直去了先前梅白依女扮男装成邱柏时住的那间客房，站在门口，她垂眸推开门。

房门没有锁，她推门进去之后，又转身将门关好。

"哟，来啦。"房间里，玥娘阴恻恻的声音响起。

秋葵转身看向她。

玥娘看清秋葵的容貌之后，眼中透出了一丝惊艳："真像啊……"

她下意识地喃喃。

怎么会有人比她的一双女儿更像她呢？尤其是那眉目间的神韵，简直像极了那个人。

像？她像谁吗？秋葵心底闪过一丝疑惑。

"人呢？"秋葵看着她问。

玥娘咧嘴一笑："我答应你的事情，自然会做到。"说着，她从桌子底下踹出了一个麻布袋子。

那袋子滚了几圈，里头依稀可见是个人形。

"死了？"秋葵蹙眉。

"怎么会，还有气儿呢。"玥娘一挑下巴，"你打开看看。"

秋葵走到那麻布袋子前面，蹲下身，解开了袋子上的绳索，里头露出一个人来。

赫然便是梅白依。

袋子解开的一瞬间，她猛地睁开眼睛，谁知手筋脚筋均被割断了，手脚软绵绵的根本使不上力，连站起来都做不到。她怒吼起来，口中却是含含糊糊地说不出话来，秋葵伸手拉开她的嘴巴一看，空洞洞的口腔血淋淋的，竟是被剪了舌头。

"她的舌头……"秋葵一愣。

"怕她讲了什么不该讲的话，一早就剪了。"玥娘看了秋葵一眼，一下子明白了她的念头，"香枝那丫头已经死了，先前我替你问过，说是一刀扎在心口上，没受什么痛苦就闭眼了，尸体抛进了湖底，那湖连着外头，找不回来了。"

秋葵咬唇，眼中的恨意更烈。

梅白依似乎要说什么，奈何被剪了舌头说不出来，只能恨恨地瞪着她们。

"啧啧，从虫窟里出来竟然还没失了神志，倒也是个狠人。"玥娘上前踹了她一脚，"老实点。"

梅白依无力地被踹倒在地，喉咙里含含糊糊地不知道在吼些什么，口水混合着血水浸湿了胸前的衣襟，她狼狈不堪地在地上蠕动着，目光却依然凶狠带着杀意。

见她这样，秋葵倒是轻快地笑出声来："邱公子，你也有今日啊。"

"好了，早点解决了我们好快活一番，我可是费了大力才把她带出来的。"玥娘上前摸了秋葵一把，邀功道，"我还得带着她的尸体去复命呢。"

"一定要杀了她吗？让她就这样不行吗？"秋葵问。

这样生不如死地活着，才更好啊。

秋葵恨毒了她。

"不成，圣母要她死，谁敢让她活着。"玥娘摇摇头，递给她一把匕首，"赶紧的，我带她出来也是冒了大风险的，若不是为了秋葵你，我哪能这么干，若是让圣母知道，我可是要吃罪的。"

秋葵接过匕首，握紧。

然后在玥娘有些不耐烦的催促里，将匕首插进了梅白依的胸前，也不知是有意还是无意的，竟是扎歪了。

每扎一下，秋葵都会恨恨地问一句："痛吧？当初你是怎么杀了香枝的？"

"这样扎？"

"这样扎？"

"还是……这样扎？"

而被拔了舌头的梅白依除了含糊的呜呜声，根本不能回答她任何问题。

一连扎了好几下，才终于扎进了心口，梅白依抽搐了一下，瞪着眼睛咽了气。

至死，她都不敢相信自己竟然死得这么窝囊。

她竟然死在了两个肮脏的奴婢手里。

为什么……

为什么她竟然落得了这么一个下场，明明她也曾是被爹爹捧在掌心的天之骄女啊，明明她是紫玉阁的大小姐啊……

咽下最后一口气的时候，她以为她会想起袁秦，毕竟他少年英豪，眉目俊朗，又出身江南秦府，与她原是再般配不过的。

……可是竟然没有。

她想起的竟是朱如景。

那个胖得连走路都费劲的景王爷。

她想起了他临死前的模样，那些温热腥甜的血液自他脖颈处猛地喷出，溅了她

236

满身满脸。至死，他的眼中都没有恨意，有的，只是不解……他不明白他心爱的姑娘为什么要杀了他。

还有……怀念？

临死前，他想起了什么？又在怀念什么呢？

最后的意识，梅白依忽然想起了那一日旭日城东风楼中初见。

那日春光明媚，她一时兴起去东风楼小坐，听闻楼里新来了一个会唱花鼓的小娘子，本想点她的牌子，却听说已经被旁的客人叫走了。

她便作罢，要了一个雅间，正坐着喝茶，便听隔壁传来唱花鼓的声音，咿咿呀呀的，隔着一道墙，听着倒也不错。

正听得有滋味，那厢的声音却不大和谐了起来。

"公子，请你放尊重些，奴家卖艺不卖身的。"

"哎呀哎呀，都说了不要！你这无赖快些放开我！"

她听得心头火起，抄起家伙便一脚踹开了隔壁的门，果然便见一个肥头大耳的男人正与一美貌的小娘子拉拉扯扯，她忙上前一把拉过那小娘子护在身后，怒视那个胖子。

"败类。"她怒斥一声，拉了那小娘子便要走。

谁知那小娘子却是一脸羞恼地甩开了她的手，跺了跺脚，气急道："哪里来的小姑娘这般不知事，竟是坏了老娘的好事。"

她瞠目结舌。

他捧腹大笑。

自此天下皆知，景王朱如景是江湖第一美人梅白依的头号拥趸者……

原来，她也曾有过路见不平拔刀相助的侠义心肠啊。

最后的最后，梅白依终于有些后悔了。

她想，若是能重来，她一定对他好一些。

可惜是不能了。

第十三章

【一】困局

宴席闹到很晚才结束，来饮宴的泰半都醉了。

花朝回到房中睡下，半夜的时候，又悄悄地起了身，将枕头放在被子里做出在睡着的假象，然后避开所有人的耳目，潜入了西院。

秋葵不在房中，不知道去哪儿了。

花朝径直推开没有闩着的窗户，跃身进了室内，便看到傅无伤正坐在房中等她，面上无一丝醉意。

浴桶中的热水已经备好，烟气袅袅。

"来了。"见她越窗而入，傅无伤面上露出了笑容。

"如烟有什么异常的举动吗？"花朝问。

"她借着搀扶我的动作偷偷替我把了脉，在秋葵离开之后又折返了回来，特意查看了我心口处的蛊纹。"傅无伤的表情有些复杂。

他没有想到如烟和如黛竟然是他同父异母的妹妹。

他更没有想到继夫人楚媚竟然是从瑶池仙庄出去的。

那他的父亲……应该是一早便与瑶池仙庄有所勾连了，甚至当年他会被拐卖进瑶池仙庄应该也非偶然，应该是那位继夫人的手笔。他相信一开始父亲是不知情的，但是他历经九死一生逃离瑶池仙庄回到家之后，明明将被困在瑶池仙庄的事情悉数告诉了父亲，但后来不管怎么查，都没有查到半点有关瑶池仙庄的消息就十分蹊跷了。

其实在得知苏妙阳居然不反对他和花朝在一起之后，他就开始怀疑，追查瑶池仙庄的事情是父亲亲自出手的，作为武林盟主，他的耳目几乎遍及整个武林，竟然没有查出任何的蛛丝马迹，这本就不寻常。

所以，暗中阻挠他追查，暗中护着瑶池仙庄，为瑶池仙庄大开方便之门的人，就是他爹啊。

而发现这件事的契机，便是玥娘带给如烟的那封信。

花朝心存疑窦，趁夜偷取了那封信来看，好在如烟并未如玥娘所言看完便烧了，而是十分珍惜地将信枕在了头下，以她现如今的身手要在不惊动如烟的前提下看到那封信也并不是难事。

而信的内容，却是让她大吃一惊。

信中说傅正阳的儿子傅无伤便是当年从瑶池仙庄出逃的蛊王，若非如烟已经看过信，花朝定会将这封信毁了，可是如今说什么都迟了。花朝只得将信的内容记下，又将信放回了原位。

因为现如今还不能惊动如烟。

花朝将此事告诉了傅无伤，傅无伤根据信的内容和称呼推测出来了这些令人震惊的结果，而且这些年如烟似乎一直通过玥娘与楚媚有书信往来。

"你爹应该也是护着你的，否则楚媚不可能过了十五年才按捺不住地写了这封信。"花朝拉着他的手，轻声安慰道。

傅无伤摇摇头："我怀疑我爹出事了。"

"什么？"花朝一愣。

"我爹纵然有千般错，但我能感觉到他一直在保护着我。"傅无伤苦笑了一下，"楚媚敢写这封信，便是我爹已经压不住她了。"

花朝将手与他五指相扣："离开瑶池仙庄之后，我便陪你去白湖山庄。"

傅无伤忍不住伸手将她揽在了怀里，许久之后，才抵着她的额头，低低地道："开始吧。"

本来定下的是明晚进行最后一次蛊变，可是在看过那封信之后，他们不得不提前一日进行蛊变，以期有时间来应对苏妙阳的算计。

花朝沉默着起身，将一早准备好的药物放入了浴桶中。

药物入水即溶，清澈的浴汤一下子变得混浊起来，随即那颜色迅速变得更深，最终竟如墨汁一般变成了浓郁的黑色。

水面开始咕嘟咕嘟地翻涌沸腾，仿佛煮沸了一般，看着十分可怕。

傅无伤解下衣物，正准备踏进去的时候，花朝倏地拉住了他。

傅无伤回过头，便看到了她眼中的惊惶和忐忑，他倏地笑了，转身抱住了她，轻轻吻了吻她的眉心："相信我，会没事的。"

感觉到眉心那温暖柔软的触感，花朝垂眸，松开手，看着他除去最后一件衣物，坐进了浴桶之中。

他的表情十分平静，看不出痛苦来。

但是太平静了，平静到令她有些害怕。

比起之前两次蛊变的惊心动魄，这第三重蛊变似乎格外简单，傅无伤坐在浴涌里双眼微闭，久久都没有动一下，似乎是睡着了。

花朝坐在一边，生生熬了一个时辰。

直至浴桶中的水慢慢变浅，那如墨汁一般浓郁的黑色逐渐褪去，他还是坐在那里一动不动，睡着了一般。

花朝心里猛地一跳，匆匆上前探了探他的鼻息……然后轻轻吁了一口气，他还活着。

"傅哥哥？"

她试着喊他。

他仍是一动不动。

花朝低头去检查他心口处的蛊纹，只见他心口处苍白的皮肤上，那朵小小的黑色花苞已经绽开了一大半，却并未完全绽放……怎么会这样？明明蛊变已经完成了啊。

眼见着浴桶中的水已经凉透，他还是不醒，花朝只得伸手将他从水中扶了起来，用一早准备好的布巾替他擦干身体，又替他换上寝衣，扶他在床上躺下。

他无知无觉地躺在那里，呼吸平稳，仿佛睡着了一般。

可是他要睡多久？

还会不会醒？

要一直这样睡下去吗？

花朝心里忽然产生了一种名为恐慌的情绪。

花朝守在床边很久，直至将近五更天的时候，才替他掖了掖被子，不得不起身离开。

若再不回去，被如烟、如黛发现她不在房中，只怕又要惹出事端来了。

心事重重的花朝跃窗而出，刚刚站定，便见一夜未归的秋葵失魂落魄地从角门走了进来，她衣领半敞着，隐约可见白皙的脖颈和胸前一片青青紫紫的暧昧痕迹。

看到花朝，秋葵愣了一下，随即猛地停下了脚步，有些惊慌失措地去拢衣领。

"圣女……"

见花朝看着她，秋葵的脸上露出了有些难堪的、自惭形秽的表情。

明明圣女已经将她从玥管事手中救了出来，她却又自投罗网了呢，圣女现在是不是觉得她自甘堕落，根本不值得她出手相救？

"梅白依死了，我亲手杀的。"她的嘴唇动了一下，表情像在笑，又像在哭。

花朝一怔，梅白依被锦衣卫以杀害景王的罪名抓了起来，后来又被苏妙阳要了去的时候，她就大致明白梅白依会遭到苏妙阳可怕的报复了。

苏妙阳看似大度，但实际上心胸非常狭窄，梅白依落在她手上，定然是生不如死的……此时再看秋葵的模样，花朝便明白她做了一桩什么样的交易，又为此付出了什么。

"值得吗？"她问。

梅白依落在苏妙阳手上，早晚是个死。

即便不死，也不过是生不如死地活着。

这桩交易，值得吗？

"我要亲手为香枝报仇。"她失神地喃喃，"我答应过香枝的。"

花朝没有再说什么，每个人都有自己的选择，既然秋葵做了自己认为是对的选择，她也无权置喙。

"傅公子已经睡下了，若他醒了便来告诉我。"花朝顿了一下，"若是没有醒，也不必去叫他。"

秋葵闻言呆了一下，她没有想到圣女竟然还没有放弃她……还愿意用她。

"是。"她点头应下，"我一定会照顾好傅公子的。"

她郑重地，仿佛宣誓一般道。

"多谢。"花朝点点头，转身走了。

秋葵望着花朝离开的背影，下意识地咧了一下嘴，眼泪却猛地落了下来，她狠狠地抹了一把眼泪，大步走进屋子。

她一定会替圣女守好傅公子的。

第二日，瑶池仙庄山门大开，来参加流霞宴的少侠们都陆续离开，但是很快，他们又回来了。

"据说通往外界的吊桥被斩断了。"莺时打探了消息回来说。

瑶池仙庄多年隐世不出，也得益于得天独厚的地理位置，四面都是天堑，需放下吊桥才能与外界相通。

如今吊桥断开，除非重新修好，否则瑶池仙庄里的人谁都出不去。

……究竟是怎么回事？

花朝的第一个反应是苏妙阳派人做的，她表面上放那些人离开，实际上却是使了一招釜底抽薪，可是……她这么做有什么企图呢？

花朝心里有些没底，这种感觉十五年前她逃离瑶池仙庄之时也曾有过，只是当时她还有傅无伤陪着，如今傅无伤……也不知醒了没有。

秋葵没有来报信，他应该是还在睡着吧。

今夜又是朔月啊……

花朝有些荒谬地觉得人生仿佛就是一个轮回，兜兜转转之间，一切又回到了起点，她轻轻转动着手中的茶盏，心里在想着诸般可能，以及……她该怎么应对。

那些少侠们没有能够离开，仙庄里有外人，朔月之夜的祭祀还会不会如期举行？应该不会，人多眼杂，苏妙阳一定不想暴露这个秘密。

傅无伤若是一直不醒怎么办？如烟此时应该已经将傅无伤是蛊王的事情告诉苏妙阳了吧？若如烟趁着傅无伤昏迷撕破脸皮要抢人怎么办？

如今通往仙庄外头的吊桥已经毁了……

正想着，她忽然察觉到房间里多了一股陌生的气息，花朝经常喜欢一个人待着，伺候的人也都习惯了，此时屋子里一个伺候的人都没有，只花朝一人在。

"出来。"她低低地道。

一声轻笑有些突兀地响起，房梁上一道人影闪过，翩然落地。

"秦公子？"花朝有些意外，又有些不悦，"堂堂玉面公子怎么做起梁上君子了？"

毕竟，任谁被这般窥伺着，都不会高兴。

秦千越苦笑了一下，摸摸鼻子，拱手道："见谅见谅，实在是除了圣女这儿，在下已经无处可去了。"

花朝面露不解。

"圣女可知出仙庄的吊桥被人砍断了？"秦千越见状道。

花朝点头。

"那圣女知不知道是谁做的？"秦千越又道。

花朝摇头："莫非你知道？"

秦千越叹气："再没有比我更知道的了，这原就是冲着我来的啊。"见花朝面露疑惑，他也没有卖关子道，"是那位锦衣卫指挥使大人的杰作，这是要断了我出庄的路，想在仙庄里直接灭了我的口呢。"

赵大哥？

花朝一怔，在她的印象里，赵穆还是青阳镇那个性格腼腆、动辄喜欢脸红的赵屠夫，于是下意识地便道："不可能。"

"怎么不可能？若非被他追杀得无处可去，在下又怎么可能狼狈地闯进圣女的闺房？"秦千越罕见地苦着脸道。

花朝这才细看了他一眼，果然比起平日里风度翩翩的样子，此时的他显得有些狼狈，衣服皱巴巴的，衣摆还被什么东西划破了，头发也有些凌乱。

"赵大哥为什么要杀你？"花朝看着他问，"你做了什么？"

"一定是我做了什么，而非赵穆穷凶极恶不讲道理吗？"秦千越挑眉，"你还真是信任他呢。"

"如果你定要这样胡搅蛮缠的话，那便请你出去吧。"花朝垂眸道。

秦千越此人，她原是并无恶感的。

甚至先前她还打算托他保护袁秦。

只是擂台之上那道剑气绝非偶然，以他玉面公子秦千越的威名，试剑竟会误伤旁人，岂非令人笑掉大牙？

想来……周文韬之前让她小心秦千越也并非空穴来风吧。

胡……胡搅蛮缠？

秦千越此生还没有被这样形容过，脸上的笑容一下子裂了。

他轻咳一声，正色道："我传书于陛下，将圣殿里看到的东西细细禀报了上去。"他看着花朝，动了动唇，声音轻而缓，"时有异人，血带异香，得之长生……"

花朝面色微变。

"此时，陛下的暗部精锐已经倾巢而出，向着瑶池仙庄来了。"他看着她，语出惊人。

花朝捏紧了手指："那你又凭什么觉得我会救你？"

"因为我推测景王爷和梅白依之所以会进入圣殿，是圣女在后面推了一把，圣女想借陛下的手毁了瑶池仙庄。"秦千越微微一笑，"可惜圣女没有料到朝廷派来的竟然是你的故人，你不忍拖他下水，便出手助他了结此案，我猜得可对？"

花朝只觉得眼前这个男人多智近妖，他仅凭猜测就将事情的经过以及她的心理推测得一丝不差……着实有些可怕。

"赵大人原也是个聪明人，却关心则乱，他发现了圣殿的秘密之后只想着替你隐瞒，甚至不惜出手杀人，江湖第一美人梅白依香消玉殒也在他的算计之中，他的下一个目标便是我了，谁让我在圣殿遇着他了呢……"秦千越叹气。

花朝的表情有些古怪："你和赵大哥在圣殿遇到了？"

圣殿是禁地啊，如今是谁都能去逛一圈了吗？

"说到这个，我倒有个有趣的猜想。"秦千越有些沮丧的表情稍稍精神了一些，"我总觉得仙庄里有一个人抱着游戏的态度在搞事，我是无意中在房间里得到了一份通往圣殿禁地的暗道地图，想来赵穆也是，那么……还会不会有旁人也得了这份地图呢？"

游戏……的态度？

花朝沉吟，这个人……会是谁？

知道通往圣殿的暗道，并且对瑶池仙庄抱有恶意的人，梅白依算一个，可她已经死了，而且她当日为了独吞长生的秘密不惜出手杀了景王，那定不会是她。

那还有谁……花朝陡然想起了一个小小的身影。

秦千越见她面色有异，好奇地道："莫非圣女想到是谁了？"

花朝没有接他的话茬儿，只垂眸道："在你口中那些暗部精锐到达之前，你可以留在这里，作为交换，我也想请你答应我一件事。"

秦千越失笑："圣女很喜欢同我交换条件呢。"

"你应是不应？"花朝看向他。

"圣女请讲。"秦千越正色道。

"圣殿底下的密室中关着许多少年，数年来江湖上或普通百姓家中丢失的孩子或生或死，很大一部分都在那个地下密室之中，他们是苏妙阳从各地寻回或者从人贩手中买回的，苏妙阳称他们为血蛊。"花朝面上带了一层浅浅的讽色，"苏妙阳沉迷于长生之事，然而可笑的是，那些少年的精血实际上于长生并无多大的益处，所以等瑶池仙庄被毁之后，我希望你能救他们一命，放他们归家。"

秦千越眯了眯眼睛，想起了那日在密室之中看到的那些层层叠叠的铁笼子，那些如有实体的怨毒和恐惧的视线："他们看起来可不会感激你。"

"任谁被那样对待，都不太容易心存感激。"花朝淡淡地道。

"好吧，如你所愿。"秦千越微微一笑道。

【二】长生的秘密

花朝瞒过所有人的耳目将秦千越留在了自己屋子里，刚安顿好，便听莺时来报，说秋葵来了。

"我不在的时候你在屋子里躲着不要出去就是，小心别让人发现了。"花朝说了一句，便起身匆匆出去了。

秦千越看着她离开的背影若有所思。

花朝走出房间，便见莺时带着秋葵在外面候着。

"傅公子醒了？"花朝问。

秋葵已经梳洗过，此时看起来已经和平日没什么两样了，她点点头，又摇摇头："醒是醒了，不过发着高烧，人都有些烧迷糊了。"

花朝一惊，匆匆随秋葵去了西院。

正陪阿宝在院子里玩耍的如黛看了一眼刚从小厨房出来的如烟，嘟嘴道："圣女最近有些奇怪啊，都不太爱搭理我了。"

如烟抿抿唇，没有说话。

倒是坐在秋千上的阿宝笑眯眯地看了她一眼，花朝这会儿恐怕杀了如烟的心都有了，还指望她搭理作为如烟妹妹的你？不迁怒于你已经是她善良了。

这厢，花朝匆匆赶到西院，傅无伤的房间空空如也，人不见了。

"人呢？"花朝看向秋葵。

秋葵大惊失色："我走的时候他还在床上躺着呢，发那么高的烧不可能起来啊……"

花朝死死地咬住唇，知道最可怕的事情还是发生了，苏妙阳按捺不住地将傅无伤带走了……她一言不发，转身便去找苏妙阳。

此时，傅无伤整个人都烧迷糊了，隐隐约约，似乎感觉有一只滑腻腻的手在他身上游走，鼻端都是腻人的香气，令人闻之欲呕。

他费力地睁开眼睛，便看到一张年轻姣好的容颜，那张化成灰他都认得的脸，苏妙阳。

此时，她衣裳半褪，媚眼如丝，正趴在他身上。

傅无伤猛地一阵恶心，仰头便吐了她一身。

苏妙阳看着吐在自己身上的秽物，脸一下子绿了。

"即便你寂寞难耐欲火中烧，也不该对花朝定下的夫婿下手啊，姑姑。"傅无伤哑着嗓子道，"更何况对着你这张脸，在下着实硬不起来啊。"

因为发烧，他的嗓子里仿佛冒着一团火，声音如破锣一般，却也不影响他毒舌。

一旁伺候的侍从被这一幕吓得脸都白了，哆哆嗦嗦地来替苏妙阳擦身上的秽物，苏妙阳却是一脚踹开了他，看着躺在床上的傅无伤，气极反笑："我差点被你们这对小狐狸蒙在鼓里，你们也是好大的胆子，敢在我的眼皮子底下做这些小动作。"

傅无伤轻轻嗤笑了一声。

"你可是我精心养大的蛊王，本来就是我的东西，怎么就这样不听话，总是吃里爬外呢？"苏妙阳上前，轻轻捏起他的下巴，"不让你吃点苦头，你总也学不会听话。"

傅无伤眼中闪过一丝了然："你给花朝的药，有问题。"

所以最关键的第三重蛊变才会出现意外。

"倒也不算蠢到家了。"苏妙阳笑了起来，微凉的指尖轻轻抚过他的脸，宛如吐着芯子的毒蛇，"当初若不是花朝带着你叛逃，害我功亏一篑，这些年我又何须汲汲营营地与傅正阳那老头子虚与委蛇，早就一统江湖了，武林盟主这个位置又哪里轮得到傅正阳那个老头子来当？还好一切都还来得及，今晚便是朔月之夜了，在花朝喂饱了我的美人蛊之后，我会让你彻底成为我的蛊王……我一统江湖的梦想，全指着你了啊。"她轻抚着他的脸颊，眼中一片痴迷，"我的蛊王……"

"姑姑果真是好算计。"冷不丁地，花朝的声音在门口响起。

苏妙阳微微一顿，挑眉看向门口，眼中已然带了薄怒："怎么让圣女闯进来了？外头守着的人都是死的吗？"

没有人回答她。

还是花朝回答了她："是啊，都是死的。"

苏妙阳愕然："不可能，你……"

花朝的一切都在她的掌控之中，她除了力气比寻常人大些之外，只会些三脚猫功夫，怎么可能杀了得她的护卫？

趁着苏妙阳一脸错愕的时候，傅无伤已经咬牙撑着身子站了起来，跟跄着走到花朝身边："快走。"

"哪里走？"苏妙阳眼神一厉，上前便要夺人。

花朝硬接了她一掌，随即惊讶地发现她一直恐惧着的苏妙阳也不过如此，她扶着傅无伤站在原地半步未动，苏妙阳却已经连退数步，唇角都溢出了血丝。

"这是什么功夫？！"苏妙阳惊疑不定。

花朝微微一笑，故意气她："说起来还要感谢慕容先生，这是他赠予我的秘籍，名叫风怜秋水。"

苏妙阳倏地瞪大眼睛，风怜秋水？！那本江湖上人人趋之若鹜，每次现身都会引来一场腥风血雨的武功秘籍？风怜秋水上一回现世便是因为慕容月瑶……

慕容先生，果然便是慕容家的大公子慕容月瑶啊。

只是，她以真心待他，他不告而别不说，竟还给她挖了这么大一个坑！

可恶！

苏妙阳眼中几乎滴出血来，为什么那个女人总是那样高高在上，总是可以这样好运，连她的女儿也是，明明不过是任她予取予求的禁脔……她竟然可以轻易得到武林上人人趋之若鹜的秘籍，而她，却总是要汲汲营营费尽心机才可以得到自己想要的东西！

苏妙阳气得血脉逆流，口中顿时喷出血来。

花朝倒是没料到她竟然会气成这样，这个总是表现得温柔大度的苏妙阳啊，还真是缺少什么，便非要假装自己拥有什么。

趁着苏妙阳几乎被气疯了的当口，花朝背起傅无伤，径直冲出了大殿。

"花朝……"傅无伤轻喘了一下，"蛊变的药，有问题。"

"嗯，我也猜到了。"花朝背着傅无伤一路不停地冲出了瑶池仙庄，"通往外头的吊桥断了，我们暂时出不去，苏妙阳回过神来一定会派人来追的，我们只能先寻一处地方躲着。"

"好……"

"还记得小时候我们躲的那个地方吗？"花朝一边跑一边道，"我们去看看那里还能不能躲人。"

纵然眼下凶险万分，傅无伤还是微微笑了起来。

那是一个天然的石洞，瑶池仙庄那么大，他们躲在那里一时还真不容易被发现。

苏妙阳回过神来派人去追的时候，花朝已经带着傅无伤悄无声息地躲起来了。

"给我搜！庄子外头的吊桥断了，这两只小狐狸跑不远。"苏妙阳咬牙切齿。

苏妙阳气疯了，时隔十五年，她终于找回了花朝和她的蛊王，竟然又被他们跑了，她再也维持不住端庄大气的圣母风范，几乎将瑶池仙庄中的精锐都派出去找人了。

偌大的大殿一下子变得空荡荡起来，苏妙阳在茜娘的伺候下洗去了身上的秽物，换了一身干净的衣裳，失去的理智才慢慢回笼。

她半倚在铺着狐狸皮的美人榻上闭目养神，茜娘半跪在地上小心翼翼地替她按揉着酸胀的脑袋。

"妙言。"忽然，有人喊她。

明明是个孩子的声音，语气却是老气横秋，苏妙阳心中一紧，猛地睁开眼睛："谁？"

已经很久，很久……没有人这样叫过她的名字了。

那时，她还不是瑶池仙庄的圣母苏妙阳，而是那个女人的侍婢妙言。

苏妙阳睁开眼睛，站在她面前的，不是她任何一个故人，而是一个粉雕玉琢般的小男孩，她记得这是花朝养在身边的那个叫阿宝的孩子。

花朝便是用这个孩子作为幌子，明修栈道暗度陈仓，来要那些炼制蛊王的药材的。

"大胆，不经圣母召见，谁许你闯进大殿的？"茜娘怒斥。

阿宝完全无视了茜娘，迈着小短腿走到了苏妙阳跟前，茜娘又惊又怒，解下腰间的鞭子，便狠狠地抽了过去。

阿宝抬手握住那抽过来的鞭子，劈手夺过，随意扔到一旁，一双漆黑的大眼睛仍是一眨不眨地盯着僵坐在美人榻上的苏妙阳。

"你到底是谁？"苏妙阳感觉有些不对，蹙眉问。

那次见面她还不曾觉得，如今再看，这孩子仿佛透着些邪性。

"你还记得费长青吗？"阿宝笑眯眯地道，"那是我爹。"

苏妙阳的面色猛地一变，她当然记得费长青，费长青是那个女人的心腹，可是……

"不可能，费长青的儿子如今也该有四十多岁了。"

怎么可能是眼前这副模样？

苏妙阳忽然顿住了，费长青的儿子她是见过的……只是时间太久，她已经记不清了，只是此时再看阿宝，果然和费长青有几分相似。

阿宝笑了起来："或许我可以和你探讨一下长生的秘诀，毕竟对于这件事，我也很有经验呢，妙言姐姐。"

一个四十多岁的男人，却永远一副长不大的模样。

渐渐地，爹爹老了，旁人口中的费大叔变成了费大爷，为了不让旁人觉得他爹是个老不羞，他只能改口叫爷爷了……

苏妙阳眼中透出惊疑不定："休要装神弄鬼，你到底有什么目的？"

"我爹说当日他家小姐遭了小人算计，他为了引开那些杀手只得将小姐交托于你，可结果小姐的令牌碎了，你也不知所终……我爹爹找了这么些年也没有找出个头绪，原以为你是忠心跟着小姐，以身殉主了，结果竟是突然冒出一个号称是得了西王母传承的瑶池仙庄，可不就是起疑？"阿宝笑嘻嘻地道，"我爹说，他家小姐当年是何等惊才绝艳的人物，江湖上赫赫有名的西王母，唯一当上武林盟主的女人，他倒要看看是谁敢自称西王母的后人！这不，我就来了嘛。"

"放肆。"苏妙阳掩在袖中的手气得直发颤，"你究竟在胡言乱语些什么？"

"不会错的，你那张脸，和我爹画的那张画像一模一样。"阿宝舔了舔唇，"你就是当年西王母身边的侍婢妙言。"

苏妙阳眼中闪过一丝杀意，她猛地伸手，一把攥住了阿宝的脖子。

不管说话如何老气横秋，阿宝到底是个孩子模样，他的脖子很细，这样被她握在手中，苏妙阳有种轻易就能将之折断的错觉。

当然，也只是错觉而已。

"真难闻啊。"阿宝眨巴了一下眼睛，好奇地道，"你总是熏着香，是为了掩盖住身上的腐臭味吗？这种腐朽的、令人作呕的味道，和你长生不老的模样有关吗？"

苏妙阳被他气得差点吐血。

但随之她忽然感觉心口一疼，她瞪着眼睛，惊恐万状地发现阿宝手里捏住了一只米粒大小的红色虫子。

她的美人蛊！

养在她身体里的美人蛊，他是怎么取出来的？

"原来……这就是你长生不老的秘药啊，看起来很有趣的样子呢。"阿宝兴致勃勃地看着手中的小虫子，忍不住取了个竹罐出来，凌空一握，苏妙阳便惊恐万状地看到他抓到了一把小虫子粗鲁地塞入了手里的竹罐之中。

与此同时，苏妙阳突然有了种气力不继的感觉……仿佛生机一下子被抽走了大半，她下意识地看了一下自己的手……原本白皙滑腻的手一下子暗沉了许多，"你……你到底做了什么？"

"我长不大是因为小时候误食了一种叫麒麟果的东西，你还记得麒麟果吧？"阿宝笑眯眯地道。

苏妙阳恨恨地看着他，她当然记得，麒麟果珍贵异常，传说可以使美人不老，她曾以为那只是存在于传说中的东西，但西王母却偶然得到了两个，她见西王母并没有要赏给她的意思，便擅自偷取了一个。

结果待她准备食用的时候，却发现只剩下了一粒籽，果肉不知道被什么东西吃光了。

原来……竟然是费长青的儿子！

"你这虫子很有意思啊。"阿宝的眼睛亮闪闪的，"哎呀，我有了新的思路，说不定就能摆脱这长不大的窘境了呢。"

说着，大有要把她身上的虫子抓光的意思。

苏妙阳大惊失色，仿佛见了鬼似的一下子甩开了他，然后拔腿便跑，阿宝怎么肯就这么放过她，捡起一旁的鞭子便卷了过去。

苏妙阳一把抓过跪在一旁瑟瑟发抖的茜娘扔了过去，阿宝不耐烦地一鞭子抽了上去，茜娘惨叫一声，被抽得撞上了美人榻，而后滚落在地，再无声息。

竟就这么送了命。

有茜娘这么一挡，阿宝再想追上去的时候，苏妙阳已经跑得没影了。

"真糟糕，明明答应了老爹要把妙言这个背主的贱婢绑回去给他解气的呢。"阿宝舔舔唇，不满地道。

【三】同生共死的缘分

苏妙阳已经很久没有这么狼狈过了，她匆匆逃出自己的大殿，心里恨恨地想，那个女人果然就是她此生的劫数，明明已经死了那么久，竟然还不消停。费长青那只走狗，没了主子就不知道怎么过日子了吗？

还有他那个比恶鬼还可怕的儿子……

想起那个叫阿宝的孩子，饶是苏妙阳都有一种不寒而栗的感觉。

她一路匆匆逃进圣殿，推开暗门，闻到里头腥甜的气息，忍不住闭上眼睛深深地吸了一口气，仿佛久困沙漠的人见到了水源似的，连先前萎靡的精神都好了一些。

她褪去衣物，急不可耐地走进了血池之中，血水弥漫上来裹住她已经显露出衰败之色的身体，那种因为美人蛊的减少而生机不断流失的感觉才稍稍减缓了一些。

可是不够……

远远不够。

苏妙阳一脸阴鸷地看着自己光泽不再的肌肤，她身体里的美人蛊数量少了许多，而且这血池中花朝的精血也已经几乎耗尽……本来，今天便是朔月之夜，该是她进补的时候。

正是郁郁之时，隔着一道墙壁，外头突然传来一阵嘈杂之声。

苏妙阳眉头猛地一蹙，谁敢闯进圣殿？可是此时她身边一个可用的人都没有……她不敢轻举妄动，只得躲在圣殿的血池之中，直至林霜找来。

"圣母，已经找到圣女了。"林霜半跪在地上，禀道。

苏妙阳的眼睛猛地一亮："抓住了吗？"

"还在对峙之中。"林霜垂首道。

"带我去。"苏妙阳急不可耐地道。

林霜恭敬地上前，拿起一旁的浴巾仔细替她擦干了身体，伺候她穿上裙裳，梳拢头发，他的动作有些生涩，却十分温柔。

"阿霜，我现在是不是很丑？"苏妙阳抬手抚了抚有些干涩的脸，怔怔地问。

"不，您永远是最美的女人。"林霜轻声道。

他被火灼过的半边脸恐怖如恶鬼，可是完好的半边脸上却是一片宁静温柔。

苏妙阳猛地伸手抱住了他："一定要把花朝抓回来，我不要一直都是这副鬼样子……"

"是。"他温顺地应。

走出圣殿的时候，天已经黑了。

又逢朔月之夜。

雾气浓重，四周是伸手不见五指的黑。

这样的夜，让苏妙阳想起了十五年前的那个夜晚，花朝带着她未完成的蛊王从她手中逃走的那个夜晚。

这种感觉很不好。

瑶池仙庄里已经乱成了一团，禁地里的血蛊都逃了出来，仙庄中的精锐都被派遣出去追捕圣女了，此时留下的大多是杂役和一些武功不济的仙侍，那些血蛊挟怨而出，趁着夜色见人便杀。

一时哀号声四起，宛如地狱。

苏妙阳却都视而不见，她一心要将花朝和傅无伤抓回来。

她怎么能没有花朝呢……

她不要就这样老死，她是瑶池仙庄的圣母，她是苏妙阳，她尝过了长生不老的美妙滋味……她怎么能放手？

林霜一路护着苏妙阳赶到了一处悬崖边上。

围捕的护卫们手中提着防风灯笼，远远可见那里亮成一片，花朝和傅无伤就站在那里，颤巍巍地临风而立。

花朝紧紧握着傅无伤的手，四周围都是瑶池仙庄的精锐，吴须领头，在此处布下了天罗地网，他们已是插翅难飞了。

看到这样的情形，苏妙阳慌乱不安的心总算安定了下来。

苏妙阳弯了弯唇，面上已经恢复了雍容之色，她扶着林霜的手走上前："花朝，你身后就是悬崖，不要闹了，还不乖乖跟姑姑回去。"

语气亲昵而慈爱，仿佛花朝真的是个不懂事的孩子。

花朝握着傅无伤的手紧了紧。

"傅哥哥，你怕不怕？"她问。

傅无伤无力地靠着花朝，他的额抵着她的额："不怕，你呢？"

他的额头已经不是那么烫了，神志也清明许多。

花朝摇摇头："虽然连累你至此觉得很抱歉，可是……我竟然觉得有点开心。"

"不用对我觉得抱歉，我们的缘分从很早以前就开始了，我们这辈子注定是要同生共死的。"傅无伤吻了吻她的眉心。

"花朝！"苏妙阳见他们旁若无人的样子，忽然有了些不太美妙的预感，"你现在同姑姑回去，姑姑便不计较你先前的冒犯……便是傅无伤，姑姑也可以成全你们。"

花朝闻言，抬头看了傅无伤一眼。

傅无伤微微一笑。

花朝便也笑了起来，她伸手抱住他，轻轻往后一仰，两人便随风坠入了悬崖。

"花朝！"苏妙阳眼睁睁地看着花朝从自己面前坠入悬崖，目眦尽裂，几乎要疯了，"给我去把她抓回来！抓回来！"

"这……从这悬崖上掉下去不可能还活着。"吴须迟疑了一下道。

"花朝不会死的！她不可能会死！"苏妙阳失声怒吼，"给我去把她抓回来！"

宛如疯了一般。

这样的夜里，赵穆的心莫名地静不下来。

他心乱的时候，便会练字，一笔一画写下来，心总会宁静许多。

提起笔，他下意识地写了一个"朝"，大大的"朝"字，最后一笔，他却突然感到一阵心悸，手中的毛笔猛地一顿，那个"朝"字上便多了一个大大的墨点。

看着分外不祥。

远远地，似乎有些奇怪的声音。

哀号声、痛呼声……还有尖叫求饶声。

"冯若定。"他沉声。

一直在外头听命的冯若定推门进来："大人，有何吩咐？"

"外面发生什么事了？"赵穆问。

冯若定顿了一下："似乎是禁地里的血蛊被放出来了，在外面泄愤杀人呢。"

"这么大的事，为何不向我禀报？"赵穆面色一变，"圣女呢？"

冯若定没有吭声。

"我问你话呢，还是说，你想让我自己去查？"赵穆的声音有些发冷。

"圣女带着傅无伤叛逃，瑶池圣母带人去追捕了。"冯若定只得道，说着，又有些急切地道，"大人，您先前派人去砍断通往外界的吊桥属下便觉得不妥了，秦公子分明是自己人，您……"

赵穆冷冷地看了他一眼："主意这样大的下属我不敢用，回京后你便不用留在我身边了。"说着，他便匆匆走了出去。

只留下冯若定呆呆地站在原地。

赵穆匆匆出门，刚好看到苏妙阳带着人返回，忙上前问道："圣女呢？"

苏妙阳早已经被花朝和傅无伤双双坠崖之事刺激得有些神志不清，没有人敢跳下悬崖去找人，通往外界的吊桥又被砍断了，苏妙阳整个人便如同一头困兽般暴虐起来，根本不曾理会他，只是她身后跟着的林霜经过的时候，轻轻丢下一句话："抱着傅无伤殉情了。"

赵穆僵在原地，再也动弹不得。

如墨染般的黑夜，袁秦没有想到他亲手放出来的血蛊会掉转刀口砍向自己，一不留神便被重重地砍了一刀。

一路尾随而来的周文韬终于忍不住现身，拔剑上前替他挡了一刀："愣着干什么呢？想死吗？！"

"你来干什么？"袁秦一愣。

"看你鬼鬼祟祟的有些不放心，跟过来瞧瞧。"周文韬拉着袁秦趁着这浓黑的夜色隐入黑暗之中，借着檐上挂着的灯笼看向不远处那个面色苍白的少年，"你在搞什么鬼？"

"这些人应该是中了蛊，我原先救他们的时候竟是没有注意到，这会儿下蛊的人应该已经腾出手来控制他们了。"袁秦看了一眼前面那个手足僵硬着仿佛傀儡一样的苍白少年，解释道。

"你好端端的去救这些人做什么？"周文韬皱眉，"你的侠义心肠又发作了？"

"花朝和傅无伤逃跑了。"袁秦垂眸道："我帮不上什么忙，只想着救出这些血蛊，顺便给苏妙阳制造点麻烦，让她腾不出手去追花朝。"

周文韬语塞，随即皱了皱眉："通往外界的吊桥已经被砍断了，他们根本不可能逃得出去。"

袁秦愕然，随即有些惊慌地道："那怎么办？"

"我怎么知道怎么办？"周文韬忍不住翻了个白眼，指指前面那些已经发现了他们、围过来的少年，"现在看起来我们才更麻烦一些，这些血蛊是疯了吗？怎么见人就砍啊……"

袁秦和周文韬一路边打边躲，好容易熬到天亮，却发现整个瑶池仙庄都变得诡异了起来。那些血蛊已经被仙庄的护卫控制住，但是庄里的戒备陡然森严了起来。

那些来参加流霞宴的少侠们都被控制了起来，若有反抗，便直接斩杀，整个庄子里都仿佛弥漫着一股血腥之气。

"还好我们观望了一下，没有急着出去。"周文韬和袁秦躲在一个废弃的杂物间里，叹气，"事情有些麻烦了，看来发生了什么我们不知道的事情。"

这天夜里，周文韬和袁秦换着时辰一人休息一人警戒。

将近五更的时候，周文韬一把拉起了袁秦："快起来，出事了。"

袁秦猛地清醒了过来："怎么了？"

"前面有火光，是锦衣卫住的那间院子，苏妙阳是不是疯了啊，连朝廷的人都敢下手，天要使其灭亡，必先让其疯狂……看来这庄子要完。"周文韬苦着脸道，"下山的吊桥又被砍断了，看来这次我们是凶多吉少了……唉，没想到最后我也没有能够做一个牡丹花下死做鬼也风流的脂粉英雄，怎么就和你这个臭男人生死相依了呢？"

周文韬看起来十分遗憾的样子。

袁秦忍不住白了他一眼："都什么时候了，还没个正形？"

周文韬呵呵两声，凑上前看了看远处的火光，冷不丁地道："其实吧，我的确有事欺瞒了你。"

这没头没尾的一句话让袁秦一愣，随即想起来那日他曾问过他这个问题。

他说："周文韬，你可有什么事欺瞒我？"

当时的周文韬似乎是愣住了："啊？"

袁秦说："有个人说了一句我很在意的话。"

"什么？"周文韬好奇地问。

"他说，我所谓的闯荡江湖，不过是个笑话。他还问我，和你一同从青阳镇出来的周文韬，那位青越派的少主，真的是可以为你两肋插刀的好兄弟吗？"

周文韬轻笑："这话谁说的啊，还真是个有意思的人呢。"

那时，他这样问："所以，你真的是可以为我两肋插刀的好兄弟吗？"

周文韬怔了怔，随即如往常那般笑着用胳膊顶了顶他的胸口："那么较真做什么，做人嘛，开心就好。"

那时，袁秦再没有如往常那般同他哥俩好似的嬉笑起来，而是默默地格开他的手，认真地看了他一眼，转身走了。

也就是那一次，他们之间有了隔阂，再不复往日的亲密。

袁秦不知道这会儿他怎么突然提起这茬儿了，看了他一眼："什么事？"

周文韬仍然盯着远处的火花，口中却道："我喜欢花朝。"

袁秦愣住了。

"我喜欢她很久了，在青阳镇第一眼看到她的时候，就喜欢上了。"周文韬轻声道。

"我其实是个见不得光的外室子。

"我娘是个宛如菟丝子一样的女人，我爹是清越派前掌门的弟子，娶了清越派的大小姐当了赘婿才得了掌门之位，把我娘这个'真爱'养在外头，后来掌门夫人知道了我娘的存在，派人来追杀，那个一辈子都活得像个菟丝子的女人为了我这个儿子，总算硬气了一把，找到门路一路逃往青阳镇。

"到青阳镇不久，她就伤重不治而死。

"第一次见到花朝的时候，我刚和你打了一架。"

周文韬笑了一下，他和袁秦算是不打不相识，袁秦那臭小子是青阳镇一霸，他刚到青阳镇这个地头，自然要会会他，两个少年就这样不打不相识，竟成了好朋友。

第一次见到花朝的时候，正是他和袁秦打架的那一日，他们狠狠地干了一架，拳拳到肉，鼻青脸肿难看得很，打着打着倒打出感情勾肩搭背了起来。

便是那时，花朝来寻袁秦了。

"她拿了帕子替你擦脸，温柔又漂亮，我孤零零地站在一旁，嫉妒得恨不能把你这浑蛋再打一顿。"

周文韬说着说着，就笑了起来。

袁秦心里却有些不是滋味："如今你也不用嫉妒我了。"

周文韬轻嗤一声："那你也是自找的。"

"喂，打人不打脸，骂人不揭短。"袁秦不满地道。

"你不知道吧，其实青阳镇很多人都喜欢花朝，赵屠夫算一个，大牙也算一个，不过年少嘛，喜欢一个人不知道该怎么引起她的注意反而总喜欢做些令人反感的事。"周文韬感叹。

"你今天话怎么那么多？"袁秦不满地皱眉。

"总感觉不说完了，以后都没有机会说了似的。"周文韬轻笑了一下，然后笑意很快顿住，他猛地拔出剑来，"来了，抄家伙！"

袁秦和周文韬被困在这里并不知道外面发生了什么事，可是瑶池仙庄的人却仿佛疯了一样，一副不死不休同归于尽的模样。

"你这家伙，都怪你乌鸦嘴。"袁秦吐了一口血水，愤愤地道。

周文韬咧了咧嘴，无声地笑了一下。

前面是被控制的血蛊，后面是数不清的冷箭。

袁秦将背后交给了周文韬，丝毫不管身后的冷箭，只顾着眼前的拼杀。

他身后，已经成了一个血人的周文韬与他背靠背站着，一夫当关，万夫莫开。

那些射来的箭，都被他抢起的剑光挡了下来。

袁秦硬生生地杀出了一个缺口。

"跑！"袁秦大吼一声，与周文韬一同冲了出去。

身后，数不清的箭矢疾射而来。

"哎，这次真的要和你这个臭男人同生共死了。"耳边，周文韬似乎轻轻地叹了一口气。

袁秦有些哭笑不得。

这个家伙，这都什么时候了……

正是千钧一发的时候，几道人影突然出现，于漫天箭雨中一人一个，将周文韬和袁秦带了出去。

早已经杀得脱力的袁秦看了一眼领头那人的背影，竟是……秦千越？

"这个还活着，那个没救了。"耳边，有人在说。

袁秦有些不适地挣扎了一下，坐起身来，发现自己正坐在一辆极宽敞的马车里。

他还活着……那是谁没救了？

"我……我觉得我应该没救了……"身侧，有人弱弱地道。

是周文韬的声音，袁秦忍不住有些想笑，这个家伙永远没个正形，他回头正准备嘲笑他一番，却在看到他的模样之后滞住了。

周文韬是趴着的，因为他背上密密麻麻的都是箭，活像个刺猬。

袁秦想起了转身那一瞬间漫天的箭雨，周文韬是以身为盾，护了他一命。

袁秦的笑僵在了脸上，看着有点滑稽，周文韬无声地咧开嘴笑了一下，戏谑道："我这……咯咯……也算是为你两肋插刀了吧？"

他竟然还有力气说笑，可袁秦笑不出来，他忍住了差点夺眶而出的眼泪，咬牙问："为什么？"

"那样的情况……咯咯……能活下一个已经不容易了，不要太贪心……"周文韬见他一副要哭的样子，叹气道，"好了好了，我说实话……这不是怕花朝难过嘛……也不全是为了你……"

见袁秦一脸花朝现在才不会为我难过的样子，周文韬叹气："你以为你那位表兄真的……咯咯……真的是因为你是他表弟才出手相救的啊……"

"你别说话了，省点力。"袁秦见他一副喘不过气的样子，虽心有疑惑，但还是没有问出口。

"没救了，再不说……以后就没机会说了……"周文韬摇摇头。

袁秦死死地咬住唇，咽下了喉间的哽咽。

"啊对了，若有机会见到花朝……记得帮我美言几句……我可是为了护着你才死掉的啊……"

"再帮我跟她说一声对不起吧……咯咯……在紫玉阁的时候，那个采花大盗是我找的，不过那本来就是个太监，咯咯……但是也挺对不住她的……呵……真是人之将死其言也善……"

周文韬趴在那里絮絮叨叨，声音越来越弱，越来越弱。

最终，没了声息。

袁秦怔怔地看着他，他……是真的很喜欢花朝吧。

"没机会了。"马车前头，秦千越的声音淡淡地传来。

"什么？"袁秦还没有缓过来，下意识地呆呆地问。

"不管是美言，还是道歉，都没有机会了。"

"为什么？"

"因为她已经死了。"

马车前头，秦千越的声音仿佛隔了千山万水，缥缈虚无……

袁秦呆怔半晌，忽然问："你为什么会来救我？"

"我喝了她的仙酿，答应了她要护你周全。"

马车里彻底沉默了下来。

马车前头，秦千越仰头喝了一口酒，酒水十分辛辣，并不十分好喝，他又想起了那晚仙酿的滋味。

后来他才知道，那所谓的仙酿之中，有她的血。

"这是你想要的仙酿，作为交换，我想拜托你一件事。"

"圣女请讲。"

"在袁秦回青阳镇之前，我想请你保护好他。"

那时，她看着他，郑重其事地拜托。

虽然没来得及救下那些血蛊，但救下了袁秦，也算是没有辜负她的嘱托吧。

黎明前最后的黑暗过去，皇帝派来的暗部精锐搭起吊桥攻入了瑶池仙庄，这个多年隐世后又轰轰烈烈出世、如流星般很快陨落的神秘门派，便这样湮灭于历史的尘埃之中。

而袁秦和周文韬当日所面对的，是苏妙阳最后的疯狂。

这些，是袁秦后来才知道的。

尾声

最近江湖上发生了许多大事，瑶池仙庄被朝廷派兵剿灭算一桩，武林盟主傅正阳死于其继夫人之手算一桩，与此同时，还有许多的小道消息传出来，大大小小的茶楼书馆谈资无数。

"原来武林盟主的那位继夫人是瑶池仙庄出来的啊……"

"陛下英明啊，派兵剿灭了那个魔窟。"

"可是听说那个瑶池圣母逃出来了呢……"

"听说了吗？时有异人，血带异香，得之长生……那位圣女其实是不死之身呢……"

"这你也信，分明是那个苏妙阳受不了刺激疯了吧，还自封什么瑶池圣母，真是好大的脸，据说当年她就是西王母身边伺候的小丫头，还是个背主的丫头。"

有人感叹，有人不屑。

街边的小面馆里，一个老头和一个模样俊美的少年正低头吃面。

少年伸手想加点卤料，老头轻咳一声，少年便讪讪地缩回了手，可怜巴巴的样子。

老头长长地叹了一口气，抹了抹眼睛："若是早知道花朝就是我可怜的小小姐，我说什么也要好好保护她，怎么能让她离开青阳镇，又落到那贱婢手里去了呢……"

少年缩了缩脖子，安静得像个鹌鹑，这少年不是旁人，正是得了美人蛊后长大了些的阿宝，他在瑶池仙庄搅风搅雨，在阿爹来之前玩过了头……阿爹赶来的时候，已经太晚了。

花朝已经被妙言那个贱婢逼得跳了崖。

阿爹听到这个消息之后狠狠地将已经晕头转向的阿宝揍了一顿，揍的是他的屁股，阿宝已经有几十年没有被打过屁股了。

后来阿宝才知道，花朝就是阿爹常挂在口中的那位小姐的女儿。

其实阿宝在知道花朝跳崖之后就后悔了……

这时，街边突然有两个人走了过去，阿宝愣了一下，猛地站了起来。

"干什么？说你还不满意了？要不是你贪玩又大意，小小姐能被那个贱婢逼得跳了崖？"费大爷狠狠地瞪了他一眼。

"不是……是花朝！"阿宝冲了出去。

可是大街上人来人往，哪里还有他刚刚看到的那个身影。

"什么？真的是小小姐？你没看错吧？"费大爷也冲了出来。

"我的眼睛什么时候看错过人啊？"阿宝有些不高兴了。

费大爷一想也是，这小子的眼睛可是贼一样的利索，顿时高兴了："小姐保佑老头子我早日找到小小姐，这一次老头子一定保护好小小姐……"

花朝和傅无伤是来参加武林盟主傅正阳的葬礼的，他们并没有现身于人前，苏妙阳逃脱之后便四下散布花朝是不死之身的传言，还说得到她便可以长生不老……只是当日她在众目睽睽之下跳下了悬崖，并没有人能证明她还活着，这才相安无事。

花朝牵着傅无伤站在人群之外远远地看着，这是花朝第一次见到傅无伤那个同父异母的弟弟傅天赐。

他站在人群里，披麻戴孝的，眼睛红红的，模样很是可怜。

白湖山庄的大管家邱唐和二管家邱言都在，武林盟主过世之后，邱唐很快便揪出了凶手，正是那位继夫人楚媚，还查出她是出自瑶池仙庄。

虽然猜测傅正阳也并不清白，但为了维护白湖山庄的颜面，他还是将一切罪责都推到了楚媚和瑶池仙庄身上。

花朝拉了拉傅无伤的手："不要难过了。"

傅无伤摇摇头："这已经是最好的结局了。"

至少，到最后，他还留了一个清清白白的名声。

这时，一个黑衣男子走到了大管家邱唐身边，花朝稍稍一怔，那是……莺时？

看他一脸严肃的样子，不知怎的，花朝突然就想起了当时他爬床争宠的模样，不由得有些啼笑皆非，原来他是白湖山庄的人啊。

"怎么了？"傅无伤低头看她。

花朝指了指那个黑衣男子："那个人，是莺时呢。"

站在邱唐身边，莺时忽然侧过头，却只看到一个有些眼熟的背影，他有些失神地追了出去。

"莺时，怎么了？"邱管家走了过来。

莺时摇摇头，有些失落地道："大概看错了吧。"

花朝与傅无伤牵着手离开了白湖山庄。

白湖山庄墙外的角落里，一个戴着面具的年轻男子扶着一个鸡皮鹤发的老妇人，那老妇人看着已经老态龙钟，她紧紧地盯着白湖山庄的大门口，突然激动起来："花朝！傅无伤！我就知道他们没死，我就知道他们一定会来参加傅正阳的葬礼，哈哈哈哈哈！"

"圣母，您小心一些。"戴着面具的男子怕她摔倒，忙搀扶住她。

"阿霜，阿霜，你快帮我抓住他们！"老妇人急急地道。

她的声音因为太过激动而显得异常尖锐，傅无伤和花朝远远地看了过来，只一眼，老妇人便噤了声，感觉背脊上密密麻麻地出了一层汗。

"蛊变……"

蛊变成功了。

这一刻，苏妙阳知道，她再没有可能挟制住他们了。

只一眼，花朝便收回了视线，仿佛那只是一个无关紧要的老妇人，她牵着傅无伤的手，走入了人群之中。

如许多普通人一样。

青阳镇里一如既往地宁静，袁家客栈一如既往地热闹，袁秦也总在客栈里帮忙，只是闲下来的时候，他总是怔怔地看着门口。

"那孩子，是在等花朝吧。"最近和老板娘秦罗衣感情渐好的郑娘子叹了一口气。

青阳镇的人不问从前，因为有太多不想面对的从前。

在这里生活的，大多是退隐的江湖人，有人是因为仇家太多混不下去了，有人是因为看破江湖金盆洗手了，有人是因为拖儿带女不想再在江湖上刀口舔血了。

"花朝不会回来了。"秦罗衣垂头，看着手里绣得歪歪扭扭的补丁。

花朝那孩子，有一颗比谁都柔软的心肠，谁待她好一分，她便恨不能掏出心来对你。

就算她再怎么想念她这个阿娘也好，就算她再怎么想回青阳镇也好，她也不会再回来了。

长生不老的秘密，即便是青阳镇也护不住她。

她怕会给青阳镇带来祸事，她怕这个小小的安宁的青阳镇不复往日的安宁。

所以，她不会回来了。

夕阳西下。

客栈过了最忙碌的时候，袁秦坐在门口，望着天边的火烧云。

"回头哥哥带你去江湖上看看，开开眼界，你就知道一辈子守着一个小客栈有多无趣了。"

那日的夕阳下，他双臂抱在脑后，大爷一样慢慢地往前走，手中拎着的豆腐在脑后一晃一晃的。

花朝笑着跟他一起慢慢往家走。

那时，有风吹来，街边有店铺挂起了灯笼，他与她一高一矮两个身影在灯影下交叠在一起，又缓缓错开。

仿佛命运一般。

后记

    终于完稿啦，在键盘上敲完最后一行字的时候，已经差不多是中午十一时左右了，没错我又通宵了，咦我为什么要说"又"呢……仿佛每次收尾都会通宵啊。

    这是一个坏习惯，我一定要改掉，握拳。

    通宵之后完稿的幸福感和小兴奋导致我一时竟然还没有睡意，但是这篇后记却是在我交稿好几天之后才缓过神来写的……

    在最后交稿的时候，我还进行了一次全文大改，把"袁秦"这个颇有争议的人设稍稍进行了一些改动，让他看起来更丰满和合乎情理一些，他颇具侠气，路见不平便定是要拔剑相助的，他追求未知的江湖和冒险，觉得眼前的生活平淡无趣，然而如果不曾碰得头破血流，他也不会回到青阳镇，不会甘于平淡，我觉得这算是一个成长的过程吧，希望大家不会太讨厌他。

    《月下美人来》这篇小说与之前出版的《大侠，别怕》算是同系列的小说，这篇文的大纲是很久之前就想好的，但真正开始写这篇，到现如今交稿，却用了将近两年的时间……这大概是我写得最漫长的一本小说了，感谢温柔的编编紫木，还有陪我一起挣扎赶稿的小可爱安思源同学。

    也感谢一路陪伴和支持我的读者，爱你们，紧紧抱住。

2017年8月17日